Über dieses Buch

Knut Hamsun, der große norwegische Schriftsteller und Nobelpreisträger, ist als unnachahmlicher Stilist und Erzähler in die Literaturgeschichte eingegangen, als »Dichter der Natur und des triebhaften Menschen«.

»Es ist heute nicht leicht, festzustellen, ob Hamsun seinen Weltruhm der unerhört eindringlichen Zeichnung norwegischer Fischer, Händler, Kaufleute, Literaten und verkrusteter Adelstypen, auch der Verschwiegenheit, Sinnlichkeit und Süße seiner Frauenfiguren verdankt oder der stilistischen und dialogischen Meisterschaft, einer impressionistischen Technik der Aussparung und Fortlassung. ... Verglichen mit der eingedickten Problematik zeitgenössischer Romanciers wirkte die Art, wie er schrieb, als ein Mixtum aus Naivität und Ironie, und daß er mit dieser kleinen Ausdrucksskala Menschen von unerhörter Lebensfülle zu zeichnen verstand, blieb ein Wunder.« (Frank Thiess)

Dieser Sammelband enthält die Erzählungen »Pan«, »Schwärmer«, »Die Nachbarstadt« und »Vagabundentage«. Sie führen durch Hamsuns ganze Schaffensperiode und variieren seine großen, immer wiederkehrenden Themen: Mensch, Natur und ewige Wanderschaft. Sie erzählen von romantischer Liebe, einer altmodischen Hafenstadt an Norwegens Küste und von vagabundierenden Landarbeitern in Amerika.

»Viele Gedanken, viele Züge seiner Lebensweise sind für die gegenwärtige junge Generation interessant geworden, das ›drop-out‹ aus der Gesellschaft, das antizivilisatorische Moment, die ewige Wanderschaft in seinen Romanen sind heute aktueller denn je.« (Frankfurter Allgemeine Zeitung)

Der Autor

Knut Hamsun (Pseudonym für Knud Pedersen aus Hamsund) wurde 1859 als Sohn einer Handwerkerfamilie in Lom/Gulbrandsdal (Norwegen) geboren. Nach unregelmäßigem Schulbesuch und einem unsteten Wanderleben in Amerika, wo er sich u. a. als Straßenbahnschaffner, Farmarbeiter, Vortragskünstler und Fischer durchschlug, machte ihn sein erster Roman »Hunger« (1890) über Nacht berühmt. Es folgten zahlreiche weitere Romane und Erzählungen, die zu den Meisterwerken der Weltliteratur des 20. Jahrhunderts gehören. 1920 wurde ihm für den Roman »Segen der Erde« (1917) der Nobelpreis verliehen.

Knut Hamsun, der sich aufgrund seiner antiamerikanischen, zivilisationsfeindlichen Haltung in seinen letzten Lebensjahren in politische Irrtümer verstrickt hatte (Rechenschaftsbericht »Auf überwachsenen Pfaden«, 1949), starb 1952.

Knut Hamsun

Vagabundentage

und andere Erzählungen

Fischer Taschenbuch Verlag

Deutsche Übersetzung:

PAN
von J. Sandmeier und S. Angermann

SCHWÄRMER
DIE NACHBARSTADT
von Jutta und Theodor Knust

VAGABUNDENTAGE
von Hermann Kiy

Fischer Taschenbuch Verlag
Januar 1980
Ausgewählte Ausgabe

Umschlagentwurf: Jan Buchholz/Reni Hinsch
(Foto: Harro Wolter)

Fischer Taschenbuch Verlag GmbH, Frankfurt am Main
Lizenzausgabe mit freundlicher Genehmigung der
Albert Langen · Georg Müller Verlag GmbH, München

Gesamtherstellung: Hanseatische Druckanstalt GmbH, Hamburg
Printed in Germany
680-ISBN-3-596-22065-3

Pan

I

In den letzten Tagen dachte und dachte ich an des Nordlandsommers ewigen Tag. Ich sitze hier und denke an ihn und an eine Hütte, in der ich wohnte, und an den Wald hinter der Hütte, und ich mache mich daran, einiges niederzuschreiben, um die Zeit zu verkürzen und um meines Vergnügens willen. Die Zeit ist sehr lang, sie will mir nicht so rasch vergehen, wie ich möchte, obwohl ich über nichts traurig bin und obwohl ich das lustigste Leben lebe. Ich bin wohl zufrieden mit allem, und meine dreißig Jahre sind kein Alter. Vor einigen Tagen erhielt ich ein paar Vogelfedern von weither zugesandt, von einem Menschen, der sie mir nicht schuldig war, aber es waren zwei grüne Federn, in einem Bogen Briefpapier, der eine Krone trug und mit einer Oblate versiegelt war. Es machte mir auch Vergnügen, zwei so teuflisch grüne Vogelfedern zu sehen. Und sonst habe ich keine andere Plage, als hin und wieder ein wenig Gicht in meinem linken Fuß infolge einer alten Schußwunde, die nun seit langem geheilt ist.

Ich erinnere mich, daß vor zwei Jahren die Zeit sehr rasch verging, ohne Vergleich viel rascher als jetzt, ein Sommer war vorbei, bevor ich es recht wußte. Das war vor zwei Jahre 1855 – ich will davon schreiben, um meines Vergnügens willen, es geschah mir etwas oder ich träumte es. Nun habe ich vieles vergessen, was zu diesen Erlebnissen gehört, denn ich habe seither fast nie mehr daran gedacht: Aber ich weiß noch, daß die Nächte sehr hell waren. Viele Dinge kamen mir auch so verkehrt vor, das Jahr hatte zwölf Monate, aber die Nacht wurde Tag, und niemals war ein Stern am Himmel zu sehen. Und die Leute, die ich traf, waren eigentümlich und von einer anderen Natur als die Leute, die ich von früher kannte; hie und da vermochte eine Nacht sie aus Kindern in ihrer ganzen Herrlichkeit emporschießen zu lassen, reif und voll erwach-

sen. Darin war keine Zauberei, aber ich hatte es vorher nicht erlebt. O nein.
In einem großen weißgestrichenen Haus unten am Meer traf ich jemand, der für eine kurze Zeit meine Gedanken beschäftigte. Ich erinnere mich ihrer nicht mehr beständig, nicht jetzt, nein, ich habe sie ganz vergessen; aber ich denke dafür an all das andere, an den Schrei der Seevögel, an meine Jagd in den Wäldern, meine Nächte, an alle die warmen Stunden des Sommers. Es war im übrigen sogar nur ein reiner Zufall, daß ich sie kennenlernte, und ohne diesen Zufall wäre sie nicht einen Tag in meinen Gedanken gewesen.
Von meiner Hütte aus konnte ich einen Wirrwarr von Inseln und Holmen und Schären sehen, ein wenig von der See, einige blauende Berggipfel; und hinter der Hütte lag der Wald, ein ungeheurer Wald. Ich war voll Freude und Dank bei dem Duft von Wurzeln und Laub und von dem fetten Dunst der Kiefer, der an den Geruch von Mark erinnert; erst im Wald kam alles zur Ruhe in mir, meine Seele wurde ausgeglichen und voller Macht. Ich ging Tag für Tag durch die Waldhöhen, mit Äsop an meiner Seite, und ich wünschte nichts lieber, als daß ich Tag für Tag hier gehen dürfte, obwohl noch Schnee und weiche Frühjahrsschmelze über der halben Gegend lagen. Mein einziger Kamerad war Äsop; nun habe ich Cora, aber damals hatte ich Äsop, meinen Hund, den ich später erschoß.
Oft, am Abend, wenn ich nach meiner Jagd wieder zur Hütte heimkam, konnte ein geborgenes Gefühl des Zuhauseseins mich von oben bis unten durchrieseln, ja mein Inneres in liebe Erschütterungen bringen, und ich ging umher und schwätzte mit Äsop darüber, wie gut es uns ging. So, nun machen wir Feuer und braten uns hier am Herd einen Vogel, sagte ich, was meinst du dazu? Und wenn das alles getan war und wir beide gegessen hatten, kroch Äsop an seinen Platz hinter der Feuerstätte, während ich die Pfeife anzündete und mich für eine Weile auf die Pritsche legte und auf das tote Sausen im Wald lauschte. Es war ein schwacher Zug in der Luft, der Wind stand auf der Hütte, und ich konnte deutlich das Rascheln des Spielhahns hören, weit hinten auf den Höhen. Sonst war alles still. Und manches Mal schlief ich ein, wo ich lag, in allen Kleidern, wie ich ging und stand, und erwachte nicht eher, als bis die Seevögel zu schreien begonnen hatten. Wenn ich dann

aus dem Fenster sah, konnte ich die großen weißen Gebäude des Handelsplatzes erkennen, die Ladebrücken von Sirilund, den Kramladen, wo ich mein Brot kaufte, und ich blieb eine Weile liegen, verwundert darüber, daß ich mich hier in einer Hütte im Nordland befand, am Rande des Waldes.
Dann schüttelte Äsop seinen langen schmalen Körper dort bei der Feuerstätte, es klirrte in seinem Halsband, er gähnte und wedelte, und ich sprang nach diesen drei, vier Stunden Schlaf auf, ausgeruht und voller Freude über alles, alles. So ging manche Nacht.

2

Es kann regnen und stürmen, nicht darauf kommt es an, oft kann eine kleine Freude sich an einem Regentag eines Menschen bemächtigen und ihn mit seinem Glück abseits treiben. Man stellt sich hin und beginnt geradeaus zu sehen, hin und wieder lacht man leise und sieht sich um. Woran denkt man? An eine klare Scheibe in einem Fenster, einen Sonnenstrahl in der Scheibe, eine Aussicht auf einen kleinen Bach oder vielleicht an einen blauen Spalt im Himmel. Es braucht nicht mehr zu sein.
Zu anderen Zeiten vermögen selbst ungewöhnliche Ereignisse nicht, uns aus einer gleichmäßigen und armseligen Stimmung aufzurütteln; mitten in einem Ballsaal kann man gleichgültig, sicher und unbeeinflußt dasitzen. Denn das eigene Innere des einzelnen ist die Quelle der Trauer oder der Freude.
Ich erinnere mich eines bestimmten Tages. Ich war an die Küste heruntergekommen. Der Regen überraschte mich, und ich ging in einen offenen Bootsschuppen und setzte mich einstweilen. Ich summte ein wenig, aber ohne Freude und ohne Laut, nur um die Zeit zu vertreiben. Äsop war dabei, er setzte sich, um zu horchen, ich halte mit dem Summen inne und lausche auch, man hört Stimmen draußen, es nähern sich Menschen. Ein Zufall, ein sehr natürlicher Zufall! Eine Gesellschaft von zwei Herren und einem Mädchen kam Hals über Kopf zu mir herein. Sie riefen einander lachend zu: Schnell! Hier finden wir so lange Unterschlupf!

Ich erhob mich.
Der eine Herr hatte ein weißes, ungestärktes Vorhemd an, das nun obendrein vom Regen aufgeweicht war und in Falten herabhing; in diesem nassen Vorhemd saß eine Diamantspange. Er hatte an den Füßen lange spitze Schuhe, die etwas geckenhaft aussahen. Ich grüßte den Mann, es war Herr Mack, der Kaufmann, ich erkannte ihn wieder, vom Handelsplatz her, wo ich Brot gekauft hatte. Er hatte mich sogar einmal in die Familie eingeladen, ohne daß ich bis jetzt dort gewesen war.
Ah, ein Bekannter! sagte er, als er meiner ansichtig wurde. Wir waren auf dem Weg zur Mühle hinaus, da mußten wir umkehren. So ein Wetter, was? Aber wann kommen Sie endlich nach Sirilund, Herr Leutnant? Er stellte den kleinen schwarzbärtigen Herrn vor, der dabei war, einen Doktor, der bei der Annexkirche wohnte.
Das Mädchen schob den Schleier ein wenig über die Nase und begann gedämpft mit Äsop zu plaudern. Ihre Jacke fiel mir auf, am Futter und an den Kopflöchern konnte ich sehen, daß sie aufgefärbt war. Herr Mack stellte auch sie vor, sie war seine Tochter und hieß Edvarda.
Edvarda gab mir einen Blick durch den Schleier, dann flüsterte sie weiter mit dem Hund und las auf seinem Halsband:
Soso, du heißt Äsop ... Doktor, wer war Äsop? Das einzige, woran ich mich erinnere, ist, daß er Fabeln verfaßte. War er nicht Phrygier? Nein, ich weiß nicht.
Ein Kind, ein Schulmädchen. Ich betrachtete sie, sie war groß, aber ohne Formen, ungefähr fünfzehn, sechzehn Jahre, mit langen, dunklen Händen ohne Handschuhe. Sie hatte vielleicht an diesem Nachmittag in einem Lexikon bei Äsop nachgeschlagen, um dies gleich zur Hand zu haben.
Herr Mack fragte mich nach meiner Jagd aus. Was ich am meisten schösse? Ich könne jederzeit eines seiner Boote zu meiner Verfügung haben, ich brauche es nur zu sagen. Der Doktor sprach kein Wort. Als die Gesellschaft ging, fiel mir auf, daß der Doktor etwas hinkte und den Stock gebrauchte.
Ich wanderte heim, in der gleichen leeren Stimmung wie vorher und summend vor Gleichgültigkeit. Diese Begegnung im Bootsschuppen berührte mich in keiner Weise; an was ich

mich am besten von der ganzen Sache erinnerte, war Herrn Macks durchweichtes Vorhemd, worin eine Diamantspange saß, auch diese naß und ohne stärkeren Glanz.

3

Es stand ein Stein draußen vor meiner Hütte, ein hoher, grauer Stein. Er hatte einen Ausdruck des Wohlwollens für mich; es war, als sähe er mich, wenn ich gegangen kam, und erkenne mich wieder. Ich nahm gerne meinen Weg an diesem Stein vorbei, wenn ich im Morgendämmern ausging, und es war geradeso, als wenn ich einen guten Freund dort hinterließe, der auf mich wartete, bis ich zurückkäme.

Und droben im Wald begann die Jagd. Vielleicht schoß ich etwas und vielleicht nicht...

Außerhalb der Inseln lag das Meer in schwerer Ruhe. Ich stand da und sah darauf hin, von den Höhen, oft, wenn ich hoch oben war; an stillen Tagen kamen die Schiffe fast gar nicht vorwärts, ich konnte das gleiche Segel drei Tage lang sehen, klein und weiß wie eine Möwe auf dem Wasser. Aber manchmal, wenn der Wind umsprang, konnten die Berge in der Ferne fast verschwinden, ein Unwetter zog auf, Südweststurm, ein Schauspiel, bei dem ich Zuschauer war. Alles stand in Rauch. Die Erde und der Himmel wurden vermengt, das Meer tummelte sich in verrenkten Lufttänzen, bildete Männer, Pferde und zerfetzte Fahnen. Ich stand im Windschutz unter einem Felsen und dachte mir allerhand Dinge, meine Seele war gespannt. Gott weiß, dachte ich, wessen ich heute Zeuge bin und weshalb sich das Meer vor meinen Augen öffnet. Vielleicht schaue ich in dieser Stunde das Innere des Gehirns der Erde, wie dort gearbeitet wird, wie alles siedet. Äsop war unruhig, hier und da streckte er die Schnauze aufwärts und windete, wetterkrank, bebend, empfindlich in den Beinen; da ich nicht zu ihm sprach, legte er sich zwischen meine Füße und starrte wie ich über das Meer hinaus. Und kein Ruf, keines Menschen Wort, war von irgendwo zu hören, nichts, nur das schwere Sausen rings um meinen Kopf. Es lag eine Schäre weit draußen, die lag allein; wenn sich die See an dieser Klippe brach, steilte sie sich auf wie eine wahnwitzige Schraube, nein, wie ein Meergott, der sich naß in die Luft erhob und über die Welt hinsah, schnaubend, daß Haar und Bart wie ein Rad um sein Haupt standen. Dann tauchte er wieder in die Brandung nieder. Und mitten im Sturm schlug sich ein kleines kohlschwarzes Dampfschiff vom Meer herein durch ...

Als ich am Nachmittag zur Ladebrücke hinunterging, war das kleine kohlschwarze Dampfschiff in den Hafen gekommen; es war das Postschiff. Viele Menschen waren auf dem Kai anwesend, um den seltenen Gast zu betrachten; ich bemerkte, daß alle miteinander ohne Ausnahme blaue Augen hatten, wie verschieden sie sonst auch sein mochten. Ein junges Mädchen mit einem weißen Wolltuch um den Kopf stand ein Stück weit entfernt; sie hatte sehr dunkles Haar, und das weiße Tuch stach seltsam gegen das Haar ab. Sie sah neugierig auf mich, auf meinen Lederanzug, mein Gewehr; als ich zu ihr sprach, wurde sie verlegen und wandte den Kopf ab. Ich sagte: Du solltest immer dieses weiße Tuch tragen, das kleidet dich. In diesem Augenblick schloß sich ihr ein grobgliederiger Mann im Islandjanker an, er nannte sie Eva. Sie war offenbar seine Tochter. Ich kannte den grobgliederigen Mann, es war der Schmied, der Schmied des Platzes. Er hatte vor einigen Tagen auf eine meiner Büchsen ein neues Zündrohr gesetzt ...

Und Regen und Wind taten ihre Arbeit und schmolzen allen Schnee weg. Einige Tage lang trieb eine unfreundliche und kalte Stimmung über die Erde hin, morsche Äste brachen, und die Krähen sammelten sich in Scharen und schrien. Dies dauerte nicht lange, die Sonne war nahe, eines Morgens stand sie oben hinter dem Wald. Es durchfährt mich ein süßes Ziehen von oben bis unten, wenn die Sonne aufgeht; in einem stillen Jubel werfe ich die Büchse auf die Schulter.

4

In dieser Zeit litt ich keine Not an Wild, ich schoß, was ich wollte, einen Hasen, einen Spielhahn, ein Schneehuhn, und wenn es sich traf, daß ich unten an der Küste war und dem einen oder dem anderen Seevogel nahe kam, schoß ich auch den. Das waren gute Zeiten, die Tage wurden länger und die

Luft reiner, ich rüstete mich für zwei Tage aus und trieb in die Berge hinein, zu den Gipfeln. Ich traf Renlappen und bekam Käse von ihnen, kleine fette Käse mit einem kräuterartigen Geschmack. Ich war dort mehr als einmal. Wenn ich wieder heimging, schoß ich immer irgendeinen Vogel und steckte ihn in die Jagdtasche. Ich setzte mich und koppelte Äsop an. Eine Meile unter mir sah ich das Meer; die Bergseiten waren naß und schwarz vom Wasser, das an ihnen herunterrieselte, tropfte und rieselte mit der gleichen winzigen Melodie. Diese kleinen Melodien weit drinnen in den Bergen verkürzten mir manche Stunde, wenn ich dasaß und um mich blickte. Nun rieselt dieser kleine endlose Ton hier in seiner Einsamkeit, dachte ich, und niemand hört ihn, und niemand denkt an ihn, aber trotzdem rieselt er hier für sich die ganze Zeit, die ganze Zeit! Und es schien mir nicht mehr, daß das Gebirge so vollkommen öde war, wenn ich dieses Rieseln hörte. Ab und zu geschah etwas: Ein Donner erschütterte die Erde, ein Felsblock löste sich und stürzte hinunter zum Meer, einen Weg von Steinrauch hinterlassend; im selben Augenblick hob Äsop die Schnauze gegen den Wind und schnupperte verwundert den versengten Geruch ein, den er nicht verstand. Wo das Schneewasser Sprünge in die Felsen gebrochen hatte, war ein Schuß oder sogar nur ein scharfer Ruf genug, um einen großen Block loszureißen und ihn zum Stürzen zu bringen. Eine Stunde konnte vergehen, vielleicht mehr, die Zeit ging so schnell. Ich band Äsop los, warf die Tasche über meine andere Schulter und begab mich nach Hause. Der Tag neigte sich. Unten im Wald stieß ich unausweichbar auf meinen alten bekannten Steig, ein schmales Band von einem Steig, mit den sonderbarsten Windungen. Ich folgte jeder Windung und ließ mir gute Weile, es eilte nicht, es gab niemand, der daheim auf mich wartete; frei wie ein Herrscher ging ich da und trieb durch einen friedlichen Wald, genau so langsam, wie ich wollte. Alle Vögel schwiegen, nur der Spielhahn spielte weit weg, der spielte immer.

Ich kam aus dem Wald heraus und sah zwei Menschen vor mir, zwei wandernde Menschen, ich holte sie ein, der eine war Jungfer Edvarda, ich erkannte sie und grüßte; der Doktor begleitete sie. Ich mußte ihnen meine Büchse zeigen, sie besahen meinen Kompaß, meine Tasche; ich lud sie in meine Hütte ein, und sie versprachen, einmal zu kommen.

Nun war der Abend da. Ich ging heim und machte Feuer, briet einen Vogel und hielt Mahlzeit. Morgen kommt wieder ein Tag ... Stille und Schweigen überall. Ich lag im Fenster und sah in den Abend hinaus. Ein Feenglanz weilte um diese Zeit über Land und Wald, die Sonne war untergegangen und färbte den Horizont mit einem fetten, roten Licht, das still stand wie Öl. Der Himmel war überall offen und rein, ich starrte in dieses klare Meer, und es war, als läge ich von Angesicht zu Angesicht dem Grund der Welt gegenüber und als schlüge mein Herz innig diesem nackten Grund entgegen und wäre dort daheim. Gott weiß, dachte ich bei mir selbst, warum sich der Horizont heute abend in Lila und Gold kleidet, ob das nicht ein Fest ist, droben in der Welt, ein Fest im großen Stil, mit Musik von den Sternen und mit Bootsfahrten über die Ströme herab. Es sieht so aus! Und ich schloß die Augen und war mit dabei auf dieser Bootsfahrt, und Gedanken auf Gedanken segelten durch mein Gehirn ...

So ging mehr als ein Tag.

Ich streifte umher und beobachtete, wie der Schnee zu Wasser wurde und wie das Eis sich löste. An manchem Tage, wenn ich schon Essen genug in meiner Hütte hatte, schoß ich nicht einmal meine Büchse ab; ich trieb nur so umher in meiner Freiheit und ließ die Zeit gehen. Wohin ich mich wandte, war gleichviel zu sehen und zu hören, alles veränderte sich an jedem Tag ein wenig, selbst Weidengestrüpp und Wacholder standen da und warteten auf den Frühling. Ich ging zum Beispiel zur Mühle hinaus, die lag noch eingeeist; aber die Erde ringsherum war seit manchem Jahr des Herrn zertreten worden und zeugte davon, daß Menschen mit Kornsäcken auf dem Rücken hierher gekommen waren, um das Korn zu mahlen. Ich ging wie unter Menschen dort, an den Wänden waren auch viele Buchstaben und Jahreszahlen eingeschnitten.

Nun wohl.

5

Soll ich mehr schreiben? Nein, nein. Nur ein wenig um meines Vergnügens willen und weil es mir die Zeit verkürzt zu erzählen, wie der Frühling kam, vor zwei Jahren, und wie das Land aussah. Die Erde und das Meer begannen ein wenig zu riechen, es roch süßlich nach Schwefelwasserstoff von dem alten Laub, das im Walde faulte, und die Elstern flogen mit Zweigen im Schnabel und bauten Nester. Ein paar Tage noch, und die Bäche schwollen an und begannen zu schäumen; hier und da sah man einen Kohlweißling, und die Fischer kamen von ihren Fangplätzen heim. Die beiden Segelschiffe des Kaufmanns kamen zurück, vollbeladen mit Fischen, und ankerten bei den Trockenplätzen; da war plötzlich Leben und Bewegung draußen auf der größten der Inseln, wo der Fisch auf den Klippen getrocknet werden sollte. Ich sah alles von meinem Fenster aus.

Aber zur Hütte drang kein Lärm, ich war und blieb allein. Dann und wann kam ein Mensch vorbei, ich sah Eva, die Tochter des Schmieds, sie hatte auf der Nase ein paar Sommersprossen bekommen.

Wo willst du hin? fragte ich.

In den Wald und Holz holen, antwortete sie still. Sie hielt einen Strick in der Hand, um das Holz damit zu tragen, und sie hatte ihr weißes Tuch auf dem Kopf. Ich sah ihr nach, aber sie wandte sich nicht um.

Dann vergingen viele Tage, bis ich wieder jemand sah. Der Frühling drang vor, und der Wald wurde heller; es war ein großes Vergnügen, die Drosseln zu beobachten, die in den Baumspitzen saßen, der Sonne entgegenstarrten und schrien; bisweilen war ich schon gegen zwei Uhr im Morgendämmern auf, um an der freudigen Stimmung teil zu haben, die von Vögeln und Tieren ausging, wenn die Sonne emporstieg.

Der Frühling war wohl auch zu mir gekommen, und mein Blut klopfte zeitweise wie von Schritten. Ich saß in der Hütte und dachte daran, meine Angelruten und Schleppangeln nachzusehen, aber ich rührte nicht einen Finger, um etwas zu tun, eine frohe und dunkle Unruhe ging in meinem Herzen aus und ein. Da sprang Äsop plötzlich auf, blieb auf steifen Beinen stehen und gab einen kurzen Laut. Es kamen Leute zur Hütte, ich nahm schnell die Mütze vom Kopf und hörte bereits Jungfer Edvardas Stimme in der Tür. Freundlich und anspruchslos kamen sie und der Doktor mich zu besuchen, wie sie es gesagt hatten.

Ja, er ist daheim, hörte ich sie sagen. Und sie trat ein und reichte mir, ganz wie ein kleines Mädchen, die Hand. Wir

waren auch gestern hier, aber da waren Sie nicht zu Hause, erklärte sie.
Sie setzte sich auf meine Pritsche, auf die Decke, und sah sich in der Hütte um; der Doktor nahm neben mir auf der langen Bank Platz. Wir sprachen zusammen, wir schwätzten frischweg, ich erzählte ihnen unter anderem, welche Arten von Tieren im Walde waren und welches Wild ich nicht mehr länger schießen dürfe, da es Schonzeit habe. Nun hatte der Spielhahn Schonzeit.
Der Doktor machte auch jetzt nicht viel Worte; aber als sein Blick auf mein Pulverhorn fiel, auf dem eine Panfigur war, fing er an, den Mythus von Pan zu erklären.
Aber, sagte Edvarda plötzlich, wovon leben Sie, wenn nun alles Wild geschont wird?
Von Fischen, antwortete ich. Meistens von Fischen. Es gibt immer etwas zu essen.
Aber Sie können ja zu uns zum Essen kommen, sagte sie. Voriges Jahr hatte ein Engländer Ihre Hütte, er kam auch oft zu uns zum Essen.
Edvarda sah mich an, und ich sah sie an. Ich fühlte in diesem Augenblick etwas an mein Herz rühren wie ein kleiner, flüchtiger, freundlicher Gruß. Das kam vom Frühling und dem hellen Tag; ich habe seitdem darüber nachgedacht. Ich bewunderte außerdem ihre gewölbten Augenbrauen.
Sie sagte einige Worte über meine Behausung. Ich hatte die Wände mit verschiedenen Fellen und Vogelflügeln behängt; die Hütte glich innen einer zottigen Bärenhöhle. Das weckte ihren Beifall. Ja, das ist eine Bärenhöhle, sagte sie.
Ich hatte den Fremden nichts zu geben, was sie wohl hätten mögen können. Ich dachte daran und wollte spaßhalber einen Vogel braten; sie sollten ihn auf Jägerweise essen, mit den Fingern. Das konnte ein kleiner Zeitvertreib sein.
Und ich briet den Vogel.
Edvarda erzählte von dem Engländer. Es war ein alter und eigener Mann gewesen, er sprach laut mit sich selbst. Er war Katholik, und wo er ging und stand, hatte er ein kleines Gebetbuch mit schwarzen und roten Buchstaben in der Tasche.
Da war er vielleicht Irländer? fragte der Doktor.
Irländer? Ja, nicht wahr, wenn er Katholik war?
Edvarda errötete, sie stammelte und sah weg:

Na ja, vielleicht war er Irländer.
Von nun an verlor sie ihre Munterkeit. Sie tat mir leid, und ich wollte es wieder gutmachen. Ich sagte:
Nein, natürlich haben Sie recht damit, daß er Engländer war; Irländer reisen nicht nach Norwegen.
Wir machten aus, daß wir eines Tages hinausrudern und die Klippfischfelsen besehen wollten ...
Nachdem ich meine Gäste ein wenig auf dem Weg begleitet hatte, ging ich wieder zurück und setzte mich hin, um an meinen Fischgeräten zu arbeiten. Mein Kescher hatte an einem Nagel bei der Tür gehangen, und mehrere Maschen waren vom Rost schadhaft geworden; ich schärfte einige Angeln, knüpfte sie ein, sah die Angelschnüre nach. Wie schwer fiel es doch heute, etwas anzupacken? Störende Gedanken kamen und gingen in meinem Kopf; es kam mir vor, als hätte ich einen Fehler begangen, indem ich Jungfer Edvarda die ganze Zeit auf der Pritsche hatte sitzen lassen, anstatt ihr auf der Bank Platz anzubieten. Ich sah plötzlich ihr braunes Gesicht und ihren braunen Hals vor mir; die Schürze hatte sie ein wenig tiefer gebunden, um eine lange Taille zu haben, wie es Mode war; der keusche Mädchenausdruck ihres Daumens wirkte zärtlich auf mich und die Runzeln über dem Knöchel waren voller Freundlichkeit. Sie hatte einen großen Mund, der leuchtete.
Ich erhob mich, öffnete die Tür und lauschte hinaus. Ich hörte nichts, und es gab übrigens auch nichts zu lauschen für mich. Ich schloß die Tür wieder. Äsop kam von seinem Platz hervor und sah meine Unruhe. Es fiel mir ein, daß ich Jungfer Edvarda nachlaufen und sie um etwas Seidenfaden bitten könne, um meinen Kescher wieder instand zu setzen. Das war kein Vorwand, ich konnte den Kescher vorlegen und ihr die rostigen Maschen zeigen. Ich war schon vor die Tür gekommen, als ich mich daran erinnerte, daß ich selbst Seidenfaden hatte, in meinem Fliegenbuch, mehr sogar, als ich brauchte. Und ich ging sacht und mutlos wieder hinein, da ich selbst Seidenfaden hatte. Ein fremder Hauch schlug mir in der Hütte entgegen; als ich eintrat, war ich gleichsam nicht länger allein dort.

6

Ein Mann fragte mich, ob ich nicht mehr schösse; er habe nicht einen Schuß mehr in den Waldhöhen von mir gehört, obwohl er zwei Tage in der Bucht gelegen und gefischt habe. Nein, ich hatte nichts geschossen, ich hielt mich daheim in der Hütte, bis ich nichts mehr zu essen hatte.

Am dritten Tag ging ich auf die Jagd. Der Wald war ein wenig grün, es roch nach der Erde und den Bäumen, der Graslauch stach schon grün aus dem eisversengten Moos heraus. Ich war voller Gedanken und setzte mich öfters. Drei Tage lang hatte ich nicht mehr als diesen Menschen gesehen, diesen Fischer, den ich gestern traf; ich dachte, vielleicht stoße ich heute abend auf jemand, wenn ich heimgehe, am Rand des Waldes, wo ich letzthin den Doktor und Jungfer Edvarda traf. Es könnte sein, daß sie dort wieder spazierengingen, vielleicht und vielleicht nicht. Aber weshalb dachte ich gerade an diese zwei? Ich schoß ein paar Schneehühner und bereitete das eine gleich zu, danach nahm ich Äsop an die Leine.

Während ich aß, lag ich auf dem trockenen Boden. Es war still über der Erde, nur ein mildes Sausen des Windes und ab und zu ein Vogellaut. Ich lag und sah auf die Äste, die sachte im Luftzug wehten, der kleine Wind schaffte das Seine und trug Blütenstaub von Zweig zu Zweig und füllte jede unschuldige Narbe; der ganze Wald stand in Verzückung. Eine grüne Raupe, ein Spanner, wandert auf ihren Enden an einem Zweig entlang, wandert unaufhörlich, als könnte sie nicht verweilen. Sie sieht fast nichts, obwohl sie Augen hat, oft stellt sie sich senkrecht auf und tastet in die Luft, um auf etwas zu treffen; sie sieht aus wie ein Stück grünen Fadens, der mit langsamen Stichen einen Saum am Ast entlang näht. Bis zum Abend ist sie vielleicht dorthin gekommen, wohin sie soll.

Immer still. Ich erhebe mich und gehe, setze mich und erhebe mich wieder. Es ist ungefähr vier Uhr; wenn es sechs Uhr wird, gehe ich heimzu und sehe, ob ich jemand treffe. Ich habe noch zwei Stunden, und ich bin schon etwas unruhig und bürste Heidekraut und Moos von meinen Kleidern. Ich kenne die Stellen, an denen ich vorbeikomme, Bäume und Steine stehen dort wie vorher in der Einsamkeit, das Laub raschelt unter meinen Füßen. Das eintönige Sausen und die bekannten Bäume und Steine sind zuviel für mich, ich werde von einer seltsamen Dankbarkeit erfüllt, alles läßt sich mit mir ein, vermischt sich mit mir, ich liebe alles. Ich hebe einen dürren Zweig auf und halte ihn in der Hand und sehe ihn an, während ich dort sitze und an meine Dinge denke, der Zweig ist fast verfault, seine armselige Rinde macht Eindruck auf mich, ein Mitleid wandert durch mein Herz. Und wie ich mich erhebe und gehe, werfe ich den Zweig nicht weit weg, sondern lege ihn nieder und bleibe stehen und finde Gefallen an ihm; zum Schluß sehe ich ihn ein letztes Mal mit nassen Augen an, bevor ich ihn dort zurücklasse.

Und es wird fünf Uhr. Die Sonne zeigt mir eine falsche Zeit, ich bin den ganzen Tag nach Westen gegangen und bin vielleicht meinen Sonnenzeichen bei der Hütte um eine halbe Stunde voraus. Auf all dieses bin ich aufmerksam; aber trotzdem habe ich eine Stunde bis sechs Uhr, deshalb erhebe ich mich wieder und gehe ein Stück. Und das Laub raschelt unter meinen Füßen. So verläuft die Zeit einer Stunde.

Ich sehe unter mir den kleinen Fluß und die kleine Mühle, die im Winter eingeeist gelegen hatte, und ich halte an; die Mühle geht, ihr Rauschen weckt mich, ich halte auf der Stelle an und mit einemmal. Ich bin zu spät daran! sage ich laut. Ein Schmerz durchzuckt mich, ich kehre augenblicklich um und beginne heimwärts zu gehen, aber indessen weiß ich, daß ich zu spät daran bin. Ich beginne schneller zu gehen, zu laufen; Äsop versteht, daß es etwas gilt, er zieht am Riemen, reißt mich mit, winselt und hat es eilig. Das trockene Laub spritzt um uns. Aber als wir an den Rand des Waldes hinunter kamen, war niemand dort, nein, alles war still, es war niemand da. Es ist niemand hier! sagte ich. Und dies war doch nicht schlimmer, als ich es erwartet hatte.

Ich blieb nicht lange stehen, sondern ging von allen meinen Gedanken gezogen weiter, ging an meiner Hütte vorbei, hinunter nach Sirilund, mit Äsop und der Jagdtasche und der Büchse, mit meinem ganzen Zubehör.

Herr Mack empfing mich mit der größten Freundlichkeit und lud mich für den Abend ein.

7

Ich glaube, daß ich ein wenig in den Seelen der Menschen lesen kann, die mich umgeben; vielleicht ist es nicht so. Oh, wenn ich meine guten Tage habe, da kommt es mir vor, als ob ich weit in die Seelen anderer hineinspähen könnte, obwohl ich im übrigen kein guter Kopf bin. Wir sitzen in einer Stube, einige Männer, ein paar Frauen und ich, und ich glaube zu sehen, was im Innern dieser Menschen vorgeht; und was sie über mich denken. Ich lege in jedes Blinken, das ihre Augen durcheilt, etwas hinein; zuweilen schießt das Blut in ihre Wangen und macht sie rot, ein anderes Mal tun sie, als sähen sie nach einer anderen Richtung und behalten mich doch von der Seite ein wenig im Auge.

Da sitze ich und achte auf dies alles, und keiner ahnt, daß ich jede Seele durchschaue. Seit vielen Jahren habe ich gemeint, in aller Menschen Seelen lesen zu können. Vielleicht ist es nicht so...

Ich blieb den ganzen Abend in Herrn Macks Stube. Ich hätte gleich wieder gehen können, es interessierte mich nicht, dort sitzen zu bleiben; aber war ich nicht gekommen, eben weil alle meine Gedanken mich hinzogen? Und konnte ich da gleich wieder meiner Wege gehen? Nach dem Essen spielten wir Whist und tranken Toddy; ich setzte mich mit dem Rücken zur Stube und senkte meinen Kopf; hinter mir ging Edvarda aus und ein. Der Doktor war heimgereist. Herr Mack zeigte mir die Einrichtung seiner neuen Lampen, der ersten Paraffinlampen, die nach dem Norden gekommen waren, Prachtstücke auf schweren Bleifüßen, und er zündete sie jeden Abend selbst an, um allem Unglück vorzubeugen. Er sprach ein paarmal von seinem Großvater, dem Konsul: Mein Großvater, Konsul Mack, empfing diese Spange aus Karl Johans eigenen Händen, sagte er, und er wies mit dem Finger auf seine Diamantspange. Seine Frau war tot, er zeigte mir in einem der Nebenzimmer ein Bild von ihr, es war eine vornehm aussehende Dame mit Spitzenhaube und einem artigen Lächeln. Im gleichen Zimmer stand auch ein Bücherschrank, worin sogar alte französische Bücher waren, die aussahen, als seien sie Erbstücke; die Bände waren fein und vergoldet, und viele Eigentümer hatten ihren Namen eingezeichnet. Unter den Büchern waren mehrere Aufklärungsschriften; Herr Mack war ein denkender Mann.

Seine beiden Ladengehilfen mußten zum Whist hereingerufen werden. Sie spielten langsam und unsicher, zählten genau nach und machten desungeachtet Fehler. Dem einen von ihnen half Edvarda. Ich warf mein Glas um, ich fühlte mich unglücklich und stand auf. Nein – ich habe mein Glas umgeworfen! sagte ich.

Edvarda brach in Lachen aus und antwortete:

Ja, das sehen wir schon.

Alle versicherten mir lachend, daß das nichts mache. Ich bekam ein Handtuch, um mich abzutrocknen, und wir fuhren fort zu spielen. Es wurde elf Uhr.

Ein dunkles Gefühl der Mißstimmung schoß bei Edvardas Lachen durch mich, ich sah sie an und fand, daß ihr Gesicht nichtssagend und wenig schön geworden war. Herr Mack brach endlich das Spiel unter dem Vorwand ab, daß die zwei Angestellten ins Bett müßten, darauf lehnte er sich ins Sofa zurück und begann davon zu sprechen, daß er ein Schild auf seine Packhausfassade setzen wolle, und fragte mich um Rat darüber. Welche Farbe sollte er nehmen? Ich langweilte mich, sagte schwarz, ohne darüber nachgedacht zu haben, und Herr Mack sagte sofort das gleiche:

Schwarze Farbe, genau was ich selbst gedacht habe. Niederlage von Salz und leeren Tonnen, mit schweren schwarzen Buchstaben, das ist das Nobelste … Edvarda, mußt du nun nicht schlafen gehen? Edvarda erhob sich, gab uns beiden die Hand zum Gutnachtsagen und ging. Wir blieben zurück. Wir sprachen von der Eisenbahn, die im vergangenen Jahr fertig geworden war, von der ersten Telegraphenlinie. Gott weiß, wann der Telegraph hierher nach dem Norden kommt! Pause.

Sehen Sie, sagte Herr Mack, ich bin nach und nach sechsundvierzig Jahre alt geworden und grau an Haar und Bart. Ja, ich fühle, daß ich alt geworden bin. Sie sehen mich bei Tage und halten mich für jung, aber wenn der Abend kommt und ich bin allein, falle ich sehr zusammen. Dann sitze ich hier in der Stube und lege Patiencen. Mit ein bißchen Mogeln gehen sie leicht auf. Haha.

Mit ein bißchen Mogeln gehen die Patiencen auf? fragte ich.

Ja.

Es kam mir vor, als könnte ich in seinen Augen lesen ...
Er erhob sich und machte eine Wendung nach dem Fenster zu und sah hinaus; er stand mit gedrungenem Rücken da, und sein Nacken und sein Hals waren zottig. Ich erhob mich auch. Er wandte sich um, kam mir in seinen langen spitzigen Schuhen entgegen. Er steckte beide Daumen in die Westentaschen und schlug ein wenig mit den Armen wie mit Flügeln; gleichzeitig lächelte er. Dann stellte er mir noch einmal ein Boot zu meiner Verfügung und reichte mir die Hand.
Übrigens, lassen Sie mich mit Ihnen gehen, sagte er und blies die Lampen aus. Ja, ich will noch ein wenig an die Luft, es ist noch nicht spät.
Wir gingen hinaus.
Er zeigte auf den Weg nach dem Haus des Schmieds hinauf und sagte: Diesen Weg! Es ist der kürzeste.
Nein, antwortete ich. Der Weg an den Packhäusern vorbei ist der kürzeste.
Wir wechselten darüber ein paar Worte, ohne einig zu werden. Ich war überzeugt, daß ich recht hatte, und verstand seine Hartnäckigkeit nicht. Zuletzt schlug ich vor, daß jeder für sich seinen Weg gehen solle; wer zuerst ankomme, solle bei der Hütte warten.
Wir gingen los. Er verschwand bald im Wald.
Ich ging ohne besondere Eile und berechnete, daß ich mindestens fünf Minuten früher ankommen müsse. Aber als ich zur Hütte kam, stand er bereits dort. Er rief mir entgegen: Da sehen Sie! Nein, ich gehe immer diesen Weg, es ist wirklich der kürzeste.
Ich sah ihn höchst erstaunt an, er war nicht warm und schien nicht gelaufen zu sein. Er verabschiedete sich gleich, dankte für den Abend und ging denselben Weg zurück, den er gekommen war.
Ich blieb zurück und dachte: Wie ist dies sonderbar! Ich sollte doch Entfernungen schätzen können, und ich war diese beiden Wege mehrere Male gegangen. Lieber Mann, du mogelst wieder! War das Ganze ein Vorwand?
Ich sah seinen Rücken wieder im Wald verschwinden.
Im nächsten Augenblick ging ich ihm nach, vorsichtig und rasch, ich sah ihn auf dem ganzen Weg sein Gesicht abwischen und war nicht mehr sicher, ob er nicht doch zuvor gerannt war. Er ging nun äußerst langsam, und ich behielt ihn im

Auge, er hielt beim Haus des Schmieds an. Ich verbarg mich und sah, daß die Tür geöffnet wurde und daß Herr Mack ins Haus ging.
Es war ein Uhr, ich sah es an der See und am Gras.

8

Einige Tage vergingen, wie sie eben konnten, mein einziger Freund war der Wald und die große Einsamkeit. Guter Gott, ich hatte niemals versucht, mehr allein zu sein als am ersten dieser Tage. Es war voller Frühling, ich fand Waldsterne und Schafgarbe auf der Wiese, und Buchfink und Meise waren gekommen, ich kannte alle Vögel. Bisweilen nahm ich zwei Vierundzwanzigschillingstücke aus der Tasche und klimperte damit, um die Einsamkeit zu unterbrechen. Ich dachte: Wie, wenn Diderik und Iselin gegangen kämen!
Es begann nicht mehr Nacht zu werden, die Sonne tauchte kaum die Scheibe ins Meer hinab und kam dann wieder empor, rot, erneuert, als sei sie unten gewesen und habe getrunken. Wie merkwürdig es mir ergehen konnte in diesen Nächten; kein Mensch würde es glauben. Saß Pan in einem Baum und sah auf mich herab, wie ich mich anstelle? Und war sein Bauch offen, und war er so zusammengekrochen, daß er dasaß, als tränke er aus seinem eigenen Bauch? Aber all das tat er nur, um zu schielen und mich im Auge zu behalten, und der ganze Baum erzitterte von seinem lautlosen Gelächter, wenn er sah, daß alle meine Gedanken mit mir durchgingen. Es raschelte überall im Walde, Tiere schnüffelten, Vögel riefen einander, ihre Signale erfüllten die Luft. Und es war das Flugjahr des Maikäfers, sein Schwirren vermischte sich mit dem der Nachtschmetterlinge, es tönte wie Flüstern hin und Flüstern zurück rund umher im Walde. Wie vieles war da zu hören! Ich schlief nicht während drei Nächten, ich dachte an Diderik und Iselin.
Sieh, dachte ich, sie könnten kommen. Und Iselin würde Diderik zu einem Baum locken und sagen:
Bleib, Diderik, gib acht, halt Wache für Iselin, ich will diesen Jäger mein Schuhband binden lassen.
Und der Jäger, das bin ich, und sie wird mir einen Wink mit

den Augen geben, wohl zu verstehen. Und wenn sie kommt, versteht mein Herz alles, und es schlägt nicht länger, es stößt. Und sie ist nackt unter dem Gewand vom Scheitel bis zur Sohle, und ich lege meine Hand auf sie.
Binde mein Schuhband! sagt sie mit lodernden Wangen. Und kurz darauf flüstert sie ganz nahe gegen meinen Mund, gegen meine Lippen: O, du bindest nicht mein Schuhband, du mein Liebster, nein, du bindest nicht ... bindest nicht mein ...
Aber die Sonne taucht die Scheibe ins Meer hinab und kommt dann wieder empor, rot, erneuert, als sei sie unten gewesen und habe getrunken. Und die Luft ist von Flüstern erfüllt.
Eine Stunde später sagt sie gegen meinen Mund:
Nun muß ich dich verlassen.
Und sie winkt zurück zu mir, als sie geht, und ihr Angesicht flammt noch, ihr Angesicht ist weich und hingerissen. Und wieder wendet sie sich um nach mir und winkt.
Aber Diderik tritt hinter dem Baum hervor und sagt:
Iselin, was tatest du? Ich sah es.
Sie antwortet:
Diderik, was sahst du? Ich tat nichts.
Iselin, ich sah, daß du es tatest, sagt er wieder. Ich sah es. Da klingt ihr hohes und frohes Lachen durch den Wald, und sie geht mit ihm fort, jubelnd und sündig vom Kopf bis zur Zehe. Und wo geht sie hin? Zum nächsten Gesellen, einem Jäger im Walde.
Es war Mitternacht. Äsop hatte sich losgerissen und jagte auf eigene Faust, ich hörte sein Anschlagen oben auf den Höhen, und als ich ihn endlich zurückbrachte, war es ein Uhr. Ein Hütemädchen kam, sie strickte an einem Strumpf und summte und sah um sich. Aber wo war ihre Herde? Und was suchte sie im Wald um Mitternacht? Nichts, nichts. Vor Unruhe, vielleicht vor Freude, ging sie umher. Ich dachte: Sie hat Äsops Bellen gehört und weiß, daß ich im Wald bin.
Als sie kam, erhob ich mich und stand und sah sie an, wie sie schmächtig und jung war. Auch Äsop stand da und sah sie an.
Woher kommst du? fragte ich sie.
Von der Mühle, antwortete sie.
Aber was sollte sie wohl so spät in der Nacht bei der Mühle getan haben?

Wie traust du dich so spät in der Nacht hier im Wald zu gehen, sagte ich, du, die du so schmächtig und jung bist?
Sie lachte und antwortete:
Ich bin nicht so jung, ich bin neunzehn Jahre.
Aber sie konnte nicht neunzehn Jahre sein, ich bin überzeugt, daß sie zwei Jahre dazulog und nur siebzehn war. Aber weshalb log sie sich alt?
Setz dich, sagte ich, und erzähle mir, wie du heißt.
Und sie setzte sich errötend mir zur Seite und sagte, daß sie Henriette heiße.
Ich fragte:
Hast du einen Liebsten, Henriette, und hat er dich jemals umarmt?
Ja, antwortete sie verlegen lachend.
Wie oft schon?
Sie schweigt.
Wie oft? wiederhole ich.
Zweimal, sagt sie leise.
Ich zog sie an mich und fragte:
Wie macht er das? Machte er es so?
Ja, flüsterte sie bebend.
Es wurde vier Uhr.

9

Ich hatte ein Gespräch mit Edvarda.
Es kommt bald Regen, sagte ich.
Wieviel Uhr ist es? fragte sie.
Ich sah nach der Sonne und antwortete:
Gegen fünf.
Sie fragte:
Können Sie das so genau an der Sonne sehen?
Ja, antwortete ich, das kann ich sehen.
Pause.
Aber wenn Sie nun die Sonne nicht sehen, wie wissen Sie da die Zeit?
Dann richte ich mich nach anderen Dingen. Nach Flut oder Ebbe, nach dem Gras, das sich zu einer bestimmten Zeit legt, nach dem Vogelsang, der wechselt; einige Vögel beginnen zu

singen, wenn andere schweigen. Dann sehe ich die Zeit auch an den Blumen, die sich am Nachmittag schließen, am Laub, das bald hellgrün, bald dunkelgrün ist; ich habe es außerdem im Gefühl.
Wirklich, sagte sie. Ich erwartete Regen und wollte Edvarda ihrer selbst wegen nicht mehr länger mitten auf dem Weg aufhalten, ich griff an die Mütze. Da hielt sie mich plötzlich mit einer neuen Frage fest, und ich blieb. Sie errötete und fragte, wozu ich eigentlich hier sei, weshalb ich auf die Jagd ginge und weshalb dies und weshalb jenes. Ich schösse ja nur das Notwendigste zur Jagd, ich ließe Äsop rasten.
Sie wurde rot und demütig. Ich verstand, daß jemand von mir gesprochen hatte, sie sprach nicht aus sich selbst. Dann weckte sie meine Teilnahme, sie sah so verlassen aus, es traf mich, daß sie mutterlos war, ihre dünnen Arme gaben ihr ein vernachlässigtes Aussehen. Es kam so über mich.
Wohl, ich schösse, nicht um zu morden, ich schösse, um zu leben. Ich brauche heute ein Birkhuhn, deshalb schieße ich nicht zwei, sondern schieße das andere morgen. Weshalb sollte ich mehrere schießen? Ich lebe im Wald, ich sei des Waldes Sohn. Ab ersten Juni sei auch für Schneehühner und Hasen Schonzeit, ich hätte fast nichts mehr zu schießen, gut, dann fischte ich und lebte von Fischen. Ich wollte ein Boot von ihrem Vater nehmen und damit hinausrudern. Nein gewiß, ich sei nicht Jäger, nur um zu schießen, sondern um im Walde zu leben. Es sei gut für mich dort, ich läge auf der Erde zu Tisch, wenn ich esse, und säße nicht aufrecht auf einem Stuhl; ich würfe nicht mein Glas um. Im Walde verböte ich mir nichts, ich könne mich auf den Rücken legen und die Augen schließen, wenn ich wollte, ich könne dort auch sagen, was ich wolle. Oft könne man etwas sagen wollen, laut sprechen, und es klänge wie eine Rede aus dem eigensten Herzen des Waldes...
Als ich sie fragte, ob sie dies verstehe, antwortete sie: Ja. Ich fuhr fort zu sprechen, denn ihre Augen weilten auf mir. – Sie sollten nur wissen, was ich alles draußen im Freien sehe, sagte ich. Im Winter gehe ich dahin und sehe vielleicht im Schnee Spuren von Schneehühnern. Plötzlich verschwinden die Spuren, die Vögel sind aufgeflogen. Aber an den Abdrücken der Flügel kann ich erkennen, in welcher Richtung das Wild geflogen ist, und ich finde es in kurzer Zeit auf. Dies ist

jedesmal etwas Neues für mich. Im Herbst sind oft die Sternschnuppen zu beobachten. Was, denke ich da in meiner Einsamkeit, ist dies eine Welt, die in Zuckungen geraten ist, eine Welt, die vor meinen Augen in Trümmer ging? Und mir – mir ward es vergönnt, eine Sternschnuppe in meinem Leben zu sehen! Aber wenn der Sommer kommt, da ist vielleicht ein kleines lebendes Tier auf jedem Laubblatt, ich kann sehen, daß einige flügellos sind, sie können nicht vom Fleck kommen, sie müssen leben und sterben auf diesem kleinen Laubblatt, auf dem sie zur Welt gekommen sind. Denken Sie doch. Bisweilen sehe ich die blaue Fliege. Ja, all das hört sich so gering an, ich weiß nicht, ob Sie es verstehen.

Doch, doch, ich verstehe es.

Jaja. Und manchmal sehe ich das Gras an, und das Gras sieht vielleicht mich wieder an, was wissen wir? Ich sehe auf ein einzelnes Grasblatt, es zittert vielleicht ein wenig, und dies, scheint mir, ist etwas. Ich denke bei mir selbst: Hier steht nun dieses Grasblatt und zittert! Und ist es eine Kiefer, die ich ansehe, so hat sie vielleicht einen Ast, der mir auch ein wenig über sich zu denken gibt. Aber manchmal treffe ich auch Menschen auf den Bergen, das kommt vor.

Ich sah sie an, sie stand vorgebeugt und lauschte. Ich kannte sie nicht wieder. Sie war voller Aufmerksamkeit, daß sie sich nicht im geringsten in acht nahm, sondern häßlich wurde, einfältig anzusehen, ihre Lippe hing lang herunter.

Soso, sagte sie und richtete sich auf.

Die ersten Regentropfen fielen.

Es regnet, sagte ich dann.

Ja, denken Sie, es regnet, sagte sie auch und ging schon fort.

Ich begleitete sie nicht heim, sie wanderte allein ihren Weg, ich eilte zur Hütte hinaus. Einige Minuten vergingen, es begann heftig zu regnen. Mit einemmal höre ich, daß ein Mensch hinter mir gelaufen kommt, ich halte an und sehe Edvarda. Sie ist vor Anstrengung rot geworden und lächelt.

Ich vergaß es, sagte sie atemlos. Es war der Ausflug zum Trockenplatz, zu den Klippfischfelsen. Der Doktor kommt morgen, haben Sie da Zeit?

Morgen? Jawohl. Ja, ich habe Zeit.

Ich vergaß es, sagte sie wieder und lächelte.

Als sie ging, bemerkte ich ihre dünnen schönen Waden, sie waren hoch hinauf naß. Ihre Schuhe waren ausgetreten.

Ich entsinne mich noch gut eines Tages. Es war der Tag, an dem mein Sommer kam. Die Sonne begann bereits während der Nacht zu scheinen und trocknete die nasse Erde bis zum Beginn des Morgens, die Luft war nach dem letzten Regen weich und lind geworden.
Am Nachmittag stellte ich mich auf der Landungsbrücke ein. Das Wasser lag vollkommen still, wir hörten Lachen und Sprechen draußen von der Insel, wo Männer und Mädchen die Fische bearbeiteten. Es war ein fröhlicher Nachmittag.
Ja, war es nicht ein fröhlicher Nachmittag? Wir hatten Körbe mit Essen und Wein dabei; eine große Gesellschaft von Menschen war in zwei Boote verteilt, junge Frauen in hellen Kleidern. Ich war so zufrieden, ich summte.
Und als ich im Boot saß, dachte ich darüber nach, woher alle diese jungen Menschen gekommen waren. Es waren die Töchter des Gemeindevogts und des Distriktarztes, ein paar Gouvernanten, die Damen vom Pfarrhof, die ich vorher nicht gesehen hatte; sie waren fremd für mich und trotzdem so vertraulich, als ob wir uns schon seit langer Zeit gekannt hätten. Ich beging einige Fehler; ich war es nicht mehr gewohnt, mit Menschen zu verkehren, und sagte oft Du zu den jungen Damen; aber es wurde mir nicht übel genommen. Ich sagte einmal: Liebe, oder: meine Liebe; aber man entschuldigte auch dies und tat so, als hätte ich es nicht gesagt.
Herr Mack hatte wie gewöhnlich sein ungestärktes Vorhemd mit der Diamantspange an. Er sah aus, als sei er in ausgezeichneter Laune und rief zum anderen Boot hinüber:
Paßt auf die Körbe mit den Flaschen auf, ihr verrückten Menschen! Doktor, Sie haften mir für die Flaschen.
Jawohl, antwortete der Doktor zurück. Und nur diese zwei Rufe über die See von Boot zu Boot klangen schon munter und festlich für mich.
Edvarda war in dem Kleid von gestern, als hätte sie kein anderes Kleid oder wollte kein anderes anziehen. Ihre Schuhe waren auch dieselben. Es kam mir vor, als seien ihre Hände nicht ganz rein; aber auf dem Kopf hatte sie einen ganz neuen Hut mit Federn. Ihre aufgefärbte Jacke brachte sie mit, um darauf zu sitzen.
Auf Herrn Macks Wunsch löste ich einen Schuß, als wir an

Land gehen sollten, zwei Schüsse, meine beiden Läufe; dann wurde Hurra gerufen. Wir wanderten auf die Insel hinauf, die Leute, die die Fische trockneten, grüßten uns alle, und Herr Mack besprach sich mit seinen Arbeitern. Wir fanden Margueriten und Akelei, die wir in die Knopflöcher steckten; einige fanden Glockenblumen.

Und Massen von Seevögeln schnatterten und schrien in der Luft und auf dem Strand.

Wir lagerten uns auf einem Wiesenfleck, wo einige verkümmerte Birken mit weißer Rinde standen. Die Körbe wurden abgedeckt, und Herr Mack zog Flaschen auf. Helle Kleider, blaue Augen, Klirren von Glas, das Meer, die weißen Segel. Wir sangen ein wenig. Und die Wangen röteten sich.

Eine Stunde später ist mein Sinn voller Jubel; auch Kleinigkeiten wirken auf mich ein; ein Schleier flattert an einem Hut, ein Haar löst sich auf, zwei Augen schließen sich im Lachen, und ich werde davon bewegt.

Dieser Tag, dieser Tag!

Ich habe gehört, daß Sie eine kleine lustige Hütte haben, Herr Leutnant?

Ja, ein Nest. Gott, wie es nach meinem Herzen ist! Kommen Sie einmal und besuchen Sie mich, gnädiges Fräulein; es gibt nur eine solche Hütte. Und hinter der Hütte ist ein großer Wald.

Eine andere kommt und sagte freundlich:

Sie waren früher nie hier oben im Norden?

Nein, antwortete ich. Aber ich kenne schon alles, meine Damen. In den Nächten stehe ich Angesicht in Angesicht mit den Bergen, der Erde und der Sonne. Ich will übrigens nicht versuchen, hochtrabend zu sein. Diesen Sommer, den Ihr hier habt! Der schießt in einer Nacht hervor, wenn alle schlafen, und am Morgen ist er da. Ich nickte aus meinem Fenster und sah ihn selbst. Ich habe zwei kleine Fenster.

Eine Dritte kommt. Sie ist bestechend durch ihre Stimme und ihre kleinen Hände. Wie sie alle bestechend sind.

Die Dritte sagt:

Wollen wir Blumen tauschen? Das bringt Glück.

Ja, sage ich und strecke die Hand vor, laßt uns Blumen tauschen, und ich danke Ihnen dafür. Wie hübsch Sie sind, Sie haben eine betörende Stimme, ich habe sie die ganze Zeit gehört.

Aber sie zieht ihre Glockenblumen an sich und sagt kurz und gut: Was geht Sie das an? Ich meinte nicht Sie.
Sie hatte nicht mich gemeint. Es schmerzte mich, daß ich fehlgegriffen hatte, ich wünschte mich wieder heim, weit fort in meine Hütte, wo nur der Wind zu mir sprach. Entschuldigen Sie, sagte ich, und verzeihen Sie mir. Die anderen Damen sahen einander an und entfernten sich, um mich nicht zu demütigen.
In diesem Augenblick kam jemand rasch auf uns zu, alle sahen es, es war Edvarda. Sie kommt gerade auf mich zu, sie spricht ein wenig, wirft sich mir an den Hals, drückt die Arme um meinen Hals und küßt mich mehrere Male auf den Mund. Sie sagt etwas, jedesmal, aber ich höre nicht, was es ist. Ich begriff das Ganze nicht, mein Herz stand still, ich hatte nur den Eindruck ihres brennenden Blickes. Als sie mich losließ, ging ihre kleine Brust auf und nieder. Da stand sie noch mit ihrem braunen Gesicht und dem braunen Hals, hoch und schmal mit sprühenden Augen und ganz rücksichtslos; alle miteinander sahen auf sie. Zum zweitenmal wurde ich von ihren dunklen Augenbrauen benommen, die sich hoch in die Stirn hinauf bogen. Aber du guter Gott, das Menschenkind hatte mich vor aller Augen geküßt!
Was ist, Jungfer Edvarda? frage ich, und ich höre mein Blut klopfen, ich höre es gleichsam unten aus meinem Schlund, es hindert mich, deutlich zu sprechen.
Es ist nichts, antwortet sie. Ich wollte es so. Das macht nichts.
Ich nehme meine Mütze ab und streiche mechanisch mein Haar weg, während ich dastehe und sie anblicke. Macht es nichts? dachte ich.
Da tönt Herrn Macks Stimme von einer anderen Seite der Insel; er sagt etwas, was wir nicht hören können; aber ich denke mit Freude daran, daß Herr Mack nichts gesehen, nichts erfahren hat. Wie gut war es, daß er gerade jetzt an einem anderen Ende der Insel war! Dies erleichterte mich. Ich trete zur Gesellschaft hin und sage lachend, indem ich sehr gleichgültig tue:
Darf ich Sie alle zusammen für mein unpassendes Betragen soeben um Entschuldigung bitten; ich bin selbst verzweifelt darüber. Ich habe einen Augenblick, als Jungfer Edvarda Blumen mit mir tauschen wollte, benützt, sie zu kränken; ich

bitte sie und alle um Entschuldigung. Versetzen Sie sich an meine Stelle: Ich lebe allein, ich bin nicht gewohnt, mit Damen zu verkehren; dazu kommt, daß ich heute Wein getrunken habe, was ich ebensowenig gewohnt bin. Seien Sie nachsichtig mit mir.

Ich lachte und tat gleichgültig wegen der ganzen Bagatelle, um sie vergessen zu machen, aber in meinem Innern war ich ernst. Meine Rede hatte auch keinerlei Wirkung auf Edvarda, sie versuchte nicht, etwas zu verbergen, nicht, den Eindruck ihrer Übereilung auszulöschen, im Gegenteil, sie setzte sich in meine Nähe und sah mich die ganze Zeit an. Hie und da sprach sie mit mir. Als wir später Witwe spielten, sagte sie laut:

Leutnant Glahn ist es, den ich haben will. Es lohnt sich für mich nicht, einem andern nachzulaufen.

Zum Satan, so schweigen Sie doch! flüsterte ich und stampfte auf den Boden.

Eine Überraschung flog über ihr Gesicht, sie machte vor Schmerz mit der Nase eine Grimasse und lächelte verlegen. Ich wurde tief ergriffen, diesem verlassenen Ausdruck in ihrem Blick und in ihrer ganzen dünnen Gestalt konnte ich nicht widerstehen, ich begann sie zu lieben und nahm ihre lange schmale Hand in die meine.

Später! sagte ich. Nichts mehr jetzt. Wir können uns ja morgen treffen.

11

In der Nacht hörte ich, daß Äsop sich aus seinem Winkel erhob und knurrte, ich hörte es durch den Schlaf; aber weil ich eben von der Jagd träumte, paßte dieses Knurren in meinen Traum, und ich wurde nicht vollständig wach davon. Als ich gegen zwei Uhr morgens aus der Hütte trat, sah ich die Fußspuren eines Menschen im Gras; es war jemand dagewesen, war erst zu meinem einen Fenster gegangen, darauf zu meinem andern Fenster. Die Spuren verloren sich wieder den Weg hinunter.

Sie kam mir mit heißen Wangen entgegen, mit ganz strahlendem Gesicht.

Haben Sie gewartet? sagte sie. Ich fürchtete, daß Sie warten müßten.
Ich hatte nicht gewartet, sie war vor mir auf dem Weg. Haben Sie gut geschlafen? sagte ich. Ich wußte fast nichts zu sagen.
Nein, das habe ich nicht, ich habe gewacht, antwortete sie. Und sie erzählte, daß sie in der Nacht nicht geschlafen, sondern mit geschlossenen Augen in einem Stuhl gesessen habe. Sie sei auch eine Weile aus dem Haus gewesen. Jemand war heute nacht draußen vor meiner Hütte, sagte ich. Ich sah die Spur heute morgen im Gras. Und ihr Gesicht färbt sich, sie nimmt meine Hand hier auf dem Weg und antwortet nicht.
Ich sehe sie an und frage: Waren Sie es vielleicht?
Ja, antwortete sie und drückte sich an mich, das war ich. Ich weckte Sie doch nicht, ich ging so leise wie ich konnte. Doch, das war ich. Ich war Ihnen noch einmal nahe. Ich habe Sie lieb.

12

Jeden Tag, jeden Tag traf ich sie. Ich gestehe die Wahrheit, ich traf sie gerne, ja, mein Herz flog hin zu ihr. Es sind heuer zwei Jahre, nun denke ich nur daran, wenn ich will, das ganze Abenteuer belustigt und zerstreut mich. Und was die grünen Vogelfedern angeht, so werde ich das bald erklären.
Wir hatten mehrere Plätze, an denen wir uns trafen, bei der Mühle, auf dem Weg, ja sogar in meiner Hütte; sie kam, wohin ich wollte. Guten Tag! rief sie immer zuerst, und ich antwortete Guten Tag. Du bist froh heute, du singst, sagte sie, und ihre Augen funkelten. Ja, ich bin froh, antwortete ich. Du hast einen Flecken da auf der Schulter, es ist Staub, vielleicht ist es Schmutz vom Weg; ich will diesen Flecken küssen, doch erlaube mir, ihn zu küssen. Alles, was an dir ist, wirkt zärtlich auf mich, ich bin ganz verstört durch dich. Heute nacht schlief ich nicht.
Und das war wahr, in mehr als einer Nacht lag ich schlaflos.
Wir gehen Seite an Seite den Weg entlang.
Was meinst du, benehme ich mich so, wie du es gerne hast? sagte sie. Vielleicht schwätze ich zuviel? Nicht? Ja aber du

sollst sagen, was du meinst. Manchmal denke ich bei mir selbst, daß dies niemals gut gehen kann...

Was soll nicht gut gehen? fragte ich.

Das mit uns. Daß dies nicht gut gehen wird. Ob du es nun glaubst oder nicht, ich gehe hier und friere jetzt; ich fühle es eisig über den Rücken hinunterrieseln, wenn ich dir nur nahe komme. Vor Glück. Ja, auch mir geht es so, antworte ich, es durcheist auch mich, wenn ich dich nur sehe. Doch, dies wird schon gut gehen. Im übrigen werde ich dir ein wenig auf den Rücken klopfen, um dich zu erwärmen.

Widerstrebend läßt sie es mich tun, ich klopfe ein wenig fester, nur zum Spaß, ich lache und frage, ob das nicht helfe.

Ach nein, sei nicht so gut, mich noch mehr auf den Rücken zu klopfen, sagt sie.

Diese paar Worte! Das klang so hilflos, daß sie sagte: Sei nicht so gut.

Dann gingen wir weiter auf dem Weg. Ist sie mißvergnügt über mich wegen meines Scherzes? fragte ich mich selbst, und ich dachte: Wir wollen sehen. Ich sage: Ich muß eben an etwas denken. Auf einer Schlittenfahrt einmal war eine junge Dame, die ein weißes Seidentuch von ihrem eigenen Hals nahm und es um meinen band. Am Abend sagte ich zu der Dame: Sie werden Ihr Tuch morgen zurückbekommen, ich will es waschen lassen. Nein, antwortete sie, geben Sie es mir jetzt, ich will es aufbewahren, so wie es ist, ganz wie Sie es benützt haben. Und sie bekam das Tuch. Drei Jahre danach traf ich die junge Dame wieder. Das Tuch? sagte ich. Sie brachte das Tuch. Es lag in seinem Papier ebenso ungewaschen, ich sah es selbst. Edvarda sah von der Seite zu mir auf.

Ja? Wie ging es weiter?

Nein, es war nichts weiter, sagte ich. Aber mir scheint, dies war ein schöner Zug.

Pause.

Wo ist diese Dame jetzt?

Im Ausland.

Wir sprachen nicht mehr darüber. Doch als sie heimgehen sollte, sagte sie: Gutnacht nun. Geh jetzt aber nicht mehr umher und denke an diese Dame, nicht wahr? Ich denke an niemand andern als an dich.

Ich glaubte ihr, ich sah, daß sie meinte, was sie sagte, und es war mir ewig genug, wenn sie an mich nur dachte. Ich ging ihr nach.

Dank, Edvarda, sagte ich. Später fügte ich aus ganzem Herzen hinzu: Du bist viel zu gut für mich, aber ich bin dankbar dafür, daß du mich haben willst; Gott belohne dich dafür. Ich bin wohl nicht so herrlich, wie viele andere, die du bekommen könntest; aber ich bin so ganz dein, so grenzenlos dein, bei meiner unsterblichen Seele. Woran denkst du? Es kamen dir Tränen in die Augen.

Es war nichts, antwortete sie. Es klang so sonderbar, daß Gott mich belohnen möge. Du sagst so etwas wie ... Ich liebe dich so!

Sie flog mir mit einem Mal um den Hals, mitten auf dem Weg, und küßte mich heftig.

Als sie gegangen war, bückte ich mich und schlüpfte in den Wald, um mich zu verbergen und mit meiner Freude allein zu sein. Und ich lief bewegt wieder zurück zum Weg und sah mich um, ob jemand bemerkt haben könnte, daß ich dort hineingegangen war. Aber ich sah niemand.

13

Sommernächte und stille Wasser und unendlich stille Wälder. Kein Schrei, kein Schritt auf den Wegen, mein Herz ist voll wie von dunklem Wein.

Motten und Schwärmer kommen lautlos durch mein Fenster hereingeflogen, herbeigelockt durch den Schein von der Feuerstätte und vom Duft meines gebratenen Vogels. Sie stoßen mit einem dumpfen Laut gegen die Decke, schwirren an meinen Ohren vorbei, so daß es mich kalt durchfährt, und setzen sich auf mein weißes Pulverhorn an der Wand. Ich betrachte sie, sie sitzen zitternd und sehen mich an, es sind Spinner, Bohrer und Motten. Ich finde, daß einige wie fliegende Stiefmütterchen aussehen.

Ich trete vor die Hütte und lausche. Nichts, kein Lärm, alles schläft. Die Luft leuchtet von fliegenden Insekten, von Myriaden schwirrender Flügel. Dort am Waldrand stehen Farnkraut und Eisenhut. Das Heidekraut blüht, und ich liebe seine kleinen Blumen. Dank, mein Gott, für jede Blüte des Heide-

krautes, die ich gesehen habe; sie waren wie kleine Rosen auf meinem Weg, und ich weine vor Liebe zu ihnen. Irgendwo in der Nähe sind wilde Nelken, ich sehe sie nicht, aber ich verspüre ihren Duft.
Aber nun in den Stunden der Nacht haben sich plötzlich große, weiße Blumen im Wald entfaltet, ihre Narbe steht offen, sie atmen. Und zottige Dämmerungsfalter senken sich in ihre Blätter nieder und bringen die ganze Planze zum Beben. Ich gehe von der einen zur anderen Blume, sie sind berauscht, es sind geschlechtlich berauschte Blumen, und ich sehe, wie sie berauscht werden.
Leichte Schritte, eines Menschen Atemzug, ein frohes Guten Abend.
Ich antworte und werfe mich auf den Weg nieder und umfasse die beiden Knie und das armselige Kleid.
Guten Abend, Edvarda! sage ich noch einmal, erschöpft vor Glück. Wie du mich liebst! flüstert sie.
Wie ich dankbar sein muß! antworte ich. Du bist mein, und mein Herz liegt den ganzen Tag still in mir und denkt an dich. Du bist das schönste Mädchen auf dieser Erde, und ich habe dich geküßt. Oft werde ich rot vor Freude, wenn ich nur daran denke, daß ich dich geküßt habe.
Weshalb hast du mich gerade heute abend so lieb? fragt sie.
Es gab unzählige Gründe, ich hatte nur an sie zu denken brauchen, um sie lieb zu haben. Dieser Blick unter den hoch in die Stirne gewölbten Augenbrauen und diese dunkle, holde Haut!
Sollte ich dich nicht lieben! sage ich. Ich gehe und danke jedem Baum dafür, daß du wohlauf bist und deine Gesundheit hast. Es war einmal auf einem Ball eine junge Dame, die Tanz auf Tanz dasaß, und alle ließen sie sitzen. Ich kannte sie nicht, aber ihr Gesicht machte Eindruck auf mich, und ich verbeugte mich vor ihr. Nun? Nein, sie schüttelte den Kopf. Das gnädige Fräulein tanzt nicht? sagte ich. Können Sie das begreifen, antwortete sie, mein Vater war so hübsch und meine Mutter war eine vollkommene Schönheit, und mein Vater siegte über meine Mutter im Sturm. Ich aber wurde lahm.
Edvarda sah mich an.
Wollen wir uns setzen? fragte sie.
Wir setzen uns ins Heidekraut.

Weißt du, was meine Freundin von dir sagt? begann sie. Du hast einen Tierblick, sagt sie, und wenn du sie ansiehst, machst du sie verrückt. Es ist, als ob du sie berührtest, sagt sie.

Eine eigene Freude flackerte durch mich, als ich dies hörte, nicht wegen mir, sondern wegen Edvarda, und ich dachte: Es gibt nur eine, auf die es mir ankommt, was sagt diese eine von meinem Blick? Ich fragte: Was war das für eine Freundin?

Das erzähle ich nicht, antwortete sie; aber es war eine von denen, die mit uns auf dem Trockenplatz waren.

Jaja, sagte ich.

Und wir sprachen von anderen Dingen.

Mein Vater reist an einem der nächsten Tage nach Rußland, sagte sie, und dann will ich ein Fest geben. Warst du auf den Korholmen? Wir werden zwei Körbe Wein dabei haben, die Damen vom Pfarrhof kommen wieder mit, mein Vater hat mir den Wein schon gegeben. Nicht wahr, dann wirst du meine Freundin nicht wieder ansehen? Nein, sicher nicht? Denn sonst lade ich sie nicht ein.

Und ohne mehr zu sagen, warf sie sich mir heftig an den Hals und sah mich an, starrte in mein Gesicht, während sie hörbar atmete. Ihr Blick war ganz schwarz.

Ich erhob mich jäh und sagte in meiner Verwirrung nur: Soso, will dein Vater nach Rußland?

Weshalb stehst du so schnell auf? fragte sie.

Weil es so spät ist, Edvarda, sagte ich. Nun schließen sich die weißen Blumen wieder. Die Sonne steht auf, der Tag kommt.

Ich begleitete sie durch den Wald und blieb stehen und sah ihr nach, so lange ich konnte; weit unten wandte sie sich um und rief gedämpft Gutenacht. Dann verschwand sie. Im selben Augenblick ging die Haustür der Schmiede auf, ein Mann mit einem weißen Vorhemd kam heraus, blickte um sich, zog den Hut tiefer in die Stirn herein und nahm den Weg hinunter nach Sirilund.

Ich hörte noch Edvardas Gutenacht in meinen Ohren.

Freude berauscht. Ich feure meine Büchse ab, und ein unvergeßliches Echo antwortet von Berg zu Berg, schwebt über das Meer hinaus und klingt in den Ohren eines übernächtigen Rudergastes. Worüber freue ich mich? Über einen Gedanken, der mir kommt, eine Erinnerung, einen Klang im Wald, einen Menschen. Ich denke an sie, ich schließe meine Augen und stehe still auf dem Weg und denke an sie, ich zähle Minuten.
Nun bin ich durstig und trinke am Bach; nun zähle ich hundert Schritte vor und hundert Schritte zurück; nun ist es spät geworden, denke ich.
Ist etwas dazwischen gekommen? Ein Monat ist vergangen und ein Monat ist keine lange Zeit; es ist nichts dazwischen gekommen! Gott mag wissen, daß dieser Monat kurz war. Aber die Nächte, die sind manches Mal lang, und ich verfalle darauf, meine Mütze in den Bach zu tauchen und sie wieder trocknen zu lassen, nur um die Zeit zu verkürzen, während ich warte.
Ich rechnete meine Zeit nach Nächten. Bisweilen kam eine Nacht, und Edvarda blieb aus, einmal blieb sie zwei Nächte lang aus. Zwei Nächte. Es war nichts im Wege, aber mir schien es da, als hätte mein Glück vielleicht schon seinen höchsten Punkt erreicht gehabt.
Und war es nicht so?
Hörst du, Edvarda, wie unruhig es heute nacht im Wald ist? Es raschelt unaufhörlich in den Erdhaufen, und die großen Laubblätter zittern. Es ist vielleicht etwas am Werk; aber das war es nicht, was ich sagen wollte. Ich höre einen Vogel droben auf der Höhe singen, es ist nur eine Meise; aber sie hat zwei Nächte lang auf demselben Platz gesessen und hat gelockt. Hörst du einen gleichförmigen, gleichförmigen Laut?
Ja, ich höre ihn. Weshalb fragst du mich danach?
Für nichts. Sie saß dort zwei Nächte lang. Ich wollte das nur sagen... Dank, Dank, daß du heute abend kamst, Geliebte! Ich saß hier und erwartete dich heute abend oder morgen abend, freute mich darauf, daß du kämest.
Und auch ich habe gewartet. Ich denke an dich, und ich habe die Scherben des Glases, das du einmal umwarfst, gesammelt und aufbewahrt; kannst du dich erinnern? Mein Vater ist

heute nacht verreist, ich bin entschuldigt dafür, daß ich nicht kam, ich hatte soviel zu packen und ihn an so vieles zu erinnern. Ich wußte, daß du hier umhergingst und im Wald wartetest, und ich weinte und packte. Aber es sind zwei Nächte vergangen, dachte ich, was machte sie in der ersten Nacht? Und weshalb ist jetzt nicht soviel Freude in ihren Augen wie früher?
Eine Stunde verging. Die Meise oben auf der Höhe schwieg, der Wald lag tot. Nein, nein, es war nichts dazwischen gekommen, alles war wie vorher, sie gab mir ihre Hand zum Abschied und sah in Liebe auf mich. Morgen? fragte ich.
Nein, morgen nicht, antwortete sie.
Ich fragte nicht weshalb.
Morgen werden wir ja unser Fest haben, sagte sie lachend. Ich wollte dich nur überraschen, aber du machtest eine so unglückliche Miene, daß ich es gleich sagen mußte. Ich hätte dich schriftlich eingeladen. Und mein Herz war unsäglich erleichtert.
Sie ging und nickte zum Abschied.
Noch eines sagte ich, auf demselben Fleck stehen bleibend. Wie lange ist es her, daß du die Glasscherben gesammelt hast?
Wie lange das her ist?
Ja, kann es eine Woche her sein, zwei Wochen?
Ja, vielleicht ist es zwei Wochen her. Aber weshalb fragst du danach? Nein, ich muß dir die Wahrheit sagen, ich tat es gestern.
Sie tat es gestern, es war nicht länger her als seit gestern, daß sie an mich gedacht hatte! Nun war alles gut.

15

Die zwei Boote lagen auf dem Wasser, und wir gingen an Bord. Wir sangen und sprachen. Die Korholme lagen draußen vor den Inseln, es bedurfte einer guten Weile, um dorthin zu rudern, und indessen sprachen wir miteinander von den Booten aus. Der Doktor war hell gekleidet, ebenso wie die Damen; ich hatte ihn früher nie so vergnügt gesehen, er redete mit, er war nicht mehr nur ein stiller Zuhörer. Ich bekam den

Eindruck, daß er ein wenig getrunken hatte und fröhlich war. Als wir an Land kamen, nahm er für einen Augenblick die Aufmerksamkeit der Gesellschaft in Anspruch und bot uns den Willkommensgruß. Ich dachte: Sieh, Edvarda hat ihn zum Wirt auserkoren.
Mit dem höchsten Grad von Liebenswürdigkeit unterhielt er sich mit den Damen. Gegen Edvarda war er höflich und freundlich, oft väterlich ermahnend und, wie so manches Mal früher, pedantisch belehrend. Sie sprach von einem Datum, sie sagte: Ich bin achtunddreißig geboren, und er fragte: Achtzehnhundertachtunddreißig meinen Sie wohl? Wenn sie geantwortet hätte: Nein, neunzehnhundertachtunddreißig, hätte er keinerlei Verwirrung gezeigt, sondern hätte sie nur wieder verbessert und gesagt: Das dürfte wohl falsch sein. Wenn ich etwas sagte, hörte er höflich und aufmerksam zu und übersah mich nicht.
Ein junges Mädchen kam zu mir her und begrüßte mich. Ich erkannte sie nicht wieder, ich konnte mich ihrer nicht erinnern, und ich sagte einige verwunderte Worte, worüber sie lachte. Es war die eine der Töchter des Propstes, ich war mit ihr zusammen auf dem Trockenplatz gewesen, hatte sie auf meine Hütte eingeladen. Wir sprachen eine Weile zusammen.
So vergehen ein oder zwei Stunden. Ich langweile mich, ich trinke von dem Wein, den man mir einschenkt, und mische mich unter alle, rede mit allen. Wieder mache ich mich einiger Fehler schuldig, ich bin auf unsicheren Grund geraten und weiß im Augenblick nicht, wie ich eine Freundlichkeit beantworten soll, es kommt vor, daß ich unzusammenhängend spreche oder sogar stumm bleibe, und ich gräme mich darüber. Dort bei dem großen Stein, den wir als Tisch benützen, sitzt der Doktor und gestikuliert.
Seele! Was ist das, Seele? fragte er. Die Tochter des Propstes hatte ihn beschuldigt, Freidenker zu sein. Gut, sollte man nicht frei denken? Man stellte sich die Hölle vor wie ein Haus drunten in der Erde und den Teufel als Bürochef – nein, Majestät war er. Er wolle vom Altarbild in der Annexkirche sprechen: eine Christusfigur, einige Juden und Jüdinnen, Wasser zu Wein; gut. Aber Christus hatte einen Glorienschein um den Kopf. Was war ein Glorienschein? Ein gelber Faßreifen, der auf drei Haaren stand...

Zwei von den Damen schlugen entsetzt die Hände zusammen. Aber der Doktor rettete sich und sagte scherzend: Nicht wahr, das klingt fürchterlich? Das gebe ich zu. Aber wenn man es wiederholt, es sieben- oder achtmal für sich selbst wiederholt und ein wenig darüber nachdenkt, so klingt es bereits besser... Darf ich um die Ehre bitten, mit den Damen zu trinken!

Und er kniete im Gras vor den zwei Damen nieder und nahm nicht den Hut ab, um ihn vor sich hinzulegen, sondern hielt ihn mit der linken Hand hoch in die Luft und leerte das Glas mit zurückgebogener Kehle. Ich wurde ganz begeistert über seine große Sicherheit und hätte mit ihm getrunken, wäre sein Glas nicht leer gewesen. Edvarda folgte ihm mit den Augen. Ich stellte mich in ihre Nähe, ich sagte: Wollen wir heute Witwe spielen?

Sie fuhr ein wenig zusammen und erhob sich.

Denken Sie daran, daß wir jetzt nicht du zueinander sagen, flüsterte sie.

Ich hatte auch gar nicht du gesagt. Ich entfernte mich wieder.

Wieder verging eine Stunde. Der Tag wurde lang, ich wäre schon längst heimgerudert, wenn ich ein drittes Boot gehabt hätte. Äsop lag angebunden in der Hütte, er dachte vielleicht an mich. Edvardas Gedanken waren sicher weit von mir weg, sie sprach von dem Glück, fortreisen zu dürfen, an andere Orte, ihre Wangen wurden heiß darüber, und sie sprach sogar falsch:

Niemand würde mehr glücklicher sein als ich an dem Tag...

Mehr glücklicher, sagt der Doktor.

Was? fragte sie.

Mehr glücklicher.

Das verstehe ich nicht.

Sie sagten mehr glücklicher, nichts weiter.

Tat ich das? Entschuldigen Sie. Niemand würde glücklicher sein als ich an dem Tag, an dem ich an Bord des Schiffes stünde. Bisweilen sehne ich mich nach Orten, die ich selbst nicht weiß.

Sie sehnte sich fort, sie erinnerte sich meiner nicht. Ich stand da und sah ihrem Gesicht an, daß sie mich vergessen hatte. Nun, darüber war nichts zu sagen; aber ich selbst stand hier

und sah dies auf ihrem Gesicht. Und die Minuten gingen traurig langsam dahin. Ich fragte mehrmals, ob wir nicht heimrudern sollten, es sei spät, sagte ich, und Äsop läge angebunden in der Hütte. Aber niemand wollte heim. Ich ging zum dritten Mal zur Tochter des Propstes, ich dachte: Das ist sie, die von meinem Tierblick gesprochen hat. Wir tranken zusammen; sie hatte zitternde Augen, die niemals still standen, sie sah mich häufig an und sah danach wieder weg.
Sagen Sie, begann ich, glauben Sie nicht, gnädiges Fräulein, daß die Menschen in diesen Gegenden dem kurzen Sommer selbst gleichen? Sie sind flüchtig und betörend wie er?
Ich sprach laut, sehr laut, und ich tat es mit Willen. Ich fuhr fort, laut zu sprechen, und bat das Fräulein wiederum, mich zu besuchen und meine Hütte anzusehen. Gott segne Sie dafür, sagte ich in meiner Not, und ich dachte bereits bei mir selbst, ob ich nicht etwas finden könnte, um es ihr zu verehren, wenn sie käme. Ich hätte vielleicht nichts anderes als mein Pulverhorn, dachte ich.
Und das Fräulein versprach zu kommen.
Edvarda saß mit abgewandtem Gesicht und ließ mich sprechen, so viel es mich gelüstete. Sie hörte dem zu, was sonst gesagt wurde und fügte hie und da ein Wort ein. Der Doktor weissagte den jungen Damen aus den Händen und ließ den Mund laufen; er hatte selbst feine kleine Hände und einen Ring an dem einen Finger. Ich fühlte mich überflüssig und setzte mich eine Zeitlang abseits auf einen Stein. Das Fest begann sich weit über den Nachmittag auszudehnen. Hier sitze ich nun ganz allein auf einem Stein, sagte ich zu mir selbst, und der einzige Mensch, der mich hier wegbringen könnte, läßt mich sitzen. Es ist mir im übrigen auch gleichgültig.
Ein weites Gefühl der Verlassenheit bemächtigte sich meiner. Das Gespräch hinter mir tönte in meinen Ohren, und ich hörte, daß Edvarda lachte; bei diesem Lachen erhob ich mich mit einemmal und trat zur Gesellschaft hin. Meine Erregung ging mit mir durch.
Nur einen Augenblick, sagte ich. Es fiel mir ein, während ich dort saß, daß ihr vielleicht mein Fliegenbuch sehen möchtet. Und ich holte mein Fliegenbuch hervor. Entschuldigt, daß ich nicht eher daran gedacht habe. Wollt ihr nicht so freundlich sein, es durchzusehen, ihr macht mir eine Freude, ihr müßt

alles ansehen, da sind rote und auch gelbe Fliegen. Und ich hielt meine Mütze in der Hand, während ich sprach. Ich merkte selbst, daß ich meine Mütze abgenommen hatte und daß dies falsch war, deshalb setzte ich sie gleich wieder auf.
Eine kleine Weile herrschte tiefe Stille, und niemand nahm das Buch entgegen. Endlich streckte der Doktor die Hand danach aus und sagte höflich:
Ja, danke, wir wollen uns die Dinger einmal anschauen. Es ist mir immer ein Rätsel gewesen, wie man Fliegen zusammensetzt.
Ich mache sie selbst, sagte ich, erfüllt von Dankbarkeit gegen ihn. Und ich schickte mich gleich an zu erklären, wie ich sie machte. Es sei so einfach, ich kaufte die Federn und die Angeln, – sie seien nicht gut gemacht, aber sie seien auch nur zum eigenen Gebrauch. Man könne fertige Fliegen bekommen, und die seien sehr hübsch.
Edvarda warf einen gleichgültigen Blick auf mich und das Buch und fuhr fort, mit ihren Freundinnen zu sprechen.
Hier ist auch Material, sagte der Doktor. Seht, was für schöne Federn.
Edvarda sah auf.
Die grünen sind schön, sagte sie, lassen Sie mich sehen, Doktor. Behalten Sie sie, rief ich. Ja, tun Sie das, ich möchte Sie heute darum bitten. Es sind zwei grüne Vogelfedern. Seien Sie gut gegen mich, lassen Sie dies eine Erinnerung sein.
Sie sah sie an und sagte:
Sie sind grün und golden, je nachdem, wie man sie in die Sonne hält. Ja, danke, wenn Sie mir sie also geben wollen.
Ja, ich will sie Ihnen geben, sagte ich.
Sie steckte die Federn zu sich.
Bald darauf gab mir der Doktor mein Buch zurück und dankte. Er erhob sich und fragte, ob wir nicht bald anfangen sollten, an den Heimweg zu denken.
Ich sagte:
Doch, um Gottes willen. Ich habe einen Hund daheim liegen, sehen Sie, ich habe nun eben einen Hund, er ist mein Freund, er liegt da und denkt an mich, und wenn ich komme, steht er mit den Vorderpfoten im Fenster und begrüßt mich. Der Tag ist so hübsch gewesen, er ist bald zu Ende, laßt uns heimrudern. Ich danke euch allen miteinander.
Ich wartete am Strand, um zu sehen, welches Boot Edvarda

wählte, und ich nahm mir vor, in das andere zu steigen. Mit einemmal rief sie mich. Ich sah sie erstaunt an, ihr Antlitz flammte. Da kam sie zu mir, reichte mir ihre Hand und sagte mit Zärtlichkeit:

Dank für die Federn... Hören Sie, wir fahren wohl im gleichen Boot?

Wenn Sie es wollen, antwortete ich.

Wir setzten uns ins Boot, sie nahm ihren Platz mir zu Seite auf meiner Ruderbank ein und berührte mich mit ihrem Knie. Ich sah sie an, und sie sah einen Augenblick wieder auf mich zurück. Sie tat mir wohl, indem sie mich mit ihrem einen Knie berührte; ich begann mich für den bitteren Tag belohnt zu fühlen und meine Freude wiederzugewinnen, als sie plötzlich die Stellung wechselte, mir den Rücken zuwandte und mit dem Doktor zu sprechen anfing, der am Steuer saß. Eine ganze Viertelstunde war ich nicht für sie vorhanden. Da tat ich etwas, was ich bereue und jetzt noch nicht vergessen habe. Ihr Schuh fiel vom Fuß, ich ergriff ihn und schleuderte ihn weit über das Wasser, vor Freude darüber, daß sie nahe war, oder aus Drang, mich geltend zu machen und sie daran zu erinnern, daß ich auf der Welt sei, – ich weiß es nicht. Das Ganze ging so rasch, ich dachte nicht nach, ich bekam nur diesen Einfall. Die Damen erhoben ein Geschrei. Ich selbst war wie gelähmt über das, was ich getan hatte, aber was nützte das? Es war geschehen. Der Doktor kam mir zu Hilfe, er rief: Rudert los! und steuerte auf den Schuh hin! Im nächsten Augenblick schon hatte der Ruderknecht ihn ergriffen, eben als er sich mit Wasser füllte und unter den Wasserspiegel sank. Der Mann war bis hoch über den Arm hinauf naß. Dann erklang ein mehrstimmiges Hurra von beiden Booten, weil der Schuh gerettet war.

Ich war tief beschämt und fühlte, daß mein Gesicht die Farbe wechselte und sich verzog, während ich den Schuh mit dem Taschentuch abtrocknete. Edvarda nahm ihn stumm entgegen. Erst eine Weile später sagte sie: So etwas habe ich auch noch nicht erlebt.

Nein, nicht wahr? sagte ich auch. Ich lächelte und machte mir Mut, ich tat so, als hätte ich meinen Streich aus wer weiß welchem Grund begangen, als wenn etwas dahinter stecke. Aber was konnte dahinter stecken? Der Doktor sah mich zum ersten Mal geringschätzig an.

So verging eine Weile, die Boote glitten heimzu, die Mißstimmung der Gesellschaft verschwand, wir sangen, wir näherten uns der Landungsbrücke. Edvarda sagte:
Hört jetzt, wir haben den Wein nicht ausgetrunken, und es ist noch viel übrig. Wir machen noch ein Fest, ein neues Fest, späterhin, wir werden tanzen, wir halten einen Ball in unserer Großstube.
Als wir an Land kamen, bat ich Edvarda um Entschuldigung.
Wie ich mich nach meiner Hütte zurücksehne, sagte ich. Dies war ein peinvoller Tag.
War dies ein peinvoller Tag für Sie, Herr Leutnant?
Ich meine, sagte ich und lenkte ab, ich meine, daß ich es heute so ungemütlich gemacht habe, sowohl für mich wie für andere. Ich warf Ihren Schuh ins Wasser.
Ja, das war ein merkwürdiger Einfall.
Verzeihen Sie mir, sagte ich.

16

Konnte es noch viel schlimmer gehen? Ich beschloß, meine Ruhe zu bewahren, was auch geschehen möge, Gott ist mein Zeuge. War ich es, der von Anfang an sich ihr aufgedrängt hatte? Nein, nein, niemals; ich stand nur eines Wochentags auf ihrem Weg, als sie vorbeiging. Was für ein Sommer war dies hier im Norden! Schon hatte der Maikäfer zu fliegen aufgehört, und die Menschen wurden mir mehr und mehr unerklärlich, obwohl die Sonne sie Tag und Nacht beleuchtete. Wonach sahen ihre blauen Augen aus, und was dachten sie hinter ihren seltsamen Stirnen? Im übrigen waren sie mir alle miteinander gleichgültig. Ich nahm meine Angelschnüre und fischte zwei Tage lang; aber in den Nächten lag ich mit offenen Augen in der Hütte …
Ich habe Sie seit vier Tagen nicht gesehen, Edvarda?
Vier Tage, das stimmt. Hören Sie zu, ich hatte viel zu tun. Kommen Sie und sehen Sie sich's an.
Sie führte mich in die Großstube. Da waren die Tische herausgenommen, die Stühle an den Wänden aufgestellt, ein jedes Ding verändert; der Lüster, der Ofen und die Wände

waren phantastisch mit Heidekraut und mit schwarzen Stoffen aus dem Kramladen dekoriert. Das Klavier stand in einer Ecke.
Das war ihre Vorbereitung zum »Ball«.
Wie finden Sie es? fragte sie.
Sonderbar, antwortete ich. Wir verließen die Stube.
Ich sagte: Aber haben Sie mich ganz vergessen?
Ich verstehe mich nicht auf Sie, antwortete sie erstaunt. Sehen Sie nicht alles, was ich gemacht habe? Konnte ich da zu Ihnen kommen?
Nein, sagte auch ich, da konnten Sie vielleicht nicht zu mir kommen. Ich war übernächtig und ermattet, meine Rede wurde nichtssagend und unbeherrscht, ich war den ganzen Tag unglücklich gewesen. – Nein, da konnten Sie freilich nicht zu mir kommen. Was ich sagen wollte: Mit einem Wort, es ist eine Veränderung eingetreten, etwas ist in den Weg gekommen. Ja. Aber ich kann auf Ihrem Gesicht nicht lesen, was es ist. Wie Ihre Stirn seltsam ist, Edvarda! Ich sehe das jetzt.
Aber ich habe Sie nicht vergessen! rief sie errötend und schob auf einmal ihren Arm unter meinen.
Nein, nein. Sie haben mich vielleicht auch nicht vergessen. Aber dann weiß ich nicht, was ich sage. Eins von beiden.
Morgen werden Sie eine Einladung bekommen. Sie müssen mit mir tanzen. Wie wir tanzen werden!
Wollen Sie ein Stück weit mit mir gehen? fragte ich.
Jetzt? Nein, das kann ich nicht, antwortete sie. Der Doktor kommt bald, er soll mir bei etwas helfen, es ist noch einiges zu tun. Also Sie finden, daß die Stube so angehen kann? Aber glauben Sie nicht... Ein Wagen hält draußen.
Kommt der Doktor heute gefahren? fragte ich.
Ich habe Pferd und Wagen nach ihm gesandt, ich wollte... Seinen kranken Fuß schonen, ja. Nein, lassen Sie mich sehen, daß ich fortkomme... Guten Tag, guten Tag, Doktor. Freue mich, Sie wieder zu sehen. Immer gesund und wohlauf? Ich hoffe, Sie entschuldigen, daß ich verschwinde.
Draußen vor der Treppe wandte ich mich einmal um. Edvarda stand am Fenster und sah mir nach, sie hielt mit beiden Händen die Vorhänge zur Seite, um zu sehen, ihr Ausdruck war gedankenvoll. Eine lächerliche Freude durcheilte mich, ich entfernte mich rasch vom Haus, mit leichten Füßen und

verdunkeltem Blick, die Büchse war so leicht wie ein Spazierstock in meiner Hand. Wenn ich sie bekäme, würde ich ein guter Mensch werden, dachte ich. Ich erreichte den Wald und dachte weiter: Wenn ich sie bekäme, würde ich ihr unermüdlicher dienen als ein anderer; und würde sie sich auch als meiner unwürdig erweisen und würde sie darauf verfallen, das Unmögliche von mir zu verlangen, wollte ich doch alles tun, was ich könnte, und mich darüber freuen, daß sie mein wäre...

Ich hielt an, kniete nieder und leckte vor Demut und Hoffnung an einigen Grashalmen am Wegrand, worauf ich mich wieder erhob. Ich fühlte mich zum Schluß fast sicher: Ihr verändertes Benehmen in der letzten Zeit war nur so ihre Art; sie stand da und sah mir nach, als ich ging, stand am Fenster und folgte mir mit den Augen, bis ich verschwand, was konnte sie mehr tun? Mein Entzücken machte mich verstört, ich war hungrig, und ich fühlte es nicht mehr. Äsop lief voraus, einen Augenblick später begann er zu bellen. Ich sah auf, eine Frau mit einem weißen Tuch auf dem Kopf stand an der Ecke der Hütte; es war Eva, die Tochter des Schmieds.

Guten Tag, Eva! rief ich.

Sie stand bei dem hohen grauen Stein, rot über das ganze Gesicht, und so an ihrem einen Finger.

Bist du es Eva? Was fehlt dir? fragte ich.

Äsop hat mich gebissen, antwortete sie und schlug schüchtern die Augen nieder.

Ich sah ihren Finger an. Sie hatte sich selbst gebissen. Eine Ahnung fährt durch meinen Kopf und ich frage: Hast du lange hier gestanden und gewartet?

Nein, nicht lange, antwortete sie.

Und ohne daß eines von uns noch etwas sagte, nahm ich sie an der Hand und führte sie in die Hütte hinein.

17

Ich kam wie gewöhnlich vom Fischen und ging mit Gewehr und Jagdtasche zum »Ball«, ich hatte nur meinen besten Lederanzug angezogen. Es war spät, als ich nach Sirilund kam, ich hörte, daß in der Stube getanzt wurde, bald darauf rief man: Hier ist der Jäger, der Leutnant! Einige junge Menschen umringten mich und wollten meinen Fang sehen. Ich hatte ein paar Seevögel geschossen und einige Schellfische gefangen, Edvarda hieß mich lächelnd willkommen, sie hatte getanzt, sie war rot.

Den ersten Tanz mit mir! sagte sie.

Und wir tanzten. Kein Unheil geschah, ich wurde schwindlig, fiel aber nicht hin. Meine großen Stiefel machten einigen Lärm, ich hörte diesen Lärm selbst und beschloß, nicht mehr zu tanzen, ich hatte auch Schrammen in den gemalten Boden gemacht. Wie freute ich mich, daß ich kein größeres Unglück angerichtet hatte.

Herrn Macks beide Ladenhilfen waren da und tanzten gründlich und ernsthaft, der Doktor nahm eifrig an den Tourentänzen teil. Außer diesen Herren waren noch vier ganz junge Menschen da, Söhne von den Herrschaften bei der Hauptkirche, vom Propst und vom Distriktsarzt. Ein fremder Handlungsreisender war auch mitgekommen, er zeichnete sich durch seine hübsche Stimme aus und trällerte im Takt mit der Musik; ab und zu löste er die Damen am Klavier ab.

Ich erinnere mich nicht mehr, wie die ersten Stunden verliefen, aber ich erinnere mich an alles vom letzten Teil der Nacht. Die Sonne schien die ganze Zeit rot durch die Fenster herein, und die Seevögel schliefen. Wir bekamen Wein und Kuchen, wir sprachen laut und sangen, Edvardas Lachen klang frisch und sorglos durch die Stube. Aber weshalb bekam ich nicht ein Wort mehr von ihr? Ich näherte mich ihrem Platz und wollte ihr, so gut ich konnte, eine Artigkeit sagen; sie hatte ein schwarzes Kleid an, es war vielleicht ihr Konfirmationskleid, und es war allzu kurz für sie geworden, aber es stand ihr, wenn sie tanzte, und ich wollte ihr das sagen.

Wie das schwarze Kleid ... begann ich.

Doch sie erhob sich, nahm eine ihrer Freundinnen um die Hüfte und ging mit ihr fort. Dies wiederholte sich ein paarmal. Gut, dachte ich, was ist dabei zu machen! Aber weshalb steht sie dann da und sieht mir betrübt aus den Fenstern nach, wenn ich sie verlasse? Meinetwegen!

Eine Dame forderte mich zum Tanzen auf, Edvarda saß in der Nähe und ich antwortete laut:

Nein, ich werde gleich gehen.

Edvarda warf einen fragenden Blick auf mich und sagte: Gehen? Ach nein, Sie gehen nicht.
Ich stutzte und fühlte, daß ich die Zähne in meine Lippe grub. Ich erhob mich.
Was Sie da sagen, kommt mir bedeutungsvoll vor, Jungfer Edvarda, sagte ich finster und tat einige Schritte zur Türe. Der Doktor stellte sich mir in den Weg, und Edvarda kam selbst herbeigeeilt.
Mißverstehen Sie mich nicht, sagte sie warm. Ich wollte damit sagen, daß Sie hoffentlich der letzte sind, der geht, der allerletzte. Außerdem ist es erst ein Uhr ... Hören Sie, fügte sie mit strahlenden Augen hinzu, Sie haben unserem Ruderknecht einen Fünftalerschein gegeben, weil er meinen Schuh vor dem Ertrinken rettete. Das war ein allzu hoher Preis. – Und sie lachte herzlich und wandte sich rundum an alle zusammen.
Ich blieb mit offenem Munde stehen, entwaffnet und verwirrt.
Sie belieben zu scherzen, sagte ich. Ich habe Ihrem Ruderknecht durchaus keinen Fünftalerschein gegeben.
So, das haben Sie nicht? – Sie öffnete die Tür zur Küche und rief den Ruderknecht herein. – Du erinnerst dich unserer Fahrt nach den Korholmen, Jakob? Du rettetest meinen Schuh, der ins Wasser gefallen war? Ja, antwortete Jakob.
Du hast fünf Taler bekommen, weil du den Schuh gerettet hast?
Ja, Sie gaben mir ...
Gut. Du kannst gehen.
Was meint sie mit diesem Trick, dachte ich. Will sie mich beschämen? Das wird ihr nicht gelingen, ich erröte nicht darüber. Ich sagte laut und deutlich:
Ich muß es allen zu wissen machen, daß dies entweder ein Irrtum ist oder eine Lüge. Es ist mir nicht einmal eingefallen, dem Ruderknecht irgendeinen Fünftalerschein für Ihren Schuh zu geben. Ich hätte das vielleicht tun sollen, aber bis jetzt ist es nicht geschehen. Worauf wir fortfahren zu tanzen, sagte sie mit gerunzelter Stirne. Warum tanzen wir nicht?
Dafür schuldet sie mir eine Erklärung, sagte ich zu mir selbst, und ich ging umher und nahm eine Gelegenheit wahr, sie zur Rede zu stellen. Sie ging in das Nebenzimmer, und ich folgte nach.

Prosit! sagte ich und wollte mit ihr trinken.
Ich habe nichts in meinem Glas, antwortete sie kurz.
Und doch stand ihr Glas voll vor ihr.
Ich glaubte, daß dieses hier Ihr Glas sei?
Nein, das ist nicht meines, sagte sie und wandte sich angelegentlich zu ihrem Nachbarn.
Verzeihung, sagte ich.
Mehrere der Gäste bemerkten diesen kleinen Auftritt.
Mein Herz fauchte in mir, ich sagte gekränkt:
Aber Sie schulden mir doch eine Erklärung...
Sie erhob sich, ergriff meine beiden Hände und sagte mit eindringlicher Stimme:
Aber nicht heute, nicht jetzt. Ich bin so traurig. Gott, wie Sie mich ansehen! Wir waren doch einmal Freunde... Ich wandte mich überwältigt ab und ging zu den Tanzenden hinein.
Bald darauf kam auch Edvarda herein, sie stellte sich zum Klavier, an dem der Handlungsreisende saß und einen Tanz spielte, ihr Gesicht war in diesem Augenblick voll heimlichen Kummers.
Ich habe nie spielen gelernt, sagt sie und sieht mich mit dunklen Augen an. Könnte ich wenigstens das!
Darauf konnte ich nichts antworten. Aber mein Herz flog wieder zu ihr und ich fragte:
Weshalb sind Sie auf einmal so betrübt, Edvarda? Wenn Sie wüßten, wie ich dadurch leide.
Ich weiß nicht weshalb, antwortete sie. Über alles miteinander vielleicht. Ach, wenn doch diese Menschen gleich wieder fortgehen möchten, einer wie der andere. Nein, nicht Sie; denken Sie daran, daß Sie der letzte sein sollen. Und von neuem lebte ich wieder auf bei diesen Worten, und meine Augen sahen das Licht in der sonnenerfüllten Stube. Die Tochter des Propstes kam zu mir her und fing mit mir zu sprechen an; ich wünschte sie weit, weit weg und gab ihr kurze Antworten. Ich sah sie mit Absicht nicht an, da sie von meinem Tierblick gesprochen hatte. Sie wandte sich zu Edvarda und erzählte ihr, daß sie einmal im Ausland, ich glaube, es war in Riga, auf der Straße von einem Herrn verfolgt worden war.
Er ging mir Straße um Straße nach und lächelte mir zu, sagte sie. War er denn blind? platzte ich heraus, um Edvarda zu

Gefallen zu sein. Gleichzeitig zuckte ich mit der Schulter. Die junge Dame verstand meine groben Worte sofort und antwortete:
Ja, das muß er wohl gewesen sein, da er eine so alte und häßliche Person wie mich verfolgte.
Aber ich erlangte Edvardas Dankbarkeit nicht, sie zog ihre Freundin mit sich, sie flüsterten zusammen und schüttelten den Kopf. Von nun an war ich vollkommen mir selbst überlassen.
Eine Stunde vergeht noch. Die Seevögel draußen auf den Schären beginnen zu erwachen, ihr Geschrei klingt durch unsere offenen Fenster herein. Ein Stoß der Freude durchfuhr mich, als ich diese ersten Vogelschreie hörte, und ich sehnte mich hinaus zu den Schären ...
Der Doktor war wieder in gute Stimmung gekommen und lenkte die Aufmerksamkeit auf sich, die Damen wurden nicht müde, in seiner Nähe zu sein. Ist das dort mein Rivale? dachte ich, und ich dachte auch an sein hinkendes Bein und seine ärmliche Figur. Er hatte sich einen neuen und witzigen Fluch zugelegt, er sagte Tod und Zweifel, und jedesmal, wenn er diesen putzigen Fluch anwandte, lachte ich laut. Es fiel mir in meiner Verquältheit ein, diesem Mann alle die Vorteile zu geben, die ich geben konnte, da er mein Rivale war. Ich ließ ihn den Doktor zuerst und den Doktor zuletzt sein, ich rief: So hört doch, was der Doktor sagt! Und ich zwang mich, über seine Redensarten laut zu lachen.
Ich liebe diese Welt, sagte der Doktor, ich klammere mich mit Händen und Füßen an das Leben. Und wenn ich einmal sterbe, so hoffe ich, in der Ewigkeit meinen Platz irgendwo gerade über London oder Paris zu bekommen, damit ich das Getöse vom Cancan der Menschen die ganze Zeit hören kann, die ganze Zeit.
Großartig! schrie ich und hustete vor Lachen, obwohl ich nicht im geringsten berauscht war.
Auch Edvarda schien hingerissen zu sein.
Als die Gäste gingen, schlich ich mich in das kleine Seitenzimmer und setzte mich hin, um zu warten. Ich hörte das eine Lebewohl nach dem andern draußen auf der Treppe, auch der Doktor nahm Abschied und ging. Bald erstarben alle Stimmen. Mein Herz schlug heftig, während ich wartete.

Edvarda kam wieder herein. Als sie mich sah, blieb sie einen Augenblick erstaunt stehen, darauf sagte sie lächelnd: Ja so, Sie sind da. Das war freundlich von Ihnen, bis zuletzt zu warten. Nun ich bin todmüde.

Sie blieb stehen.

Ich sagte, indem ich mich erhob:

Ja, nun wird es Ihnen gut tun, zur Ruhe zu kommen. Ich hoffe, daß Ihre Mißstimmung vorübergegangen ist, Edvarda. Sie waren vor kurzem so betrübt, und das schmerzt mich.

Das vergeht schon, wenn ich schlafen werde.

Ich hatte nichts mehr hinzuzufügen, ich ging zur Tür. Ja. Dank für heute abend, sagte sie und reichte mir die Hand.

Und als sie mich auf die Treppe hinausbegleiten wollte, versuchte ich, dem abzuwehren.

Das braucht es nicht, sagte ich, machen Sie sich keine Mühe, ich kann gut allein ...

Aber sie ging trotzdem mit mir hinaus. Sie stand da im Gang und wartete geduldig, während ich meine Mütze, mein Gewehr und meine Jagdtasche suchte. Es lehnte ein Spazierstock im Winkel, ich sah diesen Stock deutlich, ich starrte auf ihn und erkannte ihn wieder, es war der des Doktors. Als sie merkt, wo meine Augen hinsehen, wird sie rot vor Verlegenheit, es ist klar auf ihrem Gesicht zu sehen, daß sie unschuldig ist und nichts von dem Stock weiß. Es vergeht eine ganze Minute. Endlich schießt eine rasende Ungeduld in ihr auf und sie sagt bebend:

Ihr Stock. Vergessen Sie Ihren Stock nicht.

Und Sie hält mir den Stock des Doktors vor meine Augen. Ich sah sie an, sie hielt mir den Stock hin, ihre Hand zitterte. Um diesem ein Ende zu machen, nahm ich den Stock und stellte ihn in den Winkel zurück. Ich sagte: Das ist der Stock des Doktors. Ich kann nicht verstehen, daß der hinkende Mann seinen Stock vergessen konnte.

Sie mit Ihrem hinkenden Mann! rief sie bitter und trat noch einen Schritt gegen mich vor. Sie hinken nicht, nein; aber wenn Sie noch obendrein hinkten, so könnten Sie nicht vor ihm bestehen, nein, das könnten Sie nicht, Sie könnten nicht bestehen vor ihm. So!

Ich suchte nach einer Antwort, alles versank um mich, ich schwieg. Mit einer tiefen Verbeugung ging ich rückwärts aus

der Tür und auf die Treppe hinaus. Hier stand ich einen Augenblick und starrte geradeaus, dann ging ich weg.
Soso, er hat seinen Stock vergessen, dachte ich, und er wird diesen Weg zurückkommen, um ihn zu holen. Er will nicht mich den letzten Mann sein lassen ... Ich schlenderte ganz langsam dahin, nach vorn und hinten spähend, am Rand des Waldes hielt ich an. Endlich, nach einer halben Stunde des Wartens kam der Doktor auf mich zugegangen, er hatte mich gesehen und ging rasch. Noch bevor er etwas sagen konnte, lüpfte ich die Mütze, um ihn zu prüfen. Er lüpfte ebenfalls seinen Hut. Ich ging geradewegs auf ihn zu und sagte: Ich habe nicht gegrüßt.
Er trat einen Schritt zurück und starrte mich an. Sie haben nicht gegrüßt?
Nein, sagte ich.
Pause.
Ja, es ist mir auch gleichgültig, was Sie getan haben, antwortete er erbleichend. Ich will meinen Stock holen, den ich vergessen habe. Dazu hatte ich nichts zu sagen; aber ich rächte mich auf eine andere Weise; ich streckte die Büchse vor ihm aus, als sei er ein Hund und sagte:
Hopp!
Und ich pfiff und lockte ihn, drüber zu springen.
Eine kleine Weile kämpfte er einen Kampf mit sich selbst, sein Gesicht nahm die merkwürdigsten Züge an, während er die Lippen zusammenpreßte und die Augen auf die Erde geheftet hielt. Plötzlich sah er mich scharf an, ein halbes Lächeln hellte seine Züge auf, und er sagte:
Weshalb machen Sie eigentlich dies alles?
Ich antwortete nicht; aber seine Worte wirkten auf mich. Er reichte mir mit einemmal die Hand und sagte gedämpft: Irgend etwas ist mit Ihnen los. Wenn Sie mir sagen wollten, was es ist, vielleicht kann ...
Nun überwältigten mich die Scham und die Verzweiflung, diese ruhigen Worte ließen mich das Gleichgewicht verlieren. Auch ich wollte ihm etwas Gutes tun, ich umarmte ihn und brach aus:
Verzeihen Sie mir dies, hören Sie! Nein, was sollte mit mir los sein? Nichts ist los, ich brauche Ihre Hilfe nicht. Sie suchen vielleicht nach Edvarda? Sie werden sie daheim finden. Aber beeilen Sie sich, sonst geht sie zu Bett bevor Sie kommen; sie

war so müde, ich sah es selbst. Ich sage Ihnen das beste, was ich jetzt weiß, es ist wahr, Sie werden sie daheim finden, gehen Sie nur!

Und ich wandte mich um und eilte von ihm weg, jagte mit langen Schritten durch den Wald dahin und heim zur Hütte.

Eine Zeitlang blieb ich auf meiner Pritsche sitzen, vollständig in der gleichen Verfassung, in der ich hereingekommen war, mit der Jagdtasche über der Schulter und der Büchse in der Hand. Seltsame Gedanken bekamen Leben in meinem Kopf. Weshalb hatte ich mich denn dem Doktor ausgeliefert! Es ärgerte mich, daß ich ihn umfaßt gehalten und ihn mit nassen Augen angesehen hatte; er wird sich daran ergötzen, dachte ich, vielleicht sitzt er in diesem Augenblick da und kichert darüber zusammen mit Edvarda. Er hatte den Stock im Gang hinterlassen. Nicht wahr, wenn ich noch obendrein hinkte, so könnte ich nicht vor dem Doktor bestehen, ich würde durchaus nicht vor ihm bestehen können, das waren ihre eigenen Worte...

Ich stelle mich mitten ins Zimmer, spanne den Hahn an meiner Büchse, setze die Mündung gegen meinen linken Rist und drücke ab. Der Schuß geht durch den Mittelfuß und durchbohrt den Boden. Äsop gibt einen kurzen erschrockenen Laut.

Etwas später klopfte es an der Tür.

Es war der Doktor.

Entschuldigen Sie, wenn ich Sie störe, begann er. Sie gingen so schnell fort, ich dachte, es könnte nicht schaden, wenn wir ein wenig miteinander sprechen würden. Mir scheint, hier riecht es nach Pulver?

Er war vollkommen nüchtern.

Trafen Sie Edvarda? Haben Sie Ihren Stock bekommen? fragte ich. Ich bekam meinen Stock. Nein, Edvarda war zu Bett... Was ist das da? Aber um Himmelswillen, Sie bluten ja? Nein, es ist fast nichts. Ich wollte die Büchse wegstellen und sie ging los; das bedeutet nichts, der Teufel hole Sie, weshalb soll ich verpflichtet sein, hier zu sitzen und Ihnen Aufklärung über dies alles zu geben?... So, Sie haben Ihren Stock bekommen?

Er starrte unverwandt auf meinen zerschossenen Stiefel und auf das Blut, das floß. Mit einer raschen Bewegung legte er

seinen Stock weg und befreite sich von seinen Handschuhen.
Sitzen Sie still, Ihr Stiefel muß herunter. Es stimmt also doch; mir war es ja, als hörte ich einen Schuß.

18

Wie sehr bereute ich später diesen wahnwitzigen Schuß! Das Ganze war nicht soviel wert, es diente auch zu gar nichts, es band mich nur viele Wochen an die Hütte. Alle Ärgernisse und Unannehmlichkeiten stehen noch lebendig vor mir, meine Waschfrau mußte jeden Tag zu meiner Hütte kommen und sich beinahe ständig hier aufhalten, meine Einkäufe zum Essen machen, meinen Haushalt führen.
Es vergingen viele Wochen.
Wohlan!
Der Doktor begann eines Tages von Edvarda zu sprechen. Ich hörte ihren Namen, was sie gesagt und getan hatte, und das hatte nun keine größere Bedeutung mehr für mich, es war, als spreche er von einer fernen Sache, die mich nichts mehr anging. Wie schnell man vergessen kann! dachte ich mit Staunen.
Nun, was meinen Sie selbst von Edvarda, wenn Sie schon fragen? Ich habe wahrhaftig mehrere Wochen nicht an sie gedacht. Warten Sie ein wenig, es kommt mir vor, als ob etwas zwischen euch gewesen sei, ihr wart so oft beisammen. Sie waren Wirt auf einem Inselausflug und sie Wirtin. Leugnen Sie es nicht, Doktor, es war etwas, ein gewisses Verstehen. Nein, um Gottes willen, antworten Sie mir nicht, Sie schulden mir keine Erklärung, ich frage nicht, um etwas zu erfahren, lassen Sie uns von etwas anderem sprechen, wenn Sie wollen. Wann kann ich mit meinem Fuß gehen?
Ich blieb sitzen und dachte an das, was ich gesagt hatte. Weshalb hatte ich im Innersten Angst davor, daß der Doktor sich aussprechen möchte? Was ging mich Edvarda an? Ich hatte sie vergessen. Und auch später einmal kam die Rede auf Edvarda, und ich unterbrach den Doktor wieder, Gott mag wissen, was ich zu hören fürchtete.
Weshalb unterbrechen Sie mich? fragte er. Können Sie

es gar nicht ertragen, daß ich ihren Namen in den Mund nehme?
Sagen Sie mir, sagte ich, was ist Ihre eigentliche Meinung über Jungfer Edvarda? Es interessiert mich, dies zu wissen. Er sah mich mißtrauisch an.
Meine eigentliche Meinung?
Sie können mir heute vielleicht etwas Neues mitteilen, Sie haben vielleicht sogar gefreit und ihr Ja bekommen. Kann ich Ihnen Glück wünschen? Nicht? Ja, der Teufel glaube Ihnen, ha-ha-ha.
So, das war es, was Sie fürchteten?
Fürchten? Bester Doktor!
Pause.
Nein, ich habe nicht gefreit und ihr Ja bekommen, sagte er; Sie haben das vielleicht getan. Man freit Edvarda nicht, sie nimmt den, auf den sie verfällt. Glauben Sie, sie sei ein Bauernmädchen? Sie haben dieses Menschenkind hier oben im Nordland getroffen und haben es selbst gesehen. Sie ist ein Kind, das zu wenig die Rute bekommen hat, und eine Frau mit vielen Launen. Kalt? Keine Angst! Warm? Eis, sage ich Ihnen. Was ist sie dann? Ein kleiner Mädchen von sechzehn, siebzehn Jahren, nicht wahr? Aber versuchen Sie es nur, auf dieses kleine Mädchen einzuwirken, und sie wird all Ihrer Mühe spotten. Selbst der Vater wird nicht mit ihr fertig; sie gehorcht ihm scheinbar, aber regiert in Wirklichkeit selbst. Sie sagt, daß Sie einen Tierblick haben ...
Sie irren sich, eine andere hat gesagt, daß ich einen Tierblick habe. Eine andere? Welche andere?
Das weiß ich nicht. Eine ihrer Freundinnen. Nein, es ist nicht Edvarda, die das gesagt hat. Halt ein wenig, vielleicht war es wirklich Edvarda selbst ...
Wenn Sie sie ansehen, hat es die und die Wirkung auf sie, sagt sie. Aber glauben Sie, daß dies Sie ihr um Haaresbreite näherbringt? Kaum. Sehen Sie sie nur an, sparen Sie Ihre Augen nicht; aber sobald sie sich Ihnen ausgesetzt fühlt, wird sie zu sich selbst sagen: Sieh, da steht nun dieser Mann und sieht mich an und glaubt, daß er das Spiel gewonnen habe! Und sie wird mit einem Blick oder mit einem kalten Wort Sie zehn Meilen weit weg schicken. Glauben Sie nicht, daß ich sie kenne? Wie alt, glauben Sie, ist sie?
Sie ist doch achtunddreißig geboren?

Lüge. Ich habe dies spaßeshalber untersucht. Sie ist zwanzig Jahre, sie könnte übrigens gut für fünfzehn gehen. Sie ist keine glückliche Seele, es ist viel Widerstreit in ihrem kleinen Kopf. Wenn sie dasteht und zu den Bergen, zum Meer hinaussieht und ihr Mund diesen Zug hier bekommt, diesen Schmerz hier, da ist sie unglücklich; aber sie ist zu stolz und zu halsstarrig, um zu weinen. Sie ist nicht wenig abenteuerlich, sie hat eine heftige Phantasie, sie wartet auf einen Prinzen. Wie war das mit einem gewissen Fünftalerschein, den Sie hergegeben haben sollten?

Ein Scherz. Nein, es war nichts ...

Auch dies war etwas. Sie hat etwas Ähnliches einmal mit mir gemacht. Es ist ein Jahr her. Wir waren an Bord des Postschiffes, während es hier im Hafen lag. Es regnete und war kalt. Eine Frau mit einem kleinen Kind sitzt auf dem Deck und friert. Edvarda fragt sie: Frieren Sie nicht? Doch, die Frau fror. Friert nicht das Kleine auch? Ja, das Kleine fror auch. Weshalb gehen Sie nicht in die Kajüte? fragte Edvarda. Ich habe Deckplatz, antwortete die Frau. Edvarda sieht mich an. Die Frau hat nur Deckplatz, sagt sie. Was soll man da machen? antwortete ich innerlich. Aber ich verstehe Edvardas Blick. Ich bin nicht als reicher Mann geboren, ich habe mich aus nichts emporgearbeitet, und ich zähle das Geld, das ich ausgebe. Ich ziehe mich also von der Frau zurück und denke: Soll hier für sie bezahlt werden, so laß Edvarda selbst bezahlen, sie und ihr Vater haben mehr als ich. Und Edvarda bezahlt ganz richtig selbst. In dieser Beziehung ist sie großartig, ihr fehlt das Herz durchaus nicht. Aber so wahr, wie ich hier sitze, sie hatte erwartet, daß ich den Kajütplatz für die Frau und das Kleine bezahlen würde, ich sah es an ihrem Blick. Was weiter dann? Die Frau erhob sich und dankte für die große Hilfe. Danken Sie nicht mir, sondern danken Sie diesem Herrn dort, antwortete Edvarda und zeigte mit ruhiger Miene auf mich. Wie finden Sie das? Ich höre, daß die Frau auch mir dankt, und ich kann nichts darauf antworten, ich muß es seinen Gang gehen lassen. Sehen Sie, das ist nun ein solcher Zug, aber ich könnte mehrere erzählen. Und was die fünf Taler für den Ruderknecht angeht, so hat sie selbst dem Mann dieses Geld gegeben. Hätten Sie es getan, wäre sie Ihnen um den Hals geflogen; Sie hätten der große Herr sein müssen, der eine solche flotte Unglaublichkeit für einen ausge-

tretenen Schuh beging, dies paßte in ihre Vorstellung, die sie sich zurechtgelegt hatte. Da Sie es nicht taten, tat sie es selbst in Ihrem Namen. So ist sie, unvernünftig und berechnend zu gleicher Zeit.
Kann denn niemand sie gewinnen? fragte ich.
Sie müßte gezüchtigt werden, antwortete der Doktor ausweichend. Es ist durchaus falsch, daß man ihr allzu freies Spiel läßt, sie kann alles machen, was sie will, und kann siegen, soviel es sie gelüstet. Man ist von ihr in Anspruch genommen, man zeigt ihr keine Gleichgültigkeit, es ist immer jemand zur Hand, auf den sie ihre Wirkung ausüben kann. Haben Sie bemerkt, wie ich sie behandle? Wie ein Schulmädchen, ein kleines Ding, ich hofmeistere sie, tadle ihre Sprache, passe auf und bringe sie in die Klemme. Glauben Sie nicht, daß sie das versteht? Ach, sie ist stolz und starr, es verwundet sie tief; aber sie ist auch zu stolz, um zu zeigen, daß es sie verwundet. Aber so müßte es ihr gehen. Als Sie kamen, hatte ich sie bereits ein Jahr lang gezüchtigt, es begann zu wirken, sie weinte vor Schmerz und Ärger, sie war ein vernünftiger Mensch geworden. Dann kamen Sie und zerstörten das Ganze. So steht es, der eine läßt sie los und der andere nimmt sie wieder.
Oho, der Doktor hat etwas zu rächen, dachte ich und ich sagte: Sagen Sie mir nun auch, Doktor, weshalb Sie sich die große Mühe und Beschwerlichkeit gemacht haben, mir das alles mitzuteilen? Soll ich Ihnen helfen, Edvarda zu züchtigen?
Im übrigen ist sie warm wie ein Vulkan, fuhr er fort, ohne auf meine Frage zu achten. Sie fragten, ob niemand sie gewinnen könne. Ja, weshalb nicht? Sie wartet auf ihren Prinzen, er ist nicht gekommen, sie irrt sich wieder und wieder, sie glaubte auch, daß Sie der Prinz seien, besonders weil Sie einen Tierblick hatten, haha. Hören Sie, Herr Leutnant, Sie hätten auf jeden Fall Ihre Uniform mitbringen sollen. Dies hätte nun seine Bedeutung gehabt. Weshalb sollte nicht jemand sie gewinnen können? Ich habe sie die Hände ringen sehen nach dem, der hier heraufkommen und sie nehmen, sie fortführen und über ihren Körper und ihre Seele herrschen könnte. Ja. Aber er muß von außen her kommen, eines Tages als ein etwas apartes Wesen auftauchen. Ich ahne, daß Herr Mack auf einer Expedition ist, es dürfte etwas hinter dieser Reise stecken.

Auch früher einmal war Herr Mack auf der Reise; als er zurückkam, begleitete ihn ein Herr.
Ein Herr begleitete ihn?
Ach, aber er taugte nicht viel, sagte der Doktor schmerzlich lachend. Es war ein Mann in meinem Alter, er hinkte auch, genau wie ich. Das war nicht der Prinz.
Und wo reiste er hin? fragte ich und fixierte den Doktor. Wo er hinreiste? Von hier weg? Das weiß ich nicht, antwortete er verwirrt. Na, wir haben uns allzu lange hiermit aufgehalten. In einer Woche können Sie anfangen, mit Ihrem Fuß zu gehen. Auf Wiedersehen.

19

Ich höre eine Frauenstimme vor meiner Hütte, das Blut strömt mir zum Kopfe, es ist Edvardas Stimme.
Glahn, Glahn ist krank, höre ich?
Und meine Waschfrau antwortet vor der Tür:
Er ist fast wieder gesund.
Dieses »Glahn, Glahn« ging mir durch Mark und Bein, sie wiederholte meinen Namen zweimal, dies wirkte auf mich, ihre Stimme war klar und bebend.
Sie öffnete meine Tür ohne anzuklopfen, trat eilig herein und sah mich an. Mit einem Schlag war es für mich wie in alten Tagen, sie ging in ihrer aufgefärbten Jacke und hatte die Schürze ein wenig heruntergebunden, um eine lange Taille zu haben. Ich sah das Ganze gleich, und ihr Blick, ihr braunes Gesicht mit den Augenbrauen hoch droben in der Stirn, der seltsame Ausdruck ihrer Hände, alles drang so heftig auf mich ein und machte mich verwirrt. Sie habe ich geküßt! dachte ich. Ich erhob mich und blieb stehen.
Sie erheben sich, Sie bleiben stehen, sagte sie. Setzen Sie sich doch, Ihr Fuß ist krank, Sie haben sich angeschossen. Guter Gott, wie ging das zu? Ich erfuhr es erst jetzt. Ich dachte die ganze Zeit: Was ist mit Glahn? Er kommt nie mehr. Ich wußte von gar nichts. Sie haben sich angeschossen, es ist viele Wochen her, höre ich, und ich wußte nicht ein Wort davon. Wie geht es jetzt? Sie sind auffallend bleich geworden, ich kenne Sie nicht wieder. Und der Fuß? Werden Sie hinken?

Der Doktor sagt, daß Sie nicht hinken werden. Wie innig ich Sie darum liebe, daß Sie nicht hinken werden, ich danke Gott dafür. Ich hoffe, Sie entschuldigen, daß ich ohne weiteres hierher kam, ich lief mehr, als ich ging...
Sie neigte sich über mich, sie war mir nahe, ich spürte ihren Atem im Gesicht, ich griff mit den Händen nach ihr. Da rückte sie weiter weg: Ihre Augen waren noch feucht.
Es ging so zu, stammelte ich: Ich wollte die Büchse in die Ecke wegstellen, ich hielt sie falsch, so, senkrecht nach unten; dann hörte ich plötzlich einen Schuß. Es war ein Unglücksfall.
Ein Unglücksfall, sagte sie gedankenvoll und nickte. Lassen Sie mich sehen, es ist der linke Fuß; aber warum gerade der linke? Ja, es war ein Zufall...
Ja, ein Zufall, unterbrach ich sie. Wie kann ich wissen, warum es der linke Fuß war? Sie sehen selbst, so hielt ich die Büchse, da konnte es nicht gut der rechte Fuß sein. Ja, das war nicht sehr lustig.
Sie sah mich nachdenklich an.
Na, Sie sind also auf dem Weg der Besserung, sagte sie und sah sich in der Hütte um. Warum haben Sie die Frau nicht zu uns zum Essen geschickt? Wovon leben Sie? Wir sprachen noch einige Minuten zusammen. Ich fragte sie:
Als Sie kamen, war Ihr Gesicht bewegt und Ihre Augen leuchteten, Sie gaben mir die Hand. Nun sind Ihre Augen wieder gleichgültig geworden. Irre ich mich? – Pause.
Man kann nicht immer derselbe sein...
Sagen Sie mir nur dieses eine Mal, sagte ich; was könnte es zum Beispiel in diesem Fall hier sein, das ich zu Ihrem Mißbehagen gesagt oder getan habe? Dies könnte mir vielleicht eine Richtschnur für die Zukunft sein.
Sie sah zum Fenster hinaus, hinaus zu dem fernen Horizont, stand da und sah gedankenvoll vor sich hin und antwortete mir:
Nichts, Glahn. Man kann doch bisweilen seine Gedanken haben. Sind Sie nun mißvergnügt? Denken Sie daran, einige geben wenig, und es ist viel für sie, andere geben alles, und es kostet sie keine Überwindung; wer hat so das meiste gegeben; Sie sind schwermütig geworden während Ihrer Krankheit. Wie sind wir darauf verfallen, über dies alles zu sprechen? Und plötzlich sieht sie mich an, eine Freude färbt ihr Antlitz,

sie sagt: Aber werden Sie nun bald wieder gesund. Wir sehen uns wieder.
Damit reichte sie mir die Hand.
Nun kam es mir in den Sinn, ihre Hand nicht zu nehmen. Ich erhob mich, legte die Hände auf den Rücken und verbeugte mich tief; damit wollte ich für ihren liebenswürdigen Besuch danken.
Entschuldigen Sie, daß ich Sie nicht weiter begleiten kann, sagte ich. Als sie gegangen war, setzte ich mich hin, um das Ganze noch einmal zu überdenken. Ich schrieb einen Brief und ließ mir meine Uniform senden.

20

Der erste Tag im Wald.
Ich war froh und matt, alle Tiere näherten sich mir und besahen mich, auf den Laubbäumen saßen Käfer, und Maiwürmer krochen auf dem Weg. Eine gute Begegnung! dachte ich, die Stimmung des Waldes zog durch meinen Sinn hin und zurück, ich weinte vor Liebe und war vollkommen froh dabei, ich war aufgelöst in Danksagung. Du guter Wald, meine Heimat, Gottes Frieden will ich dir von Herzen sagen ... Ich halte an, wende mich nach allen Richtungen und nenne weinend Vögel, Bäume, Steine, Gras und Ameisen beim Namen, sehe mich um und nenne sie der Reihe nach. Ich sehe zu den Bergen auf und denke: Ja, nun komme ich! als antwortete ich auf einen Ruf. Hoch da oben brütete der Zwergfalke, ich kannte seine Nester. Aber der Gedanke an die brütenden Zwergfalken oben in den Bergen führte meine Phantasie weit weg.
Mittags ruderte ich hinaus, ich landete auf einer kleinen Insel, einem Holm draußen vor dem Hafen. Da gab es lila Blumen mit langem Stengel, die mir bis zum Knie reichten, ich watete in sonderbaren Gewächsen, Himbeerbüschen, grobem Gras; es waren keine Tiere da, und Menschen waren wohl auch nicht dagewesen. Die See schäumte sanft gegen die Insel und hüllte mich in einen Schleier von Sausen ein, weit oben bei den Eierholmen schrien und flogen alle Vögel der Küste. Aber das Meer umschloß mich von allen Seiten wie eine Umarmung.

Gesegnet seien meine Feinde, ich will in dieser Stunde meinem schlimmsten Feinde gnädig sein und seinen Schuhriemen binden... Ein lauter Aufsang klingt von einem der Segelschiffe des Herrn Mack zu mir heraus, und mein Inneres füllt sich bei diesem wohlbekannten Laut mit Sonnenschein. Ich rudere zur Brücke, gehe an den Fischerhütten vorbei und begebe mich heim. Der Tag geht zur Neige, ich nehme meine Mahlzeit ein, teile mein Essen mit Äsop und gehe wieder in den Wald. Milde Winde streichen lautlos gegen mein Gesicht. Seid gesegnet, sage ich zu den Winden, weil sie gegen mein Gesicht wehen, seid gesegnet; mein Blut beugt sich in meinen Adern in Danksagung vor euch! Äsop legt seine Pfote an mein Knie.

Lul! Lul! Läuten Glocken? Einige Meilen draußen im Meer steht ein Berg. Ich sage zwei Gebete, eines für meinen Hund und eines für mich selbst, und wir kommen in den Berg hinein. Die Pforte schlägt hinter uns zu, es tut einen Ruck in mir und ich erwache.

Flammend roter Himmel, die Sonne steht und stampft vor meinen Augen, die Nacht, der Horizont dröhnen von Licht. Äsop und ich gehen in den Schatten. Es ist still um uns. Nein, wir wollen nicht mehr schlafen, sage ich zu Äsop, wir wollen morgen jagen, die rote Sonne scheint auf uns, wir wollen nicht in den Berg hinein... Und sonderbare Stimmungen erhalten Leben in mir, und mein Blut steigt mir zu Kopfe. Ich fühle erregt und noch schwach, daß jemand mich küßt, und der Kuß liegt auf meinen Lippen. Ich sehe mich um, es ist niemand sichtbar anwesend. Iselin! sage ich. Es raschelt im Gras, es konnte Laub sein, das zur Erde fiel, es konnten auch Schritte sein. Ein Schauer geht durch den Wald, das könnte Iselins Atemzug sein, denke ich. In diesen Wäldern ist Iselin gegangen, hier erhörte sie Jäger in gelben Stiefeln und grünen Kappen. Draußen auf meinem Hof wohnte sie, zwei Viertelmeilen von hier, sie saß vor vier Menschenaltern an ihrem Fenster und hörte das Jagdhorn schallen aus den Wäldern ringsumher. Hier waren Rentier und Wolf und Bär und die Jäger, es waren ihrer viele, und alle sahen sie sie aufwachsen, und ein jeder von ihnen wartete auf sie. Einer hatte ihre Augen gesehen, ein anderer ihre Stimme gehört; aber einmal stand ein schlafloser Geselle in der Nacht auf und bohrte ein Loch zu Iselins Kammer, er sah den weißen Samt ihres Bauches. In ihrem zwölften Jahr kam Dundas. Er war Schotte, er handelte mit Fischen und hatte viele Schiffe. Er hatte einen Sohn. Als Iselin sechzehn Jahre wurde, sah sie ihn zum ersten Mal. Er war ihre erste Liebe ...

Und so seltsame Stimmungen ziehen durch mich, und so schwer wird mein Kopf, während ich dort sitze; ich schließe die Augen und fühle noch Iselins Kuß. Iselin, bist du hier, du, des Lebens Geliebte, sage ich, und hast du Diderik hinter einem Baum stehen? ... Aber schwerer und schwerer wird mein Kopf, und ich fließe in die Wogen des Schlafes hinein.

Lul! Lul! Eine Stimme spricht, es ist, als wenn das Siebengestirn durch mein Blut singt, es ist Iselins Stimme:

Schlafe, schlafe! Ich will dir von meiner Liebe erzählen, während du schläfst, und ich will dir von meiner ersten Nacht erzählen. Ich erinnere mich, ich vergaß, meine Tür zu verschließen; ich war sechzehn Jahre, es war Frühlingszeit, und warme Winde wehten; Dundas kam. Es war, als wenn ein Adler gebraust käme. Ich traf ihn eines Morgens vor der Jagdzeit, er war fünfundzwanzig Jahre alt und kam von fernen Reisen, er ging an meiner Seite im Garten, und als er mich mit seinem Arm berührte, begann ich ihn zu lieben. Er bekam zwei fieberrote Flecken auf der Stirn und ich hätte diese zwei Flecken küssen mögen.

Am Abend nach der Jagdzeit ging ich und sah im Garten nach ihm aus, und ich fürchtete, daß ich ihn finden könnte. Ich nannte leise seinen Namen für mich selbst, und ich fürchtete, daß er es hören könnte. Da, kommt er aus den Büschen hervor und flüstert: Heute nacht um ein Uhr! Worauf er verschwindet.

Heute nacht um ein Uhr, sage ich zu mir selbst, was meinte er damit? Ich verstehe nichts. Er meinte wohl, daß er heute nacht um ein Uhr wieder reisen müsse, aber was geht es mich an, ob er reist?

So geschah es, daß ich vergaß, meine Tür zu verriegeln ...

Um ein Uhr steigt er herein.

War meine Tür nicht verriegelt? frage ich.

Ich werde sie verriegeln, antwortet er.

Und er schließt die Tür und sperrt uns ein.

Ich war so bange wegen des Lärms seiner großen Stiefel. Wecke meine Magd nicht! sagte ich. Ich war so bange wegen des knackenden Stuhls und ich sagte:

Nein, nein, setze dich nicht auf den Stuhl, er knackt!
Darf ich dann bei dir auf dem Sofa sitzen? fragte er.
Ja, sagte ich.
Aber das sagte ich nur, weil der Stuhl knackte.
Wir saßen auf meinem Sofa. Ich rückte fort, er rückte nach. Ich blickte nieder.
Du frierst, sagte er und nahm meine Hand. Kurz darauf sagte er: Wie du frierst! und legte seinen Arm um mich. Ich wurde warm in seinem Arm. Wir saßen so eine Weile. Ein Hahn krähte.
Hast du gehört, sagte er, ein Hahn kräht, es ist bald Morgen.
Und er rührte mich an und machte mich hilflos.
Wenn du nur auch ganz sicher bist, daß der Hahn gekräht hat, stammelte ich.
Ich sah wieder die zwei fieberroten Flecken auf seiner Stirn, und ich wollte mich erheben. Da hielt er mich zurück, ich küßte die zwei liebreichen Flecken und schloß meine Augen vor ihm ...
So wurde es Tag, schon war es Morgen. Ich erwachte und kannte die Wände in meiner Kammer nicht wieder, ich stand auf und kannte meine eigenen kleinen Schuhe nicht wieder; es rieselte etwas durch mich. Was kann das sein, das mich durchrieselt? dachte ich lachend. Und wieviel schlug eben die Uhr? Nichts wußte ich, sondern ich erinnerte mich nur, daß ich vergessen hatte, meine Tür zu verriegeln. Meine Magd kommt.
Deine Blumen haben kein Wasser bekommen, sagt sie. Ich hatte meine Blumen vergessen.
Du hast dein Kleid verknüllt, fährt sie fort.
Wie kann ich mein Kleid verknüllt haben? denke ich mit lachendem Herzen; aber das muß ich wohl heute nacht getan haben?
Ein Wagen fährt durch das Gartentor herein.
Und deine Katze hat kein Fressen bekommen, sagt meine Magd. Aber ich vergesse meine Blumen, mein Kleid und meine Katze und frage:
Ist es Dundas, der draußen hält? Bitte ihn, gleich herein zu kommen, ich erwarte ihn, es war etwas ... etwas ... Und ich denke bei mir selbst: Ob er wohl wieder die Tür verschließen wird, wenn er kommt?

Er klopft an. Ich öffne ihm und drücke selbst die Tür ins Schloß, um ihm einen kleinen Dienst zu tun.
Iselin! bricht er aus und küßt meinen Mund eine ganze Minute lang. Ich habe keinen Boten nach dir gesandt, flüstere ich.
Nicht? fragt er.
Ich werde wieder ganz hilflos und ich antworte:
Doch, ich sandte einen Boten nach dir, ich sehnte mich unsagbar nach dir. Bleibe ein wenig.
Und ich hielt mir vor Liebe die Augen zu. Er ließ mich nicht los, ich sank um und verbarg mich bei ihm.
Mir schien, als krähte wieder etwas? sagte er und lauschte. Aber als ich hörte, was er sagte, unterbrach ich ihn so schnell ich konnte und sagte: Nein, wie kannst du glauben, daß wieder etwas krähe!
Es krähte nichts.
Er küßte meine Brust.
Es war ein Huhn, das krähte, sagte ich im letzten Augenblick.
Warte ein wenig, ich will die Tür verschließen, sagte er und wollte sich erheben.
Ich hielt ihn zurück und flüsterte:
Sie ist verschlossen ...
Dann wurde es wieder Abend, und Dundas war abgereist. Es rieselte etwas Goldenes durch mich. Ich stellte mich vor den Spiegel, und zwei verliebte Augen sahen gerade auf mich, es rührte sich etwas in mir bei meinem Blick und rieselte und rieselte rund um mein Herz. Mein Gott, ich hatte nie vorher mich selbst mit diesen Augen angesehen, und ich küßte vor Liebe meinen eigenen Mund im Spiegel ...
Aber nun habe ich dir von meiner ersten Nacht erzählt und vom Morgen und vom Abend darauf. Später einmal werde ich dir von Svend Herlufsen erzählen. Ihn liebte ich auch, er wohnte eine Meile von hier, auf der Insel, die du draußen siehst, und ich ruderte selbst in stillen Sommernächten zu ihm, denn ich liebte ihn. Ich will dir auch von Stamer erzählen. Er war Priester, ich liebte ihn. Ich liebte alle ...
Ich höre durch meinen Schlummer einen Hahn, der unten bei Sirilund kräht.
Hörst du, Iselin, ein Hahn kräht auch uns zu! rief ich freudig und streckte die Arme aus. Ich erwache. Äsop ist schon auf den Beinen. Fort! sage ich in brennender Trauer und blicke

um mich. Hier ist niemand, niemand ist hier! Von Hitze und Erregung erfüllt gehe ich heimzu. Es ist Morgen, der Hahn kräht immer noch in Sirilund. Bei der Hütte steht ein Weib, steht Eva. Sie hat einen Strick in der Hand und will in den Wald, um Holz zu holen. Der Morgen des Lebens ist über dem jungen Mädchen, ihre Brust geht auf und nieder, die Sonne vergoldet sie.
Sie dürfen nicht glauben ... stammelt sie.
Was darf ich nicht glauben, Eva?
Ich kam nicht hierher, um Sie zu treffen, ich ging nur vorbei ... Und ihr Gesicht erdunkelt in Röte.

21

Mein Fuß verursacht mir weiterhin Unannehmlichkeiten und Plage, in der Nacht juckte er oft und hielt mich wach, ein plötzlicher Stich konnte ihn durchzucken, und bei Witterungsumschlag war er voller Gicht. Das dauerte viele Tage. Aber es kam nicht so weit, daß ich hinkte.
Die Tage gingen.
Herr Mack war zurückgekommen, und ich sollte gleich erfahren, daß er gekommen war. Er nahm mir mein Boot weg, er brachte mich in Verlegenheit, es war noch keine Jagdzeit und ich konnte nichts schießen. Aber weshalb beraubte er mich ohne weiteres des Bootes? Zwei von Herrn Macks Schauerleuten hatten im Morgendämmern einen Fremden auf das Meer hinausgerudert.
Ich traf den Doktor.
Man hat mir mein Boot genommen, sagte ich.
Ein Fremder ist hergekommen, sagte er. Man muß ihn jeden Tag aufs Meer rudern und ihn am Abend wieder heimbringen. Er untersucht den Meeresgrund.
Der Fremde war ein Finnländer, Herr Mack hatte ihn zufällig an Bord des Schiffes getroffen, er kam von Spitzbergen mit einigen Sammlungen von Muscheln und kleinen Seetieren, man nannte ihn Baron. Er hatte einen großen Saal und noch ein zweites Zimmer in Herrn Macks Haus bekommen. Er erregte viel Aufmerksamkeit. Ich leide Not an Fleisch, und ich könnte Edvarda um etwas Essen für heute abend bitten,

dachte ich. Ich gehe hinunter nach Sirilund. Ich bemerkte sofort, daß Edvarda ein neues Kleid anhat, sie scheint gewachsen zu sein, ihr Kleid ist sehr lang.
Entschuldigen Sie, daß ich sitzen bleibe, sagt sie kurz und reicht mir die Hand.
Ja, leider, meine Tochter ist unpäßlich, sagt Herr Mack. Es ist eine Erkältung, sie ist nicht vorsichtig gewesen ... Sie kommen vermutlich wegen Ihres Bootes? Ich bin genötigt, Ihnen ein anderes zu leihen, einen Kjaeks. Er ist nicht neu, aber wenn Sie fleißig ausschöpfen ... Nein, wir haben nämlich einen Gelehrten ins Haus bekommen, und Sie werden verstehen, daß ein solcher Mann ... Er hat keine überflüssige Zeit, er arbeitet den ganzen Tag und kommt am Abend heim. Gehen Sie nicht fort, bevor er kommt, damit Sie ihn sehen können. Sie werden Interesse daran haben, seine Bekanntschaft zu machen. Hier ist seine Karte mit Krone, ein Baron. Ein liebenswürdiger Mann. Ich traf ihn ganz zufällig.
Aha, dachte ich, man lädt dich nicht für den Abend ein. Gott sei Dank, ich ging auch nur zur Probe hierher, ich kann wieder heimgehen, ich habe noch ein wenig Fisch in der Hütte. Es wird sich wohl etwas zum Essen finden. Basta.
Der Baron kam. Ein kleiner Mann von ungefähr vierzig Jahren, ein langes, schmales Gesicht mit vorstehenden Bakkenknochen und dünnem schwarzem Bart. Sein Blick war stechend und durchdringend, aber er trug eine starke Brille. Auch in seinen Hemdknöpfen hatte er die fünfzackige Krone, wie auf seiner Karte. Er war ein wenig vorgebeugt, und seine mageren Hände hatten blaue Adern; aber die Nägel waren wie von gelbem Metall.
Freut mich sehr, Herr Leutnant. Herr Leutnant sind lange hier gewesen?
Einige Monate.
Ein angenehmer Mann. Herr Mack forderte ihn auf, von seinen Muscheln und Kleintieren zu erzählen, und er tat es bereitwillig, erklärte uns die Lehmarten rings auf den Korholmen, ging in den Saal und holte eine Probe von Tang aus dem Weißen Meer. Er griff unablässig mit dem rechten Zeigefinger hinauf an die dicke Goldbrille auf der Nase und rückte sie vor und zurück. Herr Mack war in hohem Maße interessiert.
Eine Stunde ging hin.

Der Baron sprach von meinem Unfall, meinem unglücklichen Schuß. Ob ich geheilt sei? Wirklich? Freute ihn.
Wer hat ihm von meinem Unfall erzählt? dachte ich. Ich fragte: Von wem haben Herr Baron von meinem Unfall gehört?
Von... ja, wer war das nun? Fräulein Mack, glaube ich. Nicht wahr, Fräulein Mack?
Edvarda wurde flammend rot.
Ich war so armselig hierher gekommen, mehrere Tage lang hatte eine dunkle Verzweiflung mich niedergedrückt, aber bei den letzten Worten des Fremden flackerte sogleich eine Freude durch mich. Ich sah Edvarda nicht an, aber ich dachte: Dank dafür, daß du von mir gesprochen hast, meinen Namen mit deiner Zunge genannt hast, obwohl er ewig bedeutungslos für dich ist. Gute Nacht. Ich verabschiedete mich. Edvarda blieb auch jetzt sitzen, sie entschuldigte sich der Höflichkeit halber damit, daß sie unpäßlich sei. Voller Gleichgültigkeit gab sie mir die Hand.
Und Herr Mack stand in eifrigem Gespräch mit dem Baron. Er erzählte von seinem Großvater Konsul Mack:
Ich weiß nicht, ob ich dem Herrn Baron schon erzählt habe, daß König Carl Johan diese Spange mit eigenen Händen an der Brust meines Großvaters befestigt hatte. Ich kam auf die Treppe, niemand folgte mir heraus. Ich warf im Vorbeigehen einen Blick durch die Fenster in die Großstube, da stand Edvarda, hoch, aufrecht, mit beiden Händen die Vorhänge zur Seite haltend, und sah heraus. Ich unterließ es zu grüßen, ich vergaß alles, ein Strom der Verwirrung ergriff mich und führte mich hastig fort.
Halt, bleib einen Augenblick stehen! sagte ich zu mir selbst, als ich den Wald erreicht hatte. Bei Gott im Himmel, das muß ein Ende haben! Ich wurde plötzlich heiß vor Zorn und stöhnte. Ach, ich hatte keine Ehre mehr in der Brust, hoch gerechnet hatte ich Edvardas Gnade eine Woche lang genossen, nun war das seit langem vorbei, und ich richtete mich nicht danach ein. Von jetzt ab sollte mein Herz ihr zurufen: Staub, Luft, Erde auf meinem Weg, bei Gott im Himmel...
Ich erreichte die Hütte, suchte den Fisch und hielt Mahlzeit.
Hier gehst du und glühst dein Leben aus für ein geringes Schulmädchen, und deine Nächte sind voll von öden Träu-

men. Und ein schwüler Wind steht still um deinen Kopf. Ein übelriechender vorjähriger Wind. Während der Himmel im wunderbarsten Blau zittert und die Berge dich rufen. Komm, Äsop, hei!

22

Es verging eine Woche. Ich lieh das Boot des Schmieds und fischte mir etwas zu essen. Edvarda und der fremde Baron waren immer beisammen, wenn er am Abend vom Meer heimkam, und ich sah sie einmal bei der Mühle. Eines Abends kamen sie beide an meiner Hütte vorbeigegangen, ich zog mich vom Fenster zurück und verschloß für alle Fälle leise meine Türe. Es machte gar keinen Eindruck auf mich, sie beieinander zu sehen; ich zuckte mit der Schulter. Eines Abends traf ich sie auf dem Weg, und wir grüßten einander, ich ließ den Baron zuerst grüßen und griff selbst nur mit ein paar Fingern zur Mütze hinauf, um unhöflich zu sein. Ich ging langsam an ihnen vorbei und sah sie dabei gleichgültig an.

Wieder verlief ein Tag.

Wie viele, lange Tage waren nun doch vergangen! Eine gedrückte Stimmung beherrschte mich, mein Herz grübelte über die Dinge, selbst der freundlichste graue Stein bei meiner Hütte stand wie mit einem Ausdruck der Pein und Verzweiflung da, wenn ich vorbeiging. Es sah nach Regen aus, die Wärme stand förmlich still und keuchte vor mir, wohin ich mich wandte, ich hatte Gicht in meinem linken Fuß, im Morgengrauen hatte ich gesehen, wie eines der Pferde von Herrn Mack sich in der Deichsel schüttelte; all dieses war von Bedeutung für mich als Wetterzeichen. Es ist am besten, das Haus mit Essen zu versehen, solange gutes Wetter ist, dachte ich.

Ich band Äsop an, nahm mein Fischgerät und meine Büchse und ging zur Landungsbrücke hinunter. Ich war ganz ungewöhnlich beklommen.

Wann kommt das Postschiff? fragte ich einen Fischer.

Das Postschiff? Das kommt in drei Wochen, antwortete er.

Ich erwarte meine Uniform, sagte ich.

Darauf traf ich einen von Herrn Macks Ladengehilfen. Ich nahm seine Hand und sagte:
Sagen Sie mir um Christi willen, spielt ihr nie mehr Whist auf Sirilund?
Doch, oft, antwortete er.
Pause.
Ich konnte nicht mehr kommen in der letzten Zeit, sagte ich.
Ich ruderte zu meinem Fischgrund hinaus. Das Wetter war drückend geworden, die Mücken sammelten sich in Schwärmen, und ich mußte die ganze Zeit Tabak rauchen, um mich vor ihnen zu retten. Die Schellfische bissen an, ich nahm den Doppelhaken, ich machte einen guten Fang. Auf dem Heimweg schoß ich zwei Alken.
Als ich zur Landungsbrücke kam, stand der Schmied dort. Er war in Arbeit. Es durchfährt mich ein Gedanke, ich frage ihn: Gehst du mit nach Hause?
Nein, antwortet er, Herr Mack hat mir Arbeit bis Mitternacht gegeben.
Ich nickte und dachte bei mir selbst, daß es so gut sei.
Ich nahm meinen Fang und ging, ich wählte den Weg am Haus des Schmieds vorbei. Eva war allein daheim.
Ich sehnte mich so herzlich nach dir, sagte ich zu ihr. Und ich wurde bei ihrem Anblick gerührt, sie konnte mich vor Verwunderung kaum ansehen. Ich liebe deine Jugend und deine guten Augen, sagte ich. Straf mich nun heute, weil ich mehr an eine andere gedacht habe als an dich. Höre, ich komme zu dir nur, um dich anzusehen, du tust mir wohl, ich hab dich gern. Hörtest du, daß ich dich heute nacht rief?
Nein, erwiderte sie erschrocken.
Ich rief nach Edvarda, Jungfer Edvarda, aber ich meinte dich. Ich erwachte davon. Doch, ich meinte dich. Ich war zu entschuldigen, ich versprach mich, als ich Edvarda sagte. Aber laß uns nicht mehr von ihr sprechen. Gott, wie sehr du doch mein liebstes Mädchen bist, Eva! Du hast heute einen so roten Mund. Du hast hübschere Füße als Edvarda, sieh nur selbst. – Ich hob ihr Kleid auf und zeigte ihr ihre eigenen Beine.
Eine Freude, wie ich sie noch nie an ihr gesehen, flog über ihr Antlitz; sie will sich wegwenden, bedenkt sich aber und schlingt den einen Arm um meinen Hals.

Eine Stunde vergeht. Wir sprechen miteinander, sitzen die ganze Zeit auf einer langen Bank und reden über viele Dinge.
Ich sage: Wirst du es glauben, Jungfer Edvarda hat noch nicht sprechen gelernt, sie spricht wie ein Kind, sie sagt »mehr glücklicher«, ich habe es selbst gehört. Findest du, daß sie eine schöne Stirn hat? Das finde ich nicht. Sie hat eine teuflische Stirn. Sie wäscht auch ihre Hände nicht. Wir wollten doch nicht mehr von ihr reden?
Richtig. Ich vergaß es nur.
Es vergeht wieder einige Zeit. Ich denke an etwas, ich schweige. Weshalb werden deine Augen naß? fragt Eva.
Sie hat übrigens eine schöne Stirn, sage ich, und ihre Hände sind immer rein. Es war nur ein Zufall, daß sie einmal schmutzig waren. Ich wollte nichts anderes sagen. – Aber nun fahre ich hitzig und mit zusammengebissenen Zähnen fort: Ich sitze hier und denke unablässig an dich, Eva; aber es fällt mir ein, daß du vielleicht nicht gehört hast, was ich dir jetzt erzählen will. Das erste Mal, als Edvarda Äsop sah, sagte sie: Äsop, das war doch ein weiser Mann, er war Phrygier. Ist das nicht närrisch? Sie hatte es am selben Tag in einem Buch gelesen, dessen bin ich sicher.
Ja, sagte Eva, aber was weiter?
Soweit ich mich erinnere, sprach sie auch davon, daß Äsop Xanthus zum Lehrer gehabt hatte. Hahaha.
So.
Was zum Teufel soll das nun, einer Versammlung zu erzählen, daß Äsop Xanthus zum Lehrer gehabt hat? Ich frage nur. Ach, du bist heute nicht richtig aufgelegt, Eva, sonst würdest du dich krank lachen darüber.
Doch, ich finde auch, daß das lustig ist, sagt Eva, und beginnt angestrengt und erstaunt zu lachen. Aber ich verstehe es nicht so gut wie du.
Ich schweige und denke, schweige und denke.
Willst du, daß wir am liebsten still sitzen und nichts sprechen? fragt Eva leise. Die Güte leuchtet aus ihren Augen, sie fährt mir mit der Hand über das Haar.
Du gute, gute Seele! rufe ich aus und drücke sie heftig an mich. Ich bin sicher, daß ich vor Liebe zu dir vergehe, ich liebe dich mehr und mehr, zum Schluß kommst du mit mir, wenn ich reise. Du wirst es sehen. Könntest du mich begleiten?
Ja, antwortet sie.

Ich höre dieses Ja fast nicht, aber ich fühle es an ihrem Atem, ich merke es ihr an, wir halten uns wild umarmt, und sie gibt sich so ganz besinnungslos hin.
Eine Stunde danach küsse ich Eva zum Abschied und gehe.
Ich begegne Herrn Mack in der Tür.
Herrn Mack selbst.
Es gibt ihm einen Riß, und er stiert in die Stube, bleibt dort auf der Türschwelle stehen und stiert. Na! sagt er und kann nicht mehr herausbringen, er ist wie betäubt.
Sie haben nicht erwartet, mich hier zu finden? sage ich und grüße. Eva rührt sich nicht.
Herr Mack faßt sich, eine merkwürdige Sicherheit legt sich über ihn, er antwortete: Sie irren sich, gerade Sie suche ich. Ich will Sie darauf aufmerksam machen, daß es vom ersten April bis zum fünfzehnten August verboten ist, innerhalb der Achtelmeile von den Brut- und Nistplätzen einen Schuß zu lösen. Sie haben heute zwei Vögel bei der Insel geschossen, die Leute haben Sie gesehen.
Ich schoß zwei Alken, sagte ich geschlagen. Es ging mir auf der Stelle auf, daß der Mann in seinem Recht war.
Zwei Alken oder zwei Eidervögel, das ist ganz gleich. Sie waren innerhalb gefriedeten Gebietes.
Ich erkenne das an, sagte ich. Es ist mir nicht eher eingefallen.
Es hätte Ihnen aber eher einfallen müssen.
Ich habe auch im Mai meine beiden Läufe ungefähr auf derselben Stelle abgeschossen. Das war auf einer Inseltour. Es geschah auf Ihre eigene Aufforderung.
Das ist eine andere Sache, sagte Herr Mack kurz.
Aber dann zum Teufel, so wissen Sie wohl, was Sie zu tun haben? Sehr genau, antwortete er.
Eva hielt sich in Bereitschaft; als ich hinausging, folgte sie nach; sie hatte ein Tuch umgebunden und ging vom Haus fort, ich sah sie den Weg zu den Packhäusern nehmen. Herr Mack wanderte heim.
Ich dachte über das Ganze nach. Welche Geschmeidigkeit, einen Ausweg zu finden, wie seine Augen stachen! Ein Schuß, zwei Schüsse, ein paar Alken, eine Geldstrafe, eine Ausbezahlung. Und dann war alles abgetan mit Herrn Mack und seinem Haus. Alles ging im Grund so übermäßig hübsch und schnell...

Es begann bereits mit großen weichen Tropfen zu regnen. Die Elstern flogen über die Erde hin, und als ich heim kam und Äsop losließ, fraß er Gras. Der Wind begann zu sausen.

23

Eine Meile unter mir sehe ich das Meer. Es regnet, und ich bin in den Bergen, ein vorhängender Felsen beschützt mich gegen den Regen. Ich rauche aus meiner kurzen Pfeife, rauche eine Pfeife nach der andern, und jedesmal, wenn ich anzünde, kriecht der Tabak wie glühende kleine Würmer aus der Asche auf. So wimmeln auch die Gedanken in meinem Kopf. Auf dem Boden vor mir liegt ein Bündel dürrer Zweige von einem zerstörten Vogelnest. Und so wie dieses Vogelnest ist auch meine Seele.

Ich entsinne mich jeder kleinsten Bagatelle von den Erlebnissen dieses und des nächsten Tages. Hoho, wie übel ich zugerichtet wurde...

Ich sitze hier in den Bergen, und das Meer und die Luft sausen, es kocht und klagt grauenvoll in meinen Ohren von Wind und Wetter. Große und kleinere Fahrzeuge sieht man weit draußen mit gerefftem Segel, es sind Menschen an Bord, sie wollen wohl an irgendeinen Ort hin, und Gott weiß, wo alle diese Menschenleben hin wollen, denke ich. Das Meer hebt sich schäumend empor und taumelt, taumelt, es ist wie von großen rasenden Gestalten bevölkert, die mit den Gliedern um sich schlagen und einander zubrüllen, nein, es ist ein Fest zwischen zehntausend pfeifenden Teufeln, die ihren Kopf unter die Achsel stecken und herumkreisen, das Meer mit den Flügelspitzen weiß peitschend. Weit, weit draußen liegt eine Blindschäre, von dieser Blindschäre reckt sich ein weißer Meermann empor und schüttelt sein Haupt nach einem leck gesprungenen Rahsegler, der vor dem Winde lenzt und aufs Meer getrieben wird, hoho, aufs Meer, hinaus auf das öde Meer...

Ich freue mich darüber, daß ich allein bin, daß niemand meine Augen sehen kann, ich lehne mich vertrauensvoll an die Felswand und weiß, daß hier niemand hinter mir stehen und mich von rückwärts beobachten kann. Ein Vogel schwebt

über das Gebirge mit einem abgerissenen Schrei, im selben Augenblick löst sich ein Stück weiter weg ein Felsblock und rollt zum Meer hinab. Und ich bleibe eine Zeitlang still sitzen, ich werde ruhig, es zittert ein bergendes Gefühl von Behagen durch mich, weil ich so sicher im Versteck sitzen kann, während der Regen draußen immer noch niederfällt. Ich knöpfe meine Joppe zu und danke Gott für diese warme Joppe. Es verging noch eine Weile. Ich schlief ein.
Es ist Nachmittag, ich gehe heim, es regnet noch. Da begegnet mir etwas Ungewöhnliches. Edvarda steht vor mir auf dem Steig. Sie ist durchnäßt, als wäre sie lange im Regen draußen gewesen, aber sie lächelt. Na! denke ich sofort, und ein Ingrimm erfaßt mich, ich presse die Finger wütend um meine Büchse und gehe ihr so entgegen, obwohl sie lächelt.
Guten Tag! ruft sie zuerst.
Ich warte, bis ich ihr einige Schritte näher gekommen bin und sage: Ich grüße Sie, Schönjungfrau!
Sie stutzt über meine Spaßhaftigkeit. Ach ich wußte nicht, was ich sagte. Sie lächelt furchtsam und sieht mich an.
Waren Sie heute auf den Bergen? fragte sie. Da sind Sie naß geworden. Ich habe ein Tuch hier, wenn Sie es umnehmen wollen, ich habe es übrig... Nein, Sie kennen mich nicht wieder. Und sie schlägt die Augen nieder und schüttelt den Kopf, als ich das Tuch nicht annehme.
Ein Tuch? antworte ich und grinse vor Zorn und Erstaunen. Aber ich habe eine Joppe hier, wollen Sie sie zu leihen nehmen? Ich habe sie übrig, ich würde sie einem jeden geliehen haben, so daß Sie sie ruhig nehmen dürfen. Einer Fischerfrau würde ich sie mit Freuden leihen.
Ich sah, daß sie darauf gespannt war, was ich sagen würde, sie lauschte so erwartungsvoll, daß sie häßlich wurde und den Mund zusammenzuhalten vergaß. Sie steht mit dem Tuch in der Hand da, es ist ein weißes Seidentuch, sie hat es vom Hals genommen.
Auch ich reiße meine Joppe herunter.
Um Gotteswillen, ziehen Sie sie wieder an! ruft sie, Sie sollen das nicht tun. Sind Sie so böse auf mich?
Nein, Herrgott, ziehen Sie doch die Joppe wieder an, bevor Sie durchnäßt werden.
Ich zog die Joppe wieder an.
Wo wollen Sie hin? fragte ich dumpf.

Nein, nirgendshin ... Ich verstehe nicht, daß Sie die Joppe ausziehen konnten ...

Wo haben Sie den Baron heute? fragte ich weiter. In diesem Wetter kann doch der Graf nicht auf dem Meer sein ...

Glahn, ich wollte Ihnen nur etwas sagen ...

Ich unterbrach sie: Darf ich Sie bitten, dem Herzog meinen Gruß zu überbringen?

Wir sehen einander an. Ich stehe da, ihr mit weiteren Unterbrechungen zu entgegnen, wenn sie den Mund öffnen sollte. Endlich gleitet ein schmerzlicher Zug über ihr Gesicht, ich schaue weg und sage:

Aufrichtig gesagt, geben Sie dem Prinzen einen Korb, Jungfer Edvarda. Das ist kein Mann für Sie. Ich versichere Ihnen, in diesen Tagen geht er umher und grübelt darüber nach, ob er Sie zu seiner Frau machen soll oder nicht, und damit kann Ihnen auch nicht gedient sein.

Nein, davon wollen wir nicht sprechen, nicht wahr? Glahn, ich habe an Sie gedacht, Sie konnten Ihre Joppe ausziehen und durchnäßt werden um eines anderen willen, ich komme zu Ihnen ...

Ich zucke mit den Schultern und fahre fort:

Ich schlage Ihnen statt dessen den Doktor vor. Was haben Sie an ihm auszusetzen? Ein Mann in seinen besten Jahren, ein ausgezeichneter Kopf. Denken Sie darüber nach.

Hören Sie mich nur eine Minute an ...

Äsop, mein Hund, erwartet mich in der Hütte. Ich nahm die Mütze ab, grüßte und sagte wieder: Ich grüße Sie, Schönjungfrau.

Damit fing ich zu gehen an.

Sie stieß einen Schrei aus:

Nein, reiß mir nicht das Herz heraus. Ich komme heute zu dir, ich paßte dich hier ab und ich lächelte, als du kamst. Gestern war ich beinahe von Sinnen, denn ich hatte die ganze Zeit an etwas gedacht, ich war schwindlig und dachte immer an dich. Heute saß ich in der Stube, ein Mensch kam herein, ich sah nicht auf, aber ich wußte, wer es war, der kam. Ich ruderte gestern eine halbe Viertelmeile, sagte er. Wurden Sie nicht müde? fragte ich. Ach doch, sehr müde, und ich bekam Blasen an meinen Händen, sagte er dann und war darüber betrübt. Ich dachte: Sieh, darüber ist er nun betrübt. Eine Weile später sagte er: Ich hörte heute nacht ein Flüstern vor meinen Fenstern, es war Ihre Hausjungfer und Ihr einer Ladengehilfe, im intimen Gespräch. Ja, sie wollen einander heiraten, sagte ich. Ja, aber es war zwei Uhr! Was weiter? fragte ich und sagte ein wenig später: Die Nacht gehört ihnen. Da rückte er seine Goldbrille auf der Nase hinauf und bemerkte: Aber nicht wahr, finden Sie nicht, mitten in der Nacht, das sieht nicht gut aus? Ich sah immer noch nicht auf, und wir saßen zehn Minuten lang so. Darf ich Ihnen einen Schal für Ihre Schultern bringen? fragte er. Nein, danke, antwortete ich. Wer Ihre kleine Hand nehmen dürfte? sagte er. Ich antwortete nicht, meine Gedanken waren an anderen Orten. Er legte eine kleine Schachtel in meinen Schoß, ich öffnete die Schachtel und fand eine Nadel darin. Die Nadel hatte eine Krone, und ich zählte in ihr zehn Steine ... Glahn, ich habe die Nadel hier, willst du sie sehen? Sie ist in Stücke zertreten; komm nur und sieh, daß sie entzwei getreten ist ... Nun wohl, was soll ich mit der Nadel? fragte ich. Sie sollen sich damit schmücken, antwortete er. Aber ich reichte ihm die Nadel zurück und sagte: Lassen Sie mich, ich denke mehr an einen anderen. Welchen anderen? fragte er. An einen Jäger, antwortete ich, er hat mir nur zwei sehr schöne Federn zur Erinnerung gegeben, aber nehmen Sie Ihre Nadel wieder zurück. Doch er wollte die Nadel nicht zurücknehmen. Ich sah ihn zum ersten Mal an, seine Augen waren durchdringend. Ich nehme die Nadel nicht zurück, machen Sie damit, was Sie wollen, treten Sie darauf, sagte er. Ich stand auf, legte die Nadel unter meinen Absatz und trat darauf. Das war heute morgen ... Vier Stunden lang ging ich umher, wartete, nach Mittag begab ich mich hinaus. Er fing mich auf dem Weg ab. Wo wollen Sie hin? fragte er. Zu Glahn, erwiderte ich, ich will ihn bitten, mich nicht zu vergessen ... Seit ein Uhr habe ich hier gewartet, ich stand bei einem Baum und sah dich kommen, du warst wie ein Gott! Ich liebte deine Gestalt, deinen Bart und deine Schultern, alles an dir liebte ich ... Nun bist du ungeduldig, du willst gehen, geh nur, ich bin dir gleichgültig, du siehst mich nicht an ... Ich war stehen geblieben. Als sie schwieg, begann ich wieder zu gehen. Ich war erschöpft vor Verzweiflung und lächelte, mein Herz war hart.

Ach richtig, sagte ich und hielt wieder an. Sie wollten mir doch etwas sagen?

Dieser Spott machte sie meiner müde.

Wollte ich etwas sagen? Ja, aber, ich sagte etwas; haben Sie es nicht gehört? Nein, nichts, nichts habe ich Ihnen mehr zu sagen...
Ihre Stimme zittert seltsam, aber das rührt mich nicht.

24

Am nächsten Morgen steht Edvarda vor meiner Hütte, als ich heraustrete.
Ich hatte im Lauf der Nacht alles überlegt und meinen Beschluß gefaßt. Nein, weshalb sollte ich mich länger von diesem launenhaften Menschenkind verblenden lassen, von einem Fischermädchen, einem unwissenden Kopf; hat nicht ihr Name lang genug in meinem Herzen gesessen und es ausgesogen? Genug davon! Es fiel mir übrigens ein, daß ich ihr vielleicht näher gekommen war, gerade indem ich ihr Gleichgültigkeit zeigte und sie verspottete. Ach, wie hinreißend ich sie verhöhnt hatte; nachdem sie eine Rede von mehreren Minuten gehalten hat, sage ich ruhig: Ach richtig, Sie wollten mir doch etwas sagen...
Sie stand beim Stein. Sie war äußerst erregt und wollte mir entgegenlaufen, sie breitete schon die Arme aus, blieb aber stehen und rang ihre Hände. Ich griff zur Mütze und grüßte sie schweigend. Heute ist es ein einziges Ding, das ich von Ihnen will, Glahn, sagte sie eindringlich. Und ich rührte mich nicht, nur um zu hören, was sie sagen würde. Ich habe gehört, daß Sie in der Schmiede waren. Es war eines Abends. Eva war allein zu Hause.
Ich stutzte und antwortete:
Von wem haben Sie diese Nachricht?
Ich spioniere nicht, rief sie; ich hörte es gestern abend, mein Vater erzählte es mir. Als ich gestern abend so durchnäßt heimkam, sagte mein Vater: Du hast heute den Baron verhöhnt. Nein, erwiderte ich. Wo warst du jetzt? fragte er weiter. Ich antwortete: Bei Glahn. Da erzählte es mein Vater.
Ich bekämpfe meine Verzweiflung und sage:
Eva ist sogar hier gewesen.
Ist sie auch hier gewesen? In der Hütte?

Mehrere Male. Ich habe sie hereingenötigt. Wir haben zusammen gesprochen.
Auch hier!
Pause. Halte dich aufrecht! denke ich und sage:
Da Sie so liebenswürdig sind, sich in meine Sachen einzumischen, will ich nicht zurückstehen. Ich schlug Ihnen gestern den Doktor vor; haben Sie darüber nachgedacht? Der Prinz ist nämlich doch zu unmöglich.
Zorn glüht in ihren Augen auf.
Wissen Sie was, er ist nicht unmöglich! sagte sie heftig. Nein, er ist besser als Sie, er kann sich in einem Haus aufhalten, ohne Tassen und Gläser in Stücke zu schlagen, meine Schuhe haben Frieden vor ihm. Ja, er weiß mit Leuten umzugehen, aber Sie sind lächerlich, ich schäme mich Ihretwegen, mit Ihnen ist es nicht auszuhalten, verstehen Sie das!
Ihre Worte trafen mich tief, ich beugte den Kopf und antwortete: Sie haben recht damit, daß ich nicht gut mit Menschen verkehren kann. Seien Sie barmherzig; Sie verstehen mich nicht, ich wohne am liebsten im Wald, das ist meine Freude. Hier in meiner Einsamkeit schadet es niemand, daß ich bin, wie ich bin; aber wenn ich mit anderen zusammenkomme, muß ich alle meine Mühe anwenden, um zu sein, wie ich sollte. Ich war zwei Jahre lang so wenig unter Menschen...
Man kann jeden Augenblick das Schlimmste von Ihnen erwarten, fuhr sie fort. Es wird auf die Dauer ermüdend, auf Sie aufzupassen. Wie unbarmherzig sie das sagte! Ein ungemein bitterer Schmerz durchfährt mich, ich taumle fast zurück vor ihrer Erregung. Edvarda hielt noch nicht ein, sie fügte hinzu:
Sie können vielleicht Eva bekommen, damit sie auf Sie aufpaßt. Es ist nur schade, daß sie verheiratet ist.
Eva. Sagten Sie, daß Eva verheiratet ist?
Ja, verheiratet.
Mit wem ist sie verheiratet?
Das müssen Sie doch wissen. Eva ist mit dem Schmied verheiratet.
Ist sie nicht die Tochter des Schmieds?
Nein, sie ist seine Frau. Glauben Sie, daß ich hier vor Ihnen stehe und lüge?
Ich glaubte gar nichts, mein Erstaunen wurde nur so groß. Ich blieb stehen, wo ich stand, und dachte: Eva ist verheiratet?

Sie haben also eine glückliche Wahl getroffen, sagt Edvarda.
Na, dies wollte kein Ende nehmen! Ich begann vor Erbitterung zu beben, und ich sagte:
Aber nehmen nun Sie den Doktor, wie ich sage. Folgen Sie dem Rat eines Freundes; der Prinz ist ja ein halbalter Narr. – Und ich log über ihn in meiner Erregung, übertrieb sein Alter, sagte, daß er kahlköpfig sei und beinahe vollständig blind; ich behauptete auch, daß er die Krone in den Hemdknöpfen einzig und allein trüge, um sich mit seinem Adel aufzublasen. – Es lag mir übrigens gar nichts daran, ihn kennenzulernen, sagte ich. Es ist nichts Bestimmtes in ihm, es fehlen ihm die Hauptlinien, er ist nichts.
Doch, er ist etwas, er ist etwas! schrie sie, und ihre Stimme schnappte vor Wut über. Er ist sehr viel mehr, als du glaubst, du Waldmensch! Aber warte du nur, oh, er wird mit dir sprechen, ich will ihn darum bitten. Du glaubst nicht, daß ich ihn liebe, aber du sollst sehen, daß du dich irrst. Ich werde ihn heiraten, ich werde Tag und Nacht an ihn denken. Erinnere dich daran, daß ich sage: Ich liebe ihn. Laß nur Eva kommen, hoho, Gott im Himmel, laß sie nur kommen, das ist mir so unsäglich gleichgültig. Ja, ich muß sehen, daß ich von hier fortkomme ... Sie begann den Weg hinunter von der Hütte weg zu gehen, sie machte einige kleine eifrige Schritte, wandte sich um, noch leichenblaß im Gesicht und stöhnte: Und komme mir nie mehr unter die Augen.

25

Das Laub wurde gelb, das Kartoffelkraut war hoch gewachsen und stand in Blüte, die Jagdzeit kam wieder, ich schoß Schneehühner, Spielhähne und Hasen, ich schoß eines Tages einen Adler. Stille, hoher Himmel, kühle Nächte, viele klare Klänge und liebe Laute im Wald und über dem Land. Groß und friedlich ruhte die Welt ... Ich habe von Herrn Mack nichts mehr wegen der zwei Alken gehört, die ich geschossen habe, sagte ich zum Doktor.
Da können Sie Edvarda dafür danken, entgegnete er. Ich weiß es, ich hörte, daß sie dagegen war.

Ich danke ihr nicht, sage ich …
Indian summer, Indian summer. Die Steige zogen sich wie Gürtel durch den gilbenden Wald, ein neuer Stern kam mit jedem Tag, den Mond erblickte man wie einen Schatten, einen Schatten von Gold, in Silber getaucht …
Gott helf dir, du bist ja verheiratet, Eva?
Wußtest du das nicht?
Nein, ich wußte das nicht.
Sie preßte stumm meine Hand.
Gott helf dir, Kind, was sollen wir nun tun?
Was du willst. Du reist vielleicht noch nicht fort, ich will glücklich sein, solange du hier bist!
Nein, Eva.
Doch, doch, nur solange du hier bist!
Sie sieht verlassen aus und preßt die ganze Zeit meine Hand.
Nein, Eva, geh! Nie mehr.
Und Nächte vergehen und Tage kommen. Es ist schon der dritte Tag seit dieser Aussprache. Eva kommt mit einer Bürde des Wegs. Wieviel Holz hat doch dieses Kind im Laufe des Sommers vom Walde heimgetragen!
Leg die Bürde nieder, Eva, und laß mich sehen, ob deine Augen noch ebenso blau sind.
Ihre Augen waren rot.
Nein, lächle wieder, Eva! Ich widerstehe dir nicht länger, ich bin dein, ich bin dein …
Abend. Eva singt, ich höre ihren Gesang, und es durchströmt mich heiß.
Du singst heute abend, Eva?
Ja, ich bin froh.
Und da sie kleiner ist als ich, hüpft sie ein wenig, um mir die Arme um den Hals legen zu können.
Aber Eva, du hast deine Hände aufgerissen? Herrgott, daß du doch deine Hände nicht aufgerissen hättest!
Das macht nichts.
Ihr Antlitz strahlt so wunderbar.
Eva, hast du mit Herrn Mack gesprochen?
Einmal.
Was sagte er und was sagtest du?
Er ist sehr hart gegen uns geworden, er läßt meinen Mann Tag und Nacht auf der Brücke arbeiten, mich stellt er auch zu

jeder Art Arbeit an. Er hat mir befohlen, Männerarbeit zu tun.
Weshalb tut er das?
Eva sieht nieder.
Weshalb tut er das, Eva?
Weil ich dich liebe.
Aber wieso kann er das wissen?
Ich habe es ihm gesagt.
Pause.
Gott gebe, daß er nicht so streng gegen dich wäre. Eva! Aber das macht nichts. Nichts macht es nun.
Und ganz wie ein kleines, zitterndes Lied tönt ihre Stimme im Wald.
Und das Laub wird noch gelber, es geht dem Herbst zu, es sind noch mehr Sterne am Himmel hervorgekommen, und der Mond sieht von nun an aus wie ein Schatten von Silber, der in Gold getaucht ist. Es war keine Kälte, nichts, nur eine kühle Stille und ein strömendes Leben im Wald. Jeder Baum stand da und dachte. Die Beeren waren reif.
So kam der zweiundzwanzigste August und mit ihm die drei Eisernen Nächte.

26

Die erste Eiserne Nacht.
Um neun Uhr geht die Sonne unter. Es legt sich eine matte Dunkelheit über die Erde, ein paar Sterne sieht man, zwei Stunden später kommt ein Schimmer vom Mond. Ich wandere mit meiner Büchse und meinem Hund in den Wald, ich mache ein kleines Feuer, und das Licht meiner Flamme fällt zwischen die Kiefernstämme. Es ist kein Frost.
Die erste Eiserne Nacht! sage ich. Und eine verwirrend heftige Freude über die Zeit und den Ort durchschüttelt mich seltsam... Ein Hoch, Ihr Menschen und Tiere und Vögel, für die einsame Nacht in den Wäldern, den Wäldern! Ein Hoch auf die Dunkelheit und Gottes Murmeln zwischen den Bäumen, auf des Schweigens süßen, einfältigen Wohllaut an meinen Ohren, auf das grüne Laub und das gelbe Laub! Ein Hoch auf den Laut des Lebens, den ich

höre, eine schnüffelnde Schnauze im Gras, einen Hund, der über die Erde hinschnuppert. Ein stürmisches Hoch der Wildkatze, die auf die Gurgel sich niederduckt und sichtet und sich zum Sprung auf einen Sperling bereitet, im Dunkel, im Dunkel! Ein Hoch auf die barmherzige Stille auf dem Erdenreich, auf die Sterne und auf den Halbmond, ja auf den und jenen!...

Ich erhebe mich und lausche. Niemand hat mich gehört. Ich setze mich wieder.

Einen Dank für die einsame Nacht, für die Berge, für das Rauschen der Finsternis und des Meeres, es rauscht durch mein Herz! Einen Dank für mein Leben, für meinen Atemzug, für die Gnade, heute nacht leben zu dürfen, dafür danke ich von Herzen! Lausche nach Osten und lausche nach Westen, nein, lausche! Es ist der ewige Gott! Diese Stille, die gegen mein Ohr murmelt, ist das siedende Blut der Allnatur, Gott, der die Erde und mich durchwebt. Ich sehe einen hellen Spinnenfaden im Scheine meines Feuers, ich höre ein ruderndes Boot auf dem Meer, ein Nordlicht gleitet über den Himmel im Norden. Oh, bei meiner unsterblichen Seele, ich danke euch so sehr, weil ich es bin, der hier sitzt!

Stille. Ein Kiefernzapfen fällt dumpf zur Erde. Ein Kiefernzapfen fiel! dachte ich. Der Mond ist hoch droben, das Feuer flackert über dem halbverbrannten Haufen und will ausgehen. Und in der späten Nacht wandere ich heim.

Die zweite Eiserne Nacht, die gleiche Stille und das milde Wetter. Meine Seele grübelt. Ich gehe mechanisch zu einem Baum hin, ziehe die Mütze tief in die Stirn und lehne mich mit dem Rücken an diesen Baum, die Hände in meinem Nacken gefaltet. Ich starre und denke, die Flamme meines kleinen Feuers blendet meine Augen, und ich fühle es nicht. Ich stehe eine gute Weile in dieser sinnlosen Stellung und sehe ins Feuer. Meine Beine versagen schließlich und werden müde, ganz steif setze ich mich nieder. Erst jetzt denke ich darüber nach, was ich getan habe. Warum doch so lange ins Feuer starren? Äsop hebt den Kopf und horcht, er hört Schritte, Eva zeigt sich zwischen den Bäumen.

Ich bin so gedankenvoll betrübt heute abend, sage ich. Und sie erwidert vor Mitgefühl nichts.

Ich liebe drei Dinge, sage ich dann. Ich liebe einen Liebes-

traum, den ich einmal hatte, ich liebe dich und ich liebe diesen Fleck Erde.
Und was liebst du am meisten?
Den Traum.
Den Traum.
Es ist wieder still. Äsop kennt Eva und legt den Kopf auf die Seite und sieht sie an. Ich murmle:
Ich sah heute ein Mädchen auf dem Weg, sie ging Arm in Arm mit ihrem Geliebten. Das Mädchen wies mit den Augen auf mich und konnte sich vor Lachen kaum halten, als ich vorbeikam.
Worüber lachte sie?
Das weiß ich nicht. Sie lachte wohl über mich. Warum fragst du?
Kanntest du sie?
Ja, ich grüßte.
Und kannte sie dich nicht?
Nein, sie tat, als ob sie mich nicht kenne ... Aber warum sitzt du da und forschest mich aus? Das ist häßlich von dir. Du bringst mich nicht dazu, ihren Namen zu sagen.
Pause.
Ich murmle wieder.
Worüber lachte sie? Sie ist ein loses Geschöpf; aber worüber lachte sie? In Jesu Christi Namen, was habe ich ihr denn getan?
Eva antwortet:
Es war häßlich von ihr, über dich zu lachen.
Nein, es war nicht häßlich von ihr! schrie ich. Du sollst nicht hier sitzen und sie lästern, sie tut nichts Häßliches, es war richtig von ihr, über mich zu lachen. Schweig, zum Satan, und laß mich in Frieden, hörst du!
Und Eva läßt mich verschüchtert in Frieden. Ich sehe sie an und bereue in der gleichen Minute meine harten Worte, ich falle vor ihr nieder und ringe meine Hände.
Geh heim, Eva. Du bist es, die ich am meisten liebe, wie könnte ich einen Traum lieben? Es war nur ein Scherz, du bist es, die ich liebe. Aber gehe nun heim, ich werde morgen zu dir kommen; denke daran, ich bin dein, ja vergiß das nicht. Gutnacht.
Und Eva geht heim.
Die dritte Eiserne Nacht, eine Nacht in äußerster Spannung.

Wäre wenigstens etwas Frost gewesen! Statt des Frostes stillstehende Wärme nach der Sonne des Tages; die Nacht war wie ein lauwarmer Morast. Ich machte mein kleines Feuer an...
Eva, es kann zuweilen von einigem Nutzen sein, an den Haaren gezogen zu werden. So verdreht kann eines Menschen Sinn werden. Man kann das Tal hinunter und den Berg hinauf an den Haaren gezogen werden, und wenn jemand fragt, was da vor sich geht, so kann man ganz verzückt antworten: Ich werde an den Haaren gezogen! Und wenn gefragt wird: Aber soll ich dir nicht helfen, dich zu befreien? so antwortet man: Nein. Und wenn gefragt wird: Aber hältst du es aus? so antwortet man: Ja, ich halte es aus, denn ich liebe die Hand, die mich zieht... Weißt du, Eva, was es heißt, zu hoffen? Ja, ich glaube.
Siehst du, Eva, zu hoffen, das ist etwas Seltsames, ja etwas sehr Sonderbares. Man kann eines Morgens einen Weg entlanggehen und hoffen, auf diesem Weg einen Menschen zu treffen, den man lieb hat. Und trifft man diesen Menschen? Nein. Warum nicht? Weil der Mensch an jenem Morgen beschäftigt ist und an ganz anderen Orten ist... Ich lernte einen alten blinden Lappen in den Bergen kennen. Seit achtundfünfzig Jahren hatte er nichts gesehen und jetzt war er über siebzig. Es kam ihm vor, als sähe er besser und besser mit der Zeit, als ginge es gleichmäßig vorwärts, so schien es ihm. Käme nichts dazwischen, so würde er in einigen Jahren die Sonne erspähen können. Er hatte noch schwarzes Haar, aber seine Augen waren ganz weiß. Wenn wir in seiner Gamme beisammen saßen und rauchten, erzählte er von all dem, was er gesehen hatte, bevor er blind geworden war. Er war hart und gesund, ohne Gefühl, unverbrauchbar, und seine Hoffnung bewahrte er. Wenn ich fort wollte, ging er mit mir heraus und fing an, in die verschiedenen Richtungen zu deuten. Dort ist Süden, sagte er, und dort ist Norden. Nun gehst du zuerst in dieser Richtung, und wenn du ein Stück weit hinunter ins Gebirge gekommen bist, schwenkst du in jene Richtung ein, sagte er. Ganz richtig, erwiderte ich. Und da lachte der Lappe zufrieden und sagte: Sieh, das wußte ich vor vierzig, fünfzig Jahren nicht, so daß ich jetzt besser sehe als damals, es geht beständig vorwärts. Dann duckte er sich und kroch wieder in die Gamme hinein, die ewige Gamme, seine Heimat auf der Erde. Und er setzte sich wieder vor das Feuer, wie vorher voller

Hoffnung, daß er in einigen Jahren gewiß die Sonne erspähen könne... Eva, es ist etwas sehr Merkwürdiges um die Hoffnung. Ich gehe zum Beispiel jetzt umher und hoffe, diesen Menschen zu vergessen, den ich heute morgen nicht auf dem Weg traf.

Du redest so sonderbar.

Es ist die dritte Eisennacht. Ich verspreche dir, Eva, morgen ein anderer Mann zu werden. Laß mich nun allein. Du sollst mich morgen nicht wiedererkennen, ich werde lachen und dich küssen, mein allerschönstes Mädchen. Denk, ich habe nur noch diese Nacht vor mir, dann werde ich ein anderer Mann, in einigen Stunden bin ich es. Gutnacht, Eva.

Gutnacht.

Ich lege mich näher an mein Feuer und betrachte die Flammen. Ein Tannenzapfen fällt vom Ast, ab und zu fällt auch ein dürrer Zweig herab. Die Nacht ist wie eine grenzenlose Tiefe. Ich schließe die Augen.

Nach einer Stunde beginnen meine Sinne in einem bestimmten Rhythmus zu schwingen, ich klinge mit in dieser großen Stille, klinge mit. Ich sehe nach dem Halbmond, er steht wie eine weiße Muschel am Himmel, und ich habe ein Gefühl von Liebe zu ihm, ich fühle, daß ich erröte. Es ist der Mond, sage ich leise und leidenschaftlich, es ist der Mond! Und mein Herz schlägt ihm in sanftem Klopfen entgegen. Das dauert einige Minuten. Es bläst ein wenig, ein fremder Wind kommt zu mir, ein seltsamer Luftdruck. Was ist das? Ich blicke um mich und sehe niemand. Der Wind ruft mich, und meine Seele beugt sich bejahend dem Ruf entgegen, und ich fühle mich aus meinem Zusammenhang gehoben, an eine unsichtbare Brust gedrückt, meine Augen werden feucht, ich zittere – Gott steht irgendwo in der Nähe und sieht mich an. Dies dauert wieder einige Minuten. Ich wende den Kopf um, der fremde Luftdruck verschwindet, und mir ist, als sähe ich etwas wie den Rücken eines Geistes, der lautlos durch den Wald wandert...

Ich kämpfe eine kurze Weile mit einer schweren Betäubung, ich bin erschöpft von Gemütsbewegungen, ich werde so todmüde, und ich schlafe ein.

Als ich erwachte, war die Nacht vorbei. Ach, ich war eine lange Zeit in einem traurigen Zustand umhergegangen, voller Fieber, darauf wartend, durch die eine oder andere Krankheit

umzufallen. Oft drehten sich die Dinge vor mir hin und her, ich sah alles mit entzündeten Augen, eine tiefe Traurigkeit beherrschte mich.
Nun war das vorbei.

27

Es ist Herbst. Der Sommer ist vorbei, er verschwand ebenso rasch, wie er kam; ach, wie rasch er ging. Nun sind die Tage kalt, ich jage, fische und singe Lieder im Wald. Und es gibt Tage mit dickem Nebel, der vom Meer hereinschwebt und alles mit Dunkelheit eindämmt. An einem solchen Tag geschah etwas. Ich verirrte mich auf meinen Wanderungen ganz in die Wälder der Nachbargemeinde und kam bis zum Haus des Doktors. Es waren Fremde da, die jungen Damen, mit denen ich früher zusammengewesen war, tanzende Jugend, rein verrückte Fohlen. Ein Wagen kam angerollt und hielt vor dem Gartenzaun; Edvarda saß im Wagen. Sie stutzte, als sie mich sah. Lebt wohl! sagte ich still. Aber der Doktor hielt mich zurück. Edvarda war am Anfang durch meine Gegenwart bedrückt und schlug die Augen nieder, wenn ich etwas sagte; später ertrug sie mich besser und richtete sogar ein paar kleine Fragen an mich. Sie war auffallend bleich, der Nebel legte sich grau und kalt über ihr Gesicht. Sie stieg nicht aus dem Wagen.
Ich reise im Auftrag, sagte sie lachend. Ich komme von der Hauptkirche, wo keiner von euch zu finden war; man sagte, daß ihr hier wäret. Ich bin stundenlang gefahren, um euch zu finden. Wir haben eine kleine Gesellschaft morgen abend – der Anlaß ist, daß der Baron nächste Woche abreisen wird –, und mir wurde aufgetragen, euch alle einzuladen. Wir werden auch tanzen. Es ist morgen abend. Alle miteinander verbeugten sich und dankten.
Zu mir sagte sie überdies:
Bleiben Sie nun nicht aus, seien Sie so gut. Senden Sie nicht im letzten Augenblick ein Billett mit Entschuldigungen. –
Dieses sagte sie zu keinem der anderen. Kurz darauf fuhr sie weg. Ich war so bewegt von dieser unerwarteten Freundlichkeit, daß ich mich einen Augenblick verbarg und mich freute.

Darauf nahm ich vom Doktor und seinen Gästen Abschied und begab mich auf den Heimweg.
Wie gnädig sie zu mir war! Wie kann ich es ihr vergelten? Meine Hände wurden matt, eine süße Kälte eilte durch meine Handgelenke. Herrgott, hier gehe ich und schwanke so matt vor Freude, dachte ich, und ich kann die Hände nicht ballen, sondern bekomme Tränen in die Augen vor Hilflosigkeit; was ist da zu machen? Erst spät am Abend kam ich heim. Ich nahm den Weg um die Packhäuser und fragte einen Fischer, ob das Postschiff bis morgen abend käme. Ach nein, das Postschiff sollte nächste Woche einmal kommen. Ich eilte zur Hütte hinauf und machte mich daran, meinen besten Anzug zu untersuchen. Ich putzte ihn und machte ihn fein, es waren Löcher an ein paar Stellen, und ich weinte und stopfte die Löcher. Als ich fertig war, legte ich mich auf die Pritsche hin. Einen Augenblick währte die Rast, ein Gedanke kommt mir, ich springe auf und bleibe wie geschlagen mitten auf dem Boden stehen. Das Ganze ist wieder ein Kniff! flüstere ich. Ich wäre nicht eingeladen worden, wenn ich nicht zufällig dagewesen wäre, als sie die anderen einlud. Mir gab sie noch obendrein den deutlichsten Wink wegzubleiben, ein Billett mit Entschuldigungen zu senden ...
Ich schlief die ganze Nacht nicht, und als der Morgen kam, ging ich in den Wald, verfroren, übernächtigt und fiebrig. Hei, nun bereitet man auf Sirilund eine Gesellschaft vor! Und was dann? Ich werde weder dorthin gehen noch eine Entschuldigung senden. Herr Mack ist ein weitsichtiger Mann, nun veranstaltet er dieses Fest für den Baron, aber ich gehe nicht hin, versteht ihr das? ...
Der Nebel lag dick über Tal und Berg, ein feuchtkalter Reif legte sich über meine Kleider und machte sie schwer, mein Gesicht war kalt und naß. Nur hie und da kam ein Windhauch und ließ die schlafenden Nebel steigen und sinken, steigen und sinken.
Es wurde später Nachmittag, es dunkelte, der Nebel verbarg alles vor meinen Augen, und ich hatte keine Sonnenzeichen, mich danach zu richten. Ich irrte stundenlang auf meinem Heimweg umher; aber ich hatte nichts, dem ich nachhasten mußte, ich schlug mit der größten Ruhe die falsche Richtung ein und kam an unbekannte Plätze im Wald. Endlich lehne ich die Büchse an einen Baumstamm und befrage meinen Kom-

paß. Ich stecke meinen Weg genau aus und beginne zu gehen. Es kann acht oder neun Uhr sein.
Nun geschah etwas.
Nach einer halben Stunde höre ich Musik durch den Nebel, einige Minuten danach kenne ich mich wieder aus, ich stehe dicht beim Hauptgebäude von Sirilund. Hatte mein Kompaß mich falsch und zu dem Ort gewiesen, dem ich entfliehen wollte? Eine bekannte Stimme ruft mich, es ist die Stimme des Doktors. Kurz danach werde ich hineingeführt.
Ach, mein Büchsenlauf hatte vielleicht den Kompaß beeinflußt und irregeleitet. Das ist mir seitdem noch einmal geschehen, jetzt in diesem Jahr. Ich weiß nicht, was ich glauben soll. Vielleicht war es auch Schicksal.

28

Ich hatte den ganzen Abend das bittere Gefühl, daß ich nicht in diese Gesellschaft hätte kommen sollen. Meine Ankunft wurde fast gar nicht bemerkt, alle waren so miteinander beschäftigt. Edvarda begrüßte mich kaum. Ich begann zu trinken, denn ich begriff, daß ich unwillkommen war, und trotzdem ging ich nicht meines Weges. Herr Mack lächelte viel und zeigte sein angenehmstes Gesicht, er war im Frack und sah gut aus. Er war bald hier, bald in den Zimmern, mischte sich unter dieses halbe Hundert von Gästen, tanzte hie und da einen Tanz, spaßte und lachte. Es lauerten Geheimnisse in seinen Augen.
Ein Gebraus von Musik und Stimmen tönte durch das ganze Haus. Fünf der Zimmer waren von den Gästen erfüllt, und man tanzte außerdem im großen Saal. Als ich kam, hatte man zu Abend gegessen. Geschäftige Mädchen liefen nun hin und her mit Gläsern und Weinen, Kaffeekannen aus schimmerndem Kupfer, Zigarren, Pfeifen, Kuchen und Früchten. Es wurde an nichts gespart. Die Kronleuchter in den Zimmern waren mit ungewöhnlich dicken Kerzen besteckt, die für diese Gelegenheit gegossen worden waren, außerdem brannten die neuen Lampen.
Eva half in der Küche, ich sah einen Schimmer von ihr. Dank, daß Eva auch hier war.

Der Baron war Gegenstand vieler Aufmerksamkeit, obwohl er still und bescheiden war und sich nicht vordrängte. Auch er war im Frack, dessen Schöße vom Koffer jämmerlich verkrüppelt waren. Er unterhielt sich wiederholt mit Edvarda, folgte ihr mit den Augen, stieß mit ihr an und nannte sie gnädiges Fräulein, ebenso die Töchter des Propstes und des Distriktarztes. Ich fühlte einen anhaltenden Unwillen gegen ihn und konnte kaum meinen Blick auf ihn richten, ohne mich mit einer traurigen und dummen Grimasse abzuwenden. Wenn er mit mir sprach, antwortete ich kurz und kniff danach den Mund zusammen.
Ich erinnere mich noch einer Begebenheit an diesem Abend. Ich stand im Gespräch mit einem jungen Mädchen, einer Blondine, als ich etwas sagte oder ihr eine Geschichte erzählte, die sie lachen machte. Es war kaum eine bemerkenswerte Geschichte; aber vielleicht erzählte ich sie in meinem berauschten Zustand lustiger, als ich es jetzt noch weiß, dies ist mir jedenfalls aus dem Gedächtnis gekommen. Genug davon: Als ich mich umwandte, stand Edvarda hinter mir. Sie gab mir einen anerkennenden Blick.
Dann bemerkte ich, daß sie die Blondine mit sich fortzog, um zu erfahren, was ich gesagt hatte. Wie wohl mir Edvardas Blick tat, nachdem ich den ganzen Abend ein wenig verstoßen von Zimmer zu Zimmer gegangen war; mir wurde gleich viel lichter zumute, und ich sprach seitdem mit mehreren und war unterhaltend. So weit ich es weiß, machte ich mich keines Fehlers schuldig...
Ich stand draußen auf der Treppe. Eva kam und trug einige Sachen aus einem der Zimmer. Sie sah mich, kam heraus und strich mir schnell über meine Hände, worauf sie lächelte und wieder hineinging. Als ich ihr nachfolgen wollte, stand Edvarda im Gang und sah mich an. Sie sah mich gerade an. Auch sie sagte nichts. Ich ging in den Saal.
Denkt Euch, Leutnant Glahn vergnügt sich damit, mit der Dienerschaft auf der Treppe draußen Zusammenkünfte zu haben, sagte Edvarda plötzlich laut. Sie stand in der Tür. Mehrere hörten, was sie sagte. Sie lachte, als ob sie scherzte, aber ihr Gesicht war sehr bleich. Ich entgegnete nichts darauf, ich murmelte nur:
Das war zufällig, sie kam nur heraus, wir begegneten uns im Gang...

Es verging eine Weile, vielleicht eine Stunde. Einer Dame wurde ein Glas über das Kleid geschüttet. Sobald Edvarda das sah, rief sie: Was ist los? Das hat natürlich Glahn getan.
Ich hatte es nicht getan, ich stand auf der anderen Seite des Saales, als das Unglück geschah. Von nun an trank ich wieder ziemlich viel und hielt mich bei der Tür auf, um den Tanzenden aus dem Weg zu gehen.
Der Baron vereinigte immer noch die Damen um sich, er bedauerte, daß seine Sammlungen bereits eingepackt seien, so daß er nichts davon vorzeigen könne, jenen Tangbüschel aus dem Weißen Meer, die Lehmproben von den Korholmen, überaus interessante Steinvorkommen vom Grund des Meeres. Die Damen guckten neugierig nach seinen Hemdknöpfen, die also Baron bedeuteten. Unter diesen Umständen hatte der Doktor kein Glück, selbst sein »Tod und Zweifel« übte keine Wirkung mehr aus. Aber wenn Edvarda redete, war er ständig zur Stelle, verbesserte wiederum ihre Sprache, trieb sie mit kleinen Spitzfindigkeiten in die Enge, hielt sie mit ruhiger Überlegenheit nieder.
Sie sagte:
... bis ich über das Tal des Todes gehe.
Und der Doktor fragte: Über was?
Das Tal des Todes, heißt es nicht das Tal des Todes?
Ich habe vom Fluß des Todes sprechen hören. Dies meinen Sie gewiß.
Später sprach sie davon, ein Ding bewachen zu lassen, wie von einem ...
Drachen, fiel der Doktor ein.
Jawohl. Wie von einem Drachen, antwortete sie.
Aber der Doktor sagte:
Danken Sie mir nun dafür, daß ich Sie rettete. Ich bin sicher, Sie hätten Argus gesagt.
Der Baron zog die Augenbrauen hoch und gab ihm einen erstaunten Blick durch die dicke Brille. Solche Flausen hatte er vielleicht nie gehört. Aber der Doktor tat nicht dergleichen. Was kümmerte er sich um den Baron!
Ich stand immer noch an der Tür. Die Tanzenden fegten durch den Saal. Es glückte mir, mit der Lehrerin vom Pfarrhof ein Gespräch in Gang zu bringen. Wir sprachen vom Krieg, den Verhältnissen auf der Krim, den Begebenheiten in Frankreich, von Napoleon als Kaiser, seiner Beschützung

der Türken; die junge Dame hatte die Zeitungen während des Sommers gelesen und konnte mir Neuigkeiten erzählen. Wir setzen uns schließlich auf ein Sofa und sprechen weiter.
Edvarda kommt vorbei, sie bleibt vor uns stehen. Plötzlich sagt sie: Ihr müßt entschuldigen, Herr Leutnant, daß ich Euch auf der Treppe überraschte. Ich werde es nie mehr tun.
Sie lachte auch jetzt und sah mich nicht an.
Jungfer Edvarda, halten Sie nun ein, sagte ich.
Sie redete mich mit Ihr an, das war nicht im Guten geschehen, und ihre Miene war übelwollend. Ich dachte an den Doktor und zuckte überlegen mit der Schulter, wie er es getan haben würde.
Sie sagte:
Aber warum geht Ihr nicht in die Küche hinaus? Eva ist dort. Ich finde, Ihr solltet Euch da draußen aufhalten.
Nach diesem blickte sie mich haßerfüllt an.
Ich war nicht viel auf Gesellschaften gewesen, aber auf den wenigen, die ich mitgemacht hatte, hatte ich niemals einen solchen Ton gehört. Ich sagte:
Sind Sie nicht sehr stark der Gefahr ausgesetzt, mißverstanden zu werden, Jungfer Edvarda?
Nein, wieso das? Doch das kann schon sein; aber wieso das?
Sie reden mitunter so unüberlegt. Jetzt zum Beispiel kam es mir vor, als ob Sie mich förmlich in die Küche hinauswiesen, und das ist natürlich ein Mißverständnis. Ich weiß doch gut, daß Sie nicht unverschämt sein wollten.
Sie geht einige Schritte von uns weg. Ich konnte ihr ansehen, daß sie die ganze Zeit darüber nachdachte, was ich gesagt hatte. Sie wendet sich um und kommt zurück, sie sagt, und die Worte kommen stoßweise:
Das war durchaus kein Mißverständnis, Herr Leutnant, Ihr hörtet richtig, ich wies Euch in die Küche hinaus.
Nein, aber Edvarda! ruft die erschrockene Lehrerin aus.
Und ich begann wieder vom Krieg zu reden und über die Verhältnisse auf der Krim; aber meine Gedanken waren weit weg. Ich war nicht mehr berauscht, nur ganz betäubt, der Boden glitt unter mir weg, und ich verlor wie schon früher so manches unglückliche Mal das Gleichgewicht. Ich stehe vom Sofa auf und will hinausgehen. Der Doktor hält mich an.

In diesem Augenblick habe ich eine Lobrede auf Sie gehört, sagt er.
Eine Lobrede? Von wem?
Von Edvarda. Sie steht noch dort in der Ecke und sieht Sie glühend an. Ich werde es nie vergessen, ihre Augen sahen ganz verliebt drein, und sie sagte laut, daß sie Sie bewundere.
Das ist gut, erwiderte ich lachend.
Ich ging zum Baron hin, beugte mich über ihn, als ob ich ihm etwas zuflüstern wolle, und als ich ihm nahe genug gekommen war, spuckte ich ihm ins Ohr. Er fuhr auf und starrte mich wegen meines Betragens idiotisch an. Später sah ich, daß er das Geschehene Edvarda berichtete und daß sie sich grämte. Sie dachte wohl an ihren Schuh, den ich über das Wasser hingeschleudert hatte, an die Tassen und Gläser, die zu zerbrechen ich ungeschickt genug gewesen war, an alle die anderen Vergehen gegen den guten Ton; all das lebte sicher von neuem in ihrer Erinnerung auf. Ich schämte mich, es war mit mir vorbei; wohin ich mich wandte, begegnete ich erschrokkenen und erstaunten Blicken, und ich stahl mich ohne Abschied, ohne Dank fort von Sirilund.

29

Der Baron soll abreisen; nun wohl! Ich will meine Büchse laden und auf die Berge steigen und einen lauten Schuß abfeuern zu seiner und Edvardas Ehre. Ich will ein tiefes Loch in eine Klippe bohren und einen Felsen sprengen, zu seiner und Edvardas Ehre. Und ein großer Felsblock soll den Berg hinunterrollen und gewaltig ins Meer fahren, wenn sein Schiff vorbeizieht. Ich weiß eine Stelle, eine Rinne im Berg, wo früher schon Steine hinabgerollt sind und einen förmlichen Weg bis zum Meer gemacht haben. Tief unten liegt ein Bootsplatz.
Zwei Minenbohrer! sagte ich zum Schmied.
Und der Schmied schärft zwei Minenbohrer ...
Eva war dazu angestellt worden, mit einem von Herrn Macks Pferden zwischen der Mühle und der Ladebrücke hin und her zu fahren. Sie muß die Arbeit eines Knechts tun und Säcke mit Korn und Mehl transportieren. Ich begegne

ihr, und sie sieht herrlich aus mit ihrem frischen Gesicht. Guter Gott, wie ihr Lächeln zärtlich glüht. Jeden Abend traf ich sie.
Du siehst aus, als ob du keine Sorgen hättest, Eva, meine Geliebte.
Du nennst mich deine Geliebte! Ich bin ein unwissendes Weib, aber ich will dir treu sein. Ich werde dir treu sein, und wenn ich dafür sterben muß. Herr Mack wird strenger und strenger mit jedem Tag, aber ich beachte es nicht; er tobt, aber ich antworte ihm nicht. Er packte mich am Arm und wurde grau vor Wut. Ich habe nur eine Sorge.
Und was ist das für eine Sorge?
Herr Mack bedroht dich. Er sagt zu mir: Aha, dir steckt der Leutnant im Kopf! Ich entgegnete: Ja, ich gehöre ihm an. Da sagt er: Ja, warte du nur, den werde ich wohl weiterbringen! Er sagte das gestern.
Das bedeutet nichts; laß ihn drohen ... Eva, darf ich sehen, ob deine Füße noch so klein-winzig sind? Schließ die Augen und laß mich sehen!
Und sie fällt mir mit geschlossenen Augen um den Hals. Ein Zittern geht durch sie. Ich trage sie in den Wald hinein. Das Pferd steht und wartet.

30

Ich sitze auf dem Berg und bohre. Es ist eine kristallklare Herbstluft um mich. Die Schläge auf meinen Bohrer klingen gleichmäßig und taktfest, Äsop sieht mich mit erstaunten Augen an. Ein Strom von Zufriedenheit zieht hie und da durch meine Brust; niemand weiß, daß ich hier auf dem öden Felsen bin.
Nun sind die Zugvögel fort; glückliche Reise und willkommen wieder zurück! Meisen und Kohlmeisen, ab und zu ein Graukehlchen, leben allein in Geröll und niederem Gestrüpp; pieppiep! Alles ist so seltsam verändert, die Zwergbirke blutet rot vor den grauen Steinen, hier eine Glockenblume, und dort erhebt sich eine Hornisse aus dem Heidekraut und wiegt sich und summt leise einen Gesang; still. Über allem aber schwebt mit ausgestrecktem Hals ein spähender Fischadler über die Berge dahin.
Und der Abend kommt, ich lege meine Bohrer und meinen

Meißel unter einen Stein und halte Rast. Alles schlummert, der Mond gleitet im Norden herauf, die Berge werfen gigantische Schatten. Es ist Vollmond, er sieht aus wie eine glühende Insel, er sieht aus wie ein rundes Rätsel aus Messing, um das ich herumgehe und über das ich mich wundere. Äsop steht auf und ist unruhig.

Was willst du, Äsop? Was mich betrifft, bin ich müde von meinem Kummer, ich will ihn vergessen, ich will ihn ertränken. Ich befehle dir, ruhig zu liegen, Äsop, ich will keine Unruhe haben. Eva fragt: Denkst du manchmal an mich? Ich antworte: Immer an dich. Eva fragt wieder: Und macht es dir Freude, an mich zu denken? Ich antworte: Nur Freude, niemals etwas anderes als Freude. Dann sagt Eva: Dein Haar wird grau. Und ich entgegne: Ja, es beginnt grau zu werden. Doch Eva fragt: Es wird grau von etwas, an das du denkst? Und hierzu antworte ich: Vielleicht. Schließlich sagte Eva: So denkst du nicht nur an mich ... Äsop, sei still, ich will dir lieber etwas anderes erzählen ...

Aber Äsop steht und schnuppert zum Tal hinunter, er winselt und zieht mich an den Kleidern. Als ich endlich aufstehe und ihm nachfolge, kann er nicht schnell genug vom Fleck kommen. Eine Röte steht über dem Wald am Himmel, ich gehe schneller, es zeigt sich ein Feuer vor meinen Augen, eine ungeheure Flamme. Ich halte an und stiere, gehe einige Schritte und stiere – meine Hütte steht in Brand.

31

Der Brand – das war Herrn Macks Werk, dies durchschaute ich vom ersten Augenblick an. Ich verlor meine Tierfelle und meine Vogelschwingen, ich verlor meinen ausgestopften Adler; alles verbrannte. Was jetzt? Ich lag zwei Nächte unter offenem Himmel, ohne nach Sirilund zu gehen und um Obdach zu bitten, zuletzt mietete ich eine verlassene Fischerhütte bei den Packhäusern und dichtete sie mit trockenem Moos. Ich schlief auf einer Fuhre roten Roßbeerenkrauts vom Gebirge. Ich war wieder geborgen.

Edvarda sandte einen Boten und ließ sagen, daß sie von meinem Unglück gehört habe, und bot mir nun im Namen

ihres Vaters ein Zimmer auf Sirilund an. Edvarda gerührt? Edvarda edelmütig? Ich sandte keine Antwort. Gott sei Dank, ich war nicht mehr ohne Obdach, und es bereitete mir eine stolze Freude, auf Edvardas Angebot zu schweigen. Ich begegnete ihr und dem Baron auf dem Weg, sie gingen Arm in Arm, ich sah ihnen beiden ins Gesicht und grüßte im Vorbeigehen. Sie hielt an und fragte:
Sie wollen nicht bei uns wohnen, Herr Leutnant?
Ich habe bereits meine neue Wohnung fertig, erwiderte ich, und auch ich blieb stehen. Sie sah mich an, ihre Brust ging stark.
Sie hätten doch auch bei uns nicht zuviel Belästigung gehabt, sagte sie.
Es rührte sich ein Dank in meinem Herzen, aber ich war nicht imstande, etwas zu sagen.
Der Baron ging langsam weiter.
Sie wollen mich vielleicht nie mehr sehen, jetzt? fragte sie.
Ich danke Ihnen, Jungfer Edvarda, weil Sie mir Obdach anboten, als meine Hütte abbrannte, sagte ich. Das war um so viel edler, als es wohl kaum mit Ihres Vaters Willen geschah. –
Und ich dankte ihr mit entblößtem Kopf für ihr Anerbieten.
Mein Gott, wollen Sie mich nie mehr sehen, Glahn? sagte sie plötzlich.
Der Baron rief.
Der Baron ruft, sagte ich und zog abermals die Mütze tief ab.
Und ich wanderte den Berg hinauf zu meiner Mine. Nichts, nichts sollte mich mehr aus der Fassung bringen. Ich traf Eva.
Da kannst du sehen! rief ich. Herr Mack kann mich nicht vertreiben. Er hat meine Hütte verbrannt, und ich habe schon eine andere Hütte … Sie trug eine Bürste und eine Teerbüchse. Was nun, Eva?
Herr Mack hatte an dem Bootsplatz unter dem Felsen ein Boot kieloben aufstellen lassen und ihr befohlen, es zu teeren. Er bewachte alle ihre Schritte, sie mußte gehorchen.
Aber warum gerade am Bootsplatz? Warum nicht bei der Ladebrücke?
Herr Mack hatte es so befohlen …
Eva, Eva, Geliebte, du bist zum Sklaven geworden und du

klagst nicht. Sieh, nun lächelst du wieder, und das Leben braust durch dein Lächeln, obwohl du ein Sklave bist.
Als ich zu meiner Mine kam, erlebte ich eine Überraschung. Ich sah, daß Leute hiergewesen waren, und ich untersuchte die Spuren im Staub und Sand und erkannte die Abdrücke von Herrn Macks langen, spitzen Schuhen. Wozu geht er hierher und wonach schnüffelt er? dachte ich und sah mich um. Niemand war zu sehen. Kein Argwohn erwachte in mir.
Und ich setzte mich hin und machte mich daran, auf meinen Bohrer zu schlagen, ohne zu ahnen, welchen Wahnsinn ich beging.

32

Das Postschiff kam, es brachte mir die Uniform, es sollte den Baron und alle seine Kisten mit Muscheln und Tangarten an Bord nehmen. Nun lud es Tonnen mit Hering und Tran bei der Brücke, gegen Abend sollte es fahren.
Ich nehme meine Büchse und lade eine Menge Pulver in ihre beiden Läufe. Als ich das getan habe, nicke ich vor mich hin. Ich gehe in die Berge und fülle auch meine Mine mit Pulver; ich nicke abermals. Nun ist alles vorbereitet. Ich lege mich hin, um zu warten.
Ich warte stundenlang. Ich höre die ganze Zeit das Gangspill des Dampfers an der Brücke auf- und niederrasseln. Es fängt schon an zu dämmern. Endlich tönt die Pfeife, die Last ist eingenommen, das Schiff geht ab. Jetzt habe ich noch einige Minuten zu warten. Der Mond ist noch nicht aufgegangen, und ich starre wie ein Geisteskranker durch den dämmernden Abend.
Als die vorderste Spitze des Bugs um den Holm herumkommt, zünde ich meine Lunte an und ziehe mich rasch zurück. Es vergeht eine Minute. Plötzlich ertönt ein Krach, eine Wolke von Steinsplittern steigt auf, der Berg erbebt und der Felsen rollt dröhnend in den Abgrund. Es hallt von allen Bergen ringsum wider. Ich nehme meine Flinte und feure den einen Lauf ab; das Echo antwortet viel-, vielfach. Nach einem Augenblick schieße ich auch den anderen Lauf ab; die Luft bebt von meinem Salut, und das Echo wirft den Lärm hinaus

in die weite Welt; es ist, als hätten sich alle Berge zusammengetan, um dem fortziehenden Schiff nachzurufen. Es vergeht eine kurze Weile, die Luft beruhigt sich, das Echo ruht in allen Bergen, und wieder liegt die Erde schweigend. Das Schiff verschwindet in der Dämmerung.

Ich zittere noch von einer seltsamen Spannung, ich nehme meine Bohrer und meine Büchse unter den Arm und begebe mich mit schlappen Knien den Berg hinunter. Ich nehme den kürzesten Weg, den Blick auf die rauchende Spur haltend, die mein Felssturz hinterlassen hatte. Äsop geht und schüttelt die ganze Zeit den Kopf und niest wegen des brandigen Geruches.

Als ich zum Bootsplatz kam, traf mich ein Anblick, der mich in die gewaltsamste Gemütszerrüttung versetzte: ein Boot lag da, zertrümmert von dem herabgestürzten Felsblock, und Eva, Eva lag daneben, zermalmt, zerschmettert, von einem Schlag zersprengt, an der Seite und über den Leib hinunter bis zur Unkenntlichkeit aufgerissen. Eva war auf der Stelle tot gewesen.

33

Was habe ich noch zu schreiben? Ich löste viele Tage lang keinen Schuß mehr, ich hatte nichts zu essen, und ich aß auch nichts, ich saß in meinem Schuppen. Eva wurde in Herrn Macks weißgemaltem Hausboot zur Kirche gebracht, ich nahm den Landweg und kam zum Grabe hin...

Eva ist tot. Entsinnst du dich ihres kleinen Mädchenkopfes und des Haares wie das einer Nonne? Sie kam so still, legte ihre Bürde hin und lächelte. Und sahst du, wie dieses Lächeln von Leben brauste? Schweig still, Äsop, ich erinnere mich einer seltsamen Sage – aus Iselins Zeit, als Stamer Priester war:

Ein Mädchen saß in einem gemauerten Turm gefangen. Sie liebte einen Herrn. Warum? Frag den Wind und die Sterne, frag den Gott des Lebens. Denn kein anderer weiß solches. Und der Herr war ihr Freund und Geliebter; aber die Zeit ging, und eines Wochentages sah er eine andere, und es wandelte sich sein Sinn.

Wie ein Jüngling hatte er sein Mädchen geliebt. Er nannte sie oft Gottes Segen und seine Taube; ihr Schoß war heiß und wogend. Er sagte: Gib mir dein Herz! Und sie tat es. Er sagte: Darf ich dich um etwas bitten, Geliebte? Und sie antwortete berauscht: Ja. Sie gab ihm alles, und er dankte es ihr doch nicht.

Die andere liebte er wie ein Sklave, wie ein Verrückter und wie ein Bettler. Warum? Frag den Staub auf dem Weg und das Laub, das fällt, frag des Lebens rätselvollen Gott; denn kein anderer weiß solches. Sie gab ihm nichts, nein nichts gab sie ihm, und er dankte ihr doch. Sie sagte: Gib mir deinen Frieden und deinen Verstand! Und er trauerte nur darüber, daß sie nicht um sein Leben bat.

Und sein Mädchen wurde in den Turm gesetzt...

Was tust du, Mädchen, du sitzest und lächelst?

Ich denke an die Zeit vor zehn Jahren. Da traf ich ihn.

Du erinnerst dich seiner noch?

Ich erinnere mich seiner noch.

Und die Zeit geht...

Was machst du, Mädchen? Und weshalb sitzest du und lächelst?

Ich nähe seinen Namen in ein Tuch.

Wessen Namen? Dessen, der dich einschloß?

Ja, den ich vor zwanzig Jahren traf.

Du erinnerst dich seiner noch?

Ich erinnere mich seiner wie früher.

Und die Zeit geht...

Was machst du, Gefangene?

Ich werde alt und sehe nicht mehr zum Nähen, ich kratze den Kalk von der Mauer. Aus dem Kalk knete ich einen Krug, als eine kleine Gabe für ihn.

Von wem sprichst du?

Von meinem Geliebten, von ihm, der mich in den Turm einschloß.

Darüber lächelst du, daß er dich einschloß?

Ich denke daran, was er jetzt sagen wird. Sieh, sieh, wird er sagen, mein Mädchen hat mir einen kleinen Krug gesandt, sie hat mich in dreißig Jahren nicht vergessen. Und die Zeit geht...

Wie, Gefangene, du sitzest und tust nichts und du lächelst?

Ich werde alt, ich werde alt, meine Augen sind blind, ich denke nur.

An ihn, den du vor vierzig Jahren trafst?
An ihn, den ich traf, als ich jung war. Es ist vierzig Jahre her. Aber weißt du denn nicht, daß er tot ist? Du erbleichst, Alte, du antwortest nicht, dein Mund ist weiß, du atmest nicht mehr...
Sieh, so war die seltsame Sage von dem Mädchen im Turm. Warte noch, Äsop, ich vergaß etwas: Sie hörte eines Tages die Stimme ihres Geliebten im Hof, und sie fiel auf die Knie und errötete. Da war sie vierzig Jahre... Ich begrabe dich, Eva, und küsse in Demut den Sand auf deinem Grab. Eine schwere, rosenrote Erinnerung gleitet durch mein Inneres, wenn ich an dich denke, ich werde wie von Segen übergossen, wenn ich an dein Lächeln denke. Du gabst alles, alles gabst du, und es kostete dich keine Überwindung, denn du warst des eigensten Lebens berauschtes Kind. Aber andere, die geizig sogar ihre Blicke sparen, dürfen alle meine Gedanken haben. Warum? Frag die zwölf Monate und die Schiffe auf dem Meer, frag des Herzens rätselvollen Gott...

34

Ein Mann sagte:
Sie schießen nicht mehr? Äsop läuft frei im Wald, er jagt einen Hasen.
Ich sagte:
Geh und schieß ihn für mich.
Einige Tage vergingen. Herr Mack suchte mich auf, er sah hohläugig aus, sein Gesicht war grau. Ich dachte:
Ist es so, daß ich Menschen durchschauen kann, oder ist es nicht so? Ich weiß es selbst nicht.
Herr Mack sprach von dem Felssturz, von der Katastrophe. Es sei ein Unglück, ein trauriger Zufall, ich hätte keine Schuld daran.
Ich sagte:
Wenn es einen gab, der um jeden Preis Eva und mich trennen wollte, so hat er es erreicht. Gott verfluche ihn! Herr Mack schielte mich argwöhnisch an. Er murmelte etwas von dem schönen Begräbnis. Es sei an nichts gespart worden.
Ich saß da und bewunderte seine große Geschmeidigkeit. Er

wollte keinen Schadenersatz für das Boot haben, das mein Felssturz zertrümmert hatte.

Aber, sagte ich, wollen Sie sich wirklich nichts für das Boot, die Teerbüchse, die Bürste bezahlen lassen?

Nein, bester Leutnant, antwortete er, wie können Sie das denken! – Und er sah mich mit haßerfüllten Augen an.

Drei Wochen lang sah ich Edvarda nicht. Doch, ein einziges Mal, ich traf sie im Kramladen, wohin ich gegangen war, um Brot zu kaufen, sie stand hinter dem Ladentisch und wühlte in verschiedenen Stoffen. Nur die zwei Gehilfen waren außer ihr anwesend.

Ich grüßte laut und sie sah auf, erwiderte aber nichts. Es fiel mir ein, daß ich in ihrem Beisein nicht um Brot bitten wollte, ich wandte mich an die Gehilfen und verlangte Schrot und Pulver. Während dies abgewogen wurde, behielt ich sie im Auge.

Ein graues und allzu knappes Kleid, dessen Knopflöcher abgenützt waren; die flache Brust arbeitete stark. Wie sie während des Sommers gewachsen war! Ihre Stirne dachte, diese aparten, gebogenen Augenbrauen standen wie zwei Rätsel in ihrem Antlitz, alle ihre Bewegungen waren reifer geworden. Ich sah ihre Hände an, der Ausdruck in den langen, feinen Fingern wirkte gewaltsam auf mich und ließ mich erzittern. Sie wühlte immer noch in den Stoffen.

Ich stand da und wünschte, daß Äsop zu ihr hinter den Tisch laufen und sie wiederkennen möchte, dann würde ich ihn augenblicklich zu mir rufen und um Entschuldigung bitten; was würde sie da antworten?

Bitte sehr! sagte der Gehilfe.

Ich bezahlte, nahm meine Pakete und grüßte wieder. Sie sah auf, erwiderte jedoch auch jetzt den Gruß nicht. Es ist gut! dachte ich; sie ist vielleicht schon die Braut des Barons. Und ich ging ohne Brot fort.

Als ich hinausgekommen war, warf ich einen Blick zum Fenster hinauf. Niemand sah mir nach.

35

Dann kam eines Nachts der Schnee, und es begann in meiner Hütte kühl zu werden. Es war eine Feuerstätte da, auf der ich mein Essen kochte, aber das Holz brannte schlecht, und es zog stark von den Wänden herein, obwohl ich sie, so gut ich konnte, abgedichtet hatte. Der Herbst war vorbei und die Tage wurden kurz. Der erste Schnee schmolz durch die Sonne weg, und wieder lag das Land frei; aber die Nächte waren kalt, und das Wasser gefror. Und alle Gräser und alle Insekten starben.

Eine geheimnisvolle Stille legte sich über die Menschen, sie grübelten und schwiegen, ihre Augen erwarteten den Winter. Kein Ruf erklang mehr vom Trockenplatz her, und der Hafen lag ruhig, alles ging der ewigen Nordlichtnacht entgegen, in der die Sonne im Meer schläft. Dumpf, dumpf klangen die Ruderschläge eines einsamen Bootes. Ein Mädchen kam gerudert.

Wo bist du gewesen, mein Mädchen?

Nirgends.

Nirgends? Hörst du, ich erkenne dich wieder, ich traf dich im Sommer.

Sie legte an, stieg an Land und belegte das Boot.

Du warst Hütemädchen, du stricktest an einem Strumpf, ich traf dich eines Nachts.

Eine kleine Röte steigt in ihre Wangen, und sie lacht verlegen.

Mein kleines Bergmädchen, komm in die Hütte herein, laß mich dich ansehen. Du heißt übrigens Henriette.

Aber sie geht schweigend an mir vorbei. Der Herbst, der Winter hatte sie ergriffen, schon schliefen ihre Sinne.

Schon war die Sonne ins Meer gegangen.

36

Und ich zog zum ersten Mal meine Uniform an und ging hinunter nach Sirilund. Mein Herz klopfte.

Ich erinnerte mich an alles vom ersten Tag an, als Edvarda zu mir hereilte und mich in aller Gegenwart umarmte; nun hatte sie mich viele Monate lang hierhin und dorthin geworfen und hatte mein Haar ergrauen lassen. Meine eigene Schuld? Ja, mein Stern hatte mich irregeführt. Ich dachte: Wie sie sich ergötzen wird, wenn ich mich vor sie hinwerfe und ihr heute meines Herzens Geheimnis sage! Sie wird mir einen Stuhl anbieten und Wein hereinbringen lassen, und eben indem sie das Glas zum Munde führt, um mit mir zu trinken, wird sie sagen: Herr Leutnant, ich danke Ihnen für die Zeit, die wir zusammen waren, ich werde Sie nie vergessen! Aber wenn ich dann froh werde und ein wenig Hoffnung schöpfe, wird sie tun, als ob sie trinke, und wird ihr Glas unberührt hinsetzen. Und sie wird es nicht vor mir verbergen, daß sie nur tut, als ob sie trinke, sie wird mir gerade dies zeigen wollen. So ist sie.

Gut, nun schlägt bald die letzte Stunde!

Und während ich den Weg hinunterging, dachte ich weiter: Meine Uniform wird Eindruck auf sie machen, die Tressen sind neu und hübsch. Der Säbel wird auf dem Boden klirren. Eine nervöse Freude durchrieselte mich, und ich flüsterte zu mir selbst: Wer weiß, was noch geschehen kann! Ich hob den Kopf und schlug mit der Hand aus. Keine Demut mehr, Ehre im Leib! Es war mir gleichgültig, wie es auch ging, ich wollte keine Annäherung mehr machen. Verzeihen Sie, daß ich nicht um Sie freie, Schönjungfrau ...

Herr Mack begegnete mir draußen auf dem Hofplatz, noch hohläugiger, noch grauer.

Reisen? Nein wirklich. Sie haben es in der letzten Zeit ja auch nicht sehr gemütlich gehabt, was? Ihre Hütte brannte ab. – Und Herr Mack lächelte.

Es war plötzlich, als sähe ich den klügsten Mann der Welt vor mir. Gehen Sie hinein, Herr Leutnant, Edvarda ist drinnen. Ja, leben Sie wohl. Wir treffen uns im übrigen wohl noch auf der Brücke, wenn das Schiff geht. – Er entfernte sich mit hängendem Kopf, nachdenklich pfeifend.

Edvarda saß in der Stube, sie las. Als ich eintrat, stutzte sie einen Augenblick über meine Uniform, sie sah mich wie ein Vogel von der Seite an und wurde sogar rot. Sie öffnete den Mund.

Ich komme, um Lebewohl zu sagen, brachte ich schließlich hervor. Sie erhob sich mit einemmal, und ich sah, daß meine Worte einige Wirkung auf sie hatten.

Glahn, wollen Sie reisen? Jetzt?
Sobald das Schiff kommt. – Ich erfasse ihre Hand, ihre beiden Hände, eine unsinnige Verzückung bemächtigt sich meiner, ich rufe aus: Edvarda! und starre sie an.
Und in demselben Augenblick ist sie kalt, kalt und trotzig. Alles in ihr widerstand mir, sie richtete sich auf. Ich war wie ein Bettler vor ihr, ich gab ihre Hände frei und ließ sie gehen. Ich entsinne mich, daß ich von diesem Augenblick an dastand und mechanisch wiederholte: Edvarda! Edvarda! mehrere Male, ohne darüber nachzudenken, und als sie fragte: Ja? Was wollten Sie sagen? erklärte ich ihr nichts.
Sie wollen also wirklich schon abreisen! wiederholte sie. Wer wird nun nächstes Jahr kommen?
Ein anderer, erwiderte ich. Die Hütte wird wohl wieder aufgebaut. Pause.
Sie griff bereits nach einem Buch.
Es tut mir leid, daß mein Vater nicht da ist, sagte sie. Aber ich werde ihn von Ihnen grüßen.
Dies beantwortete ich nicht. Ich trat vor, nahm noch einmal ihre Hand und sagte:
Ja, leben Sie wohl, Edvarda.
Leben Sie wohl, erwiderte sie.
Ich öffnete die Tür und tat, als ob ich ginge. Schon saß sie mit dem Buch in der Hand, und sie las, las wirklich und blätterte um. Keinen, keinen Eindruck hatte mein Abschied auf sie gemacht.
Ich hustete.
Sie wandte sich um und sagte überrascht:
Sie sind noch nicht fort? Ich glaubte, Sie wären gegangen. Gott allein weiß es, aber ihre Überraschung war zu groß, sie nahm sich nicht in acht, sondern übertrieb ihr Erstaunen, und mir kam der Gedanke, daß sie die ganze Zeit gewußt hatte, daß ich hinter ihr stand.
Nun werde ich gehen, sagte ich.
Da erhob sie sich und kam her zu mir.
Ich möchte gerne ein Andenken an Sie haben, wenn Sie jetzt reisen, sagte sie. Ich dachte daran, Sie um etwas zu bitten, aber es ist wohl zu viel. Wollen Sie mir Äsop geben?
Ich besann mich nicht, sondern antwortete: Ja.
Dann kommen Sie vielleicht morgen mit ihm her, sagte sie.
Ich ging.

Ich sah zum Fenster hinauf. Niemand dort.
Nun war alles vorbei...
Die letzte Nacht in der Hütte. Ich grübelte, ich zählte die Stunden; als der Morgen kam, bereitete ich meine letzte Mahlzeit. Es war ein kalter Tag.
Weshalb bat sie mich, den Hund selbst zu ihr zu bringen? Wollte sie mit mir sprechen, mir zum letzten Mal etwas sagen? Ich hatte nichts mehr zu erwarten. Und wie würde sie Äsop behandeln? Äsop, Äsop, sie wird dich quälen. Um meinetwillen wird sie dich peitschen, vielleicht auch dir schmeicheln, aber auf jeden Fall zur Zeit und Unzeit dich peitschen und dich vollkommen verderben... Ich rief Äsop zu mir, tätschelte ihn, legte unsere Köpfe zusammen und langte nach der Büchse. Er begann schon zu winseln vor Freude und glaubte, wir würden auf die Jagd gehen. Ich legte wieder unsere Köpfe aneinander, setzte die Laufmündung gegen Äsops Nacken und drückte ab.
Ich mietete einen Mann, um Äsops Leiche Edvarda überbringen zu lassen.

37

Im Laufe des Nachmittags sollte das Postschiff gehen.
Ich begab mich zur Ladebrücke hinunter. Meine Sachen waren bereits an Bord. Herr Mack drückte meine Hand und munterte mich auf, indem er das gute Wetter pries, ein angenehmes Wetter, er hätte selbst nichts dagegen, bei solchem Wetter eine Reise zu machen. Der Doktor kam, Edvarda begleitete ihn; ich fühlte, daß meine Knie zu zittern begannen.
Wir wollten doch sehen, ob Sie gut an Bord gekommen sind, sagte der Doktor. Und ich dankte.
Edvarda sah mir geradeaus ins Gesicht und sagte:
Ich muß Euch für Euren Hund danken. Sie kniff ihren Mund zusammen, die Lippen waren weiß.
Wieder hatte sie mich Euch genannt.
Wann geht das Schiff? fragte der Doktor einen Mann.
In einer halben Stunde.
Ich sagte nichts.
Edvarda wandte sich aufgeregt hierhin und dorthin.

Doktor, wollen wir nicht wieder heimgehen? fragte sie. Ich habe das getan, was meine Aufgabe war.

Sie haben Ihre Aufgabe erledigt, sagte der Doktor.

Sie lachte gedemütigt über seine ewigen Zurechtweisungen und entgegnete:

Ja, war es nicht ungefähr das, was ich sagte?

Nein, antwortete er kurz und bündig.

Ich sah ihn an. Der kleine Mann stand da, kalt und fest; er hatte sich einen Plan zurechtgelegt und verfolgte ihn bis zum letzten. Und wenn er trotzdem verlor? Dann würde er es doch nicht zeigen, sein Gesicht verzog sich niemals.

Es dämmerte.

Ja, leben Sie wohl, sagte ich. Und Dank für jeden Tag.

Edvarda sah mich stumm an. Dann drehte sie den Kopf und blieb stehen und sah zum Schiff hinaus.

Ich ging in das Boot. Noch stand Edvarda am Kai. Als ich an Bord gekommen war, rief der Doktor Lebewohl. Ich sah zum Land hinüber, Edvarda wandte sich im selben Augenblick ab und ging vom Kai weg, heimwärts, hastig und den Doktor weit hinter sich lassend. Das war das Letzte, was ich von ihr sah.

Eine Welle der Wehmut glitt durch mein Herz.

Der Dampfer begann zu fahren; ich sah noch Herrn Macks Schild: Niederlage von Salz und leeren Tonnen. Aber bald wurde es verwischt. Der Mond und die Sterne kamen hervor, die Berge erhoben sich rings umher, und ich sah die endlosen Wälder. Dort steht die Mühle, dort, dort lag meine Hütte, die abbrannte; der hohe, graue Stein steht einsam auf dem Brandplatz, Iselin, Eva ...

Die Nordlichtnacht breitet sich über Berg und Tal.

38

Ich habe dies geschrieben, um die Zeit zu verkürzen. Es machte mir Vergnügen, an den Sommer im Nordland zurückzudenken, wo ich viele Male die Stunden gezählt habe, die Zeit trotzdem aber flog. Alles ist verändert, die Tage wollen nicht mehr vergehen.

Ich habe oft noch lustige Stunden, aber die Zeit steht still, und ich begreife nicht, daß sie so still stehen kann. Ich bin verabschiedeter Militär und frei wie ein Fürst, alles ist gut, ich treffe Menschen, fahre im Wagen, hin und wieder schließe ich das eine Auge und schreibe mit dem Zeigefinger in den Himmel hinein, ich kitzle den Mond unter dem Kinn und mir scheint, daß er lacht, laut lacht vor närrischer Freude darüber, daß er unterm Kinn gekitzelt wird. Alles lächelt. Ich lasse einen Pfropfen knallen und rufe frohe Menschen herbei.
Was Edvarda betrifft, so denke ich nicht an sie. Warum sollte ich sie in dieser langen Zeit nicht ganz vergessen haben? Ich habe Ehre im Leib. Und fragt mich einer, ob ich irgendwelche Sorgen habe, so antworte ich bums: Nein, ich habe keine Sorgen.
Cora liegt da und sieht mich an. Früher war es Äsop, aber nun liegt Cora da und sieht mich an. Die Uhr tickt auf dem Kamin, vor meinen offenen Fenstern braust der Lärm der Stadt. Es klopft an die Tür, und der Postbote gibt mir einen Brief. Auf dem Brief ist eine Krone. Ich weiß, von wem er ist, ich erfasse es sofort, oder ich habe es vielleicht in einer schlaflosen Nacht geträumt. Aber in dem Brief ist nichts geschrieben, es liegen nur zwei grüne Vogelfedern darin. Ein eisiger Schreck durchzieht mich, ich werde kalt. Zwei grüne Vogelfedern? sage ich zu mir selbst. Na, was ist dabei zu tun? Aber weshalb werde ich kalt? Sieh, es kommt ein verfluchter Zug von den Fenstern dort her.
Und ich schließe die Fenster.
Da liegen nun zwei Vogelfedern! denke ich weiter, mir ist, als sollte ich sie kennen, sie erinnern mich an einen kleinen Scherz oben im Nordland, so ein kleines Erlebnis unter vielen Erlebnissen; es ist vergnüglich; diese zwei Federn wiederzusehen. Und mir ist plötzlich, als sähe ich ein Gesicht und hörte eine Stimme, und die Stimme sagt: Bitte sehr, Herr Leutnant, hier sind Eure Vogelfedern!
Eure Vogelfedern...
Cora, du sollst still liegen, hörst du, ich schlag dich tot, wenn du dich rührst! Das Wetter ist warm, es ist eine unerträgliche Hitze; was dachte ich eigentlich, als ich die Fenster schloß! Auf mit den Fenstern, auf mit der ganzen Tür, hierher, Ihr frohen Menschen, kommt herein! Hei Dienstmann, machen Sie einen Gang für mich, rufen Sie viele Leute...

Und der Tag geht, doch die Zeit steht still.

Nun habe ich dieses nur um meines Vergnügens willen geschrieben und mich belustigt, so gut ich konnte. Keine Sorge drückt mich, ich sehne mich nur fort, wohin, weiß ich nicht, aber weit fort, vielleicht nach Afrika, nach Indien. Denn ich gehöre den Wäldern und der Einsamkeit an.

Glahns Tod

Ein Papier aus dem Jahre 1861

I

Die Familie Glahn mag noch lange durch Zeitungsaufrufe nach dem verschwundenen Leutnant Thomas Glahn forschen; er kommt doch nie mehr zurück. Er ist tot, und ich weiß sogar, wie er gestorben ist.

Wenn ich es schließlich sagen soll, so wundert es mich auch nicht, daß seine Familie ständig mit ihren Nachforschungen fortfährt; denn Thomas Glahn war in vieler Beziehung ein ungewöhnlicher und beliebter Mann. Ich räume dies ein, um Gerechtigkeit zu zeigen, und ungeachtet dessen, daß Glahn noch meiner Seele feindlich ist und die Erinnerung an ihn meinen Haß erweckt. Er sah prächtig aus, war voller Jugend und hatte ein verführerisches Wesen. Wenn er einen mit seinem heißen Tierblick ansah, fühlte man gut seine Macht, sogar ich fühlte sie. Eine Dame soll gesagt haben: Wenn er mich ansieht, bin ich hilflos; ich fühle eine innere Erregung dabei, als ob er mich anrühre. Aber Thomas Glahn hatte seine Fehler, und ich habe nicht im Sinn, sie zu verbergen, da ich ihn hasse. Er konnte zuzeiten so albern sein wie ein Kind, so gutmütig war er, und vielleicht kam es daher, daß er die Frauenzimmer so betörte, Gott weiß es. Er konnte mit den Frauen schwatzen und über ihren nichtssagenden Unsinn lachen, deshalb machte er Eindruck auf sie. Er sagte von einem sehr korpulenten Mann in der Stadt, er sähe aus, als ob er mit Fett in den Hosen ginge, und über diesen Witz lachte er selbst, obwohl ich mich dafür geschämt hätte. Später einmal, als wir zusammen in einem Haus wohnten, zeigte er seine Albernheit auch auf offenkundige Weise: Meine Wirtin kam eines Morgens zu mir herein und fragte, was ich zum Frühstück wünsche, und in der Eile antwortete ich: eine Ei und ein Scheibe Brot. Thomas Glahn saß bei mir im Zimmer – er wohnte in der Kammer darüber, gleich unter dem Dach – und begann kindisch über mein geringes Versprechen zu lachen und sich darüber zu freuen. Eine Ei und ein Scheibe Brot, wiederholte er unaufhör-

lich, bis ich ihn verwundert ansah und ihn zum Schweigen brachte.
Vielleicht erinnere ich mich späterhin noch anderer lächerlicher Züge, und in dem Fall will ich auch diese niederschreiben und ihn nicht schonen, da er noch beständig mein Feind ist. Warum sollte ich edelmütig sein? Aber ich will einräumen, daß er nur dann albern war, wenn er berauscht war. Doch ist berauscht zu sein nicht an sich ein großer Fehler?
Als ich ihn im Herbst 1859 traf, war er ein Mann von zweiunddreißig Jahren, wir waren beide gleich alt. Er hatte damals einen Vollbart und trug wollene Jagdhemden, die bis zur Übertreibung ausgeschnitten waren, und dabei kam es noch vor, daß er es unterließ, den obersten Knopf zuzuknöpfen. Im Anfang schien mir sein Hals ungewöhnlich schön zu sein, aber er machte mich nach und nach zu seinem Todfeind, und da fand ich nicht mehr, daß sein Hals hübscher war als meiner, obwohl ich den meinigen nicht so breit zur Schau trug. Ich traf ihn das erste Mal auf meinem Flußboot. Ich wollte an dem gleichen Ort auf die Jagd wie er, und wir beschlossen sogleich, zusammen im Ochsenwagen über das Land zu fahren, wenn die Eisenbahn uns nicht mehr weiterbringen könne. Ich vermeide es mit Absicht, den Ort zu nennen, wohin wir reisten, um niemand auf die Spur zu bringen; aber die Familie Glahn kann ruhig aufhören, nach ihrem Verwandten auszuschreiben; denn er starb an dem Ort, an den wir hinreisten und den ich nicht nennen will.
Ich hatte übrigens von Thomas Glahn reden hören, bevor ich ihn traf, sein Name war mir nicht unbekannt. Ich hatte gehört, daß er in Verbindung mit einer jungen Nordländerin aus einem großen Haus gestanden und daß er sie auf irgendeine Weise kompromittiert hatte, worauf sie mit ihm gebrochen hatte. In seinem dummen Trotz hatte er sich geschworen, dies an sich selbst zu rächen, und die Dame ließ ihn ruhig tun, was ihn nach dieser Richtung gelüstete, es ging sie nichts an. Von nun ab wurde Thomas Glahn erst richtig bekannt, er betrug sich wie wild, verrückt, er trank, machte Skandal und nahm Abschied vom Militärdienst. Dies war nun auch eine sonderbare Art, sich für einen Korb zu rächen!
Es gab noch einen anderen Bericht von seinem Verhältnis zu der jungen Dame; daß er sie durchaus nicht kompromittiert habe, sondern daß ihre Familie ihn vor die Tür gejagt und daß

sie selbst dabei geholfen habe, nachdem ein schwedischer Graf, dessen Namen ich nicht nennen will, um sie geworben hatte. Aber diesem Bericht schenke ich weniger Vertrauen und halte den ersten für wahrer, da ich doch Thomas Glahn hasse und ihn des Schlimmsten für fähig halte. Wie dies nun auch war oder nicht war, er sprach niemals selbst von dieser Verbindung mit der hochstehenden Dame, und ich fragte ihn auch nicht danach. Was ging mich das an?

Ich entsinne mich nicht, daß wir, während wir auf dem Flußboot saßen, von etwas anderem sprachen als von dem kleinen Dorf, zu dem wir wollten und wo keiner von uns vorher gewesen war.

Es soll da eine Art Hotel sein, sagte Glahn und sah auf der Karte nach. Wenn wir Glück haben, kann es uns gelingen dort zu wohnen, die Wirtin ist eine alte englische *halfbreed*, hat man mir erzählt. Der Häuptling wohnt im Nachbardorf, er soll viele Frauen haben, einige sind erst zehn Jahre alt.

Nun, ich wußte nicht, ob der Häuptling viele Frauen hatte und ob ein Hotel im Dorf war, deshalb sagte ich nichts. Glahn lächelte.

Ich vergaß übrigens, daß er keineswegs ein vollkommener Mann genannt werden konnte, obwohl er so prächtig aussah. Er erzählte selbst, daß er mit einer alten Schußwunde am linken Fuß ginge und daß diese Schußwunde bei jedem Wetterumschlag voller Gicht sei.

2

Eine Woche später waren wir in der großen Hütte untergebracht, die unter dem Namen Hotel ging, bei der alten englischen *halfbreed*. Ach, welch ein Hotel! Die Wände waren aus Lehm und etwas Holz, und dieses Hotel war von den weißen Ameisen zerfressen, die allerorten umherkrochen. Ich wohnte in einem Raum neben der Stube, mit einem grünen Glasfenster auf die Straße, einer einzigen Scheibe, die nicht sehr klar war; und Glahn hatte ein winzig kleines Loch gewählt, oben unter dem Dach, von wo er auch eine Glasscheibe zur Straße hatte, wo es aber viel dunkler und schlechter zu wohnen war. Die Sonne durchglühte das Strohdach bei ihm und machte es fast unerträglich heiß in seinem Raum, Tag und Nacht, dazu kam, daß es bei weitem keine Treppe war, die zu ihm hinaufführte, sondern eine elende Leiter mit vier Stufen. Was konnte ich dagegen tun? Ich ließ Glahn die Wahl und sagte:

Hier sind zwei Zimmer, eines unten und eines oben, wählen Sie! Und Glahn besah die zwei Zimmer und wählte das obere, vielleicht um mir das bessere zu geben, aber war ich ihm vielleicht nicht auch dankbar dafür? Ich schulde ihm nichts.

Solange die ärgste Hitze währte, gingen wir nicht auf die Jagd, sondern hielten uns ruhig bei der Hütte; denn die Hitze war so übermäßig hart. Wir hatten in der Nacht wegen der Insekten Fliegennetze um die Pritsche; aber es kam trotzdem vor, daß blinde Fledermäuse lautlos und rasend gegen unsere Netze flogen und sie zerrissen; dies geschah Glahn nur allzuoft, weil er wegen der Hitze ständig eine Luke im Dach offen haben mußte, aber mir passierte das nicht. Am Tag lagen wir auf Matten vor der Hütte und rauchten und beobachteten das Leben bei den anderen Hütten. Die Eingeborenen waren braune und dicklippige Leute, alle mit Ringen in den Ohren und toten braunen Augen; sie waren beinahe nackt, nur mit einem Streifen Baumwolltuch oder einem Blattgeflecht um den Leib, und die Frauen hatten außerdem noch einen kurzen Rock aus Baumwollstoff, um sich zu verhüllen. Alle Kinder waren Tag und Nacht splitternackt, mit richtig großen, vorstehenden Bäuchen, die von Öl glänzten.

Die Frauen sind zu fett, sagte Glahn.

Und ich fand auch, daß die Frauen zu fett waren, und vielleicht war es auch gar nicht Glahn, sondern ich selbst, der das zuerst gedacht hatte; aber ich streite mich nicht mit ihm darum und gebe ihm gerne die Ehre. Übrigens waren nicht alle Frauen häßlich, obwohl ihre Gesichter fett und gedunsen waren; ich hatte im Dorf ein Mädchen getroffen, eine junge Halbtamulerin mit langem Haar und schneeweißen Zähnen, sie war die hübscheste von allen. Ich stieß eines Abends am Rande eines Reisfeldes auf sie, sie lag im hohen Gras auf dem Bauch und zappelte mit den Beinen in der Luft. Sie konnte mit mir reden, und wir sprachen auch miteinander, so lange ich wollte, es war beinahe Morgen, als wir uns trennten, und da ging sie nicht geradeaus heim, sondern tat so, als wäre sie die Nacht über im Nachbardorf gewesen. Glahn saß an diesem

Abend mitten im Ort, vor einer kleinen Hütte, zusammen mit zwei anderen Mädchen, die sehr jung waren, vielleicht nicht mehr als eben zehn Jahre alt. Bei diesen saß er, tändelte mit ihnen und trank Reisbier, das war sein Geschmack.

Ein paar Tage danach gingen wir auf die Jagd. Wir kamen an Teegärten, Reisfeldern und Grasebenen vorbei, wir ließen das Dorf hinter uns und gingen in der Richtung des Flusses, wir kamen in Wälder aus seltsamen, fremden Bäumen, Bambus, Mango, Tamarinden, Teak- und Salzbäumen, Öl- und Gummigewächsen, ja, Gott weiß, was das alles für Bäume waren, wir verstanden uns nicht sehr darauf, keiner von uns. Aber im Fluß war nicht viel Wasser, und es blieb weiterhin wenig Wasser bis zur Regenzeit. Wir schossen wilde Tauben und Hühner, und wir sahen im Lauf des Nachmittags zwei Panther; es flogen auch Papageien über unsern Köpfen. Glahn schoß schrecklich sicher, er fehlte nie; aber das kam auch daher, daß seine Büchse besser war als meine, ich schoß auch oft schrecklich sicher. Ich brüstete mich niemals damit. Doch Glahn sagte oft: Dem brenne ich eins auf den Schwanz, den kratze ich am Kopf; dies sagte er, bevor er abdrückte, und wenn der Vogel fiel, hatte er ihn richtig am Schwanz oder am Kopf getroffen. Als wir auf die zwei Panther stießen, wollte Glahn durchaus auch sie mit seiner Schrotflinte anfallen, aber ich brachte ihn dazu, es aufzugeben, da es schon zu dunkeln anfing und wir nur mehr ein paar Patronen übrig hatten. Dessen rühmte er sich auch: daß er den Mut gezeigt hatte, mit Schrot auf die Panther zu schießen.

Ich ärgere mich, daß ich nicht trotzdem schoß, sagte er zu mir. Warum sind Sie so verflucht vorsichtig? Wollen Sie lange leben? Es freut mich, daß Sie mich vernünftiger finden als sich selbst, erwiderte ich.

Ja, wir wollen einander nicht böse sein wegen so einer Kleinigkeit, sagte er dann.

Das waren seine Worte und nicht meine; hätte er mir böse sein wollen, dann gerne, meinethalben. Ich hatte angefangen, Unwillen gegen ihn wegen seines leichtsinnigen Betragens und seines Verführerwesens zu fühlen. Gestern abend war ich ganz ruhig mit Maggie, der Tamulerin, dahergekommen, die meine Freundin war, und wir waren beide guter Laune. Glahn sitzt vor der Hütte und grüßt und lächelt uns zu, während wir vorbeigehen; aber Maggie sah ihn da zum ersten Mal und

fragte mich neugierig über ihn aus. Solchen Eindruck hatte er auf sie gemacht, daß, als wir uns trennten, ein jedes nach seiner Seite ging, sie folgte mir nicht nach Hause.
Glahn wollte es so abtun, als habe dies keine Bedeutung, als ich mit ihm darüber sprach. Aber ich vergaß es nicht. Es war auch nicht ich, dem er zugelacht und gelächelt hatte, als wir an der Hütte vorbeigingen, es war Maggie. Was kaut sie denn immer? fragte er mich. Das weiß ich nicht, antwortete ich; sie kaut; dazu hat sie wohl ihre Zähne bekommen.
Und es war auch keine Neuigkeit für mich, daß Maggie ständig etwas kaute, das hatte ich längst bemerkt. Aber es war nicht Betel, was sie kaute, denn ihre Zähne waren vollkommen weiß, dagegen hatte sie die Gewohnheit, viele andere Dinge zu kauen, sie in den Mund zu stecken und daran zu kauen, als ob es etwas Gutes sei. Das konnte alles mögliche sein, Geldstücke, Papierfetzen, Vogelfedern, sie kaute daran. Doch war dies auf keinen Fall ein Grund, sie herabzusetzen, da sie trotzdem das hübscheste Mädchen des Ortes war, aber Glahn war neidisch auf mich, das war die Sache.
Den Abend darauf wurde ich übrigens wieder gut Freund mit Maggie, und wir sahen nichts von Glahn.

3

Eine Woche verlief nun, wir gingen jeden Tag auf die Jagd und schossen eine Menge Wild. Eines frühen Morgens, just als wir in den Wald traten, ergriff mich Glahn am Arm und flüsterte: Halt! Im selben Augenblick wirft er die Büchse an die Wange und brennt ab. Es war ein junger Leopard, den er schoß. Ich hätte ja auch schießen können, aber Glahn behielt die Ehre für sich selbst und schoß zuerst. Wie er sich nun wieder brüsten wird! dachte ich. Wir näherten uns dem toten Tier, es war steintot, an der linken Seite aufgerissen und die Kugel saß im Rücken.
Ich liebe es nicht, am Arm gepackt zu werden, deshalb sagte ich: Den Schuß hätte ich auch tun können. Glahn sah mich an.
Ich sagte wieder:
Sie glauben vielleicht nicht, daß ich es gekonnt hätte? Glahn

antwortet auch jetzt nicht. Statt dessen zeigt er noch einmal sein kindisches Wesen und schießt abermals auf den toten Leoparden, diesmal durch den Kopf. Ich sehe ihn wie aus dem Himmel gefallen an.
Ja, sagte er zur Erklärung, ich kann nicht von mir erzählen lassen, daß ich einen Leoparden in die Seite getroffen habe. Sie sind heute abend so liebenswürdig, sagte ich.
Es war für seine Eitelkeit zuviel, daß er einen so einfachen Schuß getan hatte, immer wollte er der erste sein. Wie närrisch er war! Aber das war nicht meine Sache, ich würde ihn nicht verraten.
Am Abend, als wir mit dem toten Leoparden in das Dorf kamen, eilten viele der Eingeborenen herzu, um ihn anzuschauen. Glahn sagte übrigens nur, daß wir ihn am Morgen geschossen hatten, und tat weiter nicht groß damit. Maggie kam auch dazu.
Wer hat ihn geschossen? fragte sie.
Und Glahn antwortete:
Das siehst du wohl, zwei Wunden, wir schossen ihn heute morgen, als wir ausgingen. – Und er drehte das Tier um und zeigte ihr die zwei Wunden, sowohl die in der Seite, als die am Kopf. Hier ging meine Kugel, sagte er und deutete auf die Wunde an der Seite, denn er wollte in seiner Albernheit es mir überlassen, in den Kopf geschossen zu haben. Ich fand es nicht der Mühe wert, ihn zu verbessern und tat es auch nicht. Glahn begann danach die Eingeborenen mit Reisbier zu traktieren, ja er gab für jeden, der trinken wollte, eine Menge aus.
Sie haben ihn alle beide geschossen, sagte Maggie zu sich selbst und sah doch die ganze Zeit auf Glahn.
Ich zog sie mit zur Seite und sagte:
Warum siehst du ihn die ganze Zeit an? Stehe nicht auch ich ganz nahe dabei?
Doch, entgegnete sie. Und höre: Ich komme heute abend.
Am Abend darauf geschah es, daß Glahn den Brief bekam. Es kam nämlich ein Brief mit Eilboten von der Flußstation an ihn, und er hatte einen Umweg von hundertachtzig *miles* gemacht. Der Brief war von einer Frauenhand geschrieben, und ich dachte bei mir selbst, daß er vielleicht von seiner früheren Freundin, der hochstehenden Dame war. Glahn lachte nervös, als er ihn gelesen hatte, und gab dem Boten

einen Geldschein extra, weil er ihn gebracht hatte. Aber es dauerte nicht lange, dann wurde er schweigsam und finster und tat nichts anderes, als gerade vor sich hinzustarren. Am Abend trank er sich voll, zusammen mit einem alten Zwerg von einem Eingeborenen und dessen Sohn, und er umarmte auch mich und wollte mich durchaus zum Mittrinken bewegen.

Dann lachte er sehr laut und sagte:

Hier liegen nun wir zwei mitten in Indien und schießen Wild, was? Ist dies nicht schauderhaft komisch? Und Prosit allen Reichen und Ländern der Welt, und Prosit allen hübschen Frauen, verheirateten und unverheirateten, fern und nah. Hoho! Denken Sie sich einen Mann und eine verheiratete Frau, die um ihn wirbt, eine verheiratete Frau?

Eine Gräfin, sagte ich spöttisch. Ich sagte es sehr spöttisch und es schmerzte ihn. Er greinte wie ein Hund, denn es schmerzte ihn. Dann runzelte er plötzlich die Stirn und begann mit den Augen zu zwinkern und gründlich darüber nachzudenken, ob er zu viel gesagt hätte, so feierlich stellte er sich mit diesem bißchen Geheimnis an. Aber in diesem Augenblick kamen einige Kinder auf unsere Hütte zugelaufen und riefen und schrien: Die Tiger, ohoi, die Tiger! Ein Kind war fast dicht beim Dorf von einem Tiger angefallen worden, in einem Gestrüpp zwischen dem Dorf und dem Fluß.

Das war genug für Glahn, der berauscht war und in einem zerrissenen Gemütszustand, er griff nach seinem Gewehr und sprang in einem Nu zum Dickicht hinunter; er hatte nicht einmal den Hut auf. Aber weshalb nahm er nun das Gewehr statt der Schrotflinte, wenn er wirklich so mutig war? Er mußte durch den Fluß waten, was nicht ohne Gefahr war, aber der Fluß war allerdings fast trocken, jetzt, kurz vor der Regenzeit; eine Weile danach hörte ich zwei Schüsse und unmittelbar darauf noch einen dritten Schuß. Drei Schüsse auf ein Tier? dachte ich; ein Löwe wäre bei zwei Schüssen getaumelt, und dies war doch nur ein Tiger! Aber sogar diese drei Schüsse waren nutzlos, das Kind war trotzdem zerrissen und halb aufgefressen, als Glahn kam; wenn er nicht so berauscht gewesen wäre, hätte er nicht einmal den Versuch gemacht, es zu retten.

Die Nacht verbrachte er in Saus und Braus in unserer Nach-

barhütte, zusammen mit einer Witwe und ihren zwei Töchtern, Gott weiß, mit welcher von ihnen.
Zwei Tage lang war Glahn nicht eine einzige Stunde nüchtern, und er hatte auch viele Kameraden bekommen, die mittranken. Er forderte mich vergebens auf, an der Sauferei teilzunehmen, er achtete nicht mehr darauf, was er sagte, und warf mir vor, daß ich eifersüchtig auf ihn sei. Ihre Eifersucht verblendet Sie, sagte er.
Meine Eifersucht! Ich eifersüchtig auf ihn!
Wissen Sie was, sagte ich, eifersüchtig auf Sie. Weswegen sollte ich eifersüchtig auf Sie sein?
Nein, nein, dann sind Sie also nicht eifersüchtig auf mich, antwortete er. Ich habe übrigens Maggie heute abend begrüßt, sie kaute wie gewöhnlich. Ich verbiß meine Antwort und ging.

4

Wir fingen wieder an auf die Jagd zu gehen. Glahn fühlte, daß er mir unrecht getan hatte, und bat mich dafür um Entschuldigung.
Im übrigen bin ich das Ganze herzlich leid, sagte er; ich möchte wünschen, daß Sie eines Tages fehl schössen und mir eine Kugel in die Gurgel gäben. Es war vielleicht wieder der Brief von der Gräfin, der in seiner Erinnerung glomm, und ich erwiderte:
Wie man sich bettet, so liegt man.
Er wurde mit jedem Tag schweigsamer und finsterer, er trank nicht mehr und sagte auch kein Wort mehr; seine Wangen wurden hohl. Eines Tages hörte ich plötzlich Schwätzen und Lachen vor meinem Fenster, ich sah hinaus, Glahn hatte wieder seine lustige Miene bekommen, stand da und sprach laut mit Maggie. Er wandte alle seine betörenden Künste an. Maggie mußte wohl unmittelbar von daheim gekommen sein, und Glahn hatte sie abgepaßt. Sie bedachten nicht einmal, daß sie gerade vor meinem Fenster standen.
Ich fühlte ein Beben in allen meinen Gliedern, und ich spannte den Hahn an meinem Gewehr und ließ es wieder sinken. Ich trat auf den Platz hinaus und nahm Maggie beim Arm; wir gingen schweigend durch das Dorf hinaus; Glahn ver-

schwand sogleich in der Hütte. Warum sprichst du wieder mit ihm, fragte ich Maggie.
Sie antwortet nicht.
Ich war zu Tode verzweifelt, mein Herz klopfte so hart, daß ich kaum Atem holen konnte. Niemals hatte ich Maggie hübscher gesehen als da, ich hatte niemals ein ganz weißes Mädchen so hübsch gesehen, und deshalb vergaß ich, daß sie eine Tamulerin war und vergaß alles um ihretwillen.
Antworte mir, sagte ich, warum sprichst du mit ihm?
Er gefällt mir besser, antwortete sie.
Gefällt dir besser als ich?
So, er gefiel ihr besser, obwohl ich mich wohl mit ihm messen konnte!
War ich nicht immer freundlich gegen sie gewesen und hatte ihr Geld und Geschenke gegeben? Und was hatte er getan?
Er treibt Spott mit dir, er sagt, daß du kaust, sagte ich.
Das verstand sie nicht, und ich erklärte es ihr besser, daß sie immer die Gewohnheit hätte, alles in den Mund zu stecken und daran zu kauen, und daß Glahn sich deshalb über sie lustig mache. Das machte mehr Eindruck auf sie als alles andere, was ich sagte.
Hör zu, Maggie, sagte ich weiter, du sollst mein sein für immer; willst du das nicht? Ich habe darüber nachgedacht, du sollst mich begleiten, wenn ich von hier fortreise, ich will dich heiraten, hörst du, und wir werden in mein eigenes Land reisen und dort wohnen. Das willst du doch wohl?
Und auch dies machte Eindruck auf sie, Maggie wurde lebhaft und sprach viel mit mir auf dem Spaziergang. Sie nannte Glahn nur einmal, sie fragte:
Und wird Glahn mitkommen, wenn wir reisen?
Nein, antwortete ich, das wird er nicht. Bist du deswegen betrübt? Nein, nein, erwiderte sie schnell, ich bin froh darüber.
Mehr sagte sie nicht über ihn, und ich fühlte mich beruhigt. Maggie ging auch mit mir nach Hause, als ich sie darum bat.
Als sie mich ein paar Stunden später verließ, kletterte ich die Leiter zu Glahns Stube hinauf und klopfte an der dünnen Rohrtüre. Er war daheim. Ich sagte:
Ich komme, um Ihnen zu sagen, daß wir vielleicht morgen nicht auf die Jagd gehen sollten.
Warum nicht? fragte Glahn.

Weil ich nicht dafür haften kann, daß ich nicht fehlschießen werde, daß ich Ihnen nicht eine Kugel in die Gurgel gebe. Glahn erwiderte nichts, und ich ging wieder hinunter. Nach dieser Warnung wagte er es wohl nicht, morgen auf die Jagd zu gehen; aber warum hatte er auch Maggie unter mein Fenster gelockt und laut mit ihr gescherzt? Warum reiste er nicht heim, wenn der Brief ihn wirklich zurückrief? Statt dessen ging er oft umher und biß die Zähne zusammen und rief in die Luft:

Niemals! Niemals! Eher lasse ich mich vierteilen!

Aber am Morgen, nachdem ich ihn abends gewarnt hatte, stand Glahn trotzdem vor meinem Bett und rief:

Auf, auf Kamerad! Es ist das schönste Wetter, wir müssen etwas schießen. Übrigens war es dumm, was Sie gestern abend sagten.

Es war noch nicht einmal vier Uhr vorbei, aber ich stand sogleich auf und machte mich fertig, um mitzugehen, weil er meine Warnung verachtete. Ich lud meine Büchse, bevor wir hinausgingen, und ließ ihn sehen, daß ich das tat. Es war obendrein nicht das schönste Wetter, wie er sagte, es regnete, und dadurch verhöhnte er mich noch mehr. Aber ich tat nicht dergleichen und ging schweigend mit. Den ganzen Tag streiften wir in den Wäldern umher, jeder mit seinen eigenen Gedanken. Wir schossen nichts, wir fehlten ein Wild nach dem anderen, denn wir dachten an andere Dinge als an die Jagd. Gegen Mittag begann Glahn ein wenig vor mir her zu gehen, als wollte er mir eine bessere Gelegenheit geben, mit ihm zu machen, was ich wollte. Er ging direkt vor meiner Laufmündung, aber auch diesen Hohn ertrug ich. Wir kehrten am Abend heim, ohne daß etwas geschehen war. Ich dachte: Vielleicht nimmt er sich jetzt in acht und läßt Maggie in Frieden!

Dies war der längste Tag meines Lebens, sagte Glahn am Abend, als wir bei der Hütte standen.

Weiter wurde nichts zwischen uns gesprochen.

In den folgenden Tagen war er in schwärzester Laune, sicherlich immer noch um des Briefes willen. Ich halte es einfach nicht aus, nein, ich halte es nicht aus! sagte er manchmal in der Nacht; wir hörten es durch die ganze Hütte. Sein Eigensinn ging auch so weit, daß er nicht einmal die freundlichsten Fragen unserer Wirtin beantwortete, und er stöhnte sogar,

wenn er schlief. Er trägt viel auf seinem Gewissen! dachte ich; aber warum in aller Welt reist er nicht heim? Sein Hochmut verbot es ihm wahrscheinlich, er wollte nicht der sein, der wiederkam, wenn er einmal abgewiesen worden war.
Ich traf Maggie jeden Abend, und Glahn sprach nicht mehr mit ihr. Ich bemerkte, daß sie aufgehört hatte, zu kauen, sie kaute gar nicht mehr, und ich freute mich darüber und dachte: Sie kaut nicht mehr, das ist ein Fehler weniger, und ich liebe sie nun doppelt so sehr! Eines Tages fragte sie nach Glahn, sie fragte sehr vorsichtig. War er nicht wohl? War er fortgereist?
Wenn er nicht tot oder verreist ist, antwortete ich, so liegt er wohl daheim. Mir ist das gleichgültig. Es ist nicht mehr mit ihm auszuhalten.
Aber, als wir in diesem Augenblick zur Hütte kamen, erblickten wir Glahn, der auf einer Matte auf der Erde lag, die Hände unterm Nacken, und zum Himmel starrte.
Da liegt er übrigens, sagte ich.
Maggie ging, bevor ich es verhindern konnte, gerade auf ihn zu und sagte mit froher Stimme:
Ich kaue nicht mehr, sieh selbst! Keine Feder, keine Geldstücke, keine Papierfetzen kaue ich mehr.
Glahn sah sie kaum an und blieb weiter still liegen, aber Maggie und ich gingen weiter. Als ich ihr vorwarf, daß sie ihr Versprechen gebrochen und wieder mit Glahn gesprochen habe, antwortete sie, sie habe ihn nur zurechtweisen wollen.
Ja, das ist gut, weise ihn zurecht, sagte ich; aber hörtest du ihm zulieb zu kauen auf?
Sie antwortete nicht. Was, wollte sie nicht antworten? Sag, hörst du, hast du es ihm zulieb getan?
Nein, nein, entgegnete sie dann, ich habe es dir zulieb getan.
Und ich konnte es auch nicht anders glauben. Warum sollte sie Glahn etwas zuliebe tun?
Am Abend versprach Maggie, zu mir zu kommen, und sie kam auch.

5

Sie kam um zehn Uhr, ich hörte draußen ihre Stimme, sie sprach laut mit einem Kind, das sie an der Hand führte. Warum kam sie nicht herein und warum hatte sie das Kind dabei? Ich beobachtete sie, und mir kommt die Ahnung, daß sie ein Signal gibt, indem sie so laut mit dem Kind spricht, und ich sehe auch, daß sie die Augen auf die Dachstube gerichtet hält, auf Glahns Fensterscheibe. Hatte er ihr vielleicht zugenickt oder gewinkt innerhalb des Fensters, als er sie draußen hörte? Auf jeden Fall verstand ich soviel, daß man nicht so hoch hinauf zu schauen braucht, wenn man mit einem Kind unten auf der Erde spricht.

Ich war im Begriff, zu ihr hinauszugehen und sie beim Arm zu nehmen; aber eben da ließ sie die Hand des Kindes los, sie ließ das Kind stehen und kam selbst durch die Tür in die Hütte. Sie trat in den Gang herein. Na, da kam sie endlich, ich wollte sie auch nachdrücklich in Zucht nehmen, wenn sie kam!

Nun stehe ich und höre, daß Maggie in den Gang tritt, ich täusche mich durchaus nicht, sie ist fast dicht an meiner Tür. Aber anstatt zu mir hereinzukommen, höre ich ihren Tritt über die Leiter hinauf zur Dachstube, zu Glahns Loch, ich höre es nur allzuwohl. Ich stoße meine Tür weit auf, aber Maggie ist bereits hinaufgelangt, die Tür wird eben hinter ihr geschlossen, und ich höre nichts mehr. Das war um zehn Uhr.

Ich gehe zurück und setze mich in mein eigenes Zimmer und nehme meine Büchse und lade sie, obwohl es mitten in der Nacht ist. Um zwölf Uhr steige ich die Leiter hinauf und horche an Glahns Türe, ich höre Maggie drinnen, ich höre, daß sie gut zu Glahn ist, und ich gehe wieder hinunter. Um ein Uhr gehe ich abermals hinauf, da ist alles still. Ich warte vor der Tür, bis sie erwachen. Es wird drei Uhr, es wird vier Uhr, und als es fünf Uhr wurde, erwachten sie. Das ist gut! dachte ich, und ich dachte an nichts anders als daran, daß sie nun erwachten und daß das sehr gut sei. Aber bald danach hörte ich Lärm und Unruhe unten in der Hütte, aus dem Zimmer meiner Wirtin, und ich mußte mich eilig wieder hinunterbegeben, um nicht von ihr überrascht zu werden. Glahn und Maggie waren deutlich wach, und ich hätte viel mehr erhorchen können, mußte aber gehen. Im Gang sagte ich zu mir selbst: Sieh, hier ging sie, sie streifte meine Tür mit ihrem Arm, aber sie öffnete die Tür nicht, sie stieg die Leiter hinauf, und hier ist auch die Leiter, auf diese vier Stufen ist sie getreten.

Mein Bett stand noch unberührt, und ich legte mich auch jetzt nicht hin, sondern setzte mich ans Fenster und fingerte ein wenig an meinem Gewehr. Mein Herz schlug nicht, es bebte.

Eine halbe Stunde später hörte ich von neuem Maggies Tritt auf der Leiter. Ich lehnte mich in mein Fenster und sah, daß sie vor die Hütte trat. Sie hatten den kleinen kurzen Baumwollrock an, der ihr nicht einmal bis an die Knie reichte, und über den Schultern noch eine wollene Schärpe, die sie von Glahn geliehen hatte. Abgesehen davon war sie vollständig nackt, und der kleine Baumwollrock war sehr verknüllt. Sie ging langsam, wie es immer ihre Gewohnheit war, und sah selbst jetzt nicht zu meinem Fenster her. Dann verschwand sie hinter den Hütten.

Etwas später kam Glahn mit dem Gewehr unterm Arm herunter, vollständig fertig zur Jagd. Er war finster und grüßte nicht. Übrigens hatte er sich herausgeputzt und sich ungewöhnliche Mühe mit seiner Toilette gemacht. Er hat sich wie ein Bräutigam geschmückt, dachte ich.

Ich machte mich sogleich fertig und ging mit ihm, und keiner von uns sagte etwas. Die beiden ersten Hühner, die wir schossen, rissen wir elendiglich in Stücke, weil wir sie mit dem Gewehr schossen, aber wir brieten sie, so gut wir konnten, unter einem Baum und verzehrten sie schweigend. So ging die Zeit bis zwölf Uhr.

Glahn rief mir zu: Sind Sie sicher, daß Sie geladen haben? Wir könnten vielleicht auf etwas Unerwartetes stoßen. Laden Sie auf jeden Fall.

Ich habe geladen, antwortete ich.

Dann verschwand er einen Augenblick hinter einem Dikkicht. Welche Wonne es mir sein sollte, ihn zu erschießen, ihn niederzuknallen wie einen Hund! Es eilte nicht, er konnte sich noch an dem Gedanken daran ergötzen, und er verstand wohl deutlich, was ich im Sinn hatte, deshalb fragte er ja auch, ob ich geladen hätte. Nicht einmal heute hatte er es unterlassen können, seinem Hochmut nachzugeben, er hatte sich

herausgeputzt und ein frisches Hemd angezogen; seine Miene war über alle Maßen hochmütig.
Gegen ein Uhr bleibt er bleich und zornig vor mir stehen und sagt: Nein, ich halte es nicht aus! Sehen Sie doch nach, ob Sie geladen haben, Mensch, ob Sie etwas in der Büchse haben.
Darf ich Sie bitten, auf Ihre eigene Büchse aufzupassen, antwortete ich.
Aber ich wußte sehr wohl, warum er unaufhörlich nach meiner Büchse fragte.
Und er ging wieder von mir weg. Meine Antwort hatte ihn so nachdrücklich zurückgewiesen, daß er sanftmütig wurde und den Kopf sinken ließ, als er weiterging.
Nach einer Weile schoß ich eine Taube und lud wieder. Während ich damit beschäftigt bin, steht Glahn halb hinter einem Baumstamm versteckt und sieht mich an und sieht, daß ich wirklich lade, und kurz danach fängt er an, laut und deutlich einen Psalm zu singen, und es ist sogar ein Hochzeitspsalm. Er singt Hochzeitspsalmen und zieht seine besten Kleider an, dachte ich, auf diese Weise glaubt er nun heute am betörendsten zu sein. Noch bevor er zu Ende gesungen hatte, begann er mit hängendem Kopf langsam vor mir herzugehen, und während er ging, sang er immer noch. Er hielt sich wieder dicht vor meiner Gewehrmündung, als wenn er dächte: Ja, nun soll es geschehen, deshalb singe ich diesen Hochzeitspsalm! Aber es geschah noch nichts, und als er schwieg, mußte er sich nach mir umsehen.
Wir schießen ja doch nichts heute, sagte er und lächelte, um sich bei mir zu entschuldigen und es wieder gutzumachen, daß er auf der Jagd sang. Aber noch in diesem Augenblick war sein Lächeln schön, es war, als wenn er in seinem Innern weinte, und seine Lippen bebten auch wirklich, obwohl er so tat, als ob er in dieser ernsten Stunde lächeln könnte.
Ich war kein Frauenzimmer, und er sah wohl, daß er keinen Eindruck auf mich machte, er wurde ungeduldig, bleich, er umkreiste mich mit hitzigen Schritten, war bald zu meiner Linken, bald zu meiner Rechten, und hie und da hielt er an und wartete mich ab. Gegen fünf Uhr hörte ich plötzlich einen Knall und eine Kugel pfiff an meinem linken Ohr vorbei. Ich sah auf, Glahn stand unbeweglich, wenige Schritte von mir entfernt, und starrte mich an, sein rauchendes Gewehr lag in seinem Arm. Ich sagte:

Sie fehlten, Sie schießen schlecht in letzter Zeit.
Doch er schoß nicht schlecht, er fehlte niemals, er hatte mich nur aufreizen wollen.
So rächen Sie sich, zum Satan, schrie er zurück.
Wenn meine Zeit kommt, sagte ich und biß die Zähne zusammen. Wir stehen und sehen einander an, und plötzlich zuckt Glahn mit den Schultern und ruft »Kujon« zu mir herüber. Warum mußte er mich auch einen Kujon heißen? Ich warf meine Büchse an die Wange, zielte ihm direkt ins Gesicht und drückte ab.
Wie man sich bettet, so liegt man ...
Aber nun braucht die Familie Glahn nicht mehr nach diesem Manne zu suchen, es irritiert mich, ständig auf diese törichte Anzeige von so und so großer Belohnung für Aufklärung über einen Toten zu stoßen. Thomas Glahn starb durch einen Unglücksfall, einen Fehlschuß, auf der Jagd in Indien. Das Gericht bewahrte seinen Namen und sein Ende in einem Protokoll mit durchzogenen Blättern, und in diesem Protokoll steht, daß er tot ist, sage ich Ihnen, ja sogar, daß er durch einen Fehlschuß gestorben ist.

Schwärmer

I

Marie van Loos, die Wirtschafterin vom Pfarrhof, stand am Küchenfenster und blickte die Straße hinauf. Sie konnte die beiden dort oben an der Hecke genau erkennen; es war tatsächlich ihr Verlobter, der Telegrafenbeamte Rolandsen, mit der Küsterstochter Olga. In diesem Frühjahr war es schon das zweite Mal, daß sie sie zusammen sah. Was hatte das zu bedeuten? Hätte Marie van Loos nicht gerade so viel zu tun gehabt, wäre sie unverzüglich die Straße hinaufgegangen, um eine Erklärung von den beiden zu verlangen.

Aber dazu hatte sie jetzt keine Zeit. Überall auf dem weitläufigen Pfarrhof herrschte rege Geschäftigkeit, denn jeden Augenblick konnte der neue Pastor mit seiner Frau eintreffen. Der kleine Ferdinand hielt am Dachfenster Ausschau über die Bucht, damit der Kaffee sofort bei der Ankunft bereit sei. Sie würden ihn sicher brauchen, da sie von der Dampferstation Rosengaard vier Seemeilen weit im Boot gefahren waren.

Auf den Feldern lag noch Eis und Schnee; aber es war Mai und schönes Wetter, und da sind die Tage im Nordland schon hell und lang. Elstern und Krähen bauten an ihren Nestern, und auf den nackten Hügelhängen grünte das junge Gras. Selbst die Weide im Garten, die noch im Schnee stand, begann auszuschlagen.

Nun blieb nur noch abzuwarten, wie der neue Pastor sich anlassen würde. Die ganze Gemeinde war gespannt darauf. Eigentlich kam er ja nur als Hilfsprediger her – solange, bis der zuständige Pfarrer ernannt war; aber in dieser Gemeinde mit der armen Fischerbevölkerung und der beschwerlichen Reise zur Filialkirche alle vier Wochen konnte das lange dauern. Denn sicher würde sich kein Pastor um solch eine Pfarre reißen.

Man sprach bereits davon, daß die neuen Predigersleute reich seien und nicht jeden Schilling umzudrehen brauchten, ehe sie ihn ausgaben. Hatten sie doch schon im voraus eine Wirtschafterin und zwei Mädchen eingestellt und auch auf dem Hof nicht mit Kräften gespart, sondern zwei Knechte gedungen; dazu kam noch der kleine geweckte Ferdinand, der allen zur Hand gehen sollte. Die Gemeinde empfand es als einen Segen, ihren Pastor in so gesicherten Verhältnissen zu wissen. Da würde er wohl nicht so genau auf die Opfer und Gerechtsamen sehen, sondern eher noch selber den Armen etwas schenken. Alle waren sehr gespannt, die Kirchendiener genau wie die andern Fischer, die in ihren hohen Stiefeln zu den Bootsschuppen hinuntergingen, Tabak kauten, spuckten und sich unterhielten.

Jetzt endlich kam der lange Rolandsen gemächlich die Straße herunter; er hatte sich von Olga verabschiedet, und Marie van Loos trat vom Küchenfenster zurück. Das würde sie ihm später schon heimzahlen: Es kam nicht selten vor, daß Marie mit Ove Rolandsen abrechnen mußte. Sie war holländischer Herkunft, sprach Bergener Mundart und verfügte über eine solche Zungenfertigkeit, daß ihr Verlobter sie mit dem Spitznamen Fräulein von Teufellos bedachte. Der lange Rolandsen war überhaupt ein peinlich witziger und verwegener Bursche.

Wohin wollte er denn jetzt? Hatte er etwa die Absicht, die Pastorenfamilie zu empfangen? Anscheinend war er – wie so häufig – nicht mehr ganz nüchtern; er kam daher, einen Zweig Weidenkätzchen im Knopfloch, den Hut ein bißchen schief; und in so einem Aufzug wollte er sich da einfinden! Die Kirchendiener unten bei den Schuppen hätten es lieber gesehen, wenn er in diesem wichtigen Augenblick geblieben wäre, wo er gewesen war.

Wie kam ein Mensch überhaupt dazu, so auszusehen wie er? Die große Nase war viel zu unbescheiden für sein geringes Amt im Leben; außerdem ließ er sich den ganzen Winter über die Haare nicht schneiden, was seinem Kopf von Woche zu Woche mehr Künstlerisches verlieh. Und seine Verlobte pflegte gehässigerweise zu sagen, er sehe aus wie ein Maler, der als Fotograf geendet habe. Er zählte jetzt vierunddreißig Jahre, hatte die Schule besucht und war immer noch Junggeselle. Zur Gitarre sang er mit tiefer Stimme die Lieder der Gegend, und wie rührend sie auch sein mochten, er lachte darüber, daß ihm die Tränen über die Backen rollten. So großartig spielte er sich auf. Er war Vorsteher der Telegrafenstation und schon seit zehn Jahren in der gleichen Stellung. Rolandsen war groß und kräftig gebaut und nahm es, falls sich eine Gelegenheit bot, mit einer Rauferei nicht so genau.

Jetzt gab es dem kleinen Ferdinand einen Ruck. Von seinem Dachfenster aus sah er den Bug von Kaufmann Macks weißem Privatboot um die Landspitze biegen; im nächsten Augenblick war er mit drei waghalsigen Sätzen die Treppe herunter und rief in die Küche: Sie sind da! Allmächtiger! Schon? schrien die Mädchen aufgeregt. Doch die Wirtschafterin verlor nicht die Fassung. Sie war bereits bei der vorigen Pfarrersfamilie gewesen und verstand ihre Sache, praktisch und tüchtig wie sie war. Den Kaffee aufbrühen! sagte sie nur. Der kleine Ferdinand rannte mit seiner Neuigkeit weiter zu den Knechten. Die ließen alles stehen und liegen, schlüpften hastig in ihre Sonntagsjacken und eilten zum Schuppen hinunter. Da standen nun im ganzen zehn Mann, um die Fremden in Empfang zu nehmen.

Guten Tag! rief der Prediger vom Boot her, lächelte ein wenig und nahm den weichen Hut ab. Alle Männer am Strande entblößten ehrfürchtig die Köpfe, und die Kirchendiener verbeugten sich so tief, daß ihnen die Haarsträhnen in die Augen fielen. Der lange Rolandsen tat des Guten nicht ganz so viel; aufgerichtet stand er da und zog nur tief den Hut.

Der Prediger war ein jüngerer Mann mit Sommersprossen und rötlichem Vollbart, der seine Nasenlöcher förmlich zustopfte. Seine Frau lag seekrank und elend in der Kajüte. Da wären wir, sagte der Prediger durch die Türöffnung und half seiner Frau heraus. Beide steckten in altmodischen dicken Kleidern, in denen sie sich sonderbar ausnahmen. Sicher war das nur irgendwelches Überzeug, das sie sich für die Reise geliehen hatten, um es über die guten Kleider zu ziehen. Der Hut der Frau hatte sich in den Nacken geschoben, und ein blasses Gesicht mit großen Augen blickte den Männern gerade entgegen. Der Kirchendiener Levion watete hinaus und trug sie an Land; der Prediger kam allein zurecht.

Mein Name ist Rolandsen, Telegrafenbeamter, sagte der lange Rolandsen und trat vor. Er war ziemlich betrunken und hatte glasige Augen, doch als Mann von Lebensart war er dennoch recht sicher in seinem Auftreten. Ho, Rolandsen, dieser Teufelskerl! Keiner hatte es je erlebt, daß er sich schlecht

benahm, wenn es galt, mit vornehmen Leuten umzugehen und schöne Worte zu machen. Wenn ich nun Bescheid wüßte, fuhr er, zum Prediger gewandt, fort, würde ich Ihnen alle vorstellen. Ich nehme an, diese beiden da sind die Kirchendiener. Und dort die zwei Ihre Knechte. Das ist Ferdinand. Der Prediger und seine Frau nickten allen zu, guten Tag, guten Tag, sie würden einander ja wohl bald kennenlernen. Ja, und nun wäre nur noch das Gepäck an Land zu bringen. Der Kirchendiener Levion blickte zur Kajüte und wollte schon wieder hinauswaten. Keine Kinder? fragte er.
Alle Augen waren auf die Pastorsleute gerichtet. Doch die sagten nichts.
Ob keine Kinder da sind? wiederholte der Kirchendiener.
Nein, erwiderte der Steuermann vom Boot her.
Das Gesicht der Pastorin war rot geworden. Der Prediger sagte: Nein, nur wir ... Ihr müßt nachher hinaufkommen, Leute, damit ich euch bezahlen kann.
Natürlich war er reich. Das war ein Mann, der den Armen ihren Lohn nicht vorenthielt; der vorige Pfarrer hatte nie einen Dienst bezahlt, sondern immer nur schönen Dank »einstweilen« gesagt.
Sie gingen den Strand hinauf, und Rolandsen wies den Weg. Er hielt sich immer am Straßenrand und watete im Schnee, um den andern Platz zu lassen. Dabei störte es ihn nicht, daß er nur leichte, elegante Schuhe anhatte; auch die Jacke trug er in dem kühlen Maiwind offen.
Das ist also die Kirche! sagte der Prediger.
Sie scheint alt zu sein. Ein Ofen ist wohl nicht darin? fragte die Frau. Das kann ich gar nicht sagen, erwiderte Rolandsen; aber ich glaube nicht.
Der Prediger stutzte. Das war wohl kein Kirchgänger, den er da vor sich hatte, sondern im Gegenteil einer, der keinen großen Unterschied zwischen Werk- und Feiertag machte. Und der Prediger wurde dem fremden Mann gegenüber ein wenig zurückhaltender. Die Wirtschafterin stand auf der Treppe; und wieder stellte Rolandsen vor. Als er das getan hatte, grüßte er und wollte gehen. Warte einen Augenblick, Ove! flüsterte Marie van Loos. Doch Rolandsen wartete nicht, sondern grüßte abermals und ging rückwärts die Treppe hinunter. Der Prediger fand, er sei ein seltsamer Bursche. Die Pfarrersfrau war bereits im Haus. Sie erholte

sich von der Seekrankheit und begann die Zimmer zu besichtigen. Sie wünschte, daß der hellste und schönste Raum das Arbeitszimmer des Pastors werde; und für sich selbst behielt sie das Stübchen, in dem Marie van Loos gewohnt hatte.

2

Nein, Rolandsen wartete nicht. Er kannte Jungfer van Loos und wußte, was da bevorstand. Und er tat sehr ungern etwas anderes, als was er selber wollte.
Oben auf der Straße begegnete er einem Fischer aus der Gemeinde, der den Empfang der Pastorsleute versäumt hatte. Es war Enok, der religiös erweckte, sanftmütige Mann, der immer mit niedergeschlagenen Augen ging und wegen eines Ohrenleidens ein Tuch um den Kopf trug. Du bist zu spät aufgestanden, sagte Rolandsen im Vorbeigehen.
Ist er denn schon da?
Ja, er ist da. Ich habe ihm die Hand gedrückt. Und dann, über die Schulter: Du wirst noch an meine Worte denken, Enok. Ich beneide ihn um seine Frau!
Da hatte er sich gerade den Rechten ausgesucht. Enok würde schon dafür sorgen, daß diese frivolen und leichtsinnigen Worte herumkamen.
Rolandsen ging immer weiter am Wald entlang und kam zum Fluß. Hier lag Macks Fischleimfabrik, in der ein paar Mädchen beschäftigt waren; Rolandsen trieb gern einen kleinen Spaß mit ihnen, wenn er vorbeikam. Darin war er der reinste Teufelskerl, das mußte man schon sagen. Außerdem war er heute guter Laune und blieb länger stehen als gewöhnlich. Die Mädchen merkten gleich, daß er betrunken und prächtiger Stimmung war.
Na, Ragna, was glaubst du, warum ich so oft hierherkomme? fragte Rolandsen.
Das weiß ich doch nicht, erwiderte Ragna.
Du denkst natürlich, mich treibt der alte Laban.
Die Mädchen lachten:
Er sagt Laban und mein Adam!
Mir liegt dein Seelenheil am Herzen, sagte Rolandsen. Hüte dich vor den Fischerburschen hier, das sind üble Verführer.

Nicht schlimmer als Sie selbst, sagte ein anderes Mädchen. Sie haben ja schon zwei Kinder. Sie sollten sich schämen! So etwas kannst natürlich nur du sagen, Nicoline. Du bist schon immer ein Nagel zu meinem Sarg gewesen und hast mir das Herz zerrissen, das weißt du genau. Aber dich, Ragna, dich will ich ohne Erbarmen retten.
Das können Sie ja bei Fräulein van Loos machen, erwiderte Ragna. Rolandsen nickte. Das hatte er schon vorher herausgefunden und berechnet. Ho, der Teufelsrolandsen wußte schon, weshalb er jeden Tag diesen Weg zur Fabrik machte, herumschnüffelte und die Mädchen ausfragte.
Nimm doch den Deckel nicht ab, Pernille! rief er. Bist du toll?
Pernille wurde rot. Fredrik hat gesagt, das soll umgerührt werden, erwiderte sie.
Jedesmal, wenn du den Deckel hebst, dampft Hitze ab, sagte Rolandsen.
Doch als Fredrik Mack, der Sohn des Kaufmanns, kurz darauf dazukam, schlug Rolandsen wieder seinen gewöhnlichen Schwerenöterton an.
Warst du das nicht, Pernille, die ein Jahr beim Amtsvorsteher gedient hat? Man sagt, du seist dort eine reine Furie gewesen, und das einzige, was du nicht entzweigeschlagen hättest, seien die Federbetten.
Alle, die herumstanden, lachten. Gerade Pernille war das sanftmütigste Wesen der Welt. Außerdem war sie verwachsen, und als Tochter vom Bälgetreter in der Kirche ging eine fromme Ruhe von ihr aus.
Als Rolandsen seinen Weg fortsetzte, traf er abermals die Küsterstochter Olga. Sie war wohl im Kaufladen gewesen. Doch jetzt machte sie, daß sie so schnell wie möglich weiterkam, denn es wäre eine Schande gewesen, wenn es so ausgesehen hätte, als habe sie auf ihn gewartet. Doch Rolandsen bildete sich das auch gar nicht ein, er wußte ganz genau, wenn er dem jungen Mädchen nicht gerade von Angesicht zu Angesicht entgegentrat, beeilte sie sich, ihm aus dem Weg zu gehen. Und ihm war es im Grunde auch gleichgültig, ganz und gar. Denn keineswegs war sie es, die ihn beschäftigte.
Als er in die Telegrafenstation kam, setzte er eine unnahbare Miene auf, um der Zudringlichkeit des Hilfstelegrafisten zu

entgehen, der gern mit ihm plaudern wollte; er war im Augenblick ein recht unzugänglicher Kollege. Er schloß sich in sein abgelegenes Zimmer ein, das außer ihm sonst nur noch eine alte Frau betrat.

Hier lebte er; das war seine Welt. Denn Rolandsen bestand nicht nur aus lauter Leichtsinn und Alkohol; er war auch ein Grübler und Erfinder; in seinem Zimmer roch es nach Säuren, Flüssigkeiten und Arzneien. Der Geruch davon drang bis auf den Gang hinaus und stieg jedem Fremden sofort in die Nase. Rolandsen ließ immer wieder durchblicken, daß er alle diese Medikamente einzig und allein dazu benutze, den Branntweingeruch zu übertäuben. Doch das hatte er sich nur ausgedacht, um recht geheimnisvoll zu erscheinen. In Wirklichkeit brauchte er die Flüssigkeiten in den Gläsern und Krügen für seine Experimente. Er hatte eine Möglichkeit entdeckt, Fischleim auf chemischem Wege herzustellen, und wollte mit seinem neuen Verfahren Kaufmann Mack aus dem Feld schlagen. Denn Macks Fabrik arbeitete mit erheblichen Kosten, der Transport war sehr unbequem, und seine Rohstoffe standen nur in der Fischfangzeit zur Verfügung; obendrein war der Leiter des Betriebes – sein Sohn Fredrik – kein Fachmann. Rolandsen dagegen konnte aus den verschiedensten Dingen Leim herstellen, auch aus den Abfällen, die Mack wegwarf; und außerdem hatte er dabei gleich ein Verfahren entwickelt, noch aus den letzten Rückständen einen besonderen Farbstoff zu gewinnen.

Wenn der Telegrafenbeamte Rolandsen nicht dauernd mit Armut und Mittellosigkeit zu kämpfen gehabt hätte, dann wäre die Erfindung nun schon eine Tatsache. Aber kein Mensch konnte sich in diesem Ort Geld beschaffen, ohne Kaufmann Mack in Anspruch zu nehmen, und zu ihm wagte Rolandsen aus gutem Grund nicht zu gehen. Er hatte eines Tages angedeutet, daß die Leimgewinnung in der Fabrik oben am Wasserfall zu teuer sei; aber Mack, als der große, gewandte Mann, der er war, hatte nur abgewinkt und gesagt, die Fabrik sei eine Goldgrube. Rolandsen brannte darauf, das Resultat seiner Versuche vorweisen zu können. Er hatte Proben seiner Ergebnisse an Chemiker im Inland wie im Ausland geschickt und Gewißheit darüber erhalten, daß es ein vielversprechender Anfang sei. Aber weiter kam er nicht. Noch stand es ihm bevor, der Welt die reine, klare Flüssigkeit

vorzulegen und sie in allen Ländern zum Patent anzumelden.
Heute hatte er sich nicht umsonst bei den Bootsschuppen eingefunden, um die Pastorsfamilie zu empfangen. Dieser Bursche Rolandsen hatte seine Hintergedanken dabei. War der Pfarrer nämlich wirklich reich, dann konnte er wohl einiges Geld an eine große und sichere Erfindung wenden. Wagt es kein anderer, werde ich es wagen! würde der Pfarrer sicher meinen. Rolandsen war voller Hoffnung.
Ach, Ove Rolandsen hoffte so leicht; immer war er gleich Feuer und Flamme. Aber wiederum vermochte er auch, Enttäuschungen hinzunehmen, das mußte man ihm lassen; er war stark und stolz und nicht unterzukriegen. Da war zum Beispiel die Angelegenheit mit Macks Tochter Elise; auch die hatte ihn nicht untergekriegt. Elise war groß und schön, braunhäutig mit roten Lippen und dreiundzwanzig Jahre alt. Man sagte, daß Kapitän Henriksen von der Küstenlinie sie heimlich verehre; aber die Jahre kamen und gingen, und nichts ereignete sich. Woran mochte das liegen? Schon vor drei Jahren, als Elise Mack erst zwanzig zählte, war Rolandsen rein närrisch nach ihr gewesen und hatte ihr sein Herz zu Füßen gelegt. Sie war liebenswürdig genug, es zu übersehen. Das hätte Rolandsen eine Warnung sein sollen, und er hätte sich zurückziehen müssen; aber das tat er nicht, im Gegenteil, voriges Jahr begann er ganz offen darüber zu reden. Sie hatte dem eingebildeten Burschen erst ins Gesicht lachen müssen, ehe es ihr gelang, ihm den Abstand zwischen ihnen klarzumachen. Wartete nicht sogar Kapitän Henriksen seit Jahren auf ihr Jawort? So war es gekommen, daß Rolandsen davonlief und sich spornstreichs mit Marie van Loos verlobte. Er war nicht der Mann, der wegen einer Abweisung, selbst von höchster Seite, in den Tod ging.
Doch nun war abermals Frühling. Und für dieses weite Herz war der Frühling kaum zu ertragen. Er trieb nicht nur die Schöpfung zum Äußersten, nein, er blies auch mit würzigen Winden in unschuldige Nasenlöcher.

3

Träge treibt der Frühlingshering vom Meer herein. Die Netzmeister liegen in ihren Booten und suchen die See mit den Ferngläsern ab, solange es Tag ist. Dort, wo die Vögel in Scharen angelockt werden, sich hin und wieder hinabstürzen und ins Wasser stoßen, sind Heringszüge zu vermuten; im tiefen Wasser kann man sie bereits mit dem Wurfnetz fischen; aber es geht darum, ob sie auch ins flachere Wasser treiben, in die Buchten und Fjorde, wo man sie mit dem Großnetz absperren kann. Erst dann nämlich kommt Leben und Bewegung unter die Leute an der Küste; mit lauten Rufen strömen die Handelsfahrzeuge zusammen. Und es kann einen Verdienst geben wie Sand am Meer.

Der Fischer ist ein Spieler. Er legt Netz oder Angel aus und wartet auf den Zug; er wirft sein Großnetz aus und läßt das Schicksal walten. Oft folgt ein Verlust auf den andern, die Geräte treiben ab, versinken oder gehen im Sturm entzwei; er aber rüstet sich von neuem aus, und das Spiel geht weiter. Manchmal zieht er auf weiten Wegen in Gegenden, wo andere Glück gehabt haben sollen; er rackert sich ab und rudert wochenlang über schwierige Meeresstrecken und kommt schließlich doch zu spät: Das Spiel ist bereits aus. Doch dann und wann kann auch das große Los mitten auf seinem Wege liegen und auf ihn warten; und dann füllt es ihm das Boot mit Talern. Niemand weiß, wen es trifft, doch alle haben Grund zu hoffen ...

Kaufmann Mack war bereit; er hatte das Großnetz schon im Boot, und sein Meister nahm den Fernstecher nicht von den Augen. Mack hatte eine Galjaß und zwei Jollen in der Bucht liegen, eben erst gelöscht und gewaschen nach der Klippfischfahrt zu den Lofoten; nun wollte er Heringe laden, wenn es so weit sein würde, denn in seinem Hafenschuppen standen lauter leere Tonnen. Außerdem beabsichtigte er, alle Heringe aufzukaufen, die zu haben waren; deshalb hatte er sich auch mit Bargeld versehen, um zuzugreifen, ehe die Preise anzogen.

Mitte Mai machte Macks Schleppnetz den ersten Fang. Er war nicht groß, nur ein halbes Hundert Tonnen; aber es sprach sich bald herum, und einige Tage später lag auch eine fremde Fischermannschaft an der Stelle. Hier schienen gute Aussichten zu sein.

Da wurde eines Nachts in Macks Kontor in der Fabrik eingebrochen. Das war ein überaus gewagtes Verbrechen. Denn die Nächte waren jetzt vom Abend bis zum Morgen leuchtend hell, und alles, was geschah, konnte auf weite Entfernung hin gesehen werden. Der Dieb hatte zwei Türen aufgebrochen und zweihundert Taler gestohlen.
Ein solch unerhörtes Ereignis war in der Gemeinde kaum zu fassen. Selbst die älteren Leute konnten sich nicht erinnern, je etwas Ähnliches erlebt zu haben. Bei den ärmlichen Verhältnissen der Bewohner nahm der eine oder andere wohl mal etwas zu essen weg oder versuchte eine kleine Betrügerei, aber ein Diebstahl von diesem Ausmaß war noch nicht vorgekommen. Deshalb wurde auch sofort die fremde Netzmannschaft verdächtigt und verhört.
Aber die Fischer konnten beweisen, daß sie in der Nacht des Einbruchs alle eine Stunde Fahrt von der Fabrik entfernt, weit draußen bei der abgelegenen Fischersiedlung nach Heringen Ausschau gehalten hatten.
Das erbitterte Kaufmann Mack aufs tiefste. Es mußte also einer aus der Gemeinde die Tat begangen haben.
Kaufmann Mack war es nicht so sehr um das Geld zu tun, und er sagte auch ganz offen, wie dumm der Dieb gewesen sei, daß er nicht mehr genommen habe. Doch daß jemand aus dem eigenen Dorf ihn bestahl, das kränkte den großen Herrn und Gönner aller. Bestritt er nicht mit den Steuern seiner verschiedenen Betriebe die Hälfte aller Gemeindelasten? Und hatte jemals einer, der ohne sein Verschulden in Not geraten war, Macks Kontor ohne Hilfe verlassen?
Der Kaufmann setzte für die Aufklärung des Diebstahls eine Belohnung aus. Denn beinah täglich kamen neue Fischerboote in den Ort, und all diese fremden Menschen mußten ja einen sonderbaren Eindruck von Kaufmann Macks Verhältnis zu seinen Leuten bekommen, wenn sie erfuhren, daß man ihn bestohlen hatte. Großspurig, wie dieser Handelskönig nun einmal war, setzte er die Belohnung auf vierhundert Taler fest. Alle Welt sollte sehen, daß es ihm auf eine runde Summe nicht ankam.
Auch der neue Pfarrer erfuhr die Geschichte von dem Einbruch und benutzte am Dreifaltigkeitssonntag, als das Evangelium von Nikodemus berichtete, der bei Nacht zu Jesus gekommen war, die Gelegenheit, den Dieb in der Predigt

anzuprangern. Da kommen sie in der Nacht zu uns, sagte er, brechen unsere Türen auf und rauben uns unser Vermögen. Nikodemus fügte niemandem Schaden zu; zwar wählte auch er die Nacht für seinen Gang, weil er ein ängstlicher Mensch war; aber er tat es um seiner Seele willen. Und was geschieht heute? Ach, die Welt ist voll ausgekochter Frechheit, und man benutzt die Nacht für Raub und Sünde. Den Schuldigen soll es treffen, hinweg mit ihm!

Der neue Pfarrer erwies sich als Kampfhahn. Erst dreimal hatte er gepredigt und doch schon manchen Sünder des Kirchspiels bekehrt. Sobald er auf der Kanzel stand, war er bleich und seltsam wie ein Rasender. In der Gemeinde gab es Leute, die bereits am ersten Sonntag genug hatten und nicht wiederzukommen wagten. Ja sogar Marie van Loos war erschüttert, dieses Reibeisen von einer Jungfer, die ihr Leben lang spitz und scharf gewesen war. Die beiden Mädchen, die ihr unterstanden, bemerkten die Verwandlung mit Freude.

In die Bucht waren jetzt viele Leute gekommen. Und mancher von ihnen mochte Kaufmann Mack die Schande wohl gönnen, die ihm widerfahren war. Mack wurde gar zu mächtig mit seinen beiden großen Geschäften, seinem Schleppnetz, seiner Fabrik und seinen vielen Fahrzeugen; die Fischer aus den Randgemeinden hielten zu ihren eignen Händlern, die umgänglich und leutselig waren und von denen keiner – wie Mack – weiße Kragen oder Handschuhe aus Hirschleder trug. Dieser Diebstahl war ganz heilsam für seinen Dünkel. Und der gute Mack sollte lieber nicht allzusehr mit den Talern herumwerfen; er würde sein Geld noch gut zum Heringskauf gebrauchen können – falls der Hering kam. So reich war er wohl doch nicht, daß er Geld besaß wie Sterne am Himmel. Der Teufel mochte wissen, ob er den Diebstahl nicht vielleicht selber begangen hatte – oder sein Sohn Fredrik –, bloß um sich den Anschein zu geben, als könnte er es sich leisten, Geld wie Heu zu verlieren, während er in Wirklichkeit im Druck saß. Der Klatsch ging landauf und meerab. Und Mack begriff, daß er ihm den Wind aus den Segeln nehmen mußte. In der Bucht lagen jetzt Männer aus fünf Gemeinden, die ihre Eindrücke mit nach Haus zu ihren Familien und Kaufleuten nehmen würden. Und deshalb wollte er dafür sorgen, daß es sich wieder einmal herumsprach, wer Mack auf Rosengaard war.

Das nächste Mal, als er zur Fabrik mußte, mietete er sich daher einen Dampfer. Die Fabrik lag eine Meile von der Haltestelle entfernt, und die Fahrt kostete ihn viel Geld; aber auf Geld sah Mack nie. In der Bucht gab es große Aufregung, als das Schiff mit Mack und seiner Tochter Elise hereinrauschte. Er war sozusagen Herr des Dampfers und stand, obwohl es Sommer war, im Pelz und mit einer ungeheuer breiten roten Schärpe um den Leib an Bord. Als Vater und Tochter an Land gesetzt waren, drehte das Schiff sofort um und fuhr zurück; jeder konnte sehen, daß es nur diesen einen Auftrag gehabt hatte. Und da beugten sich auch viele unter den Fremden vor Macks Macht.

Doch Mack tat noch mehr. Er konnte die Schande des Einbruchs nicht verwinden. Und so ließ er eine neue Bekanntmachung anschlagen und versprach auch dem Dieb die vierhundert Taler Belohnung, wenn er sich nur meldete. Einen solch großspurigen Edelmut hatte man noch nicht erlebt. Mußte jetzt nicht jeder einsehen, daß es Mack nicht darum ging, das lumpige gestohlene Geld zurückzubekommen? Aber der Klatsch erstarb immer noch nicht: War jener der Dieb, den man dafür hielt, so würde er sich nun erst recht nicht melden! Ganz bestimmt nicht!

Mack befand sich in einer üblen Zwangslage. Sein Ansehen geriet ins Wanken. Zwanzig Jahre lang war er der große Mack gewesen, und keiner hatte ihm diesen Platz streitig gemacht; und jetzt schien es, als grüßten ihn einige von den Leuten nicht mehr so achtungsvoll und ehrerbietig wie früher. Und dabei war er doch – obendrein durch Kauf – Ritter eines königlichen Ordens. Was war er immer für ein Herr gewesen! Er gab in der Gemeinde den Ton an, die Fischer folgten ihm blindlings, und die Händler in den Außenbezirken und auf den Inseln ahmten ihn nach. Mack hatte ein Magenleiden, das wohl von seiner vornehmen, fürstlichen Lebensweise herrührte; und sobald es ein wenig kühl wurde, trug er deshalb eine breite rote Schärpe um den Leib. Sogleich banden sich auch die kleinen Händler auf den Inseln eine rote Schärpe um den Magen, diese lächerlichen Emporkömmlinge, die Mack aus Gnade leben ließ. Auch sie wollten als Leute von Welt gelten, die so gut und üppig aßen, daß ihr Magen darunter litt. Mack kam mit knarrenden Schuhen in die Kirche und schritt mit großspurigem Lärm durch das ganze Schiff; auch das machten ihm die Leute nach. Sie stellten ihre Schuhe ins Wasser und ließen sie dann bis zum Sonntag knochentrocken werden, damit sie laut durch die Kirche knarren konnten.

4

Rolandsen saß in seinem Zimmer und experimentierte. Von seinem Fenster aus sah er, wie sich im Wald ein bestimmter Ast an einem bestimmten Baum auf und nieder bewegte. Jemand mußte den Baum schütteln, aber das Laub war schon zu dicht, als daß er mehr erkennen konnte. So experimentierte Rolandsen weiter. Doch er kam heute mit der Arbeit nicht recht voran. Er nahm seine Gitarre vor und begann jene amüsanten Klagelieder zu spielen, aber auch das machte ihm keine Freude. Der Frühling lag ihm im Blut.

Elise Mack war angekommen, er hatte sie gestern abend getroffen. Doch er war stolz und hochnäsig gewesen und hatte sich aufgespielt; es schien, als ob sie ihn mit ein paar Nettigkeiten erfreuen wollte, aber er war nicht darauf eingegangen.

Ich soll Sie von Ihren Kollegen auf Rosengaard grüßen, sagte sie. Doch Rolandsen unterhielt keine Freundschaften mit Telegrafenbeamten, er war kein »Kollege«. Sie wollte nur wieder den Abstand zwischen sich und ihm betonen, hoho, das würde er ihr heimzahlen.

Sie könnten mir einmal ein wenig Gitarrespielen beibringen, sagte sie.

So etwas mußte einen nun wieder stutzig machen, und man hätte eigentlich darauf eingehen können; doch Rolandsen ging nicht darauf ein. Im Gegenteil, jetzt wollte er es ihr heimzahlen. Er sagte:

Gern. Sie können meine Gitarre jederzeit haben.

So behandelte er sie. Als ob ausgerechnet Elise Mack sich nicht tausend Gitarren leisten konnte.

Nein, danke, lehnte sie ab. Aber wir könnten vielleicht darauf üben.

Sie werden die Gitarre bekommen.

Da warf sie den Kopf in den Nacken und sagte:

Nein, ich verzichte, entschuldigen Sie bitte.

Seine kühle Überlegenheit hatte sie getroffen. Doch plötzlich war ihm nichts mehr an der Rache gelegen, und er murmelte:
Ich wollte Ihnen nur das einzige schenken, was ich besitze.
Tief zog er den Hut und ging davon.
Dann hatte sein Weg ihn zum Küsterhaus geführt. Er wollte Olga treffen. Jetzt war Frühling, und Rolandsen mußte eine Liebste haben; es war nicht leicht, ein so großes Herz zu bändigen. Er verfolgte übrigens besondere Absichten mit seinen Aufmerksamkeiten für Olga. Es ging das Gerücht, Fredrik Mack interessiere sich für die Küsterstochter, und Rolandsen wollte ihn unbedingt ausstechen. Fredrik war Elises Bruder, ein Korb würde dieser Familie nur guttun. Im übrigen war Olga es auch selber wert, daß man ihr nachstellte. Rolandsen hatte sie von klein auf heranwachsen sehen; bei ihr zu Haus war es immer recht dürftig hergegangen, so daß sie ihre Kleider sehr lange tragen mußte, ehe sie neue bekam; aber sie war ein hübsches, frisches Mädchen und ganz reizend in ihrer Schüchternheit.
Rolandsen war zweimal im Wald mit ihr zusammengetroffen. Das hatte er nur möglich machen können, indem er jeden Tag zu ihrem Vater kam und ihm Bücher zum Lesen brachte. Dem alten Mann lag gar nichts daran, denn er verstand nicht viel von Büchern; aber Rolandsen drängte sie ihm förmlich auf. Das sind die wichtigsten Bücher der Welt, versicherte er, die muß man unbedingt gelesen haben. Hier, bitte schön.
Er fragte den Küster, ob er nicht haarschneiden könne. Aber der Küster hatte noch nie in seinem Leben Haare geschnitten; Olga tue das immer.
Begeistert bat Rolandsen nun Olga, ihm das Haar zu schneiden. Sie wurde rot und ging rasch hinaus; das kann ich nicht, sagte sie. Aber Rolandsen holte sie wieder herein und wußte so viel schöne Worte zu machen, daß sie schließlich nachgab.
Wie möchten Sie es haben? fragte sie.
Wie Sie es mögen, erwiderte er. Wie könnte ich es anders wollen? Er wandte sich an den Küster, trieb ihn mit verzwickten Fragen in die Enge, bis es dem alten Mann zuviel wurde und er sich in die Küche zurückzog.
Nun zog Rolandsen alle Register und fing mächtig an zu tönen. Er sagte zu Olga:

Wenn Sie an einem Winterabend draußen im Dunkeln gewesen sind und dann in eine erleuchtete Stube treten, strömt das Licht von allen Seiten auf Ihr Antlitz.
Olga verstand zwar nicht, was er meinte, sagte aber ja.
Ja, sagte Rolandsen. Und ebenso geht es mir, wenn ich zu Ihnen komme.
Mehr soll ich wohl nicht wegschneiden? fragte Olga.
Doch, schneiden Sie ruhig noch etwas ab. Tun Sie, was Sie für richtig halten. Sehen Sie, vorhin glaubten Sie, Sie brauchten nur hinauszulaufen und sich zu verstecken, aber damit war mir nicht geholfen. Das war, als wollte der Blitz einen Funken auslöschen. Er wandte sich wild zu ihr um. Wenn Sie den Kopf stillhalten wollten, könnte ich viel besser schneiden, sagte sie.
Ich darf Sie also nicht ansehen. Hören Sie, Olga, sind Sie verlobt? Doch darauf war Olga nicht vorbereitet. Sie war ja noch nicht so alt und erfahren, daß sie nicht das eine oder andere aus der Fassung bringen konnte.
Ich? Nein, erwiderte sie nur. Jetzt ist es wohl richtig, glaube ich. Nur noch ein bißchen ausgleichen. Sie versuchte, ihn abzulenken, weil sie ihn im Verdacht hatte, betrunken zu sein.
Aber Rolandsen war nicht betrunken, er war nüchtern; er hatte die letzte Zeit tüchtig gearbeitet, die vielen fremden Fischer hatten dem Telegrafen allerlei zu tun gegeben.
Nein, hören Sie bitte nicht auf, bat er, schneiden Sie ruhig noch ein-, zweimal rundherum, bitte!
Da lachte Olga:
Das hat doch keinen Sinn.
Ach, Ihre Augen sind wie Zwillingssterne, sagte er; und in Ihrem Lächeln sonnt sich mein Herz.
Sie nahm das Handtuch von seinen Schultern, bürstete ihn ab und las die Haare vom Fußboden auf. Er kniete hin, um ihr dabei zu helfen, ihre Hände begegneten sich. Sie war ein junges Mädchen, er spürte ihren Atem, und es überlief ihn heiß. Er griff nach ihrer Hand und bemerkte, daß ihr Kleid am Hals nur mit einer gewöhnlichen Sicherheitsnadel zugesteckt war. Das sah richtig ärmlich aus. Nicht – warum tun Sie das? sagte sie stammelnd.
Nur so. Nein – es soll vielen Dank für Ihre Arbeit bedeuten. Wäre ich nicht fest verlobt, würde ich mich in Sie verlieben.

Sie erhob sich, das abgeschnittene Haar in den Händen; er blieb am Boden hocken.
Sie machen sich den Anzug schmutzig, sagte sie, während sie zur Tür hinausging.
Als der Küster hereinkam, tat Rolandsen wieder unbefangen; er strich sich über den kurzgeschnittenen Kopf und zog den Hut über die Ohren, um zu zeigen, wieviel er ihm jetzt zu groß sei. Plötzlich sah er auf die Uhr, sagte, er müsse ins Amt, und verabschiedete sich. Rolandsen ging zum Kaufladen.
Er wollte sich ein paar Broschen ansehen; es könnten ruhig die teuersten sein. Er suchte eine imitierte Kamee aus und bat, ihm die Zahlung zu stunden. Aber darauf ging man nicht ein, er sei von früher noch so viel schuldig. Da nahm er eine billige Glasnadel, die wie Achat aussah, bezahlte sie von seinen paar Schillingen und zog mit seinem Schatz davon.
Das war gestern abend gewesen ...
Nun saß er hier in seinem Zimmer und konnte nicht arbeiten. Deshalb nahm er seinen Hut und ging hinaus, um zu sehen, wer dort im Walde wohl an dem Baum rüttle. Er lief genau in die Höhle des Löwen; Marie van Loos hatte ihn mit diesem Zeichen herausgelockt und wartete nun auf ihn. Er hätte seine Neugier bezähmen sollen. Guten Tag, sagte sie. Wie siehst du denn mit deinen Haaren aus? Ich pflege mir im Frühling das Haar zu schneiden, erwiderte er.
Voriges Jahr habe ich es dir geschnitten. Dies Jahr war ich wohl nicht gut genug dazu?
Ich habe keine Lust, mich mit dir zu streiten, sagte er.
Nein?
Nein. Und außerdem solltest du dich nicht hier hinstellen und den ganzen Wald durcheinanderschütteln, daß alle Welt dich sieht.
Und du solltest dich nicht hinstellen und dumme Späße machen, sagte sie.
Ich an deiner Stelle würde lieber mit dem Ölzweig des Friedens winken, fuhr Rolandsen fort.
Hast du dir das Haar selbst geschnitten?
Nein, Olga hat es mir geschnitten.
Olga, die vielleicht einmal Fredrik Macks Frau werden würde, hatte ihm das Haar geschnitten. Das brauchte er

keineswegs zu verheimlichen; im Gegenteil – er würde es gehörig ausposaunen.
Olga, sagst du?
Sicher. Weshalb? Ihr Vater konnte es nicht.
Du wirst es noch so weit treiben, daß es eines Tages aus ist zwischen uns, sagte Marie van Loos.
Eine Weile stand er da und überlegte.
Das wäre vielleicht das beste, antwortete er dann.
Was sagst du? rief sie.
Was ich sage? Daß dich der Frühling anscheinend völlig närrisch gemacht hat, mehr nicht. Sieh mich an; ist an mir vielleicht irgendein Zeichen des Frühlings zu bemerken?
Du bist auch ein Mannsbild, erwiderte sie nur. Aber diese Tändelei mit Olga paßt mir nicht.
Stimmt es, daß der Pfarrer reich ist? fragte er plötzlich. Marie van Loos wischte sich über die Augen, und gleich war sie wieder nüchtern und beherzt.
Reich? Mir scheint, der ist arm wie eine Kirchenmaus.
Rolandsen begrub abermals eine Hoffnung.
Du solltest bloß mal seine Wäsche sehen – und erst die von seiner Frau! Unterröcke hat sie, die ... Aber er ist ein Pfarrer, wie man so bald keinen zweiten findet. Hast du ihn schon gehört?
Nein.
Einer der besten Prediger, die ich kenne, sagte Marie van Loos.
Weißt du genau, daß er nicht reich ist?
Jedenfalls hat er sich beim Kaufmann Kredit geben lassen.
Einen Augenblick verfinsterte sich die Welt um Rolandsen, und er wollte gehen.
Bleibst du nicht mehr? fragte sie.
Nein, was wolltest du denn überhaupt von mir?
Was ich von dir wollte? Ihre scharfe Zunge war von den Predigten des neuen Pfarrers halbwegs gebändigt worden, und sie hatte versucht, sich in Sanftmut zu üben. Doch jetzt brach ihre alte Natur wieder durch.
Ich wollte dir bloß sagen, begann sie, daß du es zu weit treibst.
Na schön, meinte Rolandsen.
Und daß du mir bitter unrecht tust.
Das mag auch sein, gab er zu.

Und daß ich es nicht mehr aushalte, daß ich Schluß mit dir mache. Wieder überlegte Rolandsen eine Weile. Dann sagte er: Zu Anfang hatte ich geglaubt, daß das von Dauer sein würde mit uns beiden. Auf der andern Seite – ich bin nicht der liebe Gott, ich kann es auch nicht ändern. Tu, was dir paßt!
Das soll ein Wort sein! sagte sie hitzig.
Das erste Mal hier im Wald war dir das nicht so egal. Da kreischtest du so nett vor Freude, als ich dich küßte.
Ich habe nicht gekreischt, protestierte sie.
Und ich liebte dich von ganzem Herzen und glaubte, du seist eine ganz Feine und Besondere. Wahrhaftig, das glaubte ich.
Über mich brauchst du dir den Kopf nicht zu zerbrechen, sagte sie erbittert; aber was soll nun mit dir werden?
Mit mir? Das weiß ich nicht. Es interessiert mich auch nicht.
Du bildest dir doch nicht ein, daß das mit Olga etwas wird? Es heißt, Fredrik Mack wolle sie heiraten.
Sieh mal an, dachte Rolandsen; alle Welt weiß es schon. Tief in Gedanken ging er den Weg zur Straße hinunter, und Marie van Loos folgte ihm.
Das kurze Haar steht dir gut, sagte sie. Aber es ist schlecht geschnitten. Ganz ungleichmäßig.
Kannst du mir nicht dreihundert Taler leihen? fragte er.
Dreihundert Taler?
Ja, auf sechs Monate.
Selbst wenn ich es könnte, würde ich sie dir nicht leihen. Es ist doch aus zwischen uns.
Er nickte: Das soll ein Wort sein!
Doch als sie bis zum Tor des Pfarrhofs gekommen waren, wo Rolandsen umkehren mußte, sagte sie: Leider kann ich dir keine dreihundert Taler geben. Sie reichte ihm die Hand. Leb wohl einstweilen, ich trau mich nicht, länger hier stehenzubleiben. Nach ein paar Schritten drehte sie sich noch einmal um. Hast du nichts mehr, wo ich dir Namen einsticken soll?
Ich wüßte nicht was, entgegnete er. Ich habe mir inzwischen noch nichts Neues angeschafft.
Sie ging. Rolandsen fühlte sich erleichtert und dachte: Na, hoffentlich war es das letzte Mal!
Am Zaunpfahl hing ein Anschlag von Kaufmann Mack. Rolandsen las: Vierhundert Taler für die Aufklärung des

Diebstahls; auch der Täter erhält die Belohnung, falls er sich meldet.
Vierhundert Taler! dachte Rolandsen.

5

Nein, die neuen Pfarrersleute waren nicht reich, ganz im Gegenteil. Die bedauernswerte junge Frau war von Haus aus an das sorglose Leben reicher Leute gewöhnt und brauchte daher so viele Dienstboten. Sie hatte nichts zu tun und nie gelernt, einen Haushalt zu führen; deshalb steckte ihr Kopf stets voller Kindereien. Sie war wahrhaftig ein süßes kleines Hauskreuz.
Du lieber Himmel, wie unverdrossen hatte der gute Pfarrer mit seiner Frau im Kampf gelegen, um ihr ein wenig Ordnung, ein wenig Umsicht beizubringen. Vier Jahre lang hatte er sich vergeblich bemüht. Er hob Fäden und Papier vom Boden auf, sorgte dafür, daß alle Dinge wieder an Ort und Stelle kamen, schloß die Türen hinter ihr, sah nach den Öfen und schraubte die Klappen zu. Wenn seine Frau ausging, nahm er sich Zimmer für Zimmer vor, um nachzusehen, in welchem Zustand sie sie hinterlassen hatte: Da lagen Haarnadeln herum, Taschentücher, Kämme voller Haare, und die Stühle waren mit Kleidungsstücken bedeckt. Das grämte den Pfarrer, und er brachte alles in Ordnung. In der kleinen möblierten Kammer seiner Junggesellenzeit hatte er sich heimischer gefühlt als jetzt.
Anfangs hatte sein Bitten und Schelten einigen Erfolg gehabt; seine Frau sah ein, daß er recht habe, und versprach, sich zu bessern. Dann stand sie wohl am nächsten Morgen einmal zeitig auf und kehrte das Unterste zuoberst; das Kind war ermahnt worden, vernünftig und erwachsen zu sein, und legte nun einen Übereifer an den Tag, der jedoch alsbald erlahmte. Und wenige Tage später war der alte Schlendrian wieder eingerissen. Sie wunderte sich indessen keineswegs über die neue Unordnung, sondern war im Gegenteil erstaunt, als ihr Mann wieder mit seiner ewigen Nörgelei begann. Die Schale ist mir aus der Hand gefallen und zerschlagen, sagte sie; aber sie war ja nicht teuer.

Ja, und die Scherben liegen seit heute morgen noch da, erwiderte er. Eines Tages kam seine Frau und teilte ihm mit, das Mädchen Oline müsse weg: Oline hatte sich beklagt, daß die Pfarrersfrau alles mögliche aus der Küche herausschleppe und es dann stehen und liegen lasse, wo sie es gerade benutzt habe.

Das alles verbitterte den Pfarrer, und allmählich war er es leid, ihr dauernd Vorwürfe zu machen. Er kümmerte sich selber um Ordnung im Haus und räumte mit verkniffenem Mund und so wenig Worten wie möglich Hunderte von Dingen hinter ihr auf. Seine Frau äußerte sich gar nicht dazu; sie war es gewöhnt, daß immer jemand für sie Ordnung machte.

Manchmal allerdings fand ihr Mann, daß sie eigentlich zu bedauern sei. Mager und schlecht gekleidet, ging sie stets freundlich einher und jammerte nie über ihre Armut, obwohl sie gewohnt war, gut zu leben. Sie konnte dasitzen und nähen, ihre Kleider ändern und dabei vergnügt wie ein junges Mädchen vor sich hinsummen. Doch plötzlich machte sich das Kind in ihr wieder geltend; sie warf die Näherei hin, ließ alles kunterbunt durcheinander liegen und ging spazieren. Die aufgetrennten Kleider aber lagen ein paar Tage auf Tischen und Stühlen herum. Wohin sie ging? Von zu Haus hatte sie die Angewohnheit, in den Geschäften herumzustöbern, und es machte ihr Spaß, irgend etwas einzukaufen. Immer fand sie Verwendung für ein Stückchen Stoff, ein Ende Band, Kämme aller Art, Riechwasser, Zahnpulver, Metallbehälter für Streichhölzer oder ein Pfeifchen, um darauf zu blasen. Sie sollte lieber einmal ein einziges ordentliches Stück kaufen, dachte der Pfarrer, selbst wenn es noch so teuer wäre und ich mich in Schulden stürzen müßte. Ich könnte versuchen, eine kleine Kirchengeschichte für das Volk zu schreiben und sie mit dem Erlös bezahlen.

Und die Jahre gingen dahin. Oft gab es Reibereien, aber die Eheleute liebten sich trotzdem, und wenn der Pfarrer sich nicht allzuoft einmischte, ging es sogar ausgezeichnet mit den beiden. Leider hatte er die üble Angewohnheit, seine Augen überall zu haben, selbst wenn er in seinem Amtszimmer saß. Gestern mußte er feststellen, daß die Betten draußen im Garten hingen, als es anfing zu regnen. Lohnt es, darum Krach zu machen? dachte er. Plötzlich sah er seine Frau nach Hause kommen; sie war im Dorf gewesen und hatte es nun wegen des Regens sehr eilig. Sie wird die Betten bestimmt nicht mitnehmen! dachte er. Und richtig, sie lief in ihr Zimmer hinauf. Der Pfarrer rief in die Küche, aber es war keins der Mädchen da. Da ging er selber hinaus und brachte die Decken in Sicherheit.

Damit hätte es sein Bewenden haben können. Doch der Pfarrer, dieser ewige Nörgler, vermochte den Mund nicht zu halten. Am Abend vermißte seine Frau die Betten. Sie wurden geholt.

Die sind ja ganz naß, sagte sie.

Sie wären noch nasser, wenn ich mich nicht darum gekümmert hätte, entgegnete der Pfarrer.

Sogleich schlug seine Frau einen andern Ton an: Hast du sie hereingeholt? Das hättest du aber wirklich nicht zu tun brauchen; ich hätte den Mädchen schon Bescheid gesagt.

Der Pfarrer lächelte bitter: Dann hingen sie jetzt noch draußen.

Nun war seine Frau gekränkt. Wegen der paar Regentropfen brauchst du wirklich nicht so viel Aufhebens zu machen. Aber du bist schon seit Tagen so. An allem hast du etwas auszusetzen!

Ich wünschte, das wäre nicht nötig, erwiderte der Pfarrer. Oder meinst du vielleicht, daß eine Waschschüssel hier aufs Bett gehört? Die mußte ich da hinstellen, weil ich nicht weiß, wohin damit.

Wenn du einen Waschtisch hättest, wäre der auch noch mit lauter Kram bepackt, sagte er.

Doch da verlor seine Frau die Geduld. Mein Gott, wie ungerecht du immer bist, du mußt krank sein. Ach, ich halte das nicht aus! Und sie ließ sich auf einen Stuhl fallen und starrte vor sich hin.

Aber sie hielt es aus. Einen Augenblick später war alles vergessen; ihr gutes Herz verzieh die Kränkung, und ihre glückliche und leichte Natur gewann wieder die Oberhand.

Der Pfarrer aber zog sich immer häufiger in sein Amtszimmer zurück, wo die Unordnung des Hauses sich nicht bemerkbar machte. Er war zäh und ausdauernd und ein richtiges Arbeitspferd. Er hatte die Kirchendiener über den Lebenswandel der Gemeindemitglieder ausgefragt, und was er da zu hören bekam, war alles andere als erfreulich. Deshalb schrieb er bald an den einen, bald an den andern in der Gemeinde drohende und ermahnende Briefe. Half das nichts, dann suchte er die Sünder selber auf. Allmählich wurde er ein gefürchteter Mann, denn er schonte keinen. So war er zum Beispiel dahintergekommen, daß einer seiner Gehilfen, Levion mit Namen, eine Schwester hatte, die den Fischerburschen leichtfertig zu Gefallen war; auch an sie schrieb er. Dann ließ er ihren Bruder wegen eines Botenganges kommen und schickte ihn mit dem Brief und folgendem Bescheid zu ihr: Sag ihr, ich hätte ein wachsames Auge auf sie ...

Eines Tages kam Kaufmann Mack und wurde vom Pfarrer ins Zimmer geführt. Der Besuch war kurz, aber bedeutungsvoll; Mack wollte dem Pfarrer eine Hilfeleistung anbieten, falls irgend jemand in der Gemeinde Not litte. Der Pfarrer bedankte sich und war von Herzen froh. Hätte er es nicht schon vorher gewußt, so wäre es ihm jetzt völlig klargeworden, daß Mack auf Rosengaard seine Hand über alle hielt. Der alte Herr war so vornehm und mächtig; sogar der Pfarrersfrau, die doch aus der Stadt kam, imponierte er; er war ein großer Mann, und die Steine in der Nadel, die er im Hemd trug, waren bestimmt echt. Mit den Fischen steht es ganz gut, sagte Mack; ich habe wieder einen Fang gemacht. Na, nichts Bedeutendes, nur an die zwanzig Tonnen, aber immerhin eine ganz hübsche Zugabe. Und deshalb dachte ich, man solle auch seine Pflichten den andern gegenüber nicht vergessen.

Das ist recht! stimmte der Pfarrer zu. So sollte es immer sein! – Aber zwanzig Tonnen, ist denn das ein kleiner Fang? Ich bin so unwissend in solchen Dingen.

Nun, zwei-, dreitausend Tonnen sind besser.

Zwei-, dreitausend! sagte die Frau. Das ist ja kaum auszudenken. Aber was ich nicht selber fange, kaufe ich von andern, fuhr Mack fort. Gestern hat eine Netzmannschaft vor den Schären draußen einen guten Fang gemacht; den habe ich gleich aufgekauft. Ich will alle meine Fahrzeuge mit Heringen beladen.

Sie haben ein großes Unternehmen, sagte der Pfarrer.

Mack gab zu, daß es sich jetzt groß anlasse. Eigentlich sei es ein altes ererbtes Geschäft, aber er habe es ausgebaut und neue Betriebe eingerichtet; das tue er alles für seine Kinder.

Lieber Himmel! Wie viele Werkstätten, Fabriken und Läden müssen Sie dann wohl haben? fragte die Pfarrersfrau enthusiastisch.

Mack lachte: Das weiß ich wirklich nicht auswendig, gnädige Frau. Ich müßte sie erst zählen.
Bei dieser Unterhaltung vergaß Mack für eine Weile seine Sorgen und Kümmernisse, denn er hörte es nicht ungern, nach seinen Geschäften gefragt zu werden.
Ich wünschte, wir wohnten in der Nähe Ihrer großen Bäckerei auf Rosengaard, sagte die Pfarrersfrau und dachte dabei an ihren Haushalt. Wir können kein ordentliches Brot bei uns backen.
Auf dem Hof des Amtsvorstehers ist doch ein Bäcker.
Ja, aber der hat selten Brot.
Er trinkt leider sehr, sagte der Pfarrer: Ich habe ihm aber schon einen Brief geschrieben.
Einen Augenblick saß Mack schweigend da. Dann werde ich hier bei der Filiale eine Bäckerei einrichten, erklärte er. Er war allmächtig; er tat, was er wollte. Ein Wort von ihm, und schon gab es im Ort eine Bäckerei.
Nein, wirklich! rief die Pfarrersfrau mit erstaunten Augen aus.
Sie sollen Ihr Brot haben, gnädige Frau. Ich telegrafiere sofort wegen der Leute. Es wird nicht lange dauern, nur ein paar Wochen. Der Pfarrer sagte nichts dazu. Konnte denn die Wirtschafterin mit all den Mädchen kein vernünftiges Brot backen? Nun würde man wieder mehr Geld ausgeben müssen.
Ich muß Ihnen noch danken, daß Sie mir freundlicherweise Kredit in Ihrem Geschäft eingeräumt haben, sagte der Pfarrer.
Ja, sagte auch seine Frau.
Das ist doch selbstverständlich, entgegnete Mack. Es steht alles zu Ihrer Verfügung.
Ist es nicht sehr schwer, so große Macht über alles zu haben? fragte die Pfarrersfrau.
So groß ist meine Macht gar nicht, erwiderte Mack. Ich bin zum Beispiel nicht imstande, diesen Spitzbuben zu finden.
Es ist aber auch zu toll mit dieser Geschichte, rief der Pfarrer aus. Sie versprechen dem Dieb die höchste Belohnung, ein Vermögen geradezu, und er meldet sich nicht.
Mack schüttelte den Kopf.
Die schwärzeste Undankbarkeit ist das, ausgerechnet Sie zu bestehlen, sagte die Pfarrersfrau.

Mack ging darauf ein: Da Sie es nun einmal ausgesprochen haben, gnädige Frau – ich hätte es auch nicht erwartet. Wahrhaftig nein! Ich weiß nicht, ob ich das um meine Leute verdient habe.
Gewiß, aber man stiehlt nur dort, wo es etwas zu stehlen gibt, bemerkte der Pfarrer. Der Einbrecher wußte genau, an wen er sich halten mußte.
Damit hatte der Pfarrer in aller Naivität ins Schwarze getroffen.
Mack wurde es immer behaglicher zumute. Wenn man die Sache so betrachtete wie der Pfarrer, wog die Schande nicht mehr so schwer. Aber die Leute klatschen, sagte er. Das schadet meinem Ruf und macht mir Kummer. Es sind jetzt so viele Fremde hier in der Gegend, die tragen alles herum.
Und meine Tochter Elise nimmt sich das so zu Herzen. Na ja, sagte er, während er sich erhob, aber das gibt sich wohl wieder.
Also, wie gesagt, Herr Pfarrer, sollten Sie einmal irgendwo in der Gemeinde Not vorfinden, dann lassen Sie es mich freundlicherweise wissen.
Mack ging. Er hatte den besten Eindruck von den Pfarrersleuten gewonnen und wollte sie überall empfehlen. Das würde ihnen sicher nicht schaden. Oder vielleicht doch? Sollte das Geschwätz der Leute schon Unheil angerichtet haben? Gestern hatte ihm sein Sohn Fredrik erzählt, ein betrunkener Fischer habe ihm vom Boot aus zugerufen: Hast du dich schon gemeldet und dir die Belohnung verdient?

6

Nun wurden die Tage warm; die gefangenen Heringe mußten in den Netzen bleiben, um nicht zu verderben, und konnten nur bei Regenwetter oder in den kühleren Nächten geborgen werden. Es gab jetzt auch keine Fische mehr, das Jahr war schon zu weit fortgeschritten, und manche Netzmannschaft zog wieder weg. Zu Hause wartete die Frühjahrsbestellung und erforderte die Hilfe aller Männer.
Die Nächte waren hell und voll Sonne. So recht ein Wetter zum Lustwandeln und Schwärmen. Die jungen Leute zogen

nachts über die Straßen, sangen und schlugen mit Weidenzweigen in die Luft. Und von allen Inseln und Schären hörte man die Schreie der Lummen- und Austernfischer, der Möwen und Eidergänse. Und der Seehund steckte seinen triefnassen Kopf aus dem Wasser, sah sich um und tauchte wieder zurück in seine Welt. Auch Ove Rolandsen schwärmte auf seine Art. Man sollte es bei einem Mann in seinem Alter kaum für möglich halten, aber bisweilen hörte man ihn wahrhaftig nachts in seinem Zimmer singen und Gitarre spielen. Er tat es jedoch nicht aus überschäumender Lebenslust, sondern im Gegenteil, um sich zu zerstreuen und von seinen Grübeleien abzulenken. Denn er war sehr im Druck und zerbrach sich den Kopf, damit er einen Ausweg fände. Marie van Loos war natürlich doch wiedergekommen; sie nahm die Liebe nicht auf die leichte Schulter, sondern hielt die Verlobung mit aller Macht aufrecht. Andererseits war Ove Rolandsen ja nicht der liebe Gott; er vermochte sein Herz, das ihm im Frühling davonflatterte, nicht zu bändigen. Und es war bitter, eine Braut zu haben, die eine deutliche Absage nicht verstehen wollte.

Rolandsen war wieder zum Küsterhaus hinuntergegangen, und Olga saß vor der Tür. Doch jetzt zahlte man hundertfünfzig Schilling für die Tonne Heringe, und das brachte gute Zeiten; es war viel Geld in die Gemeinde gekommen, und Olga war dadurch gleichsam im Wert gestiegen. Oder woran lag es sonst, daß sie kaum aufsah und die Stricknadeln gleich wieder weiterklappern ließ? War Rolandsen etwa ein Mann, auf den man ruhig verzichten konnte?

Er sagte: Sie haben eben aufgeschaut. Ihre Blicke sind wie Pfeile, die mich verwunden.

Ich verstehe Sie nicht, erwiderte Olga.

Ach! Glauben Sie denn, ich verstünde mich? Ich habe die Besinnung verloren. Da stehe ich nun und mache es Ihnen nur leichter, mich für die Nacht, die nun kommen soll, noch mehr in Verwirrung zu bringen.

Dann sollten Sie nicht hier stehen, sagte Olga.

Heute nacht vernahm ich in meinem Innern eine Stimme. Unsagbar! Kurz und gut, ich entschloß mich zu einer wichtigen Entscheidung, falls Sie glauben, mir zuraten zu können.

Ich? Was sollte ich damit zu tun haben?

Ach! sagte Rolandsen. Sie sind heute richtig grausam. Sie

sitzen nur da und schlagen um sich. Außerdem werden Sie bald Ihr Haar nicht mehr bändigen können, so dicht ist es.
Olga schwieg.
Wissen Sie, daß ich die Tochter von Bälgetreter Börre haben könnte?
Olga sah auf und brach in helles Gelächter aus.
Sie sollten wirklich nicht darüber spotten. Das nimmt mich nur noch mehr für Sie ein.
Sie sind rein verrückt! sagte Olga leise und wurde rot.
Mitunter denke ich: Vielleicht lacht sie mich gerade deshalb aus, um mich noch toller zu machen. Man sticht ja auch Enten und Gänsen ein wenig in den Kopf, bevor man sie schlachtet, weil sie dann anschwellen und doppelt lecker sind.
Gekränkt erwiderte Olga: Das tu ich nicht, bilden Sie sich das nur nicht ein. Und sie stand auf und wollte hineingehen.
Wenn Sie hineingehen, komme ich schnell mit und frage Ihren Vater, ob er die Bücher gelesen hat, fragte Rolandsen.
Vater ist nicht zu Hause.
Na schön. Ihn wollte ich auch gar nicht sprechen. Aber Sie, Olga, warum sind Sie heute nur so grausam und unzugänglich? Es gelingt mir nicht, ein freundliches Wort von Ihnen zu erhalten. Sie übersehen mich einfach.
Olga lachte wieder.
Also Börre hat eine Tochter, sagte Rolandsen; Pernille heißt sie; ich habe mich danach erkundigt. Ihr Vater tritt die Orgelbälge in der Kirche.
Brauchen Sie denn an jedem Finger einen Schatz? fragte Olga geradezu.
Meine Verlobte ist Marie van Loos, erwiderte er; aber wir haben Schluß miteinander gemacht. Sie können sie ruhig fragen. Sie reist sicher bald ab.
Ja, Mutter, ich komme jetzt, rief Olga durchs Fenster hinein.
Ihre Mutter hat Sie gar nicht gerufen; sie hat Sie nur angesehen.
Ja, aber ich weiß, was sie will.
Ach so! Ich gehe ja auch schon. Sehen Sie, Olga, Sie wissen auch, was ich will; aber mir antworten Sie nicht: Ja, ich komme jetzt.
Sie öffnete die Tür. Nun hatte sie bestimmt den Eindruck, daß er nicht mehr der überlegene Rolandsen sei, und das mußte er wieder ein wenig wettmachen. Hatte er es denn nötig, sich

geschlagen zu geben? Plötzlich fing er an, vom Tod zu reden und Witzchen darüber zu machen; er werde jetzt wohl sterben, aber das finde er nicht schlimm. Nur die Beerdigung wolle er auf seine Weise haben. Er werde dazu selber eine Glocke konstruieren; den Klöppel solle der Schenkelknochen eines Ochsen bilden – weil er doch so töricht gewesen sei. Und der Pfarrer müsse die kürzeste Ansprache der Welt halten; er solle nur den Fuß aufs Grab setzen und sagen: Ich erkläre dich für tot und erledigt!

Doch Olga zeigte sich gelangweilt, denn sie war nicht mehr schüchtern wie früher. Sie trug jetzt sogar eine rote Seidenschleife am Halsausschnitt und sah aus wie eine Dame; auch die Sicherheitsnadel war verschwunden.

Ich muß mich noch besser ins rechte Licht setzen, dachte Rolandsen und sagte: Ich hatte eigentlich erwartet, es würde etwas aus uns. Meine frühere Verlobte vom Pfarrhof hat meine gesamte Wäsche mit Anfangsbuchstaben versehen, es ist eine wahre Pracht – auf allem, was ich habe, steht schon Olga Rolandsen. Ich finde, das ist ein Zeichen des Himmels. Aber jetzt muß ich mich verabschieden und Ihnen für den heutigen Tag danken.

Und Rolandsen schwenkte den Hut und ging. So überlegen schloß er. Das müßte doch sonderbar zugehen, wenn sie jetzt nicht ein wenig über ihn nachgrübelte.

Was mochte nur geschehen sein? Sogar die Küsterstochter hatte ihn abgewiesen. Schön! Aber sah dabei nicht manches nach Spiegelfechterei aus? Weshalb saß sie sonst vor der Tür, wenn nicht deshalb, weil sie ihn hatte kommen sehen? Und weshalb hatte sie sich wie eine feine Dame mit dem roten Seidenband geschmückt?

Aber schon ein paar Abende später sollte Rolandsens Dünkel einen schweren Stoß erhalten. Er saß an seinem Fenster und sah Olga in Macks Laden gehen. Sie blieb bis zum späten Abend dort, und auf dem Heimweg wurde sie von Fredrik und Elise begleitet. Jetzt hätte der stolze Rolandsen gelassen eine kleine Melodie vor sich hinsummen oder gleichgültig mit den Fingern trommeln und über sich nachdenken sollen; doch statt dessen griff er nach seinem Hut und stürzte in den Wald. Er machte einen großen Bogen und erreichte die Straße weit vor den dreien. Hier hielt er inne, um wieder zu Atem zu kommen. Dann ging er ihnen entgegen.

Aber die andern brauchten übermäßig viel Zeit; Rolandsen sah und hörte sie nicht. Er pfiff und sang vor sich hin, als ob sie irgendwo im Walde säßen und ihn beobachteten. Endlich erblickte er sie; für die späte Stunde gingen sie unverschämt langsam und beeilten sich keineswegs, nach Haus zu kommen. Der große Rolandsen schritt ihnen entgegen, einen langen Grashalm im Munde und einen Weidenzweig im Knopfloch; beide Herren grüßten, als sie sich begegneten, und die Damen nickten.
Sie sind ja so erhitzt, sagte Fredrik; wo waren Sie denn?
Über die Schulter weg rief Rolandsen: Das liegt an der Jahreszeit; ich läute den Frühling ein.
Bloß jetzt kein dummes Zeug reden! Nur ja größte Sicherheit zur Schau tragen! Hoho, wie gelassen und gleichgültig war er an ihnen vorbeigeschlendert! Er hatte sogar die Kraft aufgebracht, Elise von oben bis unten zu mustern. Doch kaum waren sie außer Sicht, da schlich er in den Wald und war gar nicht mehr großartig, sondern erregt und niedergeschlagen. Nicht wegen Olga, die bedeutete ihm nichts; dabei fiel ihm die Brosche ein; er zog sie aus der Tasche, brach sie mitten durch und warf sie weg. Aber Macks Tochter Elise war groß und braun, und wenn sie lächelte, sah man ihre weißen Zähne ein wenig. Gott hatte sie ihm über den Weg geführt.
Und sie hatte kein Wort gesagt; vielleicht fuhr sie morgen schon wieder nach Hause.
Und alle Hoffnung war zunichte.
Vor der Telegrafenstation aber stand Marie van Loos und wartete auf ihn. Er hatte ihr schon mehrmals gesagt, vorbei sei vorbei, und sie solle lieber abreisen. Und sie hatte entgegnet, darum brauche er sie nicht zweimal zu bitten; leb wohl. Doch jetzt stand sie wieder hier und wartete auf ihn.
Ich bringe dir den versprochenen Tabaksbeutel, sagte sie.
Ein Tabaksbeutel? So etwas benutze ich nicht, erwiderte er.
Na schön, dann laß es, sagte sie und zog die Hand wieder zurück. Doch um sie zu besänftigen, beherrschte er sich und sagte: Den haben Sie aber bestimmt nicht mir versprochen. Überlegen Sie einmal, vielleicht dem Pfarrer. Einem verheirateten Mann.
Sie begriff nicht, daß dieser kleine Scherz ihn Mühe gekostet hatte, und konnte sich nicht enthalten zu sagen: Ich habe die

Damen auf der Straße gesehen; denen bist du wohl nachgelaufen?
Und was geht Sie das an?
Ove!
Weshalb reisen Sie nicht ab? Sie sehen doch, daß es keinen Sinn hat. Es hätte schon Sinn, wenn du nur nicht so eine Perle wärest und dauernd mit den Frauenzimmern zusammenstecktest.
Wollen Sie mich denn ganz und gar zum Narren machen? schrie er. Gute Nacht.
Marie van Loos rief hinter ihm her: Reizend, was man alles über dich zu Ohren kriegt!
So etwas von kleinlicher Engherzigkeit! Konnte sie denn den echten Liebeskummer einer armen Seele nicht mit in Kauf nehmen? Kurz, Rolandsen ging hinauf in die Station, setzte sich an die Taste und bat einen Kollegen im Amt Rosengaard, ihm bei nächster Gelegenheit ein Fäßchen Kognak zu schikken. Diese endlose Geschichte hatte ja doch keinen Sinn.

7

Diesmal nahm Elise Mack sich Zeit. Sie war nur deshalb aus Rosengaard herübergekommen, um es ihrem Vater während seines Aufenthalts in der Fabrik ein wenig behaglich zu machen. Wenn es nach ihr gegangen wäre, hätte sie gewiß keinen Fuß in dieses Dorf gesetzt.
Mit den Jahren war Elise Mack immer vornehmer geworden; sie trug rote, weiße und gelbe Kleider, und man begann, sie gnädiges Fräulein anzureden, obwohl ihr Vater weder Pfarrer noch Arzt war. Sie stand wie die Sonne und die Sterne über allen.
Elise Mack begab sich zur Station, um einige Telegramme aufzugeben. Rolandsen sprach nur das Nötigste und beging nicht den Fehler, ihr vertraulich zuzunicken oder sie zu fragen, wie es gehe. Er machte keinen einzigen Fehler.
Hier steht zweimal hintereinander Straußenfeder. Soll das so sein? Zweimal? sagte sie. Darf ich mal sehen? Gott ja, Sie haben recht. Könnten Sie mir bitte eine Feder leihen?
Während sie den Handschuh auszog und schrieb, sprach sie

weiter: Es ist an einen Kaufmann in der Stadt; der hätte sich schön lustig gemacht. So ist es wohl in Ordnung?

Ja, jetzt ist es gut.

Und Sie sind immer noch hier, sagte sie und blieb auf dem Stuhl sitzen. Jahr für Jahr treffe ich Sie wieder.

Rolandsen wußte genau, warum er sich nicht von dieser Station fortmeldete. Es gab etwas, was ihn Jahr um Jahr hier festhielt.

Irgendwo muß man ja sein, erwiderte er.

Sie könnten doch nach Rosengaard kommen. Wäre das nicht besser?

Eine ganz leichte Röte ergoß sich über ihre Wangen; vielleicht hätte sie das lieber nicht sagen sollen.

Eine so große Station werde ich nicht bekommen.

Nein, dafür sind Sie wohl noch zu jung.

Er lächelte ein wenig kläglich: Es ist jedenfalls sehr liebenswürdig von Ihnen, das für den Grund zu halten.

Wenn Sie dort hinkämen – es gibt mehr Menschen bei uns. Der Arzt wohnt nebenan und der Buchhalter und alle Angestellten aus dem Geschäft. Und dann kommen immer seltsame Schiffer oder andere Leute an Land.

Kapitän Henriksen von der Küstenlinie? dachte Rolandsen.

Weshalb sonst diese Gnade? War er vielleicht heute ein anderer als gestern? Er wußte doch, daß seine törichte Liebe ganz aussichtslos war; daran gab es wohl keinen Zweifel. Als sie ging, reichte sie ihm die Hand, ohne vorher den Handschuh wieder angezogen zu haben. Und als sie die Treppe hinunterschritt, raschelte es von Seide. Rolandsen ließ sich erschöpft und gebeugt an seinem Tisch nieder und gab die Telegramme durch. Doch in seiner Brust gärte es von wunderbaren Gefühlen. Die Wärme der samtweichen Hand hatte sich in ihn ergossen. Wenn man es recht bedachte, stand es gar nicht so jämmerlich um ihn; mit der Erfindung ließ sich viel Geld verdienen, wenn er nur endlich dreihundert Taler bekäme. Er war ein illiquider Millionär. Aber eines Tages würde sich wohl ein Ausweg finden.

Die Pfarrersfrau kam, um an ihren Vater zu telegrafieren. Der vorige Besuch hatte Rolandsen aufgerichtet; er fühlte sich nicht mehr als Taugenichts, sondern wähnte sich auf gleicher Stufe mit den vornehmen Herren; er unterhielt sich ein

bißchen mit der gnädigen Frau, sagte ein paar höfliche Worte. Auch sie blieb länger als unbedingt nötig und forderte ihn auf, doch einmal im Pfarrhaus hereinzuschauen.
Gegen Abend traf er sie noch einmal auf der Straße vor der Telegrafenstation; sie ging nicht einfach vorbei, sondern blieb stehen und plauderte mit ihm. Das hielt sie wohl für richtig, sonst wäre sie ja nicht stehengeblieben.
Sie spielen doch Gitarre? fragte sie.
Ja. Wenn Sie einen Augenblick warten mögen, würde ich Ihnen zeigen, was ich kann.
Und Rolandsen ging hinein, die Gitarre zu holen.
Die Pfarrersfrau wartete. Auch daran fand sie wohl nichts, sonst hätte sie es ja nicht getan.
Rolandsen sang von der Herzallerliebsten und ihrem treuen Schatz; die Lieder waren nichts Besonderes, doch er hatte eine kräftige, schöne Stimme.
Er verfolgte bestimmte Absichten, als er die Pfarrersfrau zu veranlassen suchte, mitten auf der Straße stehenzubleiben; es war ja möglich, daß noch jemand um diese Zeit hier spazierenging. Schließlich war das doch schon geschehen. Aber wenn die Pfarrerin es eilig gehabt hätte, wäre sie jetzt übel dran gewesen; denn es verging geraume Zeit, und sie plauderten immer noch. Er sprach nicht wie ihr Mann, der Pfarrer; es klang wie aus einer andern Gegend der Welt, und wenn er seine herrlichen Phrasen hervorsprudelte, rundeten sich ihre Augen wie bei einem lauschenden kleinen Mädchen.
Ja, ja, Gott sei mit Ihnen! sagte sie, als sie ging.
Das ist er auch, erwiderte er.
Sie stutzte. Sind Sie dessen gewiß. Wieso?
Er hat doch allen Grund dazu. Allerdings ist er der Gott aller Geschöpfe; aber daran ist wohl weiter nichts Besonderes, Gott über Tiere und Berge zu sein. Erst wir Menschen machen ihn wirklich zu dem, was er ist. Warum sollte er also nicht mit uns sein?
Und nachdem Rolandsen diese prächtige Rede vorgetragen hatte, sah er ganz zufrieden aus. Die Pfarrersfrau grübelte über ihn nach, als sie ging. Hoho, nicht umsonst hatte die kleine Kugel, die er zwischen den Schultern trug, eine große Erfindung gemacht.
Aber jetzt war der Kognak gekommen. Rolandsen hatte das

Fäßchen eigenhändig vom Bootsschuppen heraufgetragen; er machte keinen Umweg mit seiner Last und trug sie am hellichten Tage unterm Arm. So mutig war sein Herz. Und nun kam eine Zeit, die Rolandsen für alle Widerwärtigkeiten entschädigte. Es gab Nächte, da er auftrumpfte und König auf allen Wegen war; er fegte sie leer und machte sie ungangbar für die fremden Fischer, die, wie es ihr gutes Recht war, den Mädchen nachliefen.

Am Sonntag fand sich eine ganze Fischermannschaft in der Kirche ein, alle ziemlich betrunken. Nach dem Gottesdienst trieben sie sich auf der Straße herum und gingen nicht wieder an Bord; sie hatten Schnaps bei sich, tranken, wurden immer vergnügter und belästigten die Passanten. Der Pfarrer war auf die Straße hinausgegangen und hatte mit ihnen geredet, aber nicht das mindeste ausgerichtet; später war der Amtsvorsteher gekommen und hatte sich eigens die Dienstmütze mit der goldenen Kordel aufgesetzt. Darauf begaben sich einige von den Leuten an Bord, doch drei Mann, darunter der lange Ulrik, wollten das Feld nicht räumen. Man würde schon merken, daß sie an Land seien, riefen sie; die Mädchen gehörten ihnen. Ulrik sei dabei, und ob man nicht wisse, welchen Ruf der von den Lofoten bis zur Finnmark habe. Kommt nur her!

Aus der Gemeinde fand sich eine Menge Burschen ein; sie standen am Weg oder lagen unter den Bäumen im Wald, je nachdem, wie es um ihre Kampfeslust bestellt war, und starrten gebannt auf den langen Ulrik, der sich mächtig aufspielte.

Ich muß euch jetzt bitten, an Bord zu gehen, sagte der Amtsvorsteher. Sonst bin ich gezwungen, andere Saiten aufzuziehen.

Gehen Sie nur wieder, Sie mit Ihrer Mütze! erwiderte Ulrik.

Der Amtsvorsteher überlegte, ob er ein paar Männer holen sollte, um den verrückten Kerl festzunehmen.

Hüte dich vor Widersetzlichkeit! Ich habe die Dienstmütze auf! sagte der Amtsvorsteher.

Da grölten Ulrik und seine Gefährten so, daß ihnen ganz schlecht wurde und sie sich den Bauch halten mußten. Ein dreister Fischerjunge traute sich in ihre Nähe; er bekam eins über den Schädel und wurde übel zugerichtet.

Jetzt der nächste! sagte Ulrik.

Ein Seil! schrie der Vorsteher, als er Blut sah. Holt doch einer von euch ein Seil! Er muß festgenommen werden.
Wie viele seid ihr denn? protzte Ulrik. Und die drei Fahrensleute lachten sich wieder halbtot.
Doch nun kam der große Rolandsen die Straße herauf; er schlenderte langsam näher und hatte einen ziemlich starren Blick. Er war auf seiner gewohnten Runde über die Straßen. Er begrüßte den Amtsvorsteher und stellte sich neben ihn.
Da ist ja Rolandsen! rief Ulrik. Guckt euch den mal an, Jungens! Der Amtsvorsteher sagte: Dieser verrückte Kerl! Eben hat er einen blutig geschlagen. Aber jetzt wollen wir ihn mit einem Seil festnehmen.
Einem Seil?
Der Vorsteher nickte: Ich sehe mir das nicht länger mit an.
Das ist doch Unsinn, sagte Rolandsen; was wollen Sie schon mit einem Seil anfangen? Ich kann mich ja mal um ihn kümmern.
Ulrik kam näher, grüßte lauernd und versetzte Rolandsen dabei einen Stoß. Er spürte, daß er etwas Hartes und Schweres berührt hatte, zog sich zurück, grölte jedoch weiter: Guten Tag, Telegrafist Rolandsen! Ich tituliere dich mit vollem Namen und nach Verdienst, damit du weißt, wer du bist.
Mehr geschah einstweilen nicht. Rolandsen wollte sich diese Gelegenheit zu einer Schlägerei jedoch auf keinen Fall entgehen lassen und ärgerte sich, daß er so schwer aus der Ruhe zu bringen war und nicht gleich den ersten Stoß vergolten hatte. So mußte er also dem Fahrensmann zunächst einmal Widerpart geben, um die Sache im Gange zu halten. Sie faselten dummes Zeug, wie Betrunkene es nun einmal tun, und schnitten beide gewaltig auf.
Wenn der eine sagte: Komm bloß her, ich will dich schon einseifen, so erwiderte der andere: Komm du doch, ich schlag dich platt, daß du in einen Briefumschlag paßt.
Und die Menge ringsum fand, daß auf beiden Seiten sehr gut geredet wurde. Der Amtsvorsteher aber sah, wie Zorn und Befriedigung immer stärker in dem Telegrafenbeamten aufblühten und daß er beim Sprechen lächelte.
Plötzlich versetzte Ulrik ihm einen Nasenstüber, und das genügte Rolandsen; begeistert legte er sich ins Zeug. Er stürzte sich auf den Fischer und bekam dessen Jacke zu fassen. Doch das war ein Fehlgriff; er hielt die Joppe in der

Hand, und es hatte schließlich keinen Sinn, an ihr seinen Zorn auszulassen. Er machte ein paar Sprünge, grinste und zeigte vor Wohlbehagen die Zähne. Und dann kam es. Als Ulrik es mit einem Stoß vor den Kopf versuchte, war Rolandsen sofort über die Kampfart seines Gegners im Bilde. Doch Rolandsen war Meister in einer andern Technik: ein harter Schlag mit der flachen Hand gegen eine Seite der Kinnlade. Das ruft eine ungeheure Erschütterung im Kopf hervor; alles dreht sich, und man stürzt zu Boden. Dabei bricht nichts, und es fließt kein Blut – nur ein bißchen aus Nase und Mund. Und eine ganze Weile bleibt man dann unbeweglich liegen.
Genau so traf es den langen Ulrik; er taumelte weit weg, über die ganze Breite der Straße. Die Beine gaben unter ihm nach, klappten zusammen wie bei einem Toten; und in seinem Kopf wirbelte es. Rolandsen beherrschte die Sprache der Raufbolde recht gut. Jetzt der nächste! sagte er und schien sich dabei sehr wohl zu fühlen; er merkte nicht einmal, daß sein Hemd am Hals aufgerissen war.
Aber die nächsten waren Ulriks Kumpane, die nun still und verblüfft dastanden und sich nicht mehr den Bauch vor Lachen hielten. Ihr seid ja Säuglinge! schrie Rolandsen ihnen zu; soll ich euch auch noch einwickeln?
Der Amtsvorsteher mahnte die beiden Fahrensleute zur Vernunft; sie sollten ihren Kameraden auflesen und an Bord in Sicherheit bringen.
Ihnen habe ich zu danken, sagte er zu Rolandsen.
Aber als Rolandsen sah, wie die drei Fischer sich die Straße hinunter entfernten, war das so wenig nach seinem Sinn, daß er ihnen nachrief: Kommt morgen abend wieder! Werft eine Scheibe bei mir ein, damit ich Bescheid weiß! Pfui, ihr Säuglinge!
Wie gewöhnlich tat er wieder zuviel des Guten: Er schwatzte und prahlte weiter. Aber die Zuschauer entfernten sich. Plötzlich kam eine Dame auf Rolandsen zu, blickte ihn mit glänzenden Augen an und gab ihm die Hand. Es war die Pfarrersfrau. Auch sie hatte die Angelegenheit verfolgt.
Das war wirklich großartig, sagte sie. Der wird sich's merken.
Sie sah, daß sein Hemd offenstand. Die Sonne hatte einen braunen Ring um seinen Hals gebrannt, und darunter war er nackt und weiß. Er zog sein Hemd zusammen und grüßte. Es

war ihm nicht unwillkommen, daß die Pfarrersfrau sich im Beisein anderer mit ihm abgab; und deshalb blähte er sich mächtig auf; er fand, es sei ratsam, eine Weile freundlich mit diesem Kind zu sprechen.
Es ist schade um die Augen, mit denen Sie mich ansehen, sagte er. Das ließ sie rot werden.
Er fragte: Sie entbehren gewiß die Stadt?
Aber nein, erwiderte sie; hier ist es auch schön. Wissen Sie, könnten Sie nicht mitkommen und heute unser Gast sein?
Er sagte, das gehe leider nicht; im Dienst sei der Sonntag wie der Montag. Aber vielen Dank für die Einladung. – Es gibt etwas, worum ich den Pfarrer beneide – das sind Sie.
Wie bitte...?
Bei allem schuldigen Respekt, ich kann nicht anders, als ihn um Sie beneiden.
So, jetzt war's gesagt. Man fand sicher so bald keinen zweiten, der es wie er verstand, ein wenig Freude zu bereiten.
Sie sind ein Spaßvogel, entgegnete sie, als sie sich wieder erholt hatte.
Auf dem Heimweg dachte Rolandsen, daß es alles in allem heute ein guter Tag gewesen sei. In seinem Rausch und der Siegerstimmung kam es ihm in den Sinn, daß die junge Pfarrersfrau sich doch eigentlich recht oft mit ihm abgab; und plötzlich versuchte er sich im Ränkeschmieden: Sie könnte gut Marie van Loos entlassen und seine harten Fesseln sprengen. Er durfte das natürlich nicht so offen verlangen; aber es gab ja noch andere Möglichkeiten. Wer weiß, vielleicht erwies sie ihm gern diesen Dienst, da sie nun so gute Freunde waren.

8

In der Nacht wurden die Pfarrersleute von Gesang geweckt. So etwas war noch nicht vorgekommen. Der Gesang drang unten vom Hof herauf. Die Sonne stand über der Erde; die Möwen waren erwacht; es war drei Uhr.
Mir ist, als hörte ich Gesang, rief der Pfarrer zu seiner Frau hinüber. Ja, hier unter meinem Fenster.
Sie lauschte. Sie erkannte die Stimme des wilden Rolandsen

und hörte seine Gitarre. Das war doch wirklich gar zu unverschämt, ausgerechnet vor ihrem Fenster von seiner holden Maid zu singen. Der Pfarrerin wurde heiß vor Erregung.

Der Pfarrer kam herein und schaute aus dem Fenster. Das ist Rolandsen, wie ich sehe, sagte er mit gerunzelter Stirn. Er hat neulich ein Fäßchen Kognak bekommen. Es ist ein Skandal mit diesem Mann.

Aber seine Frau wollte den kleinen Zwischenfall nicht so tragisch nehmen; dieser prächtige Telegrafist konnte raufen wie ein Hafenarbeiter und singen wie ein gottbegnadeter Jüngling; er brachte viel Abwechslung in das stille Leben und die kleinen Schicksale.

Das soll wahrscheinlich ein Ständchen sein, sagte sie lachend.

Das dir aber nicht gut gelten kann, erwiderte der Pfarrer. Oder ... was meinst du?

Immer mußte er sich über etwas aufregen! Sie entgegnete: Nun, das ist doch halb so schlimm. Vielleicht ein kleiner Spaß von ihm! Doch bei sich dachte die gute Frau, daß sie Rolandsen nie wieder schöne Augen machen und ihn zu solchen Torheiten verleiten wollte.

Da fängt er wahrhaftig ein neues Lied an! rief der Pfarrer aus. Unverzüglich und so, wie er war, trat er ans Fenster und klopfte an die Scheibe.

Rolandsen blickte auf. Das war der Pfarrer selber, der dort stand, der leibhaftige Pfarrer! Der Gesang verstummte. Rolandsen tat sehr verlegen, zögerte einen Augenblick verwirrt und ging dann vom Hof.

Der Pfarrer sagte: So, den habe ich weggebracht! Er war sehr zufrieden, daß sein bloßes Erscheinen eine solche Wirkung hatte. Und morgen bekommt er einen Brief von mir, fuhr er fort; ich habe ihn wegen seines anstößigen Lebens schon lange aufs Korn genommen. Soll ich es ihm nicht lieber sagen, daß wir seinen nächtlichen Gesang nicht haben wollen?

Ohne den Vorschlag seiner Frau zu beachten, fuhr der Pfarrer fort: Und dann gehe ich zu ihm und rede mit ihm! Das sagte er so nachdrücklich, als müsse Gott weiß was passieren, wenn er zu Rolandsen ging.

Er kehrte in sein Zimmer zurück, legte sich wieder hin und überlegte. Er wollte diesen leichtsinnigen Narren, der sich

so großspurig aufführte und die ganze Gemeinde mit seinem lockeren Lebenswandel unsicher machte, nun nicht länger schonen. Für ihn gab es keine Unterschiede; er schrieb jedem einen Brief, ohne Ansehen der Person. Er wußte sich Respekt zu verschaffen und wollte dieser dunklen Gemeinde schon heimleuchten. Immer noch machte er sich Gedanken über die Schwester seines Gehilfen Levion. Sie hatte sich nicht gebessert, und deshalb wollte der Pfarrer ihren Bruder nicht mehr als Kirchendiener behalten. Außerdem war noch so eine haarsträubende Geschichte dazugekommen. Levion war durch den Tod seiner Frau heimgesucht worden; und als der Gute sie zu Grabe tragen wollte, fiel ihm ein, daß er Fredrik Mack ein geschlachtetes Kalb versprochen hatte. Die Tage waren nicht mehr so kühl, daß er das Fleisch hätte liegenlassen können, und so nahm er das Kalb gleich mit; es war ohnehin ein Weg. Der Pastor hörte durch Enok, diesen tief demütigen Mann mit dem Ohrenleiden, von der Sache und nahm sich Levion sofort nach der Beerdigung vor.
Ich kann dich nicht länger als Kirchendiener behalten, sagte er. Es herrscht Zuchtlosigkeit in deinem Haus. Du liegst da und schläfst, während des Nachts ein Mann zu deiner Schwester kommt und mit ihr sündigt.
Leider, erwiderte der Gehilfe, oft geht es eben nicht anders.
Und noch etwas: Du trägst dein Weib zu Grabe und nimmst dabei ein totes Kalb mit. Ist das nicht eine Schande?
Der Fischerbauer sah den Pfarrer völlig verständnislos an und fand, er sei ungerecht. Seine selige Frau war fleißig gewesen; sie wäre die erste, die ihm geraten hätte, das Kalb gleich mitzunehmen.
Wenn der Herr Pfarrer es so genau nimmt, wird er kaum einen anständigen Gehilfen finden, entgegnete Levion.
Das laß meine Sorge sein, erwiderte der Pfarrer. Du bist jedenfalls entlassen.
Levion schaute auf seinen Südwester hinunter. Es war unleugbar eine Schande, die ihm da widerfahren war; die Nachbarn würden sich daran weiden.
Der Pfarrer war empört. Kannst du denn um Gottes willen deine Schwester nicht dazu bringen, den Mann zu heiraten?
Glaubt der Herr Pfarrer, ich hätte das nicht schon versucht? entgegnete Levion. Aber sie weiß ja nicht genau, wer es ist.

Dem Pfarrer blieb der Mund offen stehen: Was weiß sie nicht...? Und als er endlich begriff, schlug er die Hände über dem Kopf zusammen. Dann nickte er nur kurz: Wie gesagt, ich suche mir einen andern Kirchendiener.
Und wen?
Es geht dich zwar nichts an. Aber wahrscheinlich wird es Enok sein. Der Bauer wurde nachdenklich.
Er kannte diesen Menschen; er hatte noch etwas mit ihm abzurechnen. Ach, Enok! sagte er nur und ging.
Enok vermochte dieses Amt wohl auszufüllen. Er war ein Mann von tiefem Gemüt, der den Kopf keineswegs hoch trug, sondern ihn im Gegenteil auf die Brust senkte und viel grübelte. Man sagte ihm nach, er sei auf See ein schlechter Kamerad; vor vielen Jahren sollte er dabei ertappt worden sein, wie er die Leinen von andern aufholte. Aber das war wohl nur Neid und Verleumdung. Rein äußerlich sah er nicht aus wie ein Graf; dieses Tuch um die Ohren verunstaltete ihn. Überdies hatte er die Angewohnheit, sobald er unterwegs jemandem begegnete, zuerst das eine, dann das andere Nasenloch mit dem Finger zuzuhalten und auszuschneuzen. Aber Gott sah nicht auf solche Äußerlichkeiten, und dieser sein geringer Diener Enok hatte dabei sicher nur die löbliche Absicht, den Leuten mit geputzter Nase entgegenzutreten. Wenn er kam, sagte er: Friede! und wenn er ging: Bleibt in Frieden! Alles, was er tat, war von Grund auf durchdacht. Selbst das große Haumesser, das ihm vom Gürtel herabhing, trug er mit dankbarer Miene, als ob er sagen wollte: Leider gibt es viele, die nicht einmal ein Messer haben, mit dem sie schneiden können.
Am letzten Opfertag hatte Enok durch seine große Gabe Aufsehen erregt; es lag ein Schein auf dem Altar. Hatte er in letzter Zeit so viel Geld verdient? Es war wohl so, daß eine höhere Macht ihr Scherflein zu seinen Schillingen legte. Er hatte keine Schulden in Macks Laden; die zum Trocknen aufgehängten Fische waren noch unberührt; und seine Familie war gut gekleidet. Und Enok hielt auf Zucht in seinem Haus. Er hatte einen Sohn, der ein Muster an Sanftmut und gutem Betragen war. Der Junge hatte bei den Lofoten gefischt, und deshalb hätte er das Recht gehabt, mit einem tätowierten Anker auf der Hand nach Hause zu kommen; aber das tat er nicht. Sein Vater hatte ihn frühzeitig Demut

und Gottesfurcht gelehrt. Es ruhte ein solcher Segen darauf, still und gebeugt einherzuwandeln, fand Enok...

Während der Pfarrer so dalag und nachdachte, rückte der Morgen weiter vor. Dieser leidige Rolandsen hatte ihm die Nacht verdorben; also stand er bereits um sechs Uhr auf und entdeckte, daß seine Frau sich in aller Stille angekleidet hatte und schon ausgegangen war.

Im Laufe des Vormittags begab sie sich zu dem Telegrafenbeamten Rolandsen und sagte: Sie dürfen nachts nicht mehr bei uns singen. Ich sehe ein, daß ich mich toll benommen habe, erwiderte er. Ich hatte geglaubt, Marie van Loos schlafe in dem Zimmer.

Sie haben also für sie gesungen?

Ja. Ein kleines bescheidenes Liedchen in der Morgenstunde.

Es ist jetzt mein Zimmer, sagte die Pfarrersfrau.

Beim vorigen Pfarrer hat die Wirtschafterin dort geschlafen.

Die Frau erwiderte nichts. Ihre Augen waren stumpf und matt geworden.

Ja, ja, danke, sagte sie, als sie ging; es war zwar nett zu hören; aber Sie dürfen es nicht wieder tun.

Das verspreche ich Ihnen. Hätte ich geahnt... ich würde natürlich niemals wagen...

Rolandsen schien in die Erde sinken zu wollen.

Als die Pfarrerin heimkam, sagte sie: Ich bin heute richtig müde. Kein Wunder; erwiderte der Pfarrer. Du konntest ja wegen dieses Schreihalses nicht schlafen.

Es wird das beste sein, wenn die Wirtschafterin geht, sagte seine Frau.

Die Wirtschafterin?

Ja, er ist doch mit ihr verlobt. Und eher werden wir wohl nachts keine Ruhe haben.

Er bekommt heute einen Brief von mir.

Das Einfachste wäre doch, wenn die Wirtschafterin ginge.

Der Pfarrer dachte, daß dies keineswegs das Einfachste sei, denn es würde nur unnötige Ausgaben verursachen, eine neue Wirtschafterin zu finden. Außerdem war Marie van Loos sehr tüchtig; ohne sie ginge alles durcheinander. Er erinnerte sich, wie es im Anfang seiner Ehe war, als seine Frau den Haushalt selber führte; das würde er nie vergessen.

Und wen wolltest du an ihrer Stelle nehmen? fragte er.
Sie erwiderte: Ich kann ihre Arbeit gut selber machen.
Da lachte der Pfarrer bitter und sagte: Das wäre das richtige!
Verletzt und beleidigt brach seine Frau aus: Ich habe ja jetzt auch die ganze Zeit mitarbeiten und den Haushalt führen müssen. Ohne die Wirtschafterin wird kaum mehr zu tun sein.
Der Pfarrer schwieg. Es hatte keinen Sinn, darüber zu streiten, weiß Gott nicht! Die Wirtschafterin muß bleiben, sagte er.
Seine Frau aber saß da mit einem Paar Schuhe, daß es ein Jammer war; und ehe er ging, sagte er: Wir müssen dir jetzt wirklich als erstes ein Paar Schuhe besorgen.
Ach, es ist ja Sommer, erwiderte sie.

9

Die letzten Boote lagen segelbereit in der Bucht, der Fischfang war beendet. Aber das Meer war noch reich an Heringen, besonders längs der Küste, und deshalb sanken die Preise. Kaufmann Mack hatte so viel Hering gekauft, wie er nur bekommen konnte, und keiner hatte gehört, daß er mit der Bezahlung im Rückstand war; nur die letzte Netzmannschaft hatte er gebeten, so lange zu warten, bis er um Geld nach Bergen telegrafiert hätte. Und sofort begannen die Leute zu tuscheln: Aha, er ist im Druck.
Doch Kaufmann Mack war mächtig wie zuvor. Neben seinen übrigen Geschäften hatte er der Pfarrerin eine Bäckerei versprochen – schön, die Handwerker waren gekommen, die Grundmauern waren gelegt, und die Arbeit schritt voran. Der Pfarrersfrau machte es richtig Spaß, hinzugehen und zuzugucken, wie ihre Bäckerei wuchs. Nun sollte der eigentliche Bau beginnen, und dazu brauchte Mack andere Arbeiter; auch nach ihnen sei telegrafiert worden, sagte er.
Doch jetzt nahm sich der Bäcker auf dem Hof des Amtsvorstehers zusammen. Was der Brief des Pfarrers nicht vermocht hatte, das erreichte Mack mit seinem Fundament. Brot soll es wohl geben, wenn die Leute welches haben

wollen, sagte der Bäcker. Aber es war allen klar, daß der arme Mann sich vergeblich bemühte; denn nun würde er von Mack an die Wand gedrückt werden.
Rolandsen saß in seinem Zimmer und verfertigte einen seltsamen Anschlag, den er mit seinem Namen unterzeichnete. Immer wieder las er ihn durch und fand ihn in Ordnung. Dann steckte er ihn in die Tasche, nahm seinen Hut und ging die Straße entlang, die zu Macks Kontor in der Fabrik hinunterführte.
Rolandsen hatte fest damit gerechnet, daß Marie van Loos abfuhr; doch das tat sie keineswegs, denn die Pfarrersfrau hatte ihr nicht gekündigt. Rolandsen hatte sich getäuscht, wenn er glaubte, die Pfarrerin werde ihm diesen Dienst erweisen; nun gewann seine Vernunft wieder die Oberhand, und er dachte: Bleiben wir auf der Erde, wir haben also niemand betört.
Und nun hatte Rolandsen einen ernsten und strafenden Brief vom Pfarrer erhalten. Er verheimlichte nicht, was ihm da widerfahren war, sondern erzählte es groß und klein. Diesen Brief habe er verdient, sagte er, und er habe ihm gutgetan; seit seiner Konfirmation habe sich kein Pfarrer mehr seiner angenommen. Ja, er müsse sogar sagen, daß der Pfarrer noch viele solcher Briefe schreiben und manch einen damit erfreuen und aufrichten möge.
Doch niemand fand, daß Rolandsen gerade jetzt besonders erfreut aussah, im Gegenteil, er grübelte mehr denn je und schien sich mit einem schwierigen Gedanken herumzuschlagen. Soll ich es tun, oder soll ich es nicht tun? murmelte er manchmal. Als ihn nun seine verflossene Verlobte Marie van Loos heute morgen abgepaßt und ihm wegen der dummen Serenade im Pfarrhof wieder die Hölle heiß gemacht hatte, war er mit den bedeutungsschweren Worten von ihr gegangen: Ich *tu es!*
Rolandsen trat in Macks Kontor und grüßte. Er war völlig nüchtern. Vater und Sohn standen zu beiden Seiten des Pultes und schrieben. Der alte Mack bot dem Besucher einen Stuhl an, doch Rolandsen setzte sich nicht.
Ich wollte nur mitteilen, daß ich den Einbruch bei Ihnen begangen habe, sagte er.
Vater und Sohn starrten ihn an.
Es läßt mir keine Ruhe, fuhr Rolandsen fort. Und es wäre

ungerecht, noch länger zu schweigen; es ist sowieso schon schlimm genug.
Laß uns allein! sagte der alte Mack.
Fredrik ging hinaus.
Mack fragte: Wissen Sie auch genau, was Sie da reden?
Ich habe es getan! schrie Rolandsen mit einer Stimme, die nicht nur zum Singen taugte.
Eine Weile verging. Mack zwinkerte mit den Augen und überlegte. Sie haben es also getan, sagen Sie?
Ja.
Mack überlegte wieder. Sein schlauer Kopf hatte schon mehr als eine Aufgabe gelöst; er war an einen raschen Überschlag gewöhnt. Werden Sie auch morgen noch zu Ihrem Wort stehen?
Ja. Ich will meine Tat nun nicht länger verheimlichen. Ich habe einen Brief vom Pfarrer erhalten; seitdem bin ich wie umgewandelt. Schenkte Mack den Worten des Telegrafenbeamten nun Glauben? Oder ging er nur der Form halber darauf ein?
Wann haben Sie den Diebstahl begangen? fragte er.
Rolandsen nannte die Nacht.
Und wie haben Sie das angestellt?
Rolandsen setzte es ihm genau auseinander.
Bei dem Geld lagen Papiere im Kasten. Haben Sie die gesehen?
Ja. Es waren noch irgendwelche Papiere dabei.
Eins davon haben Sie mitgenommen. Wo ist das?
Ein Papier? Nein, das habe ich nicht.
Es war die Police meiner Lebensversicherung.
Ach, ja richtig! Jetzt entsinne ich mich. Die habe ich leider verbrannt.
So, verbrannt haben Sie die? Das war sehr unklug von Ihnen. Es hat mir viel Umstände gemacht, eine neue zu bekommen.
Rolandsen sagte: Ich war so aufgeregt, daß ich keinen klaren Gedanken fassen konnte. Ich bitte Sie um Verzeihung für alles.
Da war doch auch noch ein anderer Kasten mit mehreren tausend Talern; weshalb haben Sie denn die nicht genommen?
Den habe ich nicht gesehen.

Mack war mit seinem Überschlag fertig. Ob der Telegrafenbeamte die Tat nun begangen hatte oder nicht; für ihn war er der beste Einbrecher, den er sich nur vorstellen konnte. Er würde die Angelegenheit bestimmt nicht totschweigen, im Gegenteil, es schien, als habe er vor, alles an die große Glocke zu hängen. Die Mannschaften der letzten Fischerboote würden nun die Neuigkeit weitertragen und sie den Handelsleuten längs der Küste überbringen. Mack durfte sich als gerettet ansehen.

Ich habe bisher noch nicht gehört, daß Sie schon einmal irgendwo bei den Leuten ... ich meine, daß Sie solche Sachen machen, sagte er.

Bei den Fischern nicht! erwiderte Rolandsen. Er nehme keine kleinen Nester aus. Er gehe lieber gleich zur Bank.

Da hatte es Mack! Er sagte nur noch seufzend: Aber ausgerechnet bei mir!

Rolandsen entgegnete: Ich hatte mir Mut und Unverschämtheit angetrunken. Leider geschah es im Rausch.

Es war nicht unmöglich, daß das Geständnis doch ehrlich war. Der verrückte Telegrafist führte ein wüstes Leben und hatte keine großen Einnahmen; und auch der Kognak aus Rosengaard kostete Geld.

Leider muß ich noch etwas gestehen, sagte Rolandsen; ich kann Ihnen das Geld nicht zurückgeben.

Mack machte ein gleichgültiges Gesicht. Das spielt keine Rolle, erwiderte er. Mich bekümmert nur das üble Gerede, in das Sie mich und meine Familie gebracht haben.

Dagegen gedenke ich etwas zu unternehmen.

Und was?

Ich werde Ihren Anschlag am Zaun des Pfarrhofs abreißen und statt dessen einen von mir anbringen.

Da sah man wieder, wie unbesonnen dieser Mensch war. Nein, das verlange ich nicht, sagte Mack. Es wird für Sie Armen ohnehin hart genug werden. Aber geben Sir mir hier eine schriftliche Erklärung. Und Mack wies mit einer Kopfbewegung auf Fredriks Platz.

Während Rolandsen schrieb, saß Mack nachdenklich da. Diese Sache hatte sich zum Guten gewendet. Es würde zwar einiges kosten, aber das war kein verlorenes Geld; sein Ruf würde jetzt durchs ganze Land dringen.

Mack las die Erklärung und sagte: Ja, das genügt mir. Nun,

ich habe selbstverständlich nicht vor, Gebrauch davon zu machen.
Das steht in Ihrem Belieben, erwiderte Rolandsen.
Ich werde auch von dieser Unterredung nichts verlauten lassen. Es bleibt alles unter uns.
Aber ich werde darüber reden, sagte Rolandsen. In dem Brief des Pfarrers steht ausdrücklich, man müsse bekennen.
Mack schloß seinen feuerfesten Schrank auf und nahm eine Anzahl Banknoten heraus. Jetzt konnte er zeigen, wer er war. Und es wußte wohl niemand, daß unten in der Bucht ein fremdes Fischerboot gerade auf dieses Geld wartete, ohne das es nicht heimsegeln wollte.
Mack zählte vierhundert Taler ab und sagte: Das soll keine Beleidigung sein, aber ich bin gewohnt, zu meinem Wort zu stehen. Diese vierhundert Taler gehören Ihnen.
Rolandsen ging zur Tür. Ich verdiene Ihre Verachtung! sagte er. Meine Verachtung! rief Mack aus. Ich will Ihnen einmal etwas sagen...
Ihr Edelmut beschämt mich so. Sie verlangen nicht, daß ich bestraft werde. Im Gegenteil, Sie wollen mich noch belohnen.
Doch nur mit dem Verlust von zweihundert gestohlenen Talern konnte Mack noch keinen Staat machen, es mußte schon eine doppelt so hohe Belohnung für den Dieb sein, damit die Sache den rechten Glanz erhielt. Mack sagte: Sie sind jetzt ein unglücklicher Mann, Rolandsen; Sie verlieren Ihre Stellung. Für mich bedeutet dieses Geld keinen Verlust, aber für Sie kann es in der ersten Zeit von Nutzen sein. Ich bitte Sie, das zu bedenken.
Das kann ich nicht, sagte Rolandsen.
Da nahm Mack die Scheine und steckte sie ihm in die Jackentasche. Dann betrachten Sie es wenigstens als ein Darlehen, bat Rolandsen. Und der ritterliche Handelskönig ging darauf ein und erwiderte: Gut, als Darlehen! Doch er wußte genau, daß er dieses Geld nie wiedersehen würde.
Rolandsen knickte zusammen, als trüge er die schwerste Last seines Lebens. Es war ein Jammer, das mit anzusehen.
Nun machen Sie aber, daß Sie wieder auf die rechte Bahn kommen! sagte Mack aufmunternd. Dieser Fehltritt braucht ja nicht unwiderruflich zu sein.
Rolandsen dankte in tiefster Demut für alles und ging. Ich bin

ein Einbrecher! sagte er, als er an den Fabrikmädchen vorbeiging, und bekannte auch ihnen seine Tat.
Er schlug den Weg zum Pfarrhof ein. Hier riß er Macks Anschlag ab und heftete seinen an dessen Stelle. Darauf stand, er und kein anderer sei der Dieb. Und morgen war Sonntag; viele Kirchgänger würden daran vorüberkommen.

10

Es schien, als wollte Rolandsen sich wirklich bessern. Nachdem die ganze Gemeinde den Anschlag gelesen hatte, hielt er sich allem fern und vermied die Begegnung mit den Leuten. Das wirkte versöhnlich. Der gestrauchelte Telegrafenbeamte verharrte also wenigstens nicht gedankenlos in seiner Lasterhaftigkeit. In Wirklichkeit war es jedoch so, daß Rolandsen keine Zeit mehr hatte, sich müßig auf der Straße herumzutreiben; er entfaltete nachts in seinem Zimmer eine rastlose Tätigkeit. Da standen Mengen von großen und kleinen Medizinflaschen mit Proben, die er in Kisten verpacken und nach Ost und West senden wollte. Auch der Telegrafenapparat war von früh bis spät im Gange. Rolandsen mußte fertig sein, bevor er seines Amtes enthoben wurde.
Auch im Pfarrhof war Rolandsens Schande bekanntgeworden, und alle Leute bemitleideten Marie van Loos, weil sie so einen Verlobten hatte. Der Pfarrer nahm sie in sein Amtszimmer und redete lange mit milden Worten auf sie ein.
Marie van Loos könne doch den Telegrafenbeamten nun nicht länger halten; sie solle gleich zu ihm gehen und allem ein Ende bereiten. Sie fand Rolandsen niedergeschlagen und bekümmert; doch das rührte sie nicht. Du machst ja schöne Geschichten, sagte sie.
Ich habe gehofft, daß Sie kämen, damit ich Gelegenheit hätte, Sie um Gnade zu bitten, erwiderte er.
Gnade? Na hör mal! Eins will ich dir sagen, Ove, ich war geradezu erschlagen, als ich das hörte. Und ich möchte auf dieser Welt nichts mehr mit dir zu tun haben. Ich bin ja schließlich kein Dieb oder Gauner, sondern gehe ehrlich durchs Leben. Und habe ich dich nicht immer gewarnt? Aber du hast meine Worte in den Wind geschlagen. Schickt es sich

vielleicht für einen Mann, der verlobt ist, zu fremden Frauenzimmern zu laufen und sich bei ihnen lieb Kind zu machen? Und hinterher stiehlst du den Leuten das Geld und mußt es öffentlich an einem Zaunpfahl bekennen! Ich möchte vor Scham aus der Haut fahren, so aufgeregt bin ich. Halt ja den Mund, ich kenne dich, du bist und bleibst verstockt. Meine Liebe war aufrichtig, aber du hast wie ein Schuft an mir gehandelt und mein Leben mit einem Diebstahl besudelt. Spare dir deine Worte, sie sind umsonst. Gott sei Dank wissen alle Leute, wie du mich verlockt und mißbraucht hast. Der Pfarrer sagt, ich solle nur sofort abreisen, so nötig er mich auch braucht. Versuch jetzt bloß nicht, Ausflüchte zu machen, Ove; denn du bist ein Sünder vor Gott und den Menschen und, rundheraus gesagt, ein trüber Auswurf. Und wenn ich immer noch Ove zu dir sage, meine ich das gar nicht so, und du brauchst dir nicht einzubilden, daß ich wieder gut mit dir sein möchte. Denn wir kennen uns nicht mehr, und ich sage um alles in der Welt nicht wieder du zu Ihnen. Ich weiß genau, daß keiner mehr für dich getan haben könnte als ich; aber du bist vor Leichtsinn gegen mich übergeflossen und hast mich früh und spät mißbraucht. Leider bin ich auch nicht ohne Schuld, denn ich habe dir immer durch die Finger gesehen und die Augen nicht offengehalten.

Kläglich stand der Mann nun da und konnte sich nicht verteidigen. So verstört wie heute hatte er sie noch nie erlebt. Seine Missetat erschütterte sie gewaltig. Als sie schloß, war sie ganz matt.

Ich will mich bessern, sagte er.

Du? Dich bessern? entgegnete sie und lachte höhnisch auf. Außerdem nützte das auch nichts mehr. Du kannst die Tat nicht ungeschehen machen, und sintemal ich aus einer rechtschaffenen Familie stamme, will ich mich nicht an dir beschmutzen. Ich sag's akkurat, wie's ist. Übermorgen reise ich mit dem Postschiff ab; aber ich will nicht, daß du zum Bootsschuppen kommst und Abschied von mir nimmst; der Pfarrer meint das auch. Ich sage dir heute auf ewig Lebewohl. Und Dank für die schönen Stunden, die wir miteinander verbracht haben; an die schlechten will ich jetzt nicht denken.

Energisch drehte sie sich um und ging. Dann sagte sie noch: Du kannst dich ja oberhalb der Bootsschuppen in den Wald legen und winken, wenn du's unbedingt willst. Aber mir ist das egal.

Gib mir doch die Hand! sagte er.

Nein. Du weißt selber am besten, was deine Rechte getan hat.

Rolandsen sah zu Boden. Aber wollen wir uns nicht wenigstens schreiben? fragte er. Nur ein paar Worte.

Um keinen Preis der Welt! Ich schreibe nicht. Du hast so oft den Teufel an die Wand gemalt, daß es aus sein solle zwischen uns; und jetzt bin ich dir wieder gut genug. Ich wohne in Bergen bei meinem Vater, falls du schreibst; aber ich bitte dich nicht darum.

Als Rolandsen die Treppe zu seinem Zimmer hinaufstieg, hatte er das deutliche Gefühl, nicht mehr verlobt zu sein. Merkwürdig, dachte er, seitdem ist erst eine Sekunde vergangen.

Es wurde ein arbeitsreicher Tag für ihn; er wollte die letzten Proben einpacken, um sie übermorgen mit dem Postschiff abzuschicken; und dann mußte er seine Habseligkeiten zum Umzug bereithalten; denn der mächtige Telegrafeninspekteur war auf dem Wege.

Natürlich würde Rolandsen fristlos entlassen werden. Zwar war dienstlich nichts gegen ihn einzuwenden, und Kaufmann Mack, der alles vermochte, würde ihn sicher schonen; aber die Gerechtigkeit mußte wohl ihren Lauf nehmen.

Die Wiesen waren grün, der Wald belaubt, und milde Nächte ruhten über dem Land. Die Bucht lag verlassen, da alle Netzmannschaften fort waren und auch Macks Kutter mit den Heringen nach Süden segelte. Es war Sommer.

Da die Tage so schön waren, besuchten sonntags viele die Kirche; es wimmelte von Menschen zu Wasser und zu Lande. Auch Schiffer aus Bergen und Haugesund waren dabei, die mit ihren Jollen an den Felsen lagen und Klippfisch trockneten. Jahr für Jahr kamen sie hierher und waren altbekannt. In der Kirche erschienen sie in vollem Staat; über den bunten Baumwollkitteln trugen sie Uhrketten, aus Haaren geflochten, und einige hatten sogar goldene Ringe in den Ohren und belebten so das Bild der Kirchgänger. Aber man hörte auch von einem bedauerlichen Waldbrand tiefer landeinwärts am Fjord, so daß die Sommerhitze nicht nur Gutes brachte.

Enok hatte sein Amt angetreten und war mit Ernst, Gründlichkeit und dem Tuch um die Ohren Gehilfe des Pfarrers geworden. Die Jugend machte sich über diesen Anblick lustig, doch die älteren Leute nahmen Anstoß daran: Die Chortür werde von einem richtigen Affen verschandelt, beschwerten sie sich beim Pfarrer. Konnte Enok sich denn nicht Watte in die Ohren stopfen? Doch Enok erwiderte dem Pfarrer, er könne die Ohrenbinde nicht entbehren wegen der Schmerzen, die in seinem Kopf bohrten. Der abgesetzte Kirchendiener Levion aber stieß nur ein schadenfrohes Gelächter über seinen Nachfolger Enok aus und meinte, unter solch einer Ohrenbinde müsse man wohl mächtig schwitzen.

Seit seiner Amtsenthebung hatte Levion, dieser Taugenichts, Enok ständig mit Neid verfolgt. Keine Nacht war er zum Flunderstechen draußen, ohne sich genau vor Enoks Strand zu legen und gerade die Flundern zu stechen, die eigentlich Enok zugestanden hätten. Und brauchte er eine neue Dolle oder ein Stück Holz für eine Schöpfkelle, suchte er es bestimmt in Enoks Kiefernwald unten am Meer. Niemals ließ er Enok aus den Augen ...

Bald sprach es sich herum, daß Marie van Loos mit ihrem Verlobten gebrochen habe und wegen der Schande die Stelle im Pfarrhof aufgeben werde. Kaufmann Mack tat der verlassene Telegrafenbeamte leid, und er beschloß, einen kleinen Versuch zu machen, den Bruch wieder zu heilen. Eigenhändig riß er Rolandsens Geständnis vom Zaunpfahl und äußerte, es sei ganz und gar gegen seinen Willen aufgehängt worden. Darauf begab er sich in den Pfarrhof. Mack konnte sich sein Wohlwollen leisten; er hatte bereits gehört, welch überwältigenden Eindruck er mit der Behandlung des Diebes gemacht hatte. Jetzt grüßten ihn wieder alle wie in früheren Zeiten, ja, sie achteten ihn höher denn je. Es gab eben doch nur einen Mack an der ganzen Küste!

Doch sein Gang ins Pfarrhaus war vergeblich. Marie van Loos weinte zwar vor Rührung darüber, daß Mack selber kam; aber keiner vermochte sie dazu zu bringen, sich wieder mit Rolandsen auszusöhnen – um alles in der Welt nicht. Mack hatte den Eindruck, daß der Pfarrer an dieser Entschlossenheit schuld sei.

Als die Wirtschafterin zu den Bootsschuppen hinunterging, begleiteten sie der Pfarrer und seine Frau. Beide wünschten ihr gute Reise und blieben, bis sie ins Boot gestiegen war.

Ach Gott, jetzt liegt er gewiß oben im Wald und bereut alles! sagte Marie van Loos und zog ihr Taschentuch.
Das Boot stieß ab und glitt mit langen Ruderschlägen dahin. Da ist er! schrie die Wirtschafterin und stand halb auf. Es sah aus, als wolle sie an Land waten. Und dann begann sie aus Leibeskräften zum Wald hinaufzuwinken. Das Boot aber verschwand um die Landzunge.
Rolandsen ging, wie er es in letzter Zeit zu tun pflegte, durch den Wald nach Haus; erst hinter dem Pfarrhof benutzte er die Straße. Ja, jetzt waren alle Leimproben abgeschickt; er brauchte nur noch auf das Resultat zu warten. Das würde nicht mehr lange dauern. Und vor guter Laune schnippte er im Gehen mit den Fingern.
Ein Stück weiter saß die Küsterstochter Olga auf einem Stein am Straßenrand. Was wollte sie da? Rolandsen dachte: Sie kommt wohl vom Kaufmann und wartet auf jemand. Gleich darauf erschien Elise Mack. Sieh mal an, die beiden waren wohl unzertrennlich geworden? Auch Elise Mack setzte sich hin und schien zu warten. Eigentlich könnte man die Damen einmal durch niedergeschlagenes Wesen in Entzücken versetzen, sagte Rolandsen zu sich und verschwand eilig im Wald. Als unter seinen Füßen die dürren Zweige knackten, konnten ihn die Mädchen hören. Nun sollte man vielleicht ruhig wieder die Straße benutzen, dachte er, denn allzuviel Entzükken ist nicht notwendig. Und er verließ den Wald.
Aber es war doch keine Kleinigkeit, Elise Mack Auge in Auge zu begegnen. Sein Herz klopfte heftig; heiß stieg es in ihm auf, und er blieb stehen. Er hatte schon früher nichts bei ihr erreicht; und nun war noch dieses Verbrechen dazugekommen. Rücklings zog er sich wieder in den Wald zurück. Wenn er nur schon über die Rodung hinweg wäre! Dann hörten die dürren Zweige auf, und die Heide begann. Mit ein paar Sätzen sprang er über das Gestrüpp und suchte sein Heil in der Flucht. Plötzlich hielt er inne. Zum Teufel, wozu hüpfte er hier so herum? War er denn nicht Ove Rolandsen? Er, der große Rolandsen? Trotzig kehrte er zur Rodung zurück und trampelte auf die dürren Zweige, daß sie nur so krachten.
Als er auf die Straße kam, sah er die Damen noch immer dasitzen. Sie unterhielten sich, und Elise stocherte mit dem Sonnenschirm in der Erde herum. Wieder blieb Rolandsen stehen. Es gibt keine vorsichtigeren Menschen als Wagehälse.

Ich bin doch ein Dieb, dachte er; wie kann ich dann so unverschämt sein, mich zu zeigen? Soll ich etwa grüßen und den Damen ein Nicken abzwingen? Und abermals verschwand er im Wald. Was war er doch immer noch für ein gefühlvoller Narr! Hatte er denn nicht an genug anderes zu denken? Noch ein paar Monate vielleicht, und er war ein reicher Herr. Zum Teufel mit der Liebe! Und er machte sich auf den Heimweg.

Ich möchte wetten, sie sitzen immer noch da. Er drehte sich um und blickte zurück. Fredrik war nun auch dabei; alle drei kamen auf Rolandsen zu. Er eilte zurück, und das Herz schlug ihm bis zum Hals herauf. Wenn sie ihn nur nicht gesehen hatten! Sie blieben stehen, und er hörte Fredrik sagen: Pst, ich glaube, ich höre etwas.

Das ist wohl nichts weiter, erwiderte Elise.

Das sagt sie absichtlich, weil sie mich gesehen hat! dachte Rolandsen. Es überlief ihn kalt. Natürlich war er nichts weiter – noch nicht! Aber wartet nur ein paar Wochen! Und was war sie denn selber schon groß? Tochter des bekannten Mack auf Rosengaard – nichts weiter! Ruhet in Frieden!

Über dem Dach der Telegrafenstation erhob sich auf einer eisernen Stange ein Wetterhahn. Rolandsen kam nach Hause, stieg aufs Dach und bog die Stange eigenhändig so, daß der Hahn hoch aufgereckt dort oben stand und aussah, als krähe er. So sollte er bleiben. Es war das Recht der Hähne, zu krähen.

11

Nun kamen Tage, an denen die Leute auf der Bärenhaut lagen: Nur zur Kurzweil fischten sie noch in den sonnenwarmen Nächten am heimatlichen Strand. Getreide und Kartoffeln wuchsen, und die Wiesen wogten; in jedem Zuber lagen Heringe, die Kühe und Ziegen gaben eimerweise Milch und wurden dennoch fett. Mack und seine Tochter Elise waren nach Hause gefahren, und Fredrik führte wieder allein das Zepter in Laden und Fabrik. Aber er führte es ziemlich schlecht, denn er war von Sehnsucht nach dem Meer erfüllt und brachte seine Tage nur sehr ungern mit diesem Landleben zu. Kapitän Henriksen von der Küstenlinie hatte halb und halb versprochen, ihm den Posten des Steuermanns auf seinem Schiff zu verschaffen; doch daraus schien nichts zu werden. Und nun ging es darum, ob der alte Mack dem Sohn wohl einen eigenen Dampfer kaufen konnte. Er tat zwar so und sprach oft davon, doch Fredrik sah ein, daß es wohl unmöglich sein würde. Fredrik wußte genau, wie die Dinge standen. Er hatte merkwürdig wenig von einem Seemann in sich; er war ein vorsichtiger und solider junger Mann, der in seinem täglichen Leben nur so viel tat, wie unbedingt getan werden mußte. Darin ging er nach seiner Mutter und war im Grunde kein echter Mack. Aber so sollte man eigentlich sein, wenn man auf dieser Welt mit Glanz bestehen wollte: nur nicht zu viel, lieber ein bißchen zu wenig, das reichte allemal. Denn wie war es schließlich Rolandsen ergangen, diesem waghalsigen Narren mit seinen ewigen Übertreibungen? Er wurde zum Dieb unter den Menschen und am Ende aus seiner Stellung geworfen. Jetzt lief er mit einem beladenen Gewissen herum, wetzte seine Anzüge immer mehr ab und hatte gerade noch beim Bälgetreter Börre eine kleine Kammer gefunden. So weit war es mit Ove Rolandsen gekommen. Denn Börre mochte in seiner Art ein ganz braver Mann sein, aber er war der Ärmste von allen, und sein Boot hatte die wenigsten Heringe. Und da außerdem seine Tochter Pernille ein mißgestaltetes Geschöpf war, wurde das Haus des Bälgetreters nicht sonderlich geschätzt. Ein besserer Mann konnte nicht bei ihm wohnen.

Es hieß, daß Rolandsen seine Stellung vielleicht behalten hätte, wenn er dem Telegrafeninspekteur ein wenig zerknirscht entgegengetreten wäre. Aber Rolandsen hatte einfach vorausgesetzt, er werde entlassen, und so hatte der Inspekteur gar keine Möglichkeit gehabt, Gnade vor Recht ergehen zu lassen. Und der alte Mack, der Vermittler, war nicht da.

Nur der Pfarrer war nicht unzufrieden mit Rolandsen. Ich habe gehört, daß er weniger trinkt als früher, sagte er; und ich halte ihn keinesfalls für hoffnungslos verloren. Er hat auch selbst zugegeben, daß er auf Grund meines Briefes den Diebstahl eingestanden habe. Mitunter erlebt man doch auch Freude an seiner Tätigkeit.

Johanni kam. Am Abend wurden auf allen Gipfeln Feuer

angezündet; die Fischerjugend versammelte sich um die Scheiterhaufen, und über das Dorf hin hörte man das Spiel von Harmonika und Geigen. Das Feuer sollte möglichst nicht mit lodernden Flammen brennen, sondern nur tüchtig qualmen; so war es am schönsten. Deshalb warf man feuchtes Moos und Wacholder darauf, und dick und duftend stieg der Rauch empor.

Rolandsen war dickfellig genug, sich an diesem Volksfest zu beteiligen; er saß auf einem hohen Felsen, schlug die Gitarre und sang, daß es im Tale widerhallte. Als er zum Feuerstoß herunterkam, zeigte es sich, daß er betrunken war wie ein Alk und den Mund recht vollnahm. Er war und blieb der alte.

Unten auf der Straße kam Olga an. Es war nicht ihre Absicht, hier stehenzubleiben, sie ging nur ganz zufällig vorbei. Sie hätte natürlich ebensogut einen andern Weg wählen können, aber Olga war so jung, und die Weisen der Hamonika lockten sie; ihre Nasenflügel bebten, eine Woge von Glück durchströmte sie, denn sie war verliebt. Im Lauf des Tages war sie im Laden gewesen, und da hatte Fredrik Mack zwar vorsichtige, aber doch so deutliche Worte gesprochen, daß sie ihn verstehen mußte. Nun konnte es ja sein, daß er vielleicht genau wie sie einen Spaziergang in der Abendstunde machte!

Sie begegnete der Pfarrersfrau. Die beiden gingen zusammen weiter und unterhielten sich über keinen Geringeren als Fredrik Mack. Er war der Herr des Dorfes, selbst das Herz der Pfarrerin hatte sich ihm heimlich zugeneigt; er war so nett und vorsichtig und hielt mit der Zeit Schritt. Schließlich merkte die Pfarrersfrau, daß Olga in größter Verschämtheit neben ihr ging, und fragte: Du bist ja so still, Kind, hast du dich etwa in den jungen Mack verliebt? Ja, flüsterte Olga und brach in Tränen aus.

Die Pfarrerin blieb stehen. Olga, Olga! Und macht er sich denn auch etwas aus dir?

Ich glaube, ja.

Da wurden die Augen der Pfarrersfrau wieder matt und trübe und blickten leer in die Weite. Ja, ja, sagte sie und lächelte; Gott segne dich! Paß mal auf, es wird etwas daraus! Und sie verdoppelte ihre Freundlichkeit Olga gegenüber.

Als die Damen zum Pfarrhof kamen, lief der Pfarrer aufgeregt hin und her. Ein Waldbrand! rief er. Ich sah ihn von meinem

Fenster aus! Und er sammelte Äxte, Hacken und Leute und bemannte sein Boot am Schuppen. Es brannte in Enoks Wald.

Doch noch vor dem Pfarrer und seinen Leuten war der abgesetzte Kirchendiener Levion da. Levion kam vom Angeln; wie gewöhnlich hatte er draußen vor Enoks Wald gelegen und ein bißchen abgekocht. Auf dem Heimweg sah er eine kleine helle Flamme im Wald hochschlagen, die größer wurde. Er nickte ein wenig und schien zu wissen, was diese Flamme bedeutete. Und da er am Pfarrbootsschuppen bereits geschäftige Menschen sah, begriff er, daß Hilfe unterwegs war; sofort wendete er sein Boot und ruderte zurück, um als erster zur Stelle zu sein. Das war ein schöner Zug von Levion, daß er allen Groll vergaß und seinem Feind zu Hilfe eilte.

Er landete und begab sich hinauf in den Wald, wo er das Feuer prasseln hörte. Doch Levion ließ sich Zeit und sah sich vor jedem Schritt gut um; gleich danach erblickte er Enok, der in großer Hast angerannt kam. Eine ungeheure Spannung bemächtigte sich Levions; er versteckte sich hinter einem Felsbrocken und hielt Ausschau. Enok kam näher; geradewegs ging er auf ein bestimmtes Ziel los, schaute weder links noch rechts, sondern eilte vorwärts. Hatte er seinen Widersacher entdeckt? Als er ganz nahe war, stieß Levion einen Ruf aus. Enok fuhr zusammen und blieb stehen. Und in seiner Verwirrung lächelte er und sagte:

Hier brennt es leider. So ein Unglück. Der andere ermannte sich und erwiderte: Das ist wohl Gottes Finger.

Enok runzelte die Stirn. Was willst du eigentlich hier? fragte er.

Da flackerte Levions ganzer Haß auf, und er sagte: Hoho, jetzt wird es dir heiß werden unter deiner Ohrenbinde!

Geh deiner Wege! versetzte Enok. Wahrscheinlich hast du den Brand gelegt.

Doch Levion rührte sich nicht. Enok schien es genau auf die Stelle am Felsblock abgesehen zu haben, wo Levion stand.

Hüte dich! schrie Levion. Ein Ohr fehlt dir schon, das andere kommt auch noch dran!

Du sollst machen, daß du fortkommst, sage ich! entgegnete Enok und versuchte, ihn wegzudrängen.

Levion knirschte mit den Zähnen vor Raserei. Du hast wohl

vergessen, wie du im Fjord meine Angelleinen eingeholt hast und wie ich dir das Ohr abgerissen habe?

So kam es an den Tag, warum Enok stets eine Ohrenbinde trug: Er hatte nur ein Ohr. Die Nachbarn waren sich in die Haare geraten, und beide hatten Grund genug, über die Sache zu schweigen.

Du bist ein halber Mörder, sagte Enok.

Man hörte das Pfarrboot ans Land rauschen; von der andern Seite kam das Prasseln des Feuers näher und näher. Enok drehte und wand sich und wollte Levion weghaben; er zog sein Haumesser; wozu hatte man schließlich solch ein prächtiges Ding?

Levion rollte die Augen und schrie: Probier es doch, mir das Messer zu zeigen – hinter mir kommen Leute. Da sind sie schon!

Enok steckte das Messer wieder ein. Was hast du denn ausgerechnet hier zu suchen? Mach, daß du wegkommst! sagte er.

Und was hast du hier zu suchen?

Das geht dich gar nichts an. Ich habe etwas vor; ich habe da etwas versteckt. Und jetzt kommt das Feuer.

Doch Levion wollte keinen Finger breit weichen. Da kam der Pfarrer; er würde den Streit wohl hören; aber was kümmerte Levion sich noch um den Pfarrer?

Das Boot legte an, und alle Männer stürmten mit Äxten und Hacken herauf; der Pfarrer grüßte kurz und sagte: Diese Johannisfeuer sind ein übler Brauch; die Funken fliegen nach allen Seiten. Wo sollen wir anfangen, Enok? Doch Enok gebärdete sich wie wild; da faßte ihn der Pfarrer und zog ihn weg, so daß er von Levion ablassen mußte.

Was haben wir für Wind? fragte der Pfarrer. Komm, zeig uns, wo man den Graben aufwerfen soll!

Doch Enok stand wie auf Nadeln, er durfte Levion nicht aus den Augen lassen und gab dem Pfarrer lauter verdrehte Antworten.

Nimm dir das Unglück nicht so zu Herzen! sagte der Pfarrer. Reiß dich zusammen! Das Feuer muß gelöscht werden! Und er faßte Enok wieder beim Arm.

Einige von den Leuten gingen dem Brand ein Stück entgegen und begannen von sich aus, einen Graben auszuheben. Levion stand noch immer auf der gleichen Stelle und keuchte;

er stieß mit dem Fuß gegen eine Steinplatte, die dicht neben dem Felsblock lag. Enok hat sicher gar nichts versteckt, er wollte mir bloß was vormachen, dachte er und schaute genauer hin. Als er noch ein wenig Erde unter der Platte beiseitescharrte, kam ein Tuch zum Vorschein. Das Tuch gehörte Enok, er hatte es früher als Ohrenbinde getragen; Levion hob es auf; es war ein Bündel. Er knotete das Tuch auseinander.
Geld war darin, viel Geld, Scheine! Und zwischen den Scheinen eine große weiße Urkunde. Jetzt packte es Levion. Gestohlenes Geld! dachte er. Er faltete das Papier auf und buchstabierte darin herum.
Da fiel Enoks Blick auf ihn; er stieß einen heiseren Schrei aus, riß sich vom Pfarrer los und stürmte auf Levion zu, das Haumesser in der Hand.
Enok! Enok! rief der Pastor und versuchte, ihn einzuholen.
Er ist der Dieb! schrie Levion ihm entgegen.
Der Pfarrer dachte: Der Brand muß Enok völlig verstört haben; er ist doch sonst so ruhig. Steck das Messer weg! rief er ihm zu.
Levion wiederholte:
Da ist der Dieb, der bei Mack eingebrochen hat.
Was soll das heißen? fragte der Pfarrer verständnislos.
Enok sprang auf seinen Widersacher zu, um ihm das Bündel zu entreißen.
Das übergebe ich dem Pfarrer! rief Levion. Der Herr Pfarrer soll sehen, was er für einen Kirchendiener hat.
Enok sank an einem Baum zusammen. Sein Gesicht war grau.
Der Pfarrer begriff nicht das mindeste von diesen Geldscheinen, diesem Tuch und der Urkunde.
Hier habe ich das gefunden, sagte Levion und zitterte am ganzen Leibe. Er hatte es unter einer Steinplatte versteckt. Auf dem Papier steht Macks Name.
Der Pfarrer las. Er wurde immer verstörter; er blickte Enok an und sagte: Ist das nicht die Versicherungspolice, die Mack vermißt?
Ja, und auch das Geld, das er vermißt, sagte Levion. Enok riß sich zusammen. Dann hast du das wohl dorthin gelegt, sagte er.
Das Prasseln des Feuers rückte näher; es wurde immer heißer um die drei Männer, doch sie blieben stehen.

Ich weiß von nichts, sagte Enok wieder. Wahrscheinlich hat Levion mich reinlegen wollen.
Es sind zweihundert Taler, erwiderte Levion; habe ich vielleicht jemals zweihundert Taler besessen? Und dieses Tuch? Gehört das etwa nicht dir? Hast du das nicht um die Ohren gehabt?
Ja, wahrhaftig, ist das nicht dein Tuch? sagte auch der Pfarrer.
Enok schwieg.
Der Pfarrer zählte das Geld. Es sind keine zweihundert Taler, stellte er fest.
Er hat schon was davon verbraucht, erwiderte Levion.
Enok stand da und atmete schwer; immer wieder sagte er: Ich weiß von nichts. Aber eins kann ich dir sagen, Levion, du wirst noch an mich denken!
Vor dem Pfarrer drehte sich alles. Wenn Enok der Dieb war, dann hatte doch der Telegrafenbeamte Rolandsen den Brief von ihm nur dazu benutzt, um Schabernack zu treiben. Aber weshalb?
Die Hitze wurde zu groß; die drei Männer zogen sich an den Strand zurück, und das Feuer kam ihnen nach. Sie mußten ins Boot steigen, ja sogar vom Land abstoßen.
Jedenfalls ist das Macks Police, sagte der Pfarrer. Wir wollen die Sache melden. Rudere zurück, Levion!
Mit Enok war nichts anzufangen, er saß nur da und starrte vor sich hin. Ja, wir wollen uns melden, sagte er; damit bin ich ganz einverstanden.
Bedrückt fragte der Pfarrer: So, bist du das wirklich? Und unwillkürlich schloß er die Augen vor Entsetzen.
Dieser habgierige Enok, er war zu einfältig gewesen. Hob eine Versicherungsurkunde auf, von der er nichts verstand! Sie trug viele Stempel und lautete über eine große Summe, und er hatte gedacht, er könnte sie vielleicht später einmal an irgendeinem anderen Ort einlösen; jedenfalls schien es ihm nicht ratsam, das Papier wegzuwerfen.
Der Pfarrer wandte sich um und blickte nach dem Feuer zurück. Im Wald wurde gearbeitet, Bäume stürzten; ein hoher Wall hob sich dunkel auf. Viele Leute waren dazugekommen.
Das Feuer wird von selber aufhören, sagte Levion. Glaubst du? Wenn es an die Birken kommt, erlischt es.

Und das Boot mit den drei Männern fuhr tief in die Bucht hinein, bis zum Hof des Amtsvorstehers.

12

Als der Pfarrer abends nach Hause kam, hatte er geweint. Rings um ihn häuften sich die Sünden. Er war niedergeschlagen und voller Schmerz und Trauer. Jetzt konnte seine Frau nicht einmal die Schuhe bekommen, die sie so bitter nötig brauchte. Enoks großes Opfer auf dem Altar mußte zurückgegeben werden; es war gestohlen. Und dann würde der Pfarrer mit leeren Händen dastehen.

Er ging sofort zu seiner Frau hinauf. Schon in der Tür überkam ihn Verzweiflung und Widerwillen. Seine Frau nähte. Auf dem Boden waren Kleidungsstücke verstreut; eine Gabel und ein Wischtuch aus der Küche lagen zwischen Zeitungen und einer Häkelarbeit auf dem Bett. Einer ihrer Hausschuhe stand auf dem Tisch; und auf der Kommode lag ein Birkenzweig neben allerlei Grün und einem Feldstein.

Laß doch, sagte sie. Ich hätte den Hausschuh schon selbst weggeräumt, wenn ich mit Nähen fertig bin.

Daß du in so einem Durcheinander sitzen und arbeiten kannst!

Das kränkte die Pfarrerin, und sie gab keine Antwort. Was soll denn der Feldstein hier? fragte er.

Nichts. Ich habe ihn bei Ebbe unten am Strand gefunden; er gefiel mir so gut.

Er nahm ein Bündel welkes Grün vom Spiegeltisch und legte es zwischen eine Zeitung.

Brauchst du denn das noch für irgend etwas? fragte er.

Nein, das ist zu alt. Es ist Sauerampfer, ich wollte Salat davon machen.

Das liegt schon über eine Woche hier, sagte er, jetzt sind Flecken auf der Politur.

Ja, siehst du. Man sollte keine polierten Möbel haben, die sind unpraktisch.

Da brach der Pfarrer in ein boshaftes Gelächter aus. Seine Frau warf die Näherei hin und stand auf.

Nie lasse er sie in Frieden leben, in seinem Unverstand werde

er sie noch zu Tode quälen. Und nun entspann sich wieder eine dieser törichten und fruchtlosen Streitereien, die sich seit vier Jahren stets wiederholten.
Er sei in aller Demut hereingekommen, um sie zu bitten, noch ein wenig auf die Schuhe zu warten; doch sie habe es ihm unmöglich gemacht, sein Vorhaben auszuführen; die Galle laufe ihm über. Seit Marie van Loos abgereist sei und seine Frau die Wirtschaft selber führe, gehe es immer toller auf dem Pfarrhof zu.
Und weil wir gerade dabei sind: Kannst du nicht versuchen, in der Küche ein wenig Ordnung zu halten? sagte er.
Ordnung? Ich halte Ordnung! Geht es jetzt etwa schlechter als früher?
Gestern war die Abfalltonne voller Essen.
Du solltest dich nicht um alles kümmern, dann ginge es weit besser. Es war ein ganzer Haufen Sahnegrütze von Mittag darin. Ja, die Mädchen hatten so unappetitlich gegessen, da mochte ich sie nicht mehr aufheben.
Und Reisbrei auch.
Die Milch war beim Kochen zusammengelaufen. Dafür kann ich nichts.
Und vorgestern lag ein gekochtes Ei in der Abfalltonne. Auch hierbei hätte sich die Pfarrerin leicht rechtfertigen können. Doch sie schwieg.
Wir haben es eigentlich nicht so üppig, sagte der Pfarrer; und du weißt, daß wir die Eier kaufen müssen. Neulich bekam die Katze Eierkuchen.
Das war nur ein Rest, der von Mittag übriggeblieben war. Aber ich rate dir, wegen deiner schlechten Laune einmal zum Arzt zu gehen. Deine Ungerechtigkeit ist ja nicht auszuhalten. Und wie du immer mit der Katze auf dem Arm dastehst und ihr die Milch vor die Nase hältst! So etwas läßt du auch noch die Mädchen mit ansehen. Innerlich lachen sie schon über dich.
Die Mädchen lachen nicht, bloß du hast ewig etwas an mir auszusetzen.
Endlich ging der Pfarrer in sein Amtszimmer hinunter. Und seine Frau hatte Ruhe.
Am andern Morgen beim Frühstück sah man es der Pfarrerin nicht an, daß sie gelitten hatte und betrübt gewesen war. Aller Kummer war wie weggeblasen, und sie schien alles vergessen

zu haben. Ihre sorglose Unbeständigkeit half ihr so gut, das Leben zu ertragen. Der Pfarrer war gerührt. Er hätte ja auch den Mund über diesen Haushaltskram halten können; die neue Wirtschafterin war gewiß schon unterwegs.
Leider kannst du deine Schuhe jetzt noch nicht bekommen, sagte er.
Nein, nein, erwiderte sie nur.
Ich muß das Opfer von Enok zurückgeben; das Geld ist gestohlen.
Was!
Ja, denk nur, er hat den Einbruch bei Mack begangen. Gestern hat er es dem Amtsvorsteher gestanden. Und der Pfarrer erzählte die ganze Geschichte.
Dann war es also gar nicht Rolandsen! sagte seine Frau. Dieser – dieser Possenreißer! Ein jämmerlicher Bursche! – Aber nun mußt du leider mit den Schuhen noch warten.
Ach, das macht doch nichts.
So war sie immer, gut und aufopfernd bis zum Äußersten. Und nie hatte der Pfarrer sie über seine Armut klagen hören.
Wenn du doch meine Schuhe tragen könntest! sagte er; ihm war ganz weich zumute.
Da lachte seine Frau von Herzen gerührt: Ja, und du meine, hahaha! Dabei warf sie seinen Teller auf die Erde, und er zerbrach; das kalte Kotelett fiel auch herunter. Warte, ich hole schnell einen andern, sagte sie und lief hinaus.
Keinen Ton über den Schaden! dachte der Pfarrer; nicht einmal eine Andeutung, daß es ihr leid tut!
Aber auch ein Teller kostet Geld.
Das Kotelett kannst du doch nicht mehr essen! rief die Pfarrerin, als sie wieder hereinkam.
Was soll man denn sonst damit machen?
Das kann ruhig die Katze haben.
So etwas darf ich mir einstweilen nicht leisten, sagte er, wieder umwölkt. Und es wäre abermals zum schönsten Streit gekommen, wenn die Frau nicht geschwiegen hätte. Jedenfalls war für beide wieder alle Freude dahin ...
Tags darauf wurde eine andere Neuigkeit ruchbar: Rolandsen war verschwunden. Als er von dem Fund im Walde und von Enoks Geständnis vernahm, hatte er sehr verärgert gesagt: Zum Teufel auch! Mindestens einen Monat zu früh! Der Bälgetreter Börre hatte es gehört. Später am Abend war

Rolandsen nirgends zu finden. Aber das Boot des Bälgetreters, das am Landeplatz des Pfarrhofs lag, war mit Rudern und Angelgerät und allem Zubehör verschwunden. Mack auf Rosengaard wurde sofort über den wahren Dieb benachrichtigt, beeilte sich jedoch merkwürdigerweise nicht, noch einmal einzugreifen. Der alte Mack wußte wohl, warum. Der Telegrafenbeamte Rolandsen hatte ihn um die Belohnung geprellt; und sie noch einmal herauszurücken, kam ihm wahrhaftig sehr ungelegen. Er war so sehr der große Mack, daß er es sich nicht leisten konnte, in dieser Ehrensache kleinlich zu sein; aber im Augenblick befand er sich in Schwierigkeiten. Seine vielen Betriebe erforderten hohe Ausgaben, und das Bargeld lief nicht mehr in Strömen ein. Beim Agenten in Bergen lag sein ungeheurer Heringsvorrat; doch die Preise waren zu niedrig, und er verkaufte nicht. Voller Ungeduld wartete Mack auf die Hundstage; dann war es vorbei mit dem Fischfang, und die Preise würden anziehen. Außerdem führte Rußland Krieg; dadurch würde in diesem großen Land der Ackerbau vernachlässigt werden und der Bedarf an Heringen bei der Bevölkerung steigen.
Mehrere Wochen lang zeigte Mack sich nicht in der Fabrik. Hatte er der Pfarrersfrau nicht eine Bäckerei versprochen? Was würde nun daraus? Die Grundmauer war errichtet und das Gelände planiert; aber das Haus wurde nicht gebaut. Wieder waren Gerüchte über Mack im Umlauf: Vielleicht reicht es nicht mehr zu der Bäckerei. Das ging so weit, daß der Bäcker auf dem Hof des Amtsvorstehers wieder zu trinken begann. Er wähnte sich in Sicherheit; eine Bäckerei ließ sich nicht in einer Woche bauen; also hatte er wieder Zeit zu bummeln. Der Pfarrer erfuhr von dem Rückfall des Mannes und wandte sich persönlich an ihn; aber es schien nichts zu helfen, er war zu sicher geworden.
Für den Pfarrer, dieses Arbeitspferd, gab es überhaupt viel zu tun; obwohl er sich nicht schonte, blieb doch immer noch irgendwelche Arbeit liegen. Nun war auch noch Enok, der eifrigste der Gehilfen, abtrünnig geworden. Bereits wenige Tage nach Enoks Niederlage war Levion gekommen und hatte große Lust, wieder in sein altes Amt eingesetzt zu werden.
Der Herr Pfarrer sieht jetzt wohl ein, daß es keinen besseren Kirchendiener gibt als mich.

Du stehst im Verdacht, den Waldbrand gelegt zu haben.
Das hat dieser Dieb und Gauner sich aus den Fingern gesogen! rief Levion aus.
Vielleicht. Aber du wirst auf keinen Fall wieder Kirchendiener.
Wer wird es denn diesmal sein?
Niemand. Ich werde allein fertig.
So war der Pfarrer, stark und hart, aber gerecht gegen jedermann. Denn er hatte gerade jetzt allen Grund, schonungslos auch gegen sich selber zu Felde zu ziehen. Die ewige Unbehaglichkeit zu Hause und die vielen Schwierigkeiten im Amt wollten schier seine Moral untergraben und ihn zum Abfall verleiten; dann und wann gingen seine Gedanken ganz unerlaubte Wege. Was würde es zum Beispiel ausmachen, wenn er mit Levion Frieden schlösse, der sich seinerseits wiederum ein wenig erkenntlich zeigen könnte? Oder: Mack auf Rosengaard hatte seine Hilfe für würdige Notleidende angeboten, nun wohl, war er, der Pfarrer, nicht der große Arme in der Gemeinde, und könnte er sich nicht wirklich wegen einer Familie, die unter Entbehrungen zu leiden hatte, an Mack wenden und die Unterstützung für sich behalten? Dann würde seine Frau endlich zu Schuhen kommen. Und er, der Pfarrer, könnte auch einiges gebrauchen, ein paar Bücher, philosophische Werke, denn die Plackerei des Alltags dörrte ihn aus, und er vermochte sich nicht weiterzubilden. Da hatte zum Beispiel Rolandsen, dieser gewaltige Maulheld, seiner Frau mit gutem Erfolg eingeredet, daß erst die Menschen Gott zu dem machten, was er ist. Mußte man da nicht immer wohlvorbereitet und in der Lage sein, solchen Leuten den Mund zu stopfen?
Endlich kam Mack. Und er kam wie gewöhnlich – groß und vornehm; seine Tochter Elise begleitete ihn. Sofort machte er dem Pfarrer einen Höflichkeitsbesuch; außerdem wollte er sich keineswegs um die Erfüllung seines Versprechens drükken. Die Pfarrersfrau fragte nach der Bäckerei. Mack bedauerte, daß er nicht schneller habe zu Werke gehen können; das habe seine guten Gründe: Die Bäckerei dürfe dieses Jahr noch nicht gebaut werden; die Mauern müßten sich erst setzen. Die Pfarrerin stieß einen Ruf der Enttäuschung aus; dem Pfarrer jedoch verursachte es ein wenig Freude. Es ist die Meinung der Fachleute, sagte Mack; da muß ich mich wohl fügen.

Wenn im nächsten Frühjahr die Erde auftaut, können sich die Mauern unter Umständen um mehrere Zoll senken. Und was würde dann aus dem Haus werden?
Gewiß, sagte der Pfarrer; was würde dann daraus werden?
Im übrigen war Mack keineswegs bedrückt, nicht im mindesten. Die Hundstage waren vorüber, der Heringsfang hatte gänzlich aufgehört, und ein Telegramm des Agenten hatte ihn sofort davon verständigt, daß die Preise anzögen. Mack konnte es sich nicht versagen, es den Pfarrersleuten mitzuteilen. Als Gegenleistung konnte der Pfarrer berichten, wo Rolandsen sich aufhielt: auf einer kleinen Insel vor der Küste, weit im Westen; dort hauste er wie ein Wilder. Ein Mann und eine Frau seien zum Pfarrer gekommen und hätten es ihm erzählt.
Unverzüglich schickte Mack ein Boot nach Rolandsen aus.

13

Es war so, daß Enoks Geständnis völlig überraschend für Rolandsen kam. Nun hatte es sich herausgestellt, daß er nicht der Dieb war, und er hätte Mack die vierhundert Taler zurückgeben müssen; doch er besaß sie nicht mehr. Deshalb nahm er das Boot des Bälgetreters mit Angelleinen und allem Zubehör und ruderte in die stille Nacht hinaus. Er wollte auf die Schären, und das waren anderthalb Meilen, zum Teil über das offene Meer. Er fuhr die ganze Nacht und suchte sich am Morgen eine passende Insel zum Landen aus. Allerlei Seevögel flatterten um ihn her.
Rolandsen war hungrig und wollte sich zunächst einmal eine ordentliche Menge Möweneier einverleiben. Aber es zeigte sich, daß bereits junge Vögel aus den Eiern geschlüpft waren. So ruderte er zum Fischen hinaus, und dabei hatte er mehr Glück. Tag für Tag lebte er nun von Fischen, sang, langweilte sich und herrschte über die Insel. Bei Regenwetter fand er Schutz unter einem hervorragenden Felsblock. Nachts schlief er im grünen Gras, und die Sonne ging nie unter.
Zwei Wochen verstrichen, drei Wochen, und Rolandsen wurde immer magerer bei dem kümmerlichen Leben, das er führte; doch sein Blick wurde hart vor lauter Entschlossen-

heit, und er wollte sich nicht ergeben. Er fürchtete nur, daß ihm jemand auf die Spur käme. Vor einigen Nächten versuchte ein Boot mit einem Mann und einer Frau, die Daunen sammelten, auf der Insel zu landen; doch Rolandsen ließ das nicht zu. Er hatte sie schon von weitem gesehen und Zeit genug gehabt, wütend zu werden; jetzt fuchtelte er so unheimlich mit dem kleinen Bootsanker vom Bälgetreter herum, daß die Leute entsetzt davonruderten. Da lachte Rolandsen innerlich und war mit seinem ausgemergelten Gesicht wie der leibhaftige Teufel anzusehen.

Eines Morgens lärmten die Vögel mehr denn je und weckten Rolandsen sehr früh, fast noch bei Nacht. Er sah ein Boot kommen; und es war schon ganz nahe. Das Bedauerliche an Rolandsen war, daß ihn nichts so schnell aus der Ruhe zu bringen vermochte. So konnte sich das Boot ungehindert nähern und kam ihm doch gerade jetzt höchst ungelegen. Als ihn endlich der Zorn packte, war das Boot bereits gelandet, sonst hätte er noch etwas unternehmen und mit Steinen werfen können.

Zwei von Macks Leuten aus der Fabrik, Vater und Sohn, stiegen an Land. Guten Tag, sagte der Alte.

Was heißt hier Tag? erwiderte Rolandsen. Gleich hat deine letzte Stunde geschlagen.

Wieso? fragte der Mann und blickte nur noch halb so kühn zu seinem Sohn hinüber.

Weil ich dich erwürgen werde. Was hältst du davon?

Wir kommen in Macks Auftrag.

Natürlich kommst du in Macks Auftrag. Ich weiß genau, was er will.

Nun mischte sich auch der Junge ein und sagte: Und der Bälgetreter will sein Boot und seine Angelleinen wiederhaben.

Erbittert rief Rolandsen: Der? Ist der Kerl verrückt geworden? Was soll ich denn dann machen? Ich wohne hier auf einer öden Insel! Ich brauche ein Boot, um zu den Menschen zu kommen, und die Leinen zum Fischen, wenn ich am Leben bleiben will. Grüß ihn von mir und sag ihm das!

Und von dem neuen Telegrafenbeamten sollen wir ausrichten, daß wichtige Telegramme gekommen seien und auf Sie warteten.

Rolandsen machte einen Satz. Was? Schon? Er erkundigte

sich nach einigen Dingen, auf die er Antwort erhielt, und erhob nun keinen Einspruch mehr, mit ihnen zurückzufahren. Der Junge ruderte das Boot des Bälgetreters, und Rolandsen saß in dem des Alten.

Vorn im Kahn stand ein Eßkorb, der die kühne Hoffnung in Rolandsen weckte, daß vielleicht Proviant darin sei. Er wollte schon fragen: Hast du etwas zu essen mit? Aber aus lauter Hochmut bezwang er sich und versuchte seinen Hunger zu übertönen.

Wie hat Mack denn erfahren, daß ich hier bin?

Es hat sich herumgesprochen. Ein Mann und eine Frau waren eines Nachts da; sie sind furchtbar erschrocken.

Ja, was hatten die denn hier zu suchen?... Stell dir vor, ich habe einen neuen Fischplatz bei der Insel gefunden. Und jetzt muß ich weg!

Wie lange wollten Sie denn hierbleiben?

Das geht dich nichts an, entgegnete Rolandsen kurz. Er blickte wieder nach dem Korb; aber da er vor Hochmut fast platzte, sagte er nur: Ein ungewöhnlich häßlicher Korb. Der ist doch wahrhaftig für nichts zu gebrauchen. Was kann man da schon hineintun?

Wenn ich all das hätte, was schon in diesem Korb gewesen ist, das Fleisch, den Speck, die Butter und den Käse, dann wäre ich auf Jahre hinaus versorgt, erwiderte der Mann.

Rolandsen räusperte sich und spuckte ins Wasser.

Wann sind die Telegramme gekommen? fragte er.

Ach, schon vor einer ganzen Weile.

Auf halbem Wege legten sich die Boote nebeneinander, Vater und Sohn wollten ihre Mahlzeit halten. Rolandsen blickte nach der andern Seite. Der Alte sagte: Falls Sie damit vorlieb nehmen wollen, wir haben etwas zu essen mit! Und sie stellten ihm den ganzen Korb hin.

Er wies sie mit der Hand ab und erwiderte: Ich habe erst vor einer halben Stunde gegessen, mich richtig gemästet. Unglaublich übrigens, wie gut gebacken dieses Brot ist! Nein, nein, danke; ich wollte es nur einmal ansehen und riechen. Und Rolandsen schwatzte weiter und blickte nach allen Seiten: Im Grunde leben wir hier im Norden doch recht üppig. Ich bin überzeugt, daß es keinen gibt, der nicht seinen Schinken hängen hat – und dann der viele Speck! Aber es ist so etwas Tierisches an dieser Lebensweise! Unwillig krümmte er

sich vor Hunger und fuhr rasch fort: Wie lange ich dort geblieben wäre, wolltest du wissen? Natürlich bis zum Herbst; ich hätte mir die Sternschnuppen angesehen. Ich bin ein Freund von großen Ereignissen; es macht mir Spaß, zu sehen, wie die Himmelskörper in Stücke springen.
Das sind Dinge, von denen ich nichts verstehe.
Ganz einfach: Wenn der eine Stern den andern wild und rasend vom Himmel hinunterstößt.
Die beiden aber aßen und aßen, und Rolandsen brach wütend aus: Was ihr aber auch alles in euch hineinstopft! Genau wie die Schweine!
Jetzt sind wir fertig, sagte der Alte willfährig.
Die Boote trennten sich, und die Männer griffen wieder zu den Rudern. Rolandsen lehnte sich zurück, um zu schlafen.
Am Nachmittag kamen sie heim, und Rolandsen ging unverzüglich zur Station, um seine Telegramme zu holen. Es waren erfreuliche Nachrichten wegen der Erfindung, ein hohes Angebot für das Patent aus Hamburg und ein noch höheres eines anderen Unternehmens über das Patentbüro. Und Rolandsen war so ein wunderlicher Kauz, daß er in den Wald lief und lange Zeit dort blieb, bevor er daran dachte, sich etwas zu essen zu besorgen. Die Erregung machte ihn zum Knaben, zu einem Kind mit gefalteten Händen

14

Rolandsen ging in Macks Kontor. Wie ein Gerechtfertigter, ja wie ein Löwe ging er dieses Mal hin. Die Familie Mack würde wohl große Augen machen, wenn er da auftauchte; Elise würde ihn vielleicht beglückwünschen, und solch aufrichtige Freundlichkeit wäre Balsam für sein Herz.
Doch er täuschte sich. Er traf Elise im Gespräch mit ihrem Bruder vor der Fabrik; sie nahm wenig Notiz von ihm, kaum daß sie seinen Gruß erwiderte. Die beiden unterhielten sich ruhig weiter. Rolandsen wollte nicht stören und ging deshalb, ohne nach dem alten Mack zu fragen, zum Kontor hinauf. Er klopfte an die Tür. Sie war verschlossen. Er ging wieder hinunter und sagte: Ihr Vater hat nach mir geschickt. Wo finde ich ihn?

Die beiden überstürzten sich nicht mit der Antwort, sondern besprachen erst ihre Angelegenheit zu Ende; dann entgegnete Fredrik: Mein Vater ist oben an der Schleuse.
Das hätten sie mir auch gleich sagen können, dachte Rolandsen, statt mich unnötig ins Kontor hinaufgehen zu lassen.
Könnten Sie ihm wohl durch einen Boten Bescheid geben?
Fredrik sagte gleichgültig: Wenn mein Vater an der Schleuse ist, dann hat er wahrscheinlich dort zu tun.
Rolandsen sah die beiden verwundert an.
Sie müssen später wiederkommen, sagte Fredrik.
Und Rolandsen gab sich damit zufrieden, nickte nur und ging.
Doch dann biß er sich auf die Lippen und überlegte. Plötzlich drehte er sich um und sagte ohne jede Einleitung: Ich bin nicht hierher gekommen, um jemand anderen zu treffen als Ihren Vater, verstehen Sie?
Kommen Sie später wieder, versetzte Fredrik.
Und wenn ich zum zweiten Mal komme, so geschieht das nur, um zu erklären, daß ich ein drittes Mal nicht mehr kommen werde.
Fredrik zuckte die Achseln.
Da ist Vater schon, sagte Elise.
Der alte Mack runzelte die Stirn, war kurz angebunden und trat vor Rolandsen ins Kontor. Er schien sehr ungnädig. Er sagte: Das letzte Mal habe ich Ihnen einen Stuhl angeboten, heute tue ich das nicht. Nein, nein, erwiderte Rolandsen. Er begriff diese Gereiztheit immer noch nicht.
Doch dem alten Mack lag nichts daran, hart zu sein. Dieser Mann, der gegen ihn gefehlt hatte, war in seiner Gewalt, aber hatte er, Mack, es dann nötig, davon Gebrauch zu machen? Er sagte: Sie wissen natürlich, was sich zugetragen hat?
Rolandsen erwiderte: Ich bin fort gewesen; hier mag manches vorgefallen sein, was Sie wissen und ich nicht.
Dann will ich Sie davon in Kenntnis setzen, sagte Mack und war jetzt wie ein kleiner Gott, der das Schicksal eines Menschen in seiner Hand hält. Stimmt es, daß Sie meine Lebensversicherungspolice verbrannt haben? fragte er.
Es ist vielmehr so, begann Rolandsen, wenn Sie mich ausfragen wollen...
Hier ist sie, sagte Mack und wies auf die Urkunde. Das Geld

hat sich ebenfalls gefunden. Alles befand sich in einem Tuch, das nicht Ihnen gehört.
Rolandsen widersprach nicht.
Mack fuhr fort: Es gehört Enok.
Über diese Feierlichkeit mußte Rolandsen lächeln und sagte im Scherz: Sie werden noch erleben, daß Enok der Dieb ist.
Doch dieser Scherz behagte Mack durchaus nicht; er klang keineswegs demütig. Sie haben mich zum Narren gehalten, sagte er, und mich um vierhundert Taler geprellt.
Aber Rolandsen mit seinen wertvollen Telegrammen in der Tasche wollte immer noch nicht ganz ernsthaft werden. Das müßte man vielleicht etwas genauer prüfen, lächelte er.
Da wurde Macks Stimme scharf: Das letzte Mal habe ich Ihnen verziehen; diesmal tue ich es nicht.
Ich kann Ihnen das Geld zurückzahlen.
Nun brauste Mack auf: Es geht mir auch jetzt nicht um das Geld. Sie sind ein Betrüger, verstehen Sie?
Darf ich Ihnen etwas erklären?
Nein.
Das ist aber ungerecht, sagte Rolandsen und lächelte immer noch. Was wollen Sie denn dann von mir?
Ich will Sie verhaften lassen, erwiderte Mack.
Fredrik kam herein und stellte sich auf seinen Platz am Pult. Er hatte die letzten Worte gehört und sah seinen Vater erregt, was selten vorkam.
Rolandsen sagte, während er nach den Telegrammen in der Tasche griff: Aber wollen Sie denn das Geld nicht annehmen?
Nein, erwiderte der alte Mack; das können Sie der Behörde abliefern.
Rolandsen blieb stehen. Nun war er kein Löwe mehr; schließlich hatte er sich ja wirklich strafbar gemacht und konnte festgenommen werden. Da Mack ihn fragend ansah, so als wundere er sich darüber, daß er immer noch hier stehe, sagte Rolandsen: Ich warte darauf, verhaftet zu werden.
Verblüfft erwiderte Mack: Hier? Nein. Sie können nach Hause gehen und sich bereithalten.
Vielen Dank. Ich habe nämlich noch ein paar Telegramme abzuschicken.
Diese Worte besänftigten Mack; er war ja schließlich kein Menschenfresser. Sie können natürlich den heutigen Tag

und auch morgen noch dazu benutzen, sich vorzubereiten, sagte er.
Rolandsen verbeugte sich und ging.
Elise stand immer noch draußen, und er mußte an ihr vorbei. Verspielt ist verspielt, daran war nichts zu ändern. Sie rief ihm leise nach. Er drehte sich um und starrte sie verwirrt und fassungslos an. Ich wollte nur sagen, daß ... es ist wohl nicht so gefährlich.
Er wußte nicht, was sie meinte, und konnte vor allem nicht begreifen, daß sie sich jetzt noch mit ihm abgab. Ich habe die Erlaubnis erhalten, nach Hause zu gehen; ich muß ein paar Telegramme abschicken, sagte er.
Sie kam näher; ihr Atem ging schwer; sie sah sich um und schien unsicher. Mein Vater war gewiß sehr böse mit Ihnen. Aber das gibt sich wohl wieder.
Rolandsen wurde ärgerlich. Hatte er denn selber keinerlei Rechte? Das kann Ihr Vater halten, wie er will, antwortete er.
Ach! Sie atmete noch immer schwer und sagte: Sie sehen mich an, als kennten Sie mich nicht.
Mitleid, nichts als Mitleid! Er erwiderte: Heute kennt man jemand, morgen kennt man ihn nicht – immer ganz nach Wunsch.
Pause. Endlich sagte Elise: Sie müssen doch zugeben, daß das, was Sie taten ... Nun, für Sie selber ist es ja am schlimmsten.
Und wenn es noch so schlimm ist, aber solche Überfälle mag ich nicht, von niemand! Ihr Vater kann mich verhaften lassen.
Ohne ein Wort wandte sie sich ab ...
Er wartete zwei Tage, drei Tage, aber es kam niemand zum Haus des Bälgetreters, um ihn abzuholen. Er befand sich in äußerster Spannung. Seine Telegramme hatte er geschrieben und wollte sie in dem Augenblick abschicken, da er verhaftet wurde; er hatte vor, sein Patent für das höchste Angebot zu verkaufen. Inzwischen war er nicht müßig; er hielt die ausländischen Unternehmen mit Verhandlungen über dies und jenes hin, über den Ankauf des Wasserfalls oberhalb von Macks Fabrik, über die Sicherung des Wegerechts für den Transport. Alle diese Dinge hatte er einstweilen in Händen.
Doch es lag nicht in Macks Natur, einen Mitmenschen zu verfolgen. Inzwischen wehte der Wind in seinem Geschäft

wieder günstig, und es war so, daß Mack immer, wenn ihm das Glück hold war, vor Wohlwollen überströmte. Ein Telegramm von seinem Agenten in Bergen hatte ihn davon unterrichtet, daß die Heringe nach Rußland verkauft worden seien. Wenn Mack Geld wünsche, stehe es ihm zur Verfügung. Jetzt war er also wieder obenauf.
Als über eine Woche verstrich und noch immer keine Veränderung eingetreten war, ging Rolandsen wieder zu Macks Kontor hinunter. Er war abgemagert vor Spannung und Ungewißheit und wollte eine Entscheidung haben.
Ich warte nun schon eine ganze Woche, und Sie lassen mich nicht festnehmen, sagte er.
Junger Mann, ich habe es mir ein wenig anders überlegt, erwiderte Mack nachsichtig.
Alter Mann, Sie sollen das gefälligst sofort entscheiden! sagte Rolandsen heftig. Meinen Sie, Sie könnten bis in alle Ewigkeit damit warten, nur um sich in Ihrer eigenen Gnade zu sonnen? Aber ich weiß mir zu helfen. Ich zeige mich selbst an.
Jedenfalls hätte ich heute eine andere Sprache von Ihnen erwartet.
Ich will Ihnen zeigen, welche Sprache Sie erwarten können, rief Rolandsen hochmütig und warf seine Telegramme vor Mack auf das Pult. Seine Nase wirkte jetzt noch größer als früher, weil das Gesicht so mager geworden war.
Mack ließ den Blick über die Telegramme gleiten. Sie sind unter die Erfinder gegangen! sagte er. Doch je weiter er kam, desto mehr kniff er die Augen zusammen, um besser sehen zu können. Fischleim? fragte er schließlich. Dann las er die Telegramme der Reihe nach noch einmal. Das klingt ja recht vielversprechend, sagte er und blickte zu Rolandsen auf. Ist Ihnen wirklich dieser große Betrag für die Erfindung eines Fischleims geboten worden?
Ja.
Dann gratuliere ich Ihnen. Aber dann hätten Sie es doch erst recht nicht nötig, so unhöflich mit einem alten Mann umzugehen.
Sie haben natürlich recht. Aber die Spannung hat mich ziemlich mitgenommen. Erst wollen Sie mich verhaften lassen, und nun sitze ich da und warte immer noch darauf.
Ich will Ihnen erklären, wie alles kam: Ich hatte es durchaus vor, aber da hat sich jemand eingemischt...

Sie wissen doch, wie das mit den Frauen ist. Ich habe eine Tochter. Und die war dagegen.
Sonderbar, sagte Rolandsen.
Mack betrachtete abermals die Telegramme. Das ist ja großartig. Könnten Sie mich ein wenig in Ihre Erfindung einweihen?
Und Rolandsen weihte ihn ein.
Da sind wir also gewissermaßen Konkurrenten, bemerkte der alte Mack.
Nicht nur gewissermaßen. Von dem Augenblick an, da ich meine Antwort telegrafiere, sind wir das wirklich.
So? entgegnete Mack und stutzte. Was meinen Sie damit? Wollen Sie mit der Produktion beginnen?
Ja. Oberhalb Ihres Wasserfalls liegt noch ein anderer, ein sehr viel größerer. Dort braucht man keine Schleuse.
Der gehört Levion.
Ich habe ihn gekauft.
Mack runzelte die Stirn und wurde nachdenklich. Lassen wir es also darauf ankommen, sagte er.
Rolandsen erwiderte: Aber dann werden Sie den kürzeren ziehen. Doch diese Sprache empörte den großen Herrn; so etwas war er nicht gewöhnt und duldete er nicht. Sie vergessen erstaunlich oft, daß ich Sie in der Hand habe, sagte er.
Zeigen Sie mich ruhig an. Meine Zeit kommt später.
Ach, was können Sie schon groß machen?
Sie ruinieren! entgegnete Rolandsen.
Fredrik kam herein. Er sah sofort, daß es einen Wortstreit gegeben hatte, und es ärgerte ihn, daß der Vater nicht endlich Schluß machte mit diesem abgedankten großsprecherischen Telegrafenbeamten.
Rolandsen sagte laut: Ich mache Ihnen ein Angebot: Wir beuten die Erfindung gemeinsam aus; wir bauen Ihre Fabrik um, und ich leite sie. Mein Angebot gilt vierundzwanzig Stunden! Darauf ging Rolandsen und ließ seine Telegramme da.

15

Der Herbst kam, der Wind blies durch den Wald, das Meer wurde gelb, und am Himmel erwachten die Sterne. Aber Ove Rolandsen hatte keine Zeit mehr, den Sternschnuppen zuzusehen, obwohl er mehr denn je ein Freund von großen Ereignissen war. In der letzten Zeit hatten viele Maurer und Zimmerleute an Macks Fabrik gearbeitet; hier wurde niedergerissen, dort aufgebaut – alles nach Rolandsens Anweisungen, der das Ganze leitete. Er hatte die Schwierigkeiten überwunden und war zu großer Würde gelangt.

Im Grunde habe ich immer etwas von dem Mann gehalten, sagte der alte Mack.

Ich nicht, erwiderte Elise stolz. Er kommt sich so wichtig vor und tut, als hätte er uns gerettet.

Ganz so schlimm ist es nun auch wieder nicht.

Wenn er grüßt, wartet er nicht einmal den Dank ab. Er geht einfach vorbei.

Er hat es eilig.

Und wie er sich in unsere Familie eingeschlichen hat! sagte Elise mit blassen Lippen. Wir mögen sein, wo wir wollen – immer ist er dabei. Aber wenn er sich mit mir auch nur das mindeste einbildet, dann täuscht er sich.

Elise reiste in die Stadt.

Und trotzdem ging alles seinen gewohnten Gang; man schien ohne sie auskommen zu können. Rolandsen hatte sich nämlich von dem Augenblick an, in dem er sich mit Mack zusammentat, vorgenommen, gute Arbeit zu leisten und nicht seine Zeit an Träume über andere Dinge zu verschwenden. Man schwärmt im Sommer, und dann macht man zunächst einmal Schluß. Manche schwärmen allerdings ihr ganzes Leben lang und ändern sich nie. Da war zum Beispiel die Wirtschafterin Marie van Loos in Bergen. Rolandsen hatte einen Brief von ihr bekommen, in dem sie schrieb, daß sie durchaus nicht mehr auf ihn herabsehe, da er sich ja nicht mit einem Diebstahl beschmutzt, sondern nur Allotria getrieben habe. Und daß sie ihre Absage an ihn zurücknehme, wenn es nicht schon zu spät dazu sei. Im Oktober kam Elise Mack nach Haus. Es hieß, sie sei fest verlobt und habe Besuch von ihrem Bräutigam Hanrik Burnus Henriksen, dem Kapitän der Küstenlinie. Nun sollte im großen Saal von Rosengaard ein

Ball stattfinden, und eine deutsche Kapelle, die auf dem Heimweg aus den Städten der Finnmark war, wurde gemietet und sollte musizieren. Die ganze Gemeinde war zum Ball geladen, Rolandsen so gut wie die andern; und Küsters Olga sollte als Fredriks zukünftige Frau vorgestellt werden. Nur von den Pfarrersleuten kam eine Absage. Der neue Pastor war nun ernannt worden und wurde jeden Tag erwartet. Und der gute Hilfsprediger sollte an einen Ort weiter im Norden, wo ein Amt ohne Verweser war. Er hatte nichts dagegen, wieder in anderer Erde zu pflügen und zu säen; hier war die Arbeit nicht immer glücklich gewesen. Eine erfolgreiche Tat allerdings konnte er vorweisen; er hatte es fertiggebracht, daß Levions Schwester sich auf denjenigen besann, der die Pflicht hatte, sie zu heiraten. Das war der Tischler des Ortes, ein Hausbesitzer, der zudem noch einige Schillinge im Sparstrumpf unterm Kopfkissen hatte. Als der Pfarrer sie vor dem Altar zusammengab, hatte er ein leises Gefühl der Befriedigung. Mit unverdrossenem Bemühen vermochte man eben doch hier und da die Sitten zu bessern.

Ja, allmählich ging die Zeit dahin. Gottlob! dachte der Pfarrer. In seinem Haushalt herrschte nun wieder ein wenig Ordnung, die neue Wirtschafterin, alt und verläßlich, war gekommen, und er wollte sie mitnehmen und auch auf der neuen Stelle behalten. Der Pfarrer war ein streitbarer Mann gewesen; doch man schien deshalb keinen Groll gegen ihn zu hegen; als er am Pfarrlandeplatz ins Boot stieg, waren viele Leute da. Rolandsen ließ sich diese Gelegenheit, höflich zu sein, nicht entgehen; Macks Privatboot lag mit drei Mann Besatzung bereit und wartete auf ihn; doch er wollte nicht einsteigen, bevor die Pfarrersleute abgefahren waren. Trotz allem mußte sich der Pfarrer für diese Höflichkeit bedanken. Und wie der Kirchendiener Levion damals die Pfarrerin an Land getragen hatte, so trug er sie jetzt wieder an Bord. Auch Levion schienen bessere Tage bevorzustehen, da der Pfarrer ihm versprochen hatte, alles zu tun, damit er sein Amt als Kirchendiener wiedererhalte.

So kam alles in Ordnung.

Wenn Sie nicht nach Norden müßten und ich nach Süden, könnten wir zusammen fahren, sagte Rolandsen.

Ja, erwiderte der Pfarrer; aber wir wollen immer daran denken, lieber Rolandsen, wir ziehen nach Süden, wir ziehen

nach Norden, doch einmal treffen wir uns alle am gleichen Ort! So legte er unverdrossen Zeugnis ab bis zum letzten Augenblick.
Seine Frau im Hinterschiff hatte immer noch dieselben erbärmlichen Schuhe an; sie waren zwar geflickt, aber dadurch nur noch unansehnlicher geworden. Doch die Frau war deshalb nicht betrübt; im Gegenteil, ihre Augen glänzten, und sie freute sich darauf, an einen neuen Ort zu kommen und zu sehen, was es dort alles gab. Mit Wehmut dachte sie jedoch an einen großen Feldstein, den in den Koffer zu packen der Pfarrer ihr glatt verboten hatte, obwohl er so hübsch war.
Dann stießen sie vom Land ab. Hüte und Taschentücher wurden geschwenkt, und Lebwohl tönte es vom Boot und vom Strand.
Nun ging Rolandsen an Bord. Er mußte noch heute abend auf Rosengaard sein; dort sollte eine Doppelverlobung gefeiert werden, und er wollte sich auch diese Gelegenheit, höflich zu sein, nicht entgehen lassen. Da Macks Boot keinen Wimpel am Mast trug, lieh er sich einen prachtvollen rotweißen Wimpel von einem Zehnruderboot und ließ ihn setzen, ehe er abfuhr.
Gegen Abend kam er an. Man sah, daß in dem großen Handelshaus ein Fest gefeiert wurde; in beiden Stockwerken waren die Fenster erleuchtet, und auf den Fahrzeugen im Hafen knatterten die Fahnen, obwohl es ganz dunkel war. Rolandsen sagte zu seinen Leuten: Geht ihr jetzt an Land und schickt mir statt dessen drei andere Männer; um Mitternacht will ich zurück in die Fabrik.
Rolandsen wurde gleich von Fredrik empfangen, der in bester Stimmung war; er hatte jetzt gute Aussichten auf den Steuermannsposten des Küstenschiffes, so daß er heiraten und es zu etwas bringen konnte. Auch der alte Mack war zufrieden und trug den Orden, den der König ihm auf seiner Finnmarkenreise verliehen hatte. Nur Elise und Kapitän Henriksen waren nirgends zu sehen; aber die gurrten wohl allein irgendwo herum.
Rolandsen trank ein paar Glas, um den Dingen gefaßt und ruhigen Mutes entgegenzusehen. Er setzte sich zum alten Mack und sprach über verschiedene Geschäfte: Da war zum Beispiel der Farbstoff, den er erfunden hatte; zunächst schien es nichts Besonderes zu sein, aber vielleicht konnte er einmal

zum Haupterzeugnis werden; er brauchte Maschinen und Destillierapparate. Elise kam dazu, sie blickte Rolandsen voll ins Gesicht, sagte laut guten Abend und nickte. Er stand auf und grüßte, doch sie ging rasch vorüber.
Sie hat es heute abend so eilig, sagte der alte Mack.
Und dann müssen wir fertig sein, bevor die Lofotenfischerei beginnt, fuhr Rolandsen fort und setzte sich wieder. Er war selber erstaunt, wie ruhig er blieb! Ich bin immer noch der Ansicht, daß wir einen kleinen Dampfer chartern sollten, den Fredrik führen könnte. Vielleicht erhält Fredrik jetzt einen andern Posten. Aber wir sprechen noch darüber; wir haben ja morgen Zeit genug.
Ich fahre Mitternacht zurück.
Aber nein! rief Mack.
Rolandsen stand auf und sagte kurz: Doch, um Mitternacht! So bestimmt und unbeugsam konnte er sein.
Ich hatte fest angenommen, Sie blieben über Nacht. Bei einem solchen Anlaß! Man darf doch wohl sagen, daß dies ein besonderer Anlaß ist.
Sie gingen umher, mischten sich unter die andern und plauderten hier und da ein wenig. Als Rolandsen Kapitän Henriksen begegnete, tranken sie miteinander wie gute Bekannte, obwohl sie sich noch nie gesehen hatten. Der Kapitän war ein freundlicher, ziemlich dicker Mann.
Dann begann die Musik zu spielen; in drei Räumen war zum Essen gedeckt, und Rolandsen beeilte sich, einen Platz zu bekommen, wo niemand von der engsten Familie saß. Der alte Mack fand ihn dort auf seinem Rundgang und sagte: Ach, hier sitzen sie? Na, ja. Ich wollte sonst ...
Rolandsen erwiderte: Vielen Dank. Wir können Ihre Rede von hieraus auch hören.
Mack schüttelte den Kopf. Nein, ich halte keine Rede! Mit gedankenvoller Miene entfernte er sich; irgend etwas schien dazwischengekommen zu sein.
Die Mahlzeit nahm ihren Verlauf; es gab viel Wein und großen Lärm. Beim Kaffee schrieb Rolandsen ein Telegramm. Es war an Marie van Loos in Bergen gerichtet und besagte, daß es keineswegs zu spät sei: Komm mit nächster Gelegenheit hinauf in den Norden. Dein Ove.
Auch das war gut so; alles war gut, ganz großartig. Er brachte das Telegramm selber zur Station und blieb, bis es durchgege-

ben war. Dann ging er zurück. An den Tischen war es lebhafter geworden, man wechselte die Plätze, Elise kam zu ihm herüber und gab ihm die Hand. Sie entschuldigte sich, daß sie vorhin so rasch an ihm vorbeigegangen sei.
Wenn Sie wüßten, wie schön Sie heute abend wieder sind! sagte er und war überlegen und höflich.
Finden Sie?
Das habe ich immer gefunden. Ich gehöre doch zu Ihren alten Verehrern. Wissen Sie denn nicht mehr, wie ich voriges Jahr geradezu um Sie geworben habe?
Dieser Ton schien ihr nicht an ihm zu gefallen; sie ging weg. Doch kurz darauf begegnete er ihr wieder. Fredrik hatte den Ball mit seiner Verlobten eröffnet; keiner nahm Notiz davon, daß die beiden miteinander redeten.
Elise sagte: Ach, ja richtig: Ich soll Sie von einer guten Bekannten grüßen, von Marie van Loos.
So?
Sie hat gehört, daß ich heirate, und will Wirtschafterin bei mir werden. Sie kennen sie ja besser als ich. Sie ist wohl sehr tüchtig?
Ja, bestimmt ist sie sehr tüchtig. Aber Wirtschafterin kann sie bei Ihnen nicht werden.
Warum nicht?
Weil ich ihr heute abend telegrafiert und ihr einen anderen Posten angeboten habe. Sie ist meine Verlobte.
Die stolze Elise fuhr zusammen und starrte ihn an. Ich glaubte, es sei aus zwischen Ihnen, sagte sie.
Sie wissen ja, alte Liebe... Allerdings war es einmal aus, aber... Ach so, sagte sie noch einmal.
Ich finde, so schön wie heute abend waren Sie noch nie! begann er wieder sehr höflich. Dieses Kleid, der dunkelrote Samt! Er war mit sich zufrieden; wer würde hinter solchen Worten auch nur die leiseste Erregung vermuten?
Sie hatten sich doch übrigens gar nicht so sehr gern, sagte sie.
Er sah, daß ihre Augen feucht waren, und stutzte; auch die verschleierte Stimme machte ihn verwirrt, und sein Gesicht nahm plötzlich einen völlig andern Ausdruck an.
Wo ist nun Ihre große Ruhe? rief sie aus und lächelte.
Er murmelte: Sie nehmen sie mir.
Da strich sie ihm über die Hand – ein einziges Mal – und ging.

Sie eilte durch die Räume, sah und hörte nichts, sondern hastete weiter. Im Gang stand ihr Bruder und rief sie an; sie wandte ihm das lächelnde Gesicht zu, von dessen Wimpern Tränen tropften; so lief sie die Treppe in ihr Zimmer hinauf.

Eine Viertelstunde später kam ihr Vater. Sie schlang die Arme um seinen Hals und sagte: Ich kann nicht.

Nun. Nein, nein. Aber du mußt herunterkommen und tanzen; man fragt schon nach dir. Und was hast du denn Rolandsen gesagt? Er ist so verändert! Warst du wieder unhöflich zu ihm?

Aber nein, bestimmt nicht. Ich war nicht unhöflich.

Sonst müßtest du es sehr bald wiedergutmachen. Er fährt um zwölf Uhr.

Um zwölf? Augenblicklich machte Elise sich zurecht und sagte: Ich komme schon.

Sie ging hinunter und suchte Kapitän Henriksen. Ich kann nicht, sagte sie.

Er antwortete nicht.

Vielleicht wird es mir leid tun, aber es ist unmöglich.

Ja ja, erwiderte er nur.

Sie konnte keine weitere Erklärung geben, und da auch der Kapitän sich schweigsam verhielt, blieb es bei dem wenigen.

Elise ging zur Station und telegrafierte Marie van Loos in Bergen, sie dürfe das Angebot von Ove Rolandsen nicht annehmen, da es wiederum nicht ernst gemeint sei. Brief abwarten. Elise Mack.

Dann ging sie nach Hause und nahm wieder am Tanz teil.

Fahren Sie wirklich um zwölf Uhr zurück? sagte sie zu Rolandsen.

Ja.

Ich komme mit. Ich habe noch etwas zu erledigen.

Und wieder strich sie ihm über die Hand.

Die Nachbarstadt

I

Sie wirkt, als wäre sie vom Tode auferstanden.
Lang und schmal schmiegt sie sich an den Strand, still, sauber, fast jedes Haus mit gestrichener Holzverkleidung und Ziegeldach. Da und dort Bäume auf der Straße, Vorgärten vor den kleinen Häusern, Blumen an den Fenstern und an der Südwand ein Starenkasten. Auf dem Marktplatz ein paar Stände mit Fleisch und Eiern, Körbe mit Fischen, eine Pumpe, ein Opferstock, eine Anschlagtafel.
Nein, es ist nicht deine und nicht meine Stadt, es ist die Nachbarstadt. Denn natürlich ist weder deine noch meine Stadt so kümmerlich. Ach, was für kleine Verhältnisse – und alles so altmodisch! Früher war der Ort einmal ein Lotsenhafen, vielleicht mit ein paar Fischerhütten; er brachte es auf sechzehnhundert Seelen mit Kirche, Dampfschiffanlegestelle und Postamt, aber dann war es aus. Nun haben die Stare Ruhe, und auf der Hauptstraße wächst Gras. Und steht ein alter Seemann vor seinem Haus, die Arme auf den Zaun gestützt, die Pfeife im Mund, dann begrüßen wir uns gegenseitig. So etwas gibt es dort noch. Nicht wahr, es ist genau, wie es früher einmal, vor langer Zeit, auch bei uns zu Haus war: Wenn man über die Straße ging und jemand traf, so begrüßte man sich. Heute gehen bei uns die Konfirmanden sogar an ihrem Pfarrer vorüber, ohne ihn zu grüßen; sie blasen ihm nur den Zigarettenrauch ins Gesicht. Aber deshalb sind sie weder bessere Konfirmanden noch tüchtigere Kerle.
Hier in der Nachbarstadt tragen die Konfirmanden blaue Seemannsanzüge und -mützen. Jawohl – das Meer und die Schiffe, die Jollen und der Lärm, die Steine am Strand und der Tanggeruch! Und obwohl so ein seemännisch gekleideter Konfirmand eigentlich zu erwachsen sein sollte, um an Spiel und Kindereien Gefallen zu finden, sehe ich doch, wie einer sich unten am Strand die engsten Schlupflöcher aussucht, um

zu probieren, ob er nicht doch schon zu groß und zu breit ist, so daß er beim Hindurchkriechen zwischen den Mauern steckenbleibt. Und merkwürdig: Noch vor einer Woche gelang es ihm ohne Mühe, hindurchzuschlüpfen, aber jetzt stehen da zwei kleine Jungen und sind Zeugen, daß es wirklich nicht mehr geht. Übrigens gibt es hier auch sonst noch manches Merkwürdige; heute sah ich etwas ganz Unglaubliches: Mitten auf einer der Straßen steht ein Speicher. Er stammt aus alten Zeiten, ist zwei Stockwerke hoch und hat in jedem Stock eine Tür mit einem Flaschenzug. Und diese Türen gehen – auf die Straße hinaus. Wo jetzt die Straße entlangführt, muß also einmal Wasser gewesen sein, und die Menschen von vor zweihundert Jahren würden heute eine Straße hier finden.
Ja, wenn die Menschen von vor zweihundert Jahren wiederkämen! Wenn Madam Jasko wiederkäme! Der Name wird verschieden geschrieben, Jaskow und Jatzko. Sie war Witwe und unermeßlich reich. Ihr gehörte ein großes Haus, und als ihre beiden Töchter heirateten, baute sie für jede von ihnen ebenfalls ein großes Haus; und diese Gebäude sind noch heute die Sehenswürdigkeiten der Stadt. Die Zeit hat ihnen nichts anhaben können, und den späteren Geschlechtern ist es wohl nicht gelungen, sie niederzureißen; denn jeder der gewaltigen Nägel war handgeschmiedet. Die Stufen zum Haus sind aus Natursteinplatten, und in das Podest ist ein Eisen eingelassen; ich weiß nicht, wie so ein Ding heißt, Kratzeisen kann man wohl nicht gut sagen, doch es ist dazu da, sich die Stiefel abzukratzen. Schön – dieses Eisen steht also buchstäblich »in Stein«, es ist vor hundertsiebzig Jahren dort eingelassen worden und vom dauernden Gebrauch abgenutzt, aber es steht fest wie am ersten Tag.
So ist alles an diesen Häusern behäbig und ohnegleichen. Bedachte und erfahrene Köpfe haben das Leistenwerk rings um die Fenster zusammengefügt, und die Haustür mit ihren geschnitzten Eichenkränzen, den Girlanden und Blumengewinden gleicht einem fürstlichen Portal. Wie prächtig, wie gut nach allen Seiten ausgewogen ist dieses Bauwerk, dem selbst der reiche Schmuck nichts von seiner schweren Ruhe zu nehmen vermag!
Auf dem Dach hätte ein Neidkopf angebracht sein müssen.

Warum bauen wir nicht mehr so? Wir haben weder die Zeit noch die Mittel dazu.
Madam Jaskos Zeit kannte keine Hast, und ihr Stand sicherte ihr die Mittel. Sie war die regierende Fürstin hier im Lotsenhafen, und alles im Umkreis gehörte ihr, die Kirche, der Handel und das weite Land. Wollte sie die Grenzen ihres Besitztums sehen, so mußte sie im Wagen fahren; denn sie war sehr dick. Oh, es gab niemand, der so dick war wie sie, und sie brauchte eigentlich immer zwei Stühle gleichzeitig, um sich hinsetzen zu können. Und wenn sie im Wagen fuhr, stand ein Junge hinter ihr auf dem Rücktritt, der bei jedem Halt abspringen mußte, um die Wagentreppe herunterzuklappen. In ihren Hinterlassenschaften hat man alte Abrechnungen gefunden; danach haben für eines ihrer Häuser drei Schmiede fünfundzwanzig Tage lang Nägel geschmiedet, und der Baumeister – vielleicht war er aus Holland – hatte dreizehn Mann unter sich. Um die Steine anzufahren, hatte es vieler Pferde bedurft, Fleisch und Fisch mußten von überall herangeschafft werden; und auf dem Hof wimmelte es von Gesinde.
Da steht im Alten Testament etwas von einem König, der ein großer Krieger war – oh, er führte Kriege, daß die »Erde den Atem anhielt«. Und Madam Jasko baute, daß die Stadt den Atem anhielt. Fünfundzwanzig Tage lang standen drei Schmiede am Amboß und schmiedeten Nägel für sie, item Nägel nebst Bolzen für das Haus. Große Verhältnisse.

Woran mag es liegen, daß ich gleichsam *heim*kehrte, als ich hierherkam? Meine Sehnsucht war gestillt, vielleicht nur für kurze Zeit, vielleicht für Tage nur, aber sie war gestillt. Die Rute in meiner Hand schlug aus und brachte mich zum Stehen. Hier ist das Kleine, das meine Seele sucht, das außerordentlich Große, das meine Seele sucht; ich ergebe mich und will nicht weiter. Es liegt sicher nicht daran, daß der Ort so altertümlich ist. Sagte ich, die Stadt sei tot? Sie ist nicht tot, jedenfalls nicht mausetot. Auf der Nordseite des Hafens hat sie angefangen, die Glieder zu rühren, da gibt es Industrie, eine Bootswerft und eine Mühle. Aber landeinwärts hinter der Stadt sind Felder und Koppeln und Stallungen; das ist es wohl, was mich hier festhält, die Erde, auf der ich gedeihe. Wenn es nur meine Stadt wäre, aber es ist die Nachbarstadt!

Man nennt mir ein Hotel, und ich gehe hin; doch als ich vor der Tür stehe, mache ich kehrt. Es ist ein neues Haus in »schöner Lage«, mit großen Fenstern und zwei glänzenden Kugeln aus versilbertem Glas hinter dem Gartenzaun. Ich gehe wieder ans Meer hinunter und finde ein herzlich kleines »Hotel« mit niedriger Tür, dort trete ich ein und bekomme etwas zu essen. Heimatlich und gut, ohne Tafelaufsatz. Das Essen ist nicht großartig, es gibt Fisch, und die Frau trägt ein Tuch um den Kopf. An der Wand hängen die Zerstörung Jerusalems und ein prächtiger Dreimaster unter Segel. Die Frau unterhält sich mit mir, sie ist ziemlich dick und alt, aber sie hat saubere Hände. Der Fußboden ist mit weißem Sand bestreut. Ihr Mann war Kapitän, er ist tot. Dort an der Wand, das war sein Schiff.

Wo ich herkäme? Wer ich sei und was ich vorhätte? Als sie hört, daß ich mich nur elend fühle und ein paar Tage Ruhe brauche, bietet sie mir eine Kammer an, da – ob ich sie mir gleich ansehen wolle? Es ist wirklich nur eine Kammer, aber es schadet nichts, sie ist groß genug. Ja, dann kann ich sie also haben. Sie wundert sich darüber, daß ich mir den Kaffee morgens nicht ans Bett bringen lassen will.

Hier in der Kammer hängt auch ein Bild mit einem Schiff unter Segel, in Italien gemalt, ein Messinafahrer. Die Frau war zweimal verheiratet, auf diesem Schiff war ihr zweiter Mann Steuermann, er ist auch tot.

Wir unterhalten uns noch weiter, und da sie alt und dick ist, rückt sie sich einen Stuhl heran: Madam Jasko? Nein, das ist viele, viele Jahre her – vor meiner Zeit, so alt bin ich denn doch noch nicht. Mein Großvater erzählte uns immer, wie reich sie war. Vielleicht weiß der Kämmerer etwas über sie; er hat so viele Dokumente und ist ein gelehrter Mann.

Aber dafür weiß meine Wirtin sonst noch einiges über die Stadt und ihre Menschen, über den großen Kaufmann Enersen auf dem Marktplatz und über den früheren Doktor, der mit einer Sängerin verheiratet war und elf Kinder von ihr bekam – wer das wohl gedacht hätte! Wie alle alten Leute ist auch meine Wirtin überzeugt, daß ihre Erzählungen interessant und von größter Wichtigkeit seien. Das sind sie nun gerade nicht, höchstens die Sache mit ihrem zweiten Mann; er war über zwanzig Jahre jünger als sie, als er sie heiratete. Da müsse sie wohl entweder sehr reich oder bildschön gewesen

sein. – Ich war so schlank, daß ich hüpfen und springen konnte, sagte sie. Aber jetzt!
In der Stadt gibt es lauter kleine Häuser, in denen man sich heimisch fühlt. Niemand verkauft sie oder zieht einfach aus, nein, sie werden von Geschlecht zu Geschlecht vererbt, man lebt und stirbt darin. Sie stehen auf ihren niedrigen Mauern wie Gebilde mit organischem Leben und passen sich in Größe und Aussehen der Landschaft an, aus deren Erde sie wachsen. Ist es da zu verwundern, daß ich mich mitten auf der Straße heimisch fühle? Hier gibt es nicht ein Haus ohne das sogenannte Zimmermannspaneel, senkrecht gekehlte Bohlen, auf denen Licht und Schatten spielen; ein Stockwerk und das Dachgeschoß; über der Haustür ein Mäanderband. Reinste Kleinstadtarchitektur. Und die engen Gäßchen, die zum Strand hinunterführen – sind die nicht wie zum Spielen für die Kinder geschaffen? Wo sollten die ein- und zweijährigen Kleinen auch sonst herumkrabbeln? Und ist es nicht herrlich dunkel und abenteuerlich in diesen Winkeln?
Da sehe ich den Konfirmanden wieder; aber jetzt ist er nicht mehr zu groß und breit für die Winkel und Schlupflöcher. Er sieht schmal und wehmütig aus, denn er wird gleich Heuer nehmen; einen blauen Anker hat er schon auf der Hand. Nun steht er da und verschenkt dieses und jenes an seine besten Freunde, lauter Kleinigkeiten, für die er plötzlich zu erwachsen ist; halb abgewandt verteilt er sie an jene, die unkonfirmiert in den Gassen zurückbleiben.
Da ich einfach der Nase nach gehe, stehe ich schließlich vor einer Bergwand und muß abbiegen.
Gut ist es auch, daß man hier keinerlei Vorschriften über Fluchtlinien kennt; Treppenstufen und Pumpenschwengel reichen bis auf die Straße. Großartig. Und plötzlich steht mir ein altes schönes Haus im Weg. Aber bitte, das macht doch nichts, rechts und links führt ja ein schmaler Pfad vorbei. Ja, wenn es hier wäre, um zu brüllen, doch nein, es hat die ganze Zeit freundlich und still dagestanden. Hinter dem Haus liegt der Garten und an der Seite ein kleiner Kuhstall mit einem Steg, der zum Futterboden hinaufführt. Mitten in der Stadt! Im Garten laufen unablässig pickend die Hühner herum. Ich weiß nicht, es ist doch wirklich eine Stadt, aber ich muß auf einmal an Heinzelmännchen denken, jene kleinen Hausgeister, die, nachdem sie einen Riesenkerl auf die Straße hinaus-

geworfen haben, die Mütze in den Nacken schieben und die Hände in die Taschen stecken.
Vor mir geht ein kleiner Bursche mit einem Korb; er soll wohl für seine Mutter einkaufen, doch hinter ihm stolpert laut weinend ein Zweijähriges her und will mitgenommen werden. Der Ältere dreht sich immer wieder um und droht, aber der Schreihals gibt keine Ruhe. Eine kleine Münze – ho, und schon strahlt er, das Geschrei bricht mittendrin ab, und der kleine Kerl stapft zielbewußt auf einen Bäckerladen zu. Da dreht der große Junge sich erstaunt um, die Erde wurde so still.
So gehe ich und gehe – genau, wie die Hühner in dem Garten herumlaufen. Ich komme an eine Pumpe; auf der Erde hocken Kinder und wühlen im Schmutz; ein paar Frauen stehen da, die Arme unter dem Umschlagtuch über dem Bauch verschränkt, und klatschen miteinander. Sie tuscheln über die Nachbarn und deren Töchter, die in die Fabriken auf der Nordseite der Stadt gegangen sind. Oh, die Töchter wollen nicht mehr zum Lotsenältesten und zum Kaufmann Enersen auf dem Marktplatz in Stellung gehen; denn in der Fabrik verdienen sie zwei Kronen am Tag, und um sechs Uhr haben sie Feierabend. Die Weiber schütteln die Köpfe. Und was treiben sie nach sechs, gehen sie etwa nach Haus? Sie kaufen sich Röcke, die kaum bis unter die Knie reichen, und Schuhe mit *so* hohen Absätzen.
Na, eine Weile mag der liebe Gott ja ein Auge zudrücken, aber irgendwann wird er der Sache schon ein Ende bereiten! Die Weiber nicken.
Nun kommt noch eine Frau dazu. Sie überragt alle andern. Mit schaukelnden Brüsten, die Hände in die Hüften gestemmt, kommt sie daher und begrüßt die andern, die ihr bereitwillig Platz machen. Die Mädchen? sagt sie, ja, das ist eine schöne Gesellschaft! Da kommt doch das dumme Ding von Madam Gjertsen gestern abend zu meiner Margit und will sie überreden, in die Fabrik zu gehen. Dort verdiene man jetzt zweieinehalbe Krone am Tag, und um sechs Uhr Feierabend – mehr könne man ja schließlich nicht verlangen! Und wenn du fünf Kronen am Tag bekämest, sage ich zu Margit, in die Fabrik gehst du nicht; das kann ich deinem Vater in Westindien nicht antun, sage ich.
Doch nun verstummt sie. Sie hält mich für einen der Inge-

nieure von dem neuen Werk auf der Nordseite. Denn hier wimmelt es von Ingenieuren.

Aber in einer Woche oder so wird auch Margit zum Feind, zur Fabrik, überlaufen. Es ist zu verlockend.

Was geht denn eigentlich auf dieser Nordseite vor? Ich stoße zuerst auf ein paar Schuppen, dann auf einige sogenannte Eigenheime und dahinter auf große Steinbauten mit qualmenden Schloten, die unter dem Dröhnen der Maschinen beben. Das ist gut. Ein ganzes Ende weiter, in »schöner Lage« und mit großen Fenstern, das Haus des Direktors. Es zeichnet sich durch vornehme Zurückgezogenheit aus; durch die Verandatür, die über eine zementierte Freitreppe in den tiefer gelegenen Garten mit Sträuchern und Rasenflächen führt, dringt Klavierspiel.

Ich gehe nicht weiter, sondern bleibe stehen und schaue zu dieser andern, durch einen Drahtzaun isolierten Welt hinüber.

Das Haus hat sicher viel Geld gekostet; weißer Jugendstil auf grauen Zement gestickt, mit Spiegelglasfenstern so groß wie Türen, Terrasse und Veranda, ja und oben unter dem Giebel noch ein Balkon. Die Flaggenleine am Fahnenmast ist aus Stahldraht, und die Zinkregenrinnen waren sicher auch keine kleine Ausgabe; der Platz vor der Freitreppe ist – sorgfältig nach der Schnur – mit Kies bestreut. Das alles ist ganz schön und gut. Aber Madam Jasko baute behaglicher. Dem Haus da vor meiner Nase fehlt es an Wärme und Gemütlichkeit. Kann man von einem Haus sagen, es mache einen technischen Eindruck? Das Direktorenhaus ist nicht von jener Logik, die Gott geschaffen hat, sondern eine Erfindung der Menschen. Ein Haus soll nicht auf den ersten Blick Feindschaft zeigen und mit mir debattieren, bloß weil ich nur ein Mensch bin.

Irre ich mich? Wir fühlen uns in unsern modernen Häusern nicht wohl, obgleich wir Bequemlichkeiten haben, die den Königen der Vergangenheit unbekannt waren; unsere Sehnsucht geht zurück in frühere Zeiten, und wir versuchen, dem Übel abzuhelfen, indem wir uns alte Möbel hinstellen. Wer sich das nicht leisten kann, macht sich wenigstens die kleine Freude, hin und wieder in den Geschäften die alten Sachen zu betrachten; doch wer Geld hat, kauft sich da einen Stuhl und dort einen Tisch. Es ist kein ererbter Besitz, es ist gekaufte Behaglichkeit, und Gott allein weiß, was es mit diesem »trauten Heim« auf sich hat. Aber es stillt ein wenig die Sehnsucht nach Vergangenem, wenn auch nicht die Rede davon sein kann, daß es einem in die Zukunft gerichteten Schönheitsbedürfnis entgegenkommt.

Soll der Direktor ruhig in seinem Jugendstil-Haus wohnen, ihm schadet das nichts – ihm nicht. Er ist ein moderner Mensch und immun; seine tiefste Sehnsucht wird dadurch befriedigt, daß er auf Knöpfe drücken und an Hähnen drehen darf.

Wer ist dieser Direktor? Ich kenne ihn nicht – das heißt, eigentlich kennen wir ihn alle. Es ist der, der schon auf der Schule so tüchtig war, der später nach Deutschland auf eine Schule ging und dort ebenfalls tüchtig war, der wieder heimkam und wegen seiner Tüchtigkeit hier angestellt wurde. Und was für einen Posten er bekommen hat! Mit dreißig Jahren Direktor! Er ist nicht der Beste; er ist noch besser, er ist der Tüchtigste. Sein Kopf ist mit Tüchtigkeit vollgepfropft; er hat alles gelernt, und er kann auch alles. Nichts im Leben dieses Mannes war Schicksal, nichts Zufall, er lebt bis zum Tod ein gelehrtes Leben. Soll er im Direktorenhaus wohnen, er ist vom Scheitel bis zur Sohle ein Produkt der Technik. Um auf seinen Platz im Leben zu gelangen, brauchte er nichts als Verstand, das, was man einen klugen Kopf nennt, etwas so Äußerliches wie praktisches Wissen. Dafür bekommt er jetzt zwanzigtausend im Jahr und außerdem Tantiemen – was wiederum etwas Äußerliches ist –, eine rein technische Angelegenheit, damit er sich immer noch mehr Technik kaufen kann. Gönnen wir es ihm, er hat dafür geschuftet und manches geopfert.

Jetzt heult sekundenlang eine Sirene; es ist sechs Uhr. Das Dröhnen der Maschinen unten in der Fabrik hört auf. Diese Fabrik steckt noch in den Kinderschuhen; doch wie lange, dann werden die Maschinen Tag und Nacht laufen, und die Arbeiter müssen sich in mehreren Schichten ablösen. Erst dann wird die Sache Sinn bekommen. Der tüchtige Direktor wird die Fabrik schon hochbringen; in einigen Jahren muß er »erweitern«, neue Maschinen aufstellen, die Belegschaft verstärken, Lastautos anschaffen und Wasserfälle kaufen.

Nein, vorläufig ist das noch nichts. Was sind schon dreißig Arbeiter! Da strömen sie heraus, und als versetze ihnen das Tageslicht einen Schlag, verhalten sie einen Augenblick in der

Toröffnung, ehe sie weitergehen. Einige der älteren Männer nehmen Späne und Holzabfälle mit nach Haus, das hat man ihnen wohl erlaubt. Von den jüngeren schwingt sich der eine oder andere auf sein Fahrrad und saust an mir vorbei. Diese Leute kommen vom Land, von einem Boden, wo Gras und Getreide wachsen; nun gehen sie in die Fabrik, kriegen Bargeld in die Hand und haben um sechs Uhr Feierabend. Das einzig Erheiternde sind ein paar junge Mädchen, die sich gegenseitig mit den Ellbogen anstoßen und sich auf den vielversprechenden Fremden aufmerksam machen, der da am Weg steht. Aber als sie näher kommen und genauer hinsehen, machen sie sich lustig über ihn und lachen lauthals los.

Am Abend nach diesem warmen Tag lehne ich noch ein Weilchen am Zaun eines kleinen Vorgartens, in dem drei Johannisbeersträucher und ein Fliederbusch stehen. Hier wohnt ein alter Seemann, das merkt man sofort. Auch ihm selber sieht man es an, wie er da auf den Knien liegt und die Schwelle grün anstreicht. Seine Frau sitzt dabei und schaut zu. Der Mann raucht seine Pfeife und trägt die Farbe dick auf; es fällt etwas Asche herunter, die sich nicht wegblasen läßt, da verstreicht er sie einfach. Na, na, das wird ja eine schöne Malerei! sagt sie. Ich dachte, du hättest es nicht gesehen! erwidert er. Aber das ist nur Spaß; sie lächeln beide.

Die Frau behält dabei die Straße im Auge. Sieh mal an, Magrete Kok hat ein neues Umschlagtuch! sagt sie. Was nicht gar! sagt der Mann und blickt auf. Er ist ein Spaßvogel und sicher ein toller Kerl. Ja, ja, das war wohl notwendig, sagt er, das alte trägt sie schon seit 1860. Die Frau sagt: Wieso gerade 1860? Woher weißt du das so genau?

Weil ich mit ihr verlobt war, entgegnet der Mann unbeirrt und streicht weiter. Da lacht die Frau mit gutmütigem Spott. Du und verlobt! hänselt sie.

2

Doch das was mich vor allem interessiert, kann ich nicht so ohne weiteres in Erfahrung bringen: Madam Jasko ist und bleibt tot.

Der Kämmerer hat ein Stück Brokat von ihr aufbewahrt,

dicke, steife Seide, violett, mit einer fingerbreiten Borte aus mattem Gold. Ich glaube nicht, daß ich je etwas Schöneres gesehen habe, und kann mir nicht vorstellen, wofür man – außer zu einem Prälatengewand – solchen Brokat sonst noch verwendet haben mochte. Nein, sagt der Kämmerer, wir wissen es auch nicht; vielleicht zu einer Mütze, einer Kappe, vielleicht war aber auch Madam Jaskos Staatstracht aus violettem Brokat mit Goldborte.
Etwas Schriftliches? Nein, das hat sie nicht hinterlassen. Sie konnte wohl gar nicht schreiben. Hier sind zwar ein paar Abrechnungen, aber die sind nicht von ihr selbst geführt; darin ließ sie einen ihrer Leute unterweisen. Sie stand einem großen Haus und einem großen Betrieb vor, sie war Schiffsreeder und Grundbesitzer, aber vor allem war sie die Mutter des ganzen Kirchspiels. Mutter Jasko hier und Mutter Jasko da, und alle kamen zu ihr und wollten etwas von ihr. Hier steht: Item an Herrn Roland für Taufe des Kindes am Speicherplatz und Begräbnis – 1/2 Fuder (Gerste). Item an Lars von der andern Seite (des Fjords) für eine Kuh, weil ihm seine eingegangen, 2 Daler 1 Marck. Item Hochzeit ausgerichtet für Regina, die Magd – 2 Tage und Nächte. Aber Madam Jasko war nicht nur lauter Barmherzigkeit; hier steht, daß sie auf den Amtmann schießen ließ, »in seinen Arsch« und dafür »4 Marck zu Unrechte« bezahlen mußte.
Nein, gewiß, Madam Jasko war kein Glanzbild. Man stelle sich vor: Aus einer der damaligen Donnerbüchsen eine Ladung in den Hintern! Sie leugnet die Tat nicht, aber sie bezahlt dafür »zu unrecht«. Eine prachtvolle Frau!
Da der Kämmerer ein gescheiter Mann ist, von dem ich allerlei lernen kann, frage ich nach diesem und jenem. Er schielt ein bißchen, das gibt ihm etwas Lauerndes, und ich habe den Eindruck, daß er mir beinah von den Augen abliest, was er sagen muß, um mit mir einer Meinung zu sein – aber das macht nichts, so haben wir beide recht. Wie kommt es, daß man einer solchen Herrin wie Madam Jasko so bereitwillig diente und sie so verehrte? Es ist jetzt hundertfünfzig Jahre her, seit sie starb, doch immer noch gilt sie in der Stadt als Vorbild und Richtschnur. Das lag nicht etwa an ihrem Reichtum; der wäre heutzutage kaum von Bedeutung, denn sie war keine Millionärin. Gewiß, zu ihrer Zeit war sie eine mächtige Herrscherin, aber außerdem war sie die Mutter der Stadt, die

Matriarchin. Früher war das nämlich so: Diese Leute fühlten Verantwortung für ihre Untergebenen, sie setzten ihren Stolz darein, Vorsehung zu spielen, und fühlten sich gekränkt, wenn man sie mit einem Anliegen überging. Wie manches liebe Mal opferten sie ihre Nachtruhe für das Wohl und Wehe ihrer Mitmenschen; sie wurden aus dem Schlaf geholt und mußten in Krankheitsfällen Ratschläge erteilen und mit Arzneien helfen. Sie dachten mehr an andere als an sich selbst; sie verheirateten ihre Dienstboten, hielten deren Kinder über die Taufe und sorgten für die Beerdigung der Alten. Ach, die Mutter Jasko; sagten die Leute. Und jetzt hat man Unfallversicherungen, Altersversicherungen, Krankenversicherungen, Pensionskassen und Vorsorgen aller Art. Man holt Madam Jasko nicht mehr wegen irgendeines Anliegens aus dem Schlaf, sondern geht mit seiner Forderung zu dem entsprechenden Beamten: Bitteschön, hier ist der Schein! Rein äußerlich gesehen ist das wohl menschenwürdiger, aber innerlich?
Man ist nicht mehr stolz auf das, was man erreicht hat; denn alle andern erreichen es ja auch, man fühlt sich nicht persönlich belohnt. Ja, Madam Jasko hatte noch willige und zufriedene Dienstboten; »Regina, die Magd« trieb sich nicht nach sechs Uhr abends auf der Straße herum und ließ ihre Herrschaft die Wäsche allein fertig machen, sie hatte wohl etwas mehr Anstand. Man kann heute noch alte Leute treffen, die voller Stolz von ihrer Dienstzeit sprechen. Sie hätten stets großes Vertrauen genossen, sagen sie, und das ging ihnen über alles, und zur Hochzeit bekam der eine ein Haus, der andere eine Kuh, eine diente zwölf Jahre auf einer Stelle, eine andere zehn. Und jetzt?
Der Lotsenälteste, bei dem zu dienen, bis man heiratete, früher für jede eine Ehre war, bekommt kein Mädchen mehr; sie gehen in die Fabrik. Anfangs nickte er nur gekränkt und sagte: Sie werden schon wiederkommen, wenn sie mich brauchen! Denn der Lotsenmeister hatte seinerzeit reich geheiratet und immer wieder armen Leuten geholfen, für sie gebürgt und gezahlt. Aber nein, die Mädchen kommen nicht wieder, das ist vorbei. Warum sollten sie auch? Sie gehen in die Fabrik und haben selber Geld, sogar für Lackschuhe. Aber eines Tages kommt die Schwierigkeit; das Geld reicht nicht mehr aus, weil die Ansprüche immer größer werden. Da

nimmt sich die Zeitung der Sache an: Die Mädchen hungern, zwei Kronen am Tag, was ist das schon! Was sind im Grunde drei Kronen am Tag! Streikt doch, ihr Mädchen, streikt, das Kapital soll klein beigeben! Die neue Fabrik hier ist schon zweimal bestreikt worden, und man hat Zugeständnisse machen müssen. Aber man soll sich ja nicht einbilden, daß die Mädchen während des Streiks etwa wieder zum Lotsenältesten gekommen wären. Keine Spur, denn dort haben sie ja nicht jeden Tag um sechs Uhr Feierabend; da gibt es nur jeden zweiten Sonntag frei, und außerdem sind Kinder im Haus, zwei Waisen. Ich habe selber gesehen, wie der Lotsenälteste die Kleinen anzog. In früheren Zeiten hat er nicht einmal seine eigenen Kinder angezogen. Der Kämmerer und ich, wir sind durchaus einer Meinung. Aber schließlich kann man davon nicht leben, und deshalb danke ich ihm und gehe meiner Wege. Im Laufe des Tages höre ich dann folgendes: Der Kämmerer – ja, das ist ein braver Mann, und es ist ihm wohl zu gönnen, daß er während des Krieges reich geworden ist. Das also war der Kämmerer.
Die Mädchen treffe ich am Sonntag, sie scheinen ein bißchen leichtfertig, aber sie bekommen keine Kinder, die sie umbringen. Die hohen Absätze? Warum denn nicht? Auch die Auguren hatten Krummstäbe. Das waren also die Mädchen.
Nur Lotsenmeisters, das sind und bleiben prächtige Leute, aber dennoch – seit sie kein Mädchen mehr haben, ist auch ihr Ansehen erschüttert. Da soll doch wahrhaftig die Frau des Lotsenältesten einmal bei einem armen Mann, den sie des Diebstahls verdächtigte, Haussuchung haben halten lassen. Ja richtig, jetzt erinnert man sich ganz genau daran. Nein, nein, sie waren keineswegs lauter Barmherzigkeit. Aber so ist es, die Großen glauben, sie können tun, was sie wollen, und Madam Jasko, ließ die nicht sogar auf den Amtmann schießen? Und was die Waisen angeht, die Lotsenmeisters zu sich genommen haben: Es sind ihre eigenen Enkel, also auch nichts so Großartiges. Und außerdem sind die Kinder keine Vollwaisen; nur die Mutter ist tot, und der Vater – ein verkommenes Subjekt – lebt in Amerika.
Nach all dem, was ich nun gehört habe, ist meine Meinung etwas erschüttert worden. Das Leben in der Nachbarstadt zu beurteilen, ist gar nicht so leicht, wie ich geglaubt hatte; es

fehlen die klaren, übersichtlichen Züge, und ich nehme mir vor, den Dingen einmal richtig auf den Grund zu gehen und zu fragen, warum man die Fabrik nicht ganz schloß, anstatt sie bestreiken zu lassen. Denn dann wären die Dienstmädchen ja wieder zu Lotsenmeisters gegangen.

Ich unterhalte mich manchmal mit meiner Wirtin. Sie zankt sich mit niemand, hackt auf keinem herum, sondern ist freundlich zu jedermann. Es kommen Leute vom Land und von der See; sie sind hungrig, bestellen sich etwas zu essen, bezahlen und gehen wieder. Einige von ihnen sind meiner Wirtin bekannt; andere, die ihr fremd sind, fragte sie nach Woher und Wohin.

Doch eines Abends geht es anders zu. Ein Mann ist hereingekommen, ein stiller, unansehnlicher Mensch, der jedoch besser bekannt zu sein und besser Bescheid zu wissen scheint als alle, die sonst hier sind. Unaufgefordert stellt meine Wirtin ihm etwas zu essen hin; und als er gegessen hat, nimmt er die Zündhölzer vom Wandbrett, steckt seine Pfeife an und legt die Schachtel wieder zurück. Dann setzt er sich hin, zieht ein Notizbuch aus der Tasche und fängt an zu rechnen. Die Frau sagt: Das ist mein Mann!

Sic ist zum dritten Mal verheiratet!

Jetzt sehe ich sie mir genauer an – das würde in diesem Fall wohl jeder tun. So etwas von einer Frau! Noch nie hat sie ihre Kinder erwähnt, und ich erkundige mich, wo die sind. Sie hat keine Kinder. Nun störe ich den Mann bei seiner Rechnerei, die er sich, wie ich glaube, aus Verlegenheit oder um sich wichtig zu machen, vorgenommen hat, und versuche, ein Gespräch mit ihm anzufangen. Er ist in den Fünfzigern, bedeutend jünger als die Frau, die weit über sechzig sein muß. Er kommt gerade von der andern Seite des Fjords und hat seiner Schwester bei der Frühjahrsbestellung geholfen. Da sagt seine Frau plötzlich: Ha, ich möchte ja wissen, was du außer der Frühjahrsbestellung noch getrieben hast! Darauf gibt der Mann keine Antwort. Aber die Frau läßt nicht locker, sie hackt nach ihm und wirft immer wieder ein Wort ein, das unsere Unterhaltung stört; doch einfach überhören kann man ihre Sticheleien auch nicht, denn sie hat Tränen in den Augen. So versuche ich, ein wenig zu schlichten. Doch der Mann murmelt nur unwillig. Schließlich räumt die Frau den Tisch ab und trägt alles hinaus; in der Tür dreht sie sich um und sagt:

Und deine frühere Liebste aufzusuchen hast du wohl bestimmt auch nicht versäumt! Nach dieser Bemerkung kommt sie nicht mehr herein, und wir sind sie los. Hat man je so etwas erlebt – eine Frau, vielleicht näher an siebzig als an sechzig – und eifersüchtig!
Der Mann macht Anstalten – nun noch verlegener –, sich wieder seiner Rechnerei zuzuwenden, doch ich versuche noch einmal, ihn davon abzuhalten. Jetzt ist gerade der rechte Augenblick, um zu erfahren, wovon so ein Mann in einem Haus in dieser Kleinstadt eigentlich lebt. Sicher nicht von diesem »Hotel«; in der Fabrik ist er auch nicht beschäftigt, er fischt nicht, hat keinen Acker, aber er lebt. Wenn er nun seine Steuererklärung macht – was hat er verdient, und womit hat er es verdient? Hier im Haus herrscht keine Armut, es ist zwar alles ein wenig dürftig, scheint aber bezahlt zu sein; der Anzug des Mannes ist aus gutem Stoff, zum Abendessen standen verschiedene Käsesorten und Anschovis auf dem Tisch, und er kann sicher jederzeit die Brieftasche herausziehen und einen Hundertkronenschein wechseln. Wo, zum Teufel, hat er das Geld her?
Geld, ho, die Leute waten im Geld; seit zwei, drei Jahren sind alle Taschen voll, der Krieg hat sie gefüllt. Und da sitzt nun dieser Mann und deckt mir mit unverbrämten Worten die Lage auf: Vor dem Krieg fischte er ein wenig, nahm Gelegenheitsarbeit auf dem Kai an, war ein gesuchter Holzhacker, machte Klingelanlagen, tünchte Wände, arbeitete in den Gärten der reichen Leute, kurz – er tat jede Art von Arbeit. Alle andern seinesgleichen hatten ähnliche Beschäftigungen. Doch im Grunde war das ein kümmerliches Leben von der Hand in den Mund, und es gab manche, die, ebenso wie er, ein Häuschen, aber auch Schulden hatten. Freilich, seine Frau besaß ja etwas Geld, eine kleine Reserve, doch die wollten sie nicht angreifen, die blieb stehen und war später ja auch eine gute Grundlage für ihre Kreditwürdigkeit. Und dann geschah es, daß er nach dem Beispiel anderer hier in der Liliputstadt ein neues Büro aufsuchte, das in der Nähe des Telegrafenamtes eröffnet worden war. Es gingen viele Leute dorthin, das heißt, nur solche, die, wie gesagt, kreditwürdig waren. Der Kämmerer, die Lotsen, Ödegaard von der Bank; sie alle kauften in dem Kontor Schiffsaktien, behielten sie ein paar Tage und verkauften sie dann mit Gewinn. Das ging mehrere

Male gut, die Aktien stiegen dauernd, es war wie ein Wunder. Und dann nahm der Mann das ganze Geld seiner Frau und legte es in Aktien an; und die Aktien stiegen, daß es nur so rauchte. Der Mann hielt sie zwei Wochen lang zurück und verkaufte sie schließlich mit einem unverschämten Gewinn, achtundsechzig Prozent. Nun ist das Bankkonto seiner Frau wieder aufgefüllt, und er hat Geld und Aktien genug für ein ganzes Leben. So war das alles gekommen. Im übrigen geht es ja immer auf und ab, man verdient nicht jedesmal an allen Papieren. Gerade jetzt, so sagt der Mann und zieht das Notizbuch wieder heraus, habe ich verloren; ich komme nämlich eben vom Makler. Leider habe ich vor der Fahrt zu meiner Schwester verkauft und dabei nur reichlich zehn Prozent verdient. Wäre ich zu Haus geblieben, dann hätte ich erst jetzt verkauft und das Doppelte gehabt. Aber ich mußte ja vorher verkaufen, denn meine Schwester ist ohne jede Telefonverbindung, und da ging es nicht anders. Man sollte nie so weit ab wohnen, daß man nicht telefonieren kann! Es wäre gescheiter gewesen, ich hätte meiner Schwester Geld für die lumpige Landarbeit geschickt und wäre daheim geblieben; dann hätte ich gut verdient. Ich kann gar nicht sagen, wie mich das ärgert! Diesmal brauche ich dem Mann nicht mehr über seine Verlegenheit hinwegzuhelfen, aber ich unterbreche ihn doch noch einmal bei seiner Rechnerei: Kennen Sie die Geschichte von der Schiffsmannschaft, die auf einer Schäre angeschwemmt wurde und dort verhungerte, obwohl alle die Taschen voll Geld hatten;
Nein, sagt er und rechnet.
Sie hatten ihr ganzes Geld bei sich, als sie an Land gespült wurden, aber den Proviant hatten sie verloren.
So, sagte er und rechnet.
Mausetot ist die Nachbarstadt also nicht.
Ich liege in der hellen Sommernacht da und lasse alles auf mich zukommen, auch die Nachbarstadt, die zuerst so unvergleichlich war. Ich überprüfe meine Eindrücke noch einmal. Gleichzeitig beobachte ich einen Vorgang am Fenster: Ein paar gelbe Schmeißfliegen versuchen, die Stubenfliege aufzufressen, und es gelingt ihnen auch; doch ich weiß, daß schließlich eine Schmeißfliege die andere auffressen wird.
Doch was ist schon dabei, warum soll man das nicht dulden,

warum soll man sich nicht wohl fühlen im Leben, mitjagen, spekulieren und auf Knöpfe drücken. Es muß wohl mit einem selbst etwas nicht in Ordnung sein, mit dem Unzufriedenen, der sich nirgends mehr zurechtfindet – höchstens im tiefen Wald.

Wo die Krähe die jungen Drosseln frißt...

Und wenn man das Übel an der Wurzel packte und die Fabrik schlösse? Aber dann stehen die teuren Gebäude und Maschinen da und fressen Zinsen, und man verliert mehr, als wenn man nachgibt und den Streik beenden läßt. Außerdem – würde der Lotsenälteste dadurch wieder zu einem Dienstmädchen kommen? Keine Spur. Die Mädchen würden in einer Stadt zur Fabrik gehen.

Weiter.

Da ist meine Wirtin: Sie war dreimal verheiratet und nicht ein einziges Mal Mutter – was war sie denn? Eine Unglückliche, eine Mißbildung, die man bedauern sollte? Sie macht nicht den Eindruck. Hoho, sie versteckt sich nicht, sie verbringt ihre Tage ohne Gram und Klagen. Da sie keinen Mutterpflichten nachzukommen hat, braucht sie nur für ihr eigenes Ich zu sorgen, und das tut sie mit ihrer verkümmerten Natur zur Genüge; ihre Liebe ist emsig darauf bedacht, zu kapern. Warum nimmt sie keine Kinder an? Hat sie nie daran gedacht, daß der Mensch neben dem eigenen Leben noch ein anderes Leben lebt? Für sie ist das wohl ohne Bedeutung. Sie kommt auch so aus.

Und nun ist sie alt; sie hat neue Zähne und ist ein Wunder an Zähigkeit, sie weint vor Eifersucht und fühlt sich von ihrem Mann beiseitegestellt. Aber ist je in ihrer Liebe ein Lied aufgeklungen, empfand sie je die Süßigkeit, ein Kind im Arm zu halten? Was wäre schon dabei, wenn sie ein verwaistes Kind annähme und sich ihm zu Füßen setzte und ein nie gekanntes Erlebnis verspürte?

Dann hätte sie doch auch einen Menschen, der das Haus erben könnte. Wer soll es denn sonst erben? Der Mann? Er würde es sofort zu Geld machen.

Sie kann es drehen und wenden, wie sie will: Sie ist menschliches Falschgeld. Höchstens zum Spielen brauchbar. Und dabei schimpft sie auf ihren Rosenstock: Er werde immer größer, habe viele Blätter, aber nie eine Blüte. Im vergangenen Jahr stellte sie ihn versuchsweise in den Garten hinaus, aber nein, er war und blieb taub und unfruchtbar. Und er wird älter und älter.

Da wir eine helle Sommernacht haben, ziehe ich mich noch einmal an und steige zum Fenster hinaus, um mir den Rosenstock anzusehen. Da steht er, ganz allein, groß und häßlich, so als erwarte er selber nicht, daß man an ihn glaube, aber dennoch dreist und rechthaberisch. Soweit ich es beurteilen kann, ist der Stamm besonders kräftig, aber er sieht unheimlich aus und ist nicht grün und gesund, sondern braun und rissig, und die mächtigen Dornen sind wie Hahnensporen. Wo ich anfasse, steche ich mich an dem Ungetüm; deshalb wickle ich mein Taschentuch um die Pflanze, bevor ich sie aus dem Topf hebe. Würmer oder sonst irgendwelche Schädlinge kann ich nicht entdecken; die Wurzeln liegen nackt und kahl am Boden, ich klopfe die Erde von ihnen los und spüle sie am Brunnen ab. Sicher nützt das alles nichts, sondern macht es vielleicht noch schlimmer, aber trotzdem. Nachdem ich neue Erde genommen und die Pflanze sorgfältig wieder in den Topf gesetzt habe, meine ich, sie müsse jetzt gedeihen. Darauf lehne ich mich zu meinem eigenen Fenster hinein und grüble weiter. Es endet damit, daß ich abreisen will. Ja, das will ich. Da drin steht mein Bett. In früheren Zeiten konnte man ausgezeichnet in einem zu kurzen Bett schlafen; man lag quer wie der Schrägbalken eines Wappenschildes; das machte einem gar nichts aus. Und jetzt! Im allgemeinen erkennt man einen Nörgler daran, daß er nicht schräg liegen mag; er muß unbedingt gerade liegen und nimmt alles sehr genau. Diese fehlende Duldsamkeit in den kleinen Dingen des Lebens nennt man Nervosität. Das ist keine Krankheit, sondern ein Leiden.

Aber ich schweife ab; dort steht mein Handkoffer, und morgen werde ich also reisen, weg von der Nachbarstadt. Auch die ist nicht für mich. Zu allem andern kommt nun noch hinzu, daß meine Wirtin anfängt, Kunststücke mit dem Essen zu machen. Sie hat sich einen modernen Fleischwolf angeschafft und will zeigen, daß sie damit umzugehen weiß. Jetzt gibt es nicht mehr Fisch und Fleisch, meinetwegen gepökelt oder luftgedörrt, etwas für die Zähne, nein, jetzt gibt es Fischpudding und Fleischpudding. Brei! Ich habe meinen Widerwillen gegen diese Gerichte dadurch angedeutet, daß ich sie einfach nicht anrührte, aber heute kam wieder das gleiche auf den Tisch. Der Fleischpudding gehört in die Welt der Pensionen und ist eine harte Lebensprüfung aus der Schüssel. Er könnte zu einer unflätigen rituellen Mahlzeit gehören. Man ißt ihn – mit Löffel oder Gabel – bis zur Bewußtlosigkeit. Ehe es Maschinen gab, kaute man das Fleisch selber, ohne daß es jemand sonderlich schadete.

Natürlich reiste ich nicht am Morgen ab, sondern blieb noch eine Woche; es geht ja niemals so, wie man glaubt. Es war wohl der Frühling, auf den ich wartete, die grüne Erde, aber was habe ich damit noch zu schaffen!

Das Wetter verlockt dazu, in der Stadt spazierenzugehen. Es ist noch früh, noch nicht einmal sechs Uhr. Der Tag bebt mir warm entgegen. Da und dort tritt ein bärtiger, breitschultriger Seemann vor die Tür seines Hauses, kratzt sich am Schädel und schaut, was der Wind macht; da und dort läuft ein Mädchen, das sich verspätet hat, zur Fabrik hinaus. Landeinwärts hinter der Stadt ist nun fast alles grün, sogar die Kartoffeln sind schon draußen, und die Leute behäufeln sie in den Morgenstunden mit der Hacke. Hier herrscht keine Musterwirtschaft, Wolfsmilch und Ackersenf stehen ebenso üppig wie die Kartoffeln, von der Quecke ganz zu schweigen. Aber der Boden ist fruchtbar; es gibt Wiesen, Äcker und Wald und gepflügtes Getreideland. Ein heimatliches Gefühl überkommt mich. Wenn man doch noch zwei, drei Jahre jünger wäre und die Kräfte von damals hätte!

Die guten Kartoffelhacker gehen roh und unachtsam mit den Pflanzen um; glauben sie etwa, ordentliche Kartoffeln zu ernten, wenn sie das Kraut mit ihren Stiefeln zertreten? Es sind fremde Arbeitskräfte, Tagelöhner, Gesindel ohne Verantwortung, sie zertrampeln alles. Sie bringen den Tag herum, das genügt ihnen. Morgen kommen sie nicht wieder; sie haben keine Lust zur Arbeit, oft stehen sie einfach da und schwatzen miteinander; ein junger Kerl zündet sich eine Zigarette an und raucht sie bis zu Ende, ehe er wieder zu hacken beginnt. Diese Leute denken nicht daran, daß die Morgenstunden kurz sind und daß man häufeln muß, bevor die Sonne zu brennen anfängt; sie denken auch nicht daran, daß der ganze Sommer in Norwegen kurz ist. Sie denken nur an gutes Essen und hohe Löhne. Die Wiesen sind besonders grün und schön, obwohl sie allmählich Regen brauchen. In der Nähe führt ein Bach vorbei, er ist fast ausgetrocknet, und

da das Gelände eben ist, hat er kein Gefälle und kann nicht zum Bewässern ausgenutzt werden.
Vom Waldrand hört man ein paar Vögel rufen, doch sie singen und locken jetzt nicht mehr. Das Spielen ist vorbei, in den Nestern hocken die Jungen.
Auf dem Heimweg zum Hotel fällt mir ein, daß ich einen Schreiner bitten wollte, mitzukommen. Wir gehen zu Madam Jaskos Haus, wo die Kellertür gewöhnlich offensteht, und messen die Deckenbalken über unsern Köpfen: es sind achtzöllige Balken, und der Abstand von einem zum andern beträgt zwanzig Zoll.
Große Verhältnisse.

Vagabundentage

I

Auf, Leute, ruft der Aufseher der Sektion Orange Flat. Wir können ihn nicht sehen, es ist noch pechschwarze Nacht, drei Uhr morgens, wir springen aber sofort aus den Betten und ziehen Hose und Bluse an.

Es ist Erntezeit, wir rackern uns ab wie Hunde, finden zu wenig Schlaf, und alle Mann gehen in unnatürlich erhitztem Zustand herum. Wir zanken uns um Kleinigkeiten; bei der geringsten Schwierigkeit, die sich während der Arbeit im Laufe des Tages ergibt, wenden wir Gewalt an und brechen die Geräte entzwei.

Der Aufseher ist selber mager und hart geworden wie eine Stange. Er erzählt uns, daß die Nachbarsektion einen bedeutenden Vorsprung habe und ein paar Tage vor uns mit der Ernte fertig würde. Das wird nie geschehen! antworteten wir mit zusammengebissenen Zähnen. Wir haben es uns in den Kopf gesetzt, die Nachbarsektion einzuholen, ja sie mit Glanz zu übertrumpfen – niemand soll uns davon abhalten können. Darum hat uns der Aufseher in den letzten zwei Wochen schon um drei Uhr aus den Betten gerufen und sein: Auf, Leute! würden wir morgen wieder und übermorgen wieder hören um drei Uhr in der Nacht. Wir sahen kein Ende dieser Hetzerei.

Wir stürzen an den Eßtisch und zwingen uns, das Allernotwendigste an Brot und Butter, Fleisch und Kaffee zu verschlingen. Das Essen ist gut, aber Hunger kennen wir nicht mehr. Nach zehn Minuten sitzen wir schon auf unsern Wagen und fahren zur Arbeitsstelle hinaus.

Und wir arbeiten wie von Gott verlassene, tolle Geschöpfe. Wir wissen sehr wohl, daß viel Lob und Anerkennung unserer harrt, wenn wir nur einen Tag vor der Nachbarsektion zum Ziel kommen, und auch die Nachbarsektion macht die äußersten Anstrengungen. Jeder hat seinen Ehrgeiz auf dieser

Welt, und wir hatten den unsern. Es wird hell, die Sonne kommt hervor und fängt zu glühen an; wir werfen unsre Blusen ab. Hunderte von Männern sind über die endlose Weizenprärie verstreut; da werden wir schaffen, bis heute abend die Dunkelheit da ist.
Ich weiß nicht, ob ich's länger aushalte, Nut, sagte Huntley, der Irländer.
Und Nut, das war ich.
Im Lauf des Tages höre ich, daß Huntley das gleiche zu dem Landstreicher Jeß gesagt hat: daß er's nicht länger aushalte.
Ich rüffelte ihn wegen seines allzu offnen Mundwerks und machte ihm Vorwürfe, weil er das zu einem Landstreicher gesagt hatte.
Huntley begreift wohl, daß er dadurch eine gewisse Macht über mich bekommen und meine Eifersucht geweckt hat. Er läßt sich noch weiter aus, er erklärt sich ganz offen: Ich kann nicht länger, heute nacht geh ich meiner Wege. Wenn du mitwillst – ich bin um zwölf Uhr an der nördlichen Stallecke.
Ich will nicht mit, sagte ich.
Ich arbeitete den ganzen Tag und dachte über die Sache nach; und als der Abend kam, war ich entschlossen, Huntley nicht zu begleiten. Ich sah wohl, daß er mit mir reden wollte, beim Abendessen und nachher, als wir uns schlafen legten, ich ging ihm aber aus dem Weg und war zufrieden mit mir, daß ich die Kraft zum Widerstand aufbrachte.
Am Abend zogen wir uns aus und krochen in unsre Betten. Alles lag in Finsternis. Nach ein paar Minuten schnarchte die ganze Stube. Ich saß angekleidet auf meinem Bett und dachte nach. In ein paar Stunden würde der Aufseher wieder rufen: Auf, Leute! und der Tag würde verlaufen wie der gestrige und der vorgestrige. Dabei lag wohl ein paar Tageswanderungen von hier eine Farm oder eine Stadt, wo ich andere Arbeit finden und Geld verdienen könnte. Und dort würde ich vielleicht ein bißchen mehr Schlaf finden.
Ich schlich mich aus der Stube und ging zur nördlichen Stallecke hinüber.
Huntley war schon da; zusammengekauert stand er mit dem Rücken gegen die Wand, die Hände in den Taschen. Er fror. Ein Weilchen darauf kam auch der Landstreicher Jeß.
Ich fragte: Soll auch Jeß mit?

Natürlich, erwiderte Huntley. Grade er soll mit. Du wolltest ja nicht.
Doch, ich will, sagte ich und wollte auf einmal.
Ja, nun ist's zu spät, erklärte Huntley. Ich hab nur Proviant für uns zwei.
Da sagte ich wütend: Dann meld ich's dem Aufseher.
Das tust du? fragte Huntley sanft, durchaus sanft. Das tust du bestimmt nicht, sagte er, auf keinen Fall tust du es. Er kam mir so nah, daß ich seinen Atem spürte.
Halt! flüsterte der Landstreicher. Wenn Nut mit will, beschaffe ich noch Essen. Ich weiß, wo der Koch das Fleisch stehen hat.
Als der Landstreicher Jeß weg war, standen Huntley und ich bei den Ställen und zankten uns, weil ich ihn hatte angeben wollen, und als Jeß mit dem Fleisch zurückkam, war Huntley noch so erregt, daß er sagte: Mehr Fleisch gab es nicht, du Lump? Was ist das für einen erwachsenen Mann? Gut, da hast du dein Fleisch, Nut, sagte er und warf mir das Fleisch zu.
Dann schlichen wir uns von Orange Flat fort.

2

Wir gingen nordwärts, um auf das Eisenbahngleis zu stoßen, und wir gingen ein paar Stunden. Da erklärte der Landstreicher Jeß, er müsse ein bißchen schlafen. Wir andern hätten noch weiter gehen können.
Wir waren mitten auf der Prärie, und noch sahen wir kein Anzeichen, daß der Morgen käme. Da wir ziemlichen Nachtfrost hatten, kamen wir durch die Weizenfelder und die ungeheuren Prärien, ohne naß zu werden. Wir gingen nun im Kreis herum und fühlten mit den Füßen vor uns her, um eine gute Stelle zum Liegen ausfindig zu machen; ich legte mich hintüber auf den Ellbogen und schlummerte, den Kopf in die Hand gestützt, ein.
Plötzlich weckt uns Jeß. Er hat die letzten Wochen durch wohl zu wenig Schlaf gehabt und kann jetzt nicht einschlafen.
Schlaftrunken und erschrocken springen wir auf; es ist keine Gefahr im Verzug, nur finsterer Friede liegt um uns her.

Huntley flucht und behauptet, uns jetzt schon wach zu machen, sei nicht nötig gewesen.
Jeß erwiderte: Wir wollen sehen, daß wir weiterkommen. Hier liegt überall so viel weißer Reif. Der Aufseher kann unsre Spur von den Ställen aus verfolgen, und auf dem Pony kann er uns einholen.
Ja, und? fragte Huntley. Dann machen wir ihn kalt.
Und er kann uns vorher erschießen, erwiderte Jeß. Er hat ein Gewehr.
Da schlugen wir wieder den Weg nach Norden ein. Zu unsrer Rechten war's, als ob der Himmel sich zu lichten begänne, das bißchen Schlaf hatte uns auch so gut getan, daß unser Mut etwas stieg; selbst Jeß, der nicht geschlafen hatte, schien mehr Kräfte zu haben, er schritt strammer aus und stolperte seltener auf der unebenen Grasprärie.
Jetzt werden sie auf der Sektion geweckt, sagte Jeß. Er erkannte es am Himmel. Ein Weilchen darauf sagte er: Jetzt frühstücken sie. Jetzt fragt er nach uns.
Wir gingen unwillkürlich alle drei geschwinder.
Jetzt ist er draußen und sieht nach uns, sagte dann Jeß wieder.
Ich hörte mein Herz schlagen.
Halt den Mund, rief Huntley. Kannst du denn nicht sparsamer schwatzen und am liebsten ganz stillschweigen?
Er wird gut zureiten müssen, wenn er uns jetzt noch erreichen will, sagte ich und heuchelte Mut.
Ja, du hast recht, sagte auch Huntley. Er holt uns nie ein.
Huntleys Sicherheit wurde recht groß, wir hörten nach einer Weile, daß er verstohlen von dem Proviant, den er trug, zu essen begann. Es wurde heller und heller, und die Sonne ging auf. Jeß blieb stehen und sah sich um: nichts zu sehen, kein Reiter, kein lebendes Wesen. Und auch kein Haus und kein Baum stand in diesem endlosen Präriemeer.
Jeß sagte: Jetzt nehmen wir den Kurs ein paar Strich nach Osten. Die Sonne wird bald genug unsere Spuren wegschmelzen; wenn wir aber dieselbe Richtung wie jetzt behalten, kann der Aufseher uns noch immer einholen.
Du hast recht, sagte auch Huntley. Soll er dann nur weiter nach Norden reiten, er wird uns nicht finden.
Wir wanderten noch eine gute Stunde und waren alle dem Umsinken nah. Im Höhersteigen wurde die Sonne wärmer

und wärmer und hatte schließlich allen Reif aus dem Grase weggetrocknet. Es mochte sieben oder acht Uhr morgens sein, und wir legten uns alle zur Ruhe.
Ich war übermüdet und konnte nicht schlafen, aufrecht saß ich da und besah mir meine beiden Kameraden. Der Landstreicher Jeß war von dunkler Gesichtsfarbe und mager, er hatte schmale, geschmeidige Hände und Schultern. Gott weiß, er hatte vielleicht schon alle möglichen Stellungen gehabt und sie aufgegeben, um umherzuschweifen, unablässig umherzuschweifen und das Zufallsleben eines Landstreichers zu führen. Von seiner Matrosenzeit auf den Flüssen her hatte er Kenntnis von den Strichen des Kompasses, darum konnte er davon reden, den Kurs zwei Strich nach Osten zu verlegen. Er verstand sich auf Waren und hatte vielleicht in einem städtischen Laden gearbeitet. Er war ein hilfsbereiter Kamerad: als er in der Nacht Müdigkeit vorschützte, geschah es, um uns ein kleines Weilchen Schlummer zu verschaffen – er selbst wachte.
Huntley war ein viel größerer und beleibterer Mann und schien sein Schicksal gehabt zu haben. Bei einem Wortwechsel auf der Farm an einem regnerischen Tage, als wir alle müßig gingen, hatte er lebhaft den Mann beklagt, der eine untreue Ehefrau habe. Wenn du sie nicht liebst, erschieß sie! sagte er, wenn du sie aber liebst, dann traure um sie dein Leben lang und werde ein Wrack und ein Auswurf! Huntley schien bessere Tage gesehen zu haben, er war aber zweifellos ein Trunkenbold und hatte sich in seinem Denken zum kriechenden Fuchs entwickelt. Er hatte sanfte Augen, die ekelhaft anzuschauen waren. Unter seinem Wams trug er immer ein altes Seidenhemd, das braun wie seine Haut und eins mit ihr geworden war. Im ersten Augenblick sah es aus, als wäre er bis zum Gürtel nackt. Da er uns allen an Kraft überlegen war, genoß er großes Ansehen unter uns.
Die Sonne tat schließlich ihr Werk an mir und machte mich schläfrig. Und im hohen Gras rauschte die Brise.

3

Es war ein sehr unruhiger Schlaf, ein paarmal sprang ich auf und schrie, legte mich aber wieder beruhigt hin, als ich sah, wo ich war. Jeß sagte jedesmal: Schlaf weiter, Nut.

Als ich später am Tag erwachte, saßen meine beiden Kameraden da und aßen. Sie sprachen darüber, daß wir unsere Löhnung im Stich gelassen, daß wir vier Wochen auf der Farm geschuftet hatten, ohne unser Geld dafür zu bekommen.

Wenn ich daran denke, könnte ich umkehren und die Farm niederbrennen, sagte Huntley.

Er verschlang unmäßige Portionen von seinem Proviant und ging nicht weise sparsam damit um. Da ich mein Fleisch für mich hatte, brauchte ich bloß etwas Brot, das ich von Jeß auch bekam. Von nun an hatten wir jeder seinen Vorrat.

Als wir gegessen hatten, machten wir uns wieder auf die Wanderung. Die Sonne war schon stark im Sinken, wir schätzten die Zeit auf vier, halb fünf Uhr, als wir aufbrachen. Und wieder steuerten wir nach Norden zu, um auf die Bahnlinie zu stoßen.

Wir wanderten bis in die dunkle Nacht und gingen wieder auf der Prärie zur Ruhe; vorher aß Huntley seinen ganzen Vorrat auf und war gehörig satt, als er einschlief. Während der Nacht erwachten wir alle drei öfters von der eisigen Kälte, dann machten wir im Dunkeln ein paar Sprünge vor und zurück, bis wir fielen und das bereifte Gras im Gesicht fühlten. Dann krochen wir wieder aneinander heran, fielen in Halbschlaf und klapperten mit den Zähnen. Huntley fror etwas weniger als wir, weil er sehr satt war.

Schließlich sagte Jeß und erhob sich dabei: Wir könnten ebensogut weiterwandern, bis die Sonne aufgeht, und uns dann hinlegen.

Als wir uns aber dann auf den Weg machten, wollte Huntley den einen Weg und Jeß einen andern einschlagen. Es war kein Licht vorhanden, und kein Stern stand am Himmel, nach dem wir uns hätten richten können. Ich geh mit Jeß, sagte ich und machte mich auf. Und Huntley kam nun hinter uns her und fluchte und schalt besonders mich einen elenden Burschen und einen Kerl ohne Sinn und Verstand.

Als es heller wurde, fingen wir im Gehen zu frühstücken an. Huntley, der nichts mehr zu essen hatte, folgte uns schweigend. Im Lauf des Tages begannen wir Durst zu verspüren, und Jeß sagte: Wir werden vielleicht den ganzen Tag über kein Wasser finden, seid sparsam mit dem Tabak und nehmt nur ein bißchen auf einmal.
Huntley hatte aber auch seinen Tabak verbraucht, so daß wir ihm etwas abgeben mußten.
Am Abend in der Dämmerung, als wir nichts mehr sehen konnten, hörten wir weit vor uns einen Eisenbahnzug brausen. Das klang in unseren Ohren wie zärtliche Musik, und wir gingen mit frischen Kräften drauf los. Endlich stießen unsre Füße gegen die Schienen. Aber weder im Osten noch im Westen war etwas andres als Schienen zu sehen, und wir mußten uns niederlegen, wo wir standen, und den Morgen erwarten. Meine Kameraden legten sich auf das Gleis selbst, mit dem Kopf auf der Schiene, ich aber wagte es nicht, mein Schneid war dahin, ich legte mich darum wieder ins Gras. Und auch diese Nacht ging zu Ende, obwohl ich für meinen Teil fast beständig an der Bahn hin und her lief, um mich warm zu halten.
Als der Morgen dämmerte, erhob sich Jeß plötzlich und sagte: Paßt auf, Jungen, es kommt ein Zug.
Mit dem Kopf auf der Schiene liegend, hatte er das schwache Zittern aus der Ferne gefühlt. Alle drei standen wir bereit und gaben dem Lokomotivführer Zeichen, obgleich wir kein Geld hatten; Huntley, der Fuchs, legte sich auf die Knie und streckte die gefalteten Hände aus, als bete er zu Gott. Doch der Zug brauste vorüber. Es war ein Weizenzug, er hätte uns wohl aufnehmen können. Zwei rußige Männer standen auf der Maschine und lachten uns aus.
Huntley erhob sich und war wütend. Er sagte: Ich hatte einmal einen Revolver, es ist eine Schande, daß ich den nicht hier habe.
Wir begannen längs dem Gleis nach Westen zu gehen, das war ein anstrengendes Wandern über Tausende von Schwellen, ein Gehen wie über eine liegende Leiter. Jeß und ich aßen ein paar Mundvoll; Huntley schämte sich nicht, er bat uns um einen Happen, wir gaben ihm aber nichts. Und damit nicht der Rest meines Essens in die Hände Huntleys falle, während ich schlief, verspeiste ich das ganze vor seinen Augen.

War das vielleicht schön von dir nach deiner Meinung? sagte Huntley gehässig.
Während des Tages hörten wir einen neuen Weizenzug daherkommen. Jeß entschied, daß wir uns in Zwischenräumen von ein paar hundert Metern längs der Bahn aufstellen und einer nach dem andern versuchen sollten, den Zug zu besteigen. Weit drüben steht ein Rauchstrich in der Luft, der ganze Zug erscheint so klein, er sieht aus wie ein einziger kleiner Kasten. Wir sind voll höchster Spannung.
Huntley sollte als erster den Versuch machen. Er bekam auch einen Wagen zu fassen, war aber zu schwer, um mit den Beinen folgen zu können; am Arm hängend, verdrehte er seinen Körper und mußte loslassen, er wurde weit hinaus ins Gras geschleudert. Ich selbst versuchte gar nicht mitzukommen, es war mir nicht mehr soviel Verwegenheit geblieben. Jeß jedoch hatte gewiß schon früher fahrende Züge erklettert, er lief in ein paar hastigen Sätzen neben dem Zug her, schlug die Hand um den Griff und stand im gleichen Augenblick auf dem Trittbrett.
Der Hund reist uns vor der Nase fort, sagte Huntley und spuckte Gras aus.
Plötzlich hält der Zug ein Stückchen weiter, wir sehen, wie zwei Eisenbahnleute Jeß überwältigen und absetzen. Als Huntley und ich hinzuliefen, um ihm zu helfen, war's zu spät, der Zug fuhr schon, und wir drei Vagabunden standen wieder auf der Prärie.
Der Durst quälte uns immer heftiger. Huntley hat zum zweiten Mal seinen Tabak aufgebraucht und hat nichts, um seinen Durst zu betäuben, er spuckt ein wenig weißen Speichel in seine Hand und zeigt uns, daß ihn mehr dürstet als irgendeinen. Da teilen Jeß und ich zum letzten Mal unseren Tabak mit ihm.
Und wieder gehen und gehen wir westwärts. Der Tag neigt sich. Ein Mann kommt uns auf dem Gleis entgegen, er geht in östlicher Richtung. Es ist ein Vagabund wie wir, um den Hals trägt er ein kleines seidnes Tuch und ist wärmer gekleidet als wir, sein Schuhwerk aber taugt nichts.
Hast du was zu essen oder Tabak? fragte Huntley.
Nein, mein Herr, erwiderte der Landstreicher in ruhigem Ton.

Da untersuchten wir ihn und suchten in seinen Taschen und auf seiner Brust nach, er hatte aber nichts.
Alle vier setzten wir uns ein wenig nieder und unterhielten uns.
Nach Westen zu habt ihr nichts zu suchen, sagte der neue Landstreicher. Ich laufe jetzt zwei Tage und zwei Nächte lang und habe keine Menschenseele getroffen.
Und was sollen wir im Osten? fragte Huntley. Wir kommen von da, wir sind seit heute morgen unterwegs.
Aber der neue Landstreicher beredete uns, mit ihm umzukehren und ostwärts zu gehen. Unsere ganze mühselige Wanderung seit heute morgen war umsonst; noch mehr als zuvor hofften wir jetzt, daß ein Schaffner uns doch noch auf einen Weizenzug steigen ließe. Unser neuer Kamerad ging anfangs rüstiger als wir, weil sein Körper leicht war und er noch viele Kräfte hatte; gegen Abend aber, als wir an die Stelle gekommen waren, wo wir in der letzten Nacht gelegen hatten, begann er langsamer zu gehen und sich hinter uns zu halten.
Jeß fragte ihn, wie lange es her sei, seit er etwas gegessen habe, und er gab zur Antwort, es seien zweimal vierundzwanzig Stunden.
Wir gingen noch eine Stunde lang mit dem müden Gefährten. Als es pechschwarz um uns geworden war, mußten wir die Beine hochheben und im Hahnentritt gehen, um mit den Stiefeln nicht an die Schwellen zu stoßen. Wir versuchten es, Hand in Hand zu wandern, aber es stellte sich heraus, daß Huntley dabei faul wurde und sich zu sehr von uns andern schleppen ließ, darum gaben wir das wieder auf. Schließlich legten wir uns zur Ruhe.

4

Als der Morgen graute, waren wir wieder auf den Beinen. Heute ging es wie gestern, ein nach Osten fahrender Weizenzug kam vorüber, kümmerte sich aber nicht um unsre Signale. Zähneknirschend ballte Huntley beide Fäuste hinter ihm her. Zu dem neuen Landstreicher sagte er:
Hättest du wenigstens etwas Tabak bei dir gehabt, so würde uns der Durst nicht so plagen. Wie heißt du?

Fred, entgegnete der Mann.
Dann bist du wohl so ein verdammter Deutscher?
Von Geburt, ja.
Ich dacht es mir. Ich hab's dir angesehen, sagte Huntley feindselig. Fred war jetzt munterer geworden und ging einher wie ein Held. Er schien seiner Sache gewiß zu sein: im Osten müsse eine Farm oder eine kleine Stadt liegen; im übrigen sprach er nur dann und wann und mischte sich nicht in das, was wir andern vorbrachten. Nach ein paar Stunden wurde er müde und hielt sich wieder hinter uns. Als wir uns schließlich umsahen, hatte er sich niedergesetzt.
Der Landstreicher Jeß sagte: Wir müssen ihm unser Essen geben, Nut.
Es war die pure Großtuerei von Jeß, denn er wußte, daß ich kein Essen mehr hatte; aber er sagte es, damit wir deutlich sähen, was er selbst tun würde. Er ging zu Fred zurück und gab ihm sein Essen. Das tust du nur, damit die Menschen dich bewundern, schrie ich ihm erregt zu, denn ich durchschaute ihn wohl.
Da zuckte Jeß zusammen.
Und alles tust du bloß, um dich in Ansehen bei uns zu setzen, schrie ich wieder. Als du in der ersten Nacht wachtest, während wir schliefen, da sorgtest du auch dafür, daß wir die Sache verstehen mußten. Ein Schwindler bist du. Ich hab Huntley, der ein schlechter Kerl ist, hundertmal lieber als dich.
Halt dein dreckiges Maul, sagte Huntley und verstand kein Wort davon, was ich sagte. Du bist neidisch auf Jeß, weil er ein besserer Mensch ist als du!
Für Fred war's schlecht und recht eine halbe Mahlzeit, die ihm große Dienste tat. Und wir machten uns wieder auf die Beine.
Das Essen hatte aber für Fred nicht nur gute, sondern auch böse Folgen – er geriet nach und nach in eine Art Geisteszerrüttung und verlor die Herrschaft über sich. Er verlegte sich aufs Schwatzen, ja, er wurde anmaßend und hatte große Pläne wegen einer kleinen Haltestelle auf der Prärie. Da stände ein Weizenzug auf den Schienen, sagte er, und da stände auch ein geladener Motor, den wir anzünden könnten.
Warum sollen wir den anzünden? fragte Huntley ärgerlich. Es entspann sich eine lächerliche Unterhaltung über diesen

Motor. Wenn wir ihn anzünden, gibt's eine Explosion, sagte Fred, viele Leute werden herbeilaufen, die können wir erschlagen.
Dabei fällt wohl viel Essen für uns ab? erwiderte Huntley höhnend. Und zu mir sagte er: Dieser Verrückte müßte auf der Stelle von uns fort. Er stört unsern Kreis. Bevor er kam, war alles in Ordnung. Als Fred eine Weile Unsinn geredet hatte, sank er in seine frühere Wortkargheit zurück. Wir alle schwiegen und schritten emsig aus, nur Huntley hielt sein Mundwerk im Gang.
Was soll daraus werden? sagte er gegen Mittag zu uns.
Weiß ich's? war meine Antwort.
Nein, nein, du weißt es nicht. Aber sehnst du dich denn nach Orange Flat zurück? Und was solltest du da?
Wir müssen nur geradeaus gehen, sagte Jeß.
Später am Nachmittag setzten wir uns und ruhten eine Stunde.
Huntley bemerkte: Du sagst ja nichts, Fred.
Du bist ein Affe, erwiderte Fred mit wütenden Augen.
Das reizte Huntley.
Du bist wohl so vornehm und brauchst einen Schuhlöffel für die Fahrzeuge da? sagte er und zeigte auf Freds Schuhe.
Fred schwieg und seufzte. Er begriff wohl, daß er keinen von uns auf seiner Seite hatte. Als wir dann weitergingen, versuchte Fred, sich in unseren Augen dadurch interessant zu machen, daß er sich plötzlich niederbeugte und einen Stein oder einen rostigen Kloben fand, den er sehr genau untersuchte. Wir andern liefen dann hin und waren enttäuscht, wenn wir sahen, was es war. Fred tat es aber wohl nur, um für eine Weile unsere Aufmerksamkeit zu erregen.
Wir kamen auch an einen verfallenen Schuppen mitten auf der Prärie. Der stand sicher seit der Zeit hier, als die Bahn gebaut wurde. Wir gingen hinein und sahen uns darin um; der Landstreicher Fred kam aber nicht mit.
Jeß und Huntley fingen nun nach Herumstreicherart an, ihre Anfangsbuchstaben in die Wände zu schneiden; währenddessen stand Fred draußen, und Huntley ging ab und zu an die Türöffnung, um nach ihm zu sehen. Als er seine Buchstaben fertig hatte, ging er wieder hin und sah hinaus.
Da läuft er, schrie er heftig. Der Hund, er stiehlt sich von uns fort. Er wird wohl einen Ort wissen, wo es gut sein ist.

Und alle drei sprangen wir hinter dem flüchtigen Fred her und grölten ihm nach, als wollten wir ihm an das Leben. Als er sich verfolgt sah, wendete er sich in großem Bogen nach der Prärie hin; da wir aber zu dreien waren, konnte er nirgendshin entkommen. Huntley schüttelte ihn wie ein Kind, als er ihn zu packen bekam, und verlangte zu erfahren, ob er einen guten Ort wüßte.
Ich weiß keinen guten Ort, erwiderte Fred, ich kann aber unter euch nicht bestehen. Ihr seid ein paar boshafte Narren. Ja, bitte, schlagt mich schon tot. Es liegt mir nichts dran.
Wir verständigten uns wieder und gingen zusammen weiter, bis die Dunkelheit anbrach; wir waren erschöpft und legten uns deshalb zeitig zur Ruhe. Bevor es geschah, hatte ich einen Wortwechsel mit dem Landstreicher Jeß, der damit endete, daß er mir ein paar Schläge ins Gesicht gab, weil ich ihn Schwindler genannt hatte.
Das ist recht, er hat Prügel verdient, sagte Huntley und sah neugierig zu. Schließlich traf ich Jeß mit einem Schlag unters Kinn, daß er hinfiel und genug hatte. Und auch Huntley ließ mich in Ruhe.
In der Nacht hörte ich, wie Jeß sich erhob und auf die Prärie hinausging. Seine Hosen streiften die mit Reif bedeckten Gräser. Er führt etwas im Schilde! dachte ich und ging still im Dunkeln hinter ihm her. Ich war an die zehn Schritte gegangen, als ich bemerkte, daß Jeß im Gras lag und etwas aß, es roch auch nach Fleisch. Er hat also noch etwas zu essen! dachte ich. Leise kehrte ich auf meinen Platz zurück und tat, als ob ich schliefe. Eine halbe Stunde darauf kam Jeß zurück und legte sich nieder.
Am Morgen erzählte ich Huntley, was ich wußte, und verlangte, er solle mir helfen, Jeß zu untersuchen. Huntley war gleich dazu bereit und kriegte Jeß zu packen. Es stellte sich heraus, daß Jeß an drei Stellen im Innern seiner Bluse Brot hatte und daß das Brot ausgehöhlt war und in den Löchern Fleisch steckte. Das rettete uns, wir teilten das Ganze unter uns vier und bekamen jeder eine kleine Mahlzeit. Als wir gegessen hatten, dankten wir Jeß und segneten ihn, obwohl er uns hatte betrügen wollen. Da fing Jeß in seiner Beschämtheit zu pfeifen an und wollte uns damit unterhalten.
Dann gingen wir weiter. Schon nach Verlauf einer Stunde sahen wir ein paar kleine weiße Vierecke vor uns auftauchen.

Es dauerte noch eine gute Weile, bis wir hinkamen: es war eine Farm mit Weizenfeldern und einer künstlichen Brunnenanlage und allem. Ehe wir an die Gebäude kamen, stießen wir auf ein Weib, ein junges Mädchen, das auf einer Schneidemaschine saß und Weizen mähte. Das war ein prächtiger Anblick für uns, die wir von der Prärie kamen und seit Jahr und Tag kein Weib gesehen hatten. Sie war jung und hatte einen großen Strohhut auf dem Kopf und sie nickte, als wir grüßten. Huntley war es, der zuerst mit ihr sprach und sie um ein wenig zu essen und zu trinken bat.

Das Mädchen antwortete, daß wir alles bekommen sollten, was wir wünschten.

Wir sind auf Orange Flat entlassen, weil die Ernte nun eingefahren ist, sagte Huntley.

Da wollte sich Jeß bemerkbar machen und ehrlich sein, und er sagte: Nein, wir sind von Orange Flat durchgebrannt, weil wir nicht genug Schlaf hatten. Das ist die Wahrheit.

Gut! sagte das Mädchen.

Und wir suchten ihr alle zu gefallen, und ich stand mit dem Hut in der Hand vor ihr und sprach mit ihr. Aber den Preis trug doch unser neuer Kamerad Fred davon, weil er ein blonder Deutscher war und am besten aussah. Sie bat ihn, sie nach Hause zur Farm zu begleiten, um von da etwas zu essen zu holen; während der Zeit sollten wir andern auf ihre Pferde achtgeben. Es sei kein einziger Mann daheim auf der Farm sagte sie, und sie wage es nicht, uns alle mitzunehmen, um ihre Mutter nicht zu erschrecken.

Ja, das verstanden wir.

Während das Mädchen und Fred fort waren, setzten wir drei uns der Reihe nach auf die Schneidemaschine und ließen die Pferde gehen, damit die Arbeit trotzdem getan würde. Und wir taten unser Bestes. Bei Gott im Himmel, wir schnitten ihr fast das ganze Feld, bevor sie wiederkam, außerdem stellten wir die Garben in wahren Musterreihen auf.

Nach einer Weile kam der Besitzer der Farm dazu. Er sah, was wir konnten; und noch ehe das junge Mädchen mit dem Essen zurückgekommen war, hatte ihr Vater uns vier Vagabunden bis zur Beendigung der Ernte in Dienst genommen.

5

Die Erntearbeit erledigten wir in fünf und das Dreschen danach in zwei Tagen; wir erhielten also Lohn für sieben Tage und waren wieder freie Vögel. Der Landstreicher Jeß hielt sich gleich bereit, den Ort zu verlassen – wie er schon hundert Orte vorher verlassen hatte; sieben Tage lang hatte er nun die Landstreicherei an den Nagel gehängt. Ich machte mich fertig, ihn zu begleiten; Huntley aber und Fred, den Deutschen, wollten wir nicht mitnehmen.

Als wir draußen auf dem Hofe standen und Huntley schon ein Stück entfernt war, sagte der Farmer, daß er zwei von uns noch einen Monat lang würde brauchen können beim Herbstpflügen. Jeß weigerte sich, dabeizubleiben, und gab vor, er müsse ohne Aufenthalt nach Osten, so wurden dann der Deutsche Fred und ich dazu erkoren, auf der Farm zu bleiben. Und Fred wollte nichts lieber als das, er zog gleich die Jacke aus und ging an die Arbeit.

Jeß sagte zu mir: Die Verabredung war, daß wir zwei miteinander wandern wollten. Begleite mich wenigstens bis zur Stadt. Wir haben nun beide wieder Geld und können uns nach einer bessern Stelle umsehen, als die hier ist.

Ich sagte deshalb dem Farmer, ich würde morgen wiederkommen, und zog mit Jeß davon.

Nachdem wir ein paar Stunden dem Eisenbahngleis entlang gegangen waren, erreichten wir eine Farm, nach vier Stunden wieder eine. Dann kamen wir in die Stadt Eliot. Unterwegs hatte Jeß mir auseinandergesetzt, daß mancher kleine Verdienst winken könne, wenn man sich nur nicht eine Ewigkeit lang auf einer entlegenen Farm festsetze. Hier liege nun ein Städtchen vor uns; vielleicht könnten wir an der Bahn entlang hineinkommen.

Ich will morgen zur Farm zurück, sagte ich.

Ich weiß wohl, was du dir in den Kopf gesetzt hast, sagte Jeß. Das Mädchen hat es dir angetan. Laß du das Mädchen ruhig fahren, Fred ist ihr lieber als du, und er hat bessere Aussichten, weil er so gut aussieht.

Ich finde, Fred ist wirklich keine Schönheit, bemerkte ich.

Dazu schwieg Jeß. Aber nach einer Weile sagte er: Nicht deswegen; Fred bekommt das Mädchen auch nicht.

Nein, nicht wahr? sagte ich und wurde vergnügt.

Der reine Satan bist du in der Beziehung, du verstehst dich auf so was, Jeß; und du glaubst also nicht, daß Fred sie bekommt?

Der Alte würde es nicht zulassen ... Was du zu tun hast, wenn du dir Aussichten schaffen willst, will ich dir sagen. Eine Zeitlang fortbleiben mußt du und mit viel Geld in der Tasche wiederkommen. Das ist der Weg.

Von jetzt ab brannte ich darauf, mir viel Geld zu verschaffen.

Wir gingen in eine Schenke in der Stadt und ließen uns zu trinken geben. Ich war starke Getränke so wenig gewohnt, daß ich im Nu voll Frohsinn und Possen steckte. Aber das dauerte nicht lange; als eine herumziehende Musikbande eintrat und Harfe und Geige zu spielen begann, wurde ich gleich wieder demütig und geriet in ein innerliches Schluchzen. Der Frau mit der Harfe gab ich etwas Geld. Jeß sah mich verwundert an.

Du bist verliebt, das ist die Sache, sagte er.

Wir streiften umher, von einer Schenke zur andern, weil wir sonst keinen Aufenthaltsort hatten. Und überall waren wir willkommen, da wir aus dem Westen kamen und unser Benehmen darauf schließen ließ, daß wir viel Geld bei uns hätten. In einer von den Wirtschaften trafen wir auch Huntley, der schon stark betrunken war und uns mit seinem Taschenmesser entgegenkam, um uns zu erstechen. Wir wollten denn auch nicht mit ihm zusammen sein. Am Abend landeten wir wieder in der ersten Schenke. Während wir da am Schenktisch standen, wurde ein kleines Gespräch zwischen dem Wirt und einem der Leute aus der Stadt geführt, einem Eisenbahnmann, der eingetreten war, um einen Whisky zu trinken.

Der Wirt fragte: Ich sah Herrn Hart und seine Frau heute zum Zuge gehn, wohin wollten sie?

Nach Chicago, antwortete der Mann. Er hat Geschäfte da, wie ich höre. Die Frau ist zum Vergnügen mitgefahren.

Dann besorgt wohl George inzwischen die Bank?

Das nehme ich an, George ist der Schlechteste nicht, wenn er sich nur nüchtern hält.

Diese Unterhaltung hatte kein Interesse für mich, mein Kamerad aber hörte genau zu und forderte mich dann gleich auf, mit ihm hinauszugehen: er habe mit mir zu reden.

Langsam gingen wir stadteinwärts, und Jeß grübelte den ganzen Weg entlang. Wir kamen an ein Gebäude, woran auf einem Schild geschrieben stand:

HART & CO.

FARMERS BANK

Hier bat Jeß mich, einen Augenblick zu warten, und ging selber hinein. Als er zurückkam, fragte ich: Was hast du da drinnen gemacht?

Ich habe meinen letzten kleinen Schein gewechselt, antwortete Jeß. Wir gingen weiter und kamen ans Ende der Stadt; da setzten wir uns bei der Bahnweiche hin, wo zugeschnittenes Bauholz in Stapeln an den Schienen entlang lag.

Zunächst ging Jeß rund um diese Stapel herum und vergewisserte sich, daß wir allein waren, dann kam er zurück und sagte: Keiner von uns hat noch so viel Geld übrig, daß es der Rede wert wäre, nicht wahr? Ich habe noch ein paar Dollar, erwiderte ich und sah nach.

Dann wirst du einen Dollar weniger haben als ich. Den hast du der Frau mit der Harfe gegeben. Das war übrigens das Dümmste, was du tun konntest.

Na, so viel klüger ist's wohl auch nicht, in den Kneipen herumzuziehen und das Geld zu versaufen.

Hast du bemerkt, wie ich saufe? fragte Jeß. Ich trinke einen Schnitt, wenn du ein Seidel trinkst.

Allemal.

Worüber wolltest du eigentlich mit mir reden? fragte ich.

Und außerdem hätte ich den Plan, den ich jetzt im Kopfe habe, nicht gefaßt, wenn wir nicht in die Kneipen gegangen wären, fuhr Jeß fort.

Was ist das für ein Plan?

Herr Hart und Frau Hart sind heute nach Chicago gereist, sagte Jeß.

Ja...?

Und George wird inzwischen die Bank besorgen.

Ja, ich hab das gehört. Und...?

George ist der Bruder von Frau Hart, wie ich vorhin erfahren habe. So so.

Aber George ist ein berüchtigter Trinker.

Das alles weiß ich schon, Jeß. Was du bloß faselst!

Jeß erklärte sich nun ein wenig deutlicher, und ich begriff, daß er – kurz und gut – in dieser oder der nächsten Nacht der Bank

einen Besuch abstatten wollte. Ich sollte ihm dabei behilflich sein.
Ich getraute mich nicht, es zu tun, war meine Antwort.
Dann nehm ich Huntley mit.
Das wollte ich auch nicht haben, und ich sagte: Ich hab es noch nie getan. Es hört sich sehr gefährlich an. Aber wenn du mich's lehren willst...
Gefahr ist nicht vorhanden, sagte Jeß. Wenn George zu trinken anfängt, so ist alles andre eine Kleinigkeit, ich habe das Haus studiert. Und Jeß zeigte mir erstens eine Säge, um Metall durchzusägen, und zweitens eine herrliche Zange mit Auswechslung, um Schrauben abzuknipsen. Die Schneiden waren scharf wie zwei Messer. Aber später? fragte ich. Hinterher?
Hinterher sind wir weit von hier, entgegnete Jeß. Herr Hart braucht drei Tage zur Hin- und drei Tage zur Rückreise, das macht sechs; er wird sich in Chicago vier Tage lang aufhalten, das macht zehn. Und Jeß setzte hinzu: Übrigens denke ich nicht daran, die Bank leerstehlen zu wollen. Was du wegen des Mädchens brauchst, dafür gibt es ein gutes Fundament; du kannst dir ja noch mehr hinzusparen.
Wir schlenderten noch ein paar Stunden herum, die Läden wurden geschlossen, und die Straße belebte sich für eine Weile mit Leuten, die ihr Tagewerk getan hatten. Nur die Schenken waren noch offen, und sie waren offen, solange Gäste da waren.
Nun kommt es darauf an, George zu finden und zu sehen, was er treibt, sagte Jeß.
Und wir zogen von Kneipe zu Kneipe und tranken Whisky und Bier, fanden aber niemand unter den Gästen, der George hätte sein können. Schließlich landeten wir wieder in der ersten Kneipe. Und hier trafen wir George.

6

George war mehrere Stunden lang standhaft geblieben und hatte der Versuchung widerstehen wollen; das sagte er selbst, als er kam. Doch es sei ja so ein schöner Herbstabend, fügte er dann hinzu, und es sei einerlei, wo er sich an einem solchen schönen Herbstabend für ein Stündchen aufhalte.

Er war ein kleiner beleibter Mann im Alter von mindestens vierzig Jahren mit auffallend sinnlichem Blick. Er trug vornehme Kleider und hatte sehr weiße Hände, weil er immer bloß drinnen saß und schrieb. Uns beachtete er gar nicht.
Er begann sofort stark zu trinken; es kamen Leute von der Straße herein, die mit ihm bekannt waren, und zusammen mit ihnen machte er den Abend zum fröhlichen Fest. Er wurde von allen mit großer Höflichkeit behandelt.
Als Jeß an den Tisch trat und ihn einlud, mit ihm zu trinken, antwortete George abweisend, weil er eben ein großer Mann in der Stadt war und Jeß nichts als ein Landstreicher.
Doch, trinken Sie mit ihm, sagte der Wirt. Die beiden Herren haben die Taschen voll Geld, fügte er hinzu und deutete auf Jeß und mich. Sie werden mehr haben als ich, erwiderte George und zeigte seine Brieftasche vor.
Er hatte ein paar Banknoten darin. Von nun an übernahm er alle Ausgaben und hielt jeden frei, der trinken wollte. Der Wirt tat alles, um ihn zufriedenzustellen.
Ich muß mir noch etwas Geld holen, sagte George. Erwartet mich hier, Burschen!
Er ging hinaus. Er war sehr aufgeräumt und sang.
Ein Prachtkerl! sagten die Burschen zueinander. Er wird so weitermachen die ganze Nacht.
Jeß ließ sich kein Wörtchen entgehen.
Als George zurückkam, gab er sich zunächst den Anschein, als habe er kein Geld mehr finden können; er bestellte aber sorglos eine Runde nach der andern und bezahlte freigebigst mit Banknoten aus der Brieftasche.
Darüber verstrichen einige Stunden.
Nun gehn wir zu Conway, erklärte George.
Conway war der Besitzer einer anderen Kneipe.
Er hat schon geschlossen, sagte der Wirt.
Dann brechen wir bei ihm ein, sagte George. Kommt, Kinder.
Jeß und ich hielten uns zurück, als wären wir zu stolz, um mitzugehen.
Wollt ihr zwei nicht mitgehen? fragte George. Ich lade euch ein. Und wir ließen uns überreden.
Conway hatte noch nicht geschlossen; auch da war eine fidele Gesellschaft beisammen, und George und seine Leute wurden willkommen geheißen. Jeß wollte für sich und mich auch

nicht ganz klein dastehen, er begann vielmehr wie ein Künstler zu pfeifen und erweckte großen Beifall. Er pfeift verflucht gut! sagten sie alle.
Wir blieben zwei Stunden da und tranken starkes Zeug in ungeheuren Mengen. Ich trank die ganze Zeit Schnitte, wie Jeß es mich gelehrt hatte, und wurde nicht betrunkener davon, da ich in großer Spannung der Dinge wartete, die bevorstanden.
George zählte sein Geld und sagte:
Nun geh ich zu den Mädchen. Gute Nacht, Kinder. Ich muß mir nur noch Geld holen.
Du hast doch eine Masse Geld bei dir, wurde eingewendet.
Es reicht nicht, erwiderte George und taumelte zur Tür hinaus.
Heute nacht wird die Bank um ein paar hundert Taler ärmer, sagten die Burschen.
Es sieht so aus, erwiderte Jeß schnell und eifrig. Geld um sich schmeißen, das kann er glänzend.
Da sich jedoch keiner in ein Gespräch mit Jeß einlassen mochte, der ein Landstreicher war und blieb, zogen sich alle von uns zurück. Jeß ging an ihren Tisch hinüber und fragte jeden einzeln, was er zu trinken wünsche, alle erklärten aber: nein, danke, sie wollten nichts mehr trinken.
Komm und gönne dir einen Whisky, wendete er sich an mich.
Ich sah ihn erstaunt an.
Du wirst das brauchen können, sagte Jeß.
Ich trank zwei große Gläser Whisky, wurde forsch und unbesiegbar und hätte mich daran machen können, die Menschen aus Conways Kneipe einen nach dem andern hinauszuwerfen.
Jeß und ich sagten Gutenacht und gingen auf die Straße.
Finster und öde lag die Stadt. Jeß führte, und wir bewegten uns in der Richtung auf die Bank zu. In den Fenstern war Licht, und daraus schlossen wir, daß George sich im Hause befinde.
Wart hier auf mich! sagte Jeß und tat fünf lautlose Sprünge auf das Haus zu. Er verschwand durch die Gartentür.
Wohin mag er gegangen sein? dachte ich.
Ich wartete zwei Minuten, und Jeß kehrte zurück.
Er machte dieselben Sprünge. Wo bist du gewesen? fragte ich.

Ich war drüben und hab ein bißchen an seinem Türschloß gefingert, entgegnete Jeß. Wir warten hier ruhig.
Plötzlich ergriff Jeß mich am Arm und flüsterte: Hörst du?
Wir hörten einen Mann mit dem Schlüssel an einem Schloß arbeiten und arbeiten und immer maßlosere Flüche ausstoßen. Das ist George, sagte Jeß.
Wir versteckten uns hinter einer Hausecke und warteten.
Ich krieg die verdammte Tür nicht zu! sagte George und kam auf die Straße heraus. Na, der Schrank hat seine zwei Schlösser!
George ging zu den Mädchen, er taumelte stark.
Nun machen wir noch einen kleinen Abstecher, bis alles ruhig ist, sagte Jeß.
Im Gehen bemerkte ich: Ich glaub doch nicht, daß du es wagst, Jeß. So! sagte Jeß. Er musterte die Häuser, so gut es sich im Finstern tun ließ, wählte sich einen Laden mit einer Doppeltür aus und sagte, er wolle mir etwas zeigen. Er gab sich das Ansehen eines total Besoffenen und schwankte wie aus Unbehilflichkeit gegen die Tür. Das bewirkte eine starke Erschütterung im ganzen Hause, und die Türen sprangen beide auf.
Ein Mann, der Wache hielt, rief drinnen aus dem Laden: Was zum Teufel heißt das?
Jeß verharrte schwankend in der Tür, als begreife er selbst nicht, wie er hierhergekommen sei.
Wer ist das? fragt der Mann im Laden. Ich schieße, Hundsfott, wenn du nicht Antwort gibst.
Ich bin es, sagt Jeß hilflos vor Trunkenheit und läßt sich zu Boden fallen.
Der Mann im Laden mußte ihn nun obendrein auf die Straße schleppen. Jeß verstand es ausgezeichnet, nach der Art betrunkener Leute zu faseln, und der Wächter sah durchaus ein, daß es sich hier um einen unfreiwilligen Einbruch handle. Er schloß die Türe wieder und war wütend.
Wie ärgerlich, daß ein Mann im Laden sein mußte! sagte Jeß, als er wieder zu mir stieß. Sonst wäre es vielleicht ein kleiner Fang geworden.
Nun sehe ich, daß du Mut zu allem hast, was es auch sein mag, sagte ich.
Und wieder standen wir vor der Bank. Jeß sagte: Du

mußt dir eine Handvoll Sand hier auf der Straße zusammensuchen und das gegen die Fenster schleudern, wenn jemand kommt.
Ja, sagte ich und hörte mein Herz hämmern.
Jetzt geh ich, sagte Jeß.
Ich stand eine Weile da und sah ihm nach, wie er durch die Gartenpforte verschwand. Wenn jetzt jemand käme und mich fragte, warum ich hier stünde – was sollte ich dann antworten? Ich nahm eine Handvoll Sand und reinigte ihn von den kleinen Steinen; die Straße war ungepflastert, und auf dem Fahrweg lag trockner Sand in Massen. Nichts war zu sehen, die Stadt war still, dann und wann erscholl unten bei der Station ein Pfiff von den rangierenden Lokomotiven der Weizenzüge. Plötzlich höre ich Schritte auf dem Bürgersteig. Schon will ich meinen Sand gegen die Scheiben der Bank werfen, aber statt dessen gehe ich dem Kommenden entgegen, sage Guten Abend und erhalte Antwort. Und der Mann geht seiner Wege. Jeß mochte jetzt seit fünf Minuten fort sein.
Da hörte ich deutlich mehrmals hintereinander ein leises Knipsen in der Bank. Nun schneidet Jeß Schrauben durch, denke ich und bin über seine Kaltblütigkeit verwundert. Ich wußte, wohin ich flüchten wollte, wenn es notwendig würde: zur Eisenbahn hinunter, wo sich längs dem Gleis die vielen Schuppen befanden.
Es dauerte lange, eine Ewigkeit. Jeß beginnt drinnen Metall zu sägen, ich höre bis hierher diesen oder jenen Ruck, und ich stehe wie auf Nadeln ob seiner beispiellosen Frechheit. Wenn es ihm jetzt nur wirklich gelänge, etwas Ordentliches zu stehlen! denke ich und bekomme Gier auf meinen Anteil. Je später es wurde, desto ruhiger wurde ich auch; ich ging auf dem Bürgersteig hin und her und grübelte. Auch an das Mädchen auf der Farm mußte ich denken, Alice Rodgers hieß sie.
Nun ist Jeß ganz gewiß seit einer Stunde drinnen und noch immer nicht zurückgekehrt. Als ich mich eben soweit ermannen will, den Garten zu betreten und nachzuschauen, kommt Jeß heraus. Er eilt mir voran, hinunter zu den Bretterstapeln längs den Gleisen.
Verfluchtes Pech das! pustete er los.
Was ist denn geschehen? fragte ich.

Dieser verflixte George muß die ganze Bank mit zu den Mädchen genommen haben, sagte Jeß. Der Schrank war leer. Bloß Akten waren drin.
Eine heimliche Zufriedenheit durchfuhr mich bei dieser Mitteilung, und ich verriet mich dadurch, daß ich ihm ausgelassen auf die Schulter klopfte und ihn fragte: Du hast also nichts erwischt?
Was sollte ich denn erwischen, dummes Luder? sagte Jeß erbost. Ich will nicht länger hier sitzen, fuhr er erregt fort, wir müssen etwas andres versuchen.
Damit ging Jeß; er folgte den Schienen bis zum Bahnhof, und ich ging mit. Ich war matt geworden durch meinen langen Wachtdienst und sagte: Offen gestanden, ich glaub nicht, daß das einen Zweck hat. Wir wollen's aufgeben!
Noch eins versuchen wir, sagte Jeß.
Er ging in das Bahnhofsgebäude und fragte den Telegraphisten, wann ein Zug nach Osten vorbeikomme. In einer halben Stunde, erwiderte der Telegraphenbeamte und sah nach der Uhr.
Dann ist nichts zu machen, bis der Zug vorüber ist, sagte Jeß zu mir. Wir setzten uns in die Nähe des Bahnhofs und warteten die halbe Stunde, obgleich wir sehr froren. Der Morgen begann zu nahen.
Sobald der Zug zu hören war, stand Jeß auf und hieß mich auf ihn warten. Er ging wieder in das Bahnhofsgebäude hinein und blieb fort. Ich wartete. Der Zug kam, hatte seinen Aufenthalt und fuhr wieder ab. Eine Stunde lang wartete ich vergebens, und im Osten dämmerte der Morgen herauf. Er wird die Gelegenheit ausspähen, dachte ich mir. Ich ging ihm nach, betrat den Bahnhof und fragte, ob man meinen Kameraden gesehen hätte.
Er ist mit dem Zuge gefahren, war die Antwort des Telegraphisten. So, er ist mit dem Zug gefahren, sagte ich und wagte nicht, ein größeres Staunen an den Tag zu legen. Ein Verdacht gegen Jeß hatte sich in mir festzusetzen begonnen, daß er vielleicht doch etwas anderes in der Bank gefunden hätte als Akten. Er war wie im Fieber gewesen und hatte sich so seltsam gegen mich benommen.
Der Telegraphenbeamte fragte lächelnd: Ist er dir durchgebrannt? Überlegen gab ich ihm das Lächeln zurück und sagte: Nein, ich habe gewußt, daß er reisen wollte. Ich kannte ihn

gar nicht, und ich hatte ihm mitgeteilt, daß ich nichts mit ihm zu tun haben will.
Und das sagte ich, um mich vor dem zu schützen, was später kommen könnte.
Von tausend Gedanken erfüllt, verließ ich den Bahnhof. Ich war wie aus den Wolken gefallen über diese Frechheit meines Kameraden. Natürlich hatte er Glück gehabt, der Schurke, und beträchtliche Summen in der Bank gefunden. Und mich hatte er nicht mit dem kleinsten Anteil bedacht. Der Teufel sollte ihn holen!
Ich schlug den Weg nach einem Gasthof ein, dessen Schild ich heute gesehen hatte, und wollte mir ein Bett suchen. Unterwegs fühlte ich mich immer befriedigter davon, daß ich meine Hände nicht mit dem geraubten Geld beschmutzt hatte. Welcher Genuß ist es doch, wunderbar rein und unbefleckt hier auf Erden zu leben! dachte ich und wieherte vor Vergnügen. Da will ich doch lieber arm sein und für andere bis zum letzten Blutstropfen schuften!
Als ich den Gasthof erreicht hatte, beschloß ich, lieber zu den Bretterstapeln hinunterzugehen und dort noch ein wenig umsonst zu schlafen. Ich besaß nur noch die zwei Dollars, und ich wollte Alice Rodgers gern einen goldenen Federhalter mitbringen, den ich bei einem Goldschmied im Fenster gesehen hatte.

7

Ich glaubte, du wärest mit deinem Kameraden nach dem Osten gegangen, sagte der Farmer Rodgers, als ich wiederkam. Das gefällt mir, daß du Wort gehalten hast.
Ich sagte doch, ich würde heute wiederkommen, entgegnete ich. Was meinen Kameraden betrifft, so bin ich in Unfrieden mit ihm auseinandergegangen, ich wollte nicht mit ihm zusammen sein.
Es wird dir kalt in den Schuhen werden, wenn du auf dem Pflug sitzest. Du hättest dir ein Paar neue Schuhe kaufen sollen, als du jetzt in der Stadt warst und Geld hattest, sagte Herr Rodgers.
Ich wurde auf die Prärie hinausgeschickt, um mir selber das

Maultiergespann auszuwählen, das mir gefiele. Ich jagte die ganze Herde durcheinander und beobachtete, welche Tiere unwillkürlich als Paartiere zueinander wollten, und wählte mir danach ein Gespann. Das ist mein Gespann, sagte Alice, als ich heimkam, um die Tiere anzuschirren. Behandle es gut.

Das werde ich, Miß, erwiderte ich.

Ich fügte ›Miß‹ hinzu, als sei sie eine Dame; wir sagten sonst nicht so auf der Farm.

Nicht lange sollte ich Alicens Gespann behalten. Eines Tages stürzte das eine Tier des Deutschen und starb an Darmverschlingung, und Fred schlug vor, er wolle mein Gespann übernehmen. Dem widersetzte ich mich, und selbst der alte Rodgers war auf meiner Seite; Alice und Fred blieben aber Sieger. Am Morgen stand Fred früher als gewöhnlich auf, und als ich zum Stall kam, war mein Gespann fort. Das hätte für mich hingereicht, die Farm zu verlassen, aber Herr Rodgers sagte, ich solle mir nichts daraus machen, sondern mir ein andres Gespann wählen. Und ich suchte mir ein neues Gespann, das mindestens so gut war wie das erste und von größerer Ausdauer. Da ich meine Tiere gut fütterte und ihre Hufe wusch und sie spät und früh striegelte, gelang es mir bald, Fred im Pflügen ein gutes Stück zuvorzukommen.

Die erste Woche auf der Farm verbrachte ich in ewiger Angst, der Einbruch des Schurken Jeß könnte entdeckt und ich könnte in sein Verbrechen hineingezogen werden; als aber beide Zeitungsblättchen der Stadt Eliot auf die Farm kamen und nichts über den Einbruch darin stand, bekam ich wieder Mut und hatte keinen Kummer mehr. Entweder hatte Jeß gar keinen Einbruch in den Geldschrank verübt, sondern sich nur vor mir aufgespielt, um seinen Schneid zu zeigen, oder die Bank war beraubt worden, George hatte aber um seiner selbst willen nicht gewagt, es anzuzeigen. Ich hörte später, daß George ein Sohn des reichen Stadtmüllers war, so daß sein Vater vielleicht den Fehlbetrag ersetzt haben mochte.

Fred stach mich täglich aus bei Alice. Ich mochte tun, was ich wollte, immer stand er mir im Weg und siegte. Schon während der Ernte hatte er sich wohl gepflegt und sich mehr geputzt als wir andern, und wenn er zu den Mahlzeiten hinein sollte, stand er lange da und scheitelte sein helles Haar. Es bekümmerte ihn, daß er den einen Augenzahn eingebüßt hatte und daß das Loch zu sehen war, wenn er lachte. Was sollte denn ich sagen, der fast alle seine Haare auf der Prärie eingebüßt hatte und im Laufe eines Jahres beinah kahl geworden war! Ich hatte außerdem aufgehört, mich zu rasieren, ich ließ meinen steifen Bart wachsen, und dazu kam, daß Sonne und Wetter meine Augenbrauen verwischt hatten. Ich konnte mich mit Fred nicht messen.

Dagegen waren der alte Rodgers und seine Frau freundlich gegen mich und behandelten mich gut. Oft kam es vor, daß Frau Rodgers bei Tisch zu mir sagte, ich müsse noch etwas Pudding oder Kuchen essen. Ab und zu fragte sie mich interessiert, wie es in meiner Heimat sei, Fred fragte sie aber nicht, da er in Amerika, sogar in Fargo, geboren und also Städter war.

Eines Morgens hatte sich Alice geputzt. Ich glaubte, sie wolle zur Stadt, und bemühte mich mächtig darum, sie hinfahren zu dürfen; es stellte sich aber heraus, daß es bloß Sonntag war und daß sie sich aus diesem Grunde fein gemacht hatte. Ich ging an meine Arbeit heute wie gestern und dachte nicht mehr daran; nach einem Weilchen aber sehe ich Alice in ihrem ganzen Staat zu Fred hinübergehen und ihm einen Besuch machen, weit draußen in der Prärie. Und zu mir kam sie nicht.

So ging es Tag für Tag. Ich kam keinen Schritt weiter bei Alice, obwohl ich sie nicht nur Miß nannte, sondern auch sonst sehr aufmerksam gegen sie war. Fred war viel natürlicher als ich und spielte sich nicht im mindesten auf. Du sollst sehen, du machst zuviel Wesens von der Sache! dachte ich bei mir. Jetzt hatte ich Alice aber schon verwöhnt, und als ich aufhörte, Miß zu sagen, und sie einfach Alice nannte, faßte sie das als Zudringlichkeit von meiner Seite auf und antwortete mir nicht.

Eines Tages brachte ich einen Kniff zur Ausführung, den ich mir ausgedacht hatte. Ein mehrstündiger Gewitterregen hatte es unmöglich gemacht, zu pflügen, wir spannten deshalb die Tiere aus und gingen heim. Ich besaß keine zweite Jacke zum Wechseln, aber ich zog ein trocknes Hemd an und setzte mich in Hemdsärmeln zur Familie in die Stube, wo es warm war. Hier begann ich ein paar Briefe zu schreiben, ich wollte meine große Federgewandtheit zeigen, und ich benutzte den goldnen Federhalter, als sei ich's gewohnt, ihn zu benutzen.

Noch nie habe ich einen Menschen gesehen, der so zu schreiben versteht! sagte Frau Rodgers erstaunt.
Alice warf unwillkürlich einen Blick auf mich; auch Fred saß dabei, und mit ihm redete sie.
Du schreibst mit einem goldnen Federhalter? sagte sie.
Gefällt er Ihnen? fragte ich.
Gewiß.
Sie können ihn gern bekommen, Miß, sagte ich und reichte ihn ihr. Ich? Ich will ihn nicht, erwiderte sie kurz und bündig. Aber es wundert mich, daß du mit einem so teuren Federhalber schreibst. Man schreibt mit dem, was man hat. Ich bemerkte ferner, daß ich diesen Federhalter von jemand bekommen hätte, und ich richtete es so ein, daß sie glauben mußte, ein Mädchen hätte ihn mir geschenkt. Aber auch das machte keinen Eindruck auf sie. Und es gelang mir nicht, ihr den Federhalter zu überreichen, obwohl ich den Kniff angewendet hatte.
Ich schlug mich durch, so gut ich konnte, und entwarf einen Plan nach dem andern. Eine Woche lang versuchte ich den Schweigsamen und Zurückhaltenden zu spielen, damit sie weibliches Mitgefühl mit mir hätte, eine andre Woche hindurch war ich lustig und versuchte, mit schnellen und treffenden Antworten zu glänzen.
Alice sagte nur: Wie lange bist du jetzt in Amerika?
Mehr als sechs Jahre alles in allem, erwiderte ich. Ich bin jetzt zum zweitenmal hier.
Und du, Freddie?
Ich bin hier geboren, war Freds Antwort.
Da siehst du den Unterschied, sagte Alice zu mir.
Denn das war das Vornehmste, ein geborener Amerikaner zu sein. Sie nannte Fred auch nur deshalb Freddie, damit es amerikanisch klinge und nicht deutsch.
Sieh sein Haar an! sagte Alice von Freds Haar. Es ist wie Gold. Was hast du mit deinem angefangen, Nut?
Ich hab's auf der Prärie verloren, sagte ich. Jetzt scheint es mir aber so, als ob es anfinge, fester zu werden, und als ob es wiederkäme. So so, sagte Alice.

8

Aber es sollte ein Tag anbrechen, an dem mein Stern wirklich hoch stieg und ich für eine kurze Weile der Sieger auf der Farm war. Das waren stolze Stunden.

Es war ein kleiner Enkel von Rodgers zu Besuch gekommen, der hieß Edwin. Das Kerlchen war viel mit mir zusammen und folgte mir auf die Prärie hinaus, wo ich ihn mit auf den Pflug nahm und ihn das Gespann führen ließ. Eines Tages, als er daheim auf der Farm mit dem Großvater zusammen war, geschah ihm ein Unglück. Der Alte hantierte mit ein paar Brettern, die er die Treppen vom Wirtschaftsspeicher herunterbeförderte; eines von diesen Brettern lief schief ab und traf das Kind mit der einen Ecke über dem Auge. Edwin fiel um und lag da wie tot.

Es entstand ein großes Gejammer auf dem Gut. Alice rief mich, da ich am nächsten war: ich solle augenblicklich heimkommen. Ich riß die Maultiere vom Pflug weg, ließ sie gehen, wohin sie wollten, und lief nach Hause. Alice hatte sich aber wohl aus Unachtsamkeit an mich gewendet, sie besann sich dann und rief auch Fred herbei, weil sie zu ihm mehr Zutrauen hatte. Sie veranlaßte ihn, in aller Hast die Pferde vor den Wagen zu spannen und zur Stadt nach einem Arzt zu jagen.

Als ich auf das Gut kam, waren die beiden Großeltern in voller Verzweiflung, und ihres Jammerns war kein Ende, Frau Rodgers rollte das Kind auf dem Fußboden hin und her, ohne es wieder ins Leben zurückrufen zu können. Eine alte Erinnerung aus der Jugend kam mir zu Hilfe, und es stand auf einmal in mir fest, was da zu tun war. Zieht ihm die Jacke aus, sagte ich. Ich hatte mein Rasiermesser in meinem Bett unter dem Kopfkissen liegen, und das holte ich nun schleunigst; als ich zurückkam, riß ich Edwins Hemdärmel auf und begann in eine Ader an seinem Arm zu schneiden.

Die Frauen gaben einen Schrei von sich und warfen sich wie besessen auf mich, besonders Alice war nicht zu halten und sagte, ich wollte das Kind morden. Ich stampfte mit dem Fuß und befahl ihr, beiseitezugehen; hier gelte es Leben oder Tod und ich wollte das Kind retten. Der alte Rodgers fügte sich diesen starken Worten und half. Kann es gut sein, ihn zur Ader zu lassen? fragte er nur.

Als ich ein wenig tiefer hineinschnitt, kam Blut, anfangs nur als kleine Blutung, später als feiner Strahl. Ich öffnete das Hemd und horchte an Edwins Brust; das Herz schwieg. Da ergriff ich ihn bei den Beinen und schlenkerte ihn mit dem Kopf nach unten hin und her. Das geschah, damit das Blut ins Strömen komme. Dann legte ich das Kind wieder ein wenig hin und horchte – das Herz schlug ganz leise. Das war die entzückendste Operation, die ich mir wünschen konnte. Wir alle standen da und betrachteten das Kind. Die kleinen Finger an der einen Hand bewegten sich etwas. Jetzt hat er die Finger bewegt, sagte Rodgers halb erstickt vor Freude. Er hat die Finger bewegt, sagte auch die alte Großmutter und ging schluchzend aus dem Zimmer. Kurz darauf schlug das Kind ein Paar irre Augen auf und schloß sie wieder. Er hat aufgeschaut! sagte Herr Rodgers, er lebt. Und er rief seine Frau wieder herein und sagte dasselbe zu ihr.
Holen Sie mir etwas Leinwand, sagte ich zu Alice.
Alice blieb lang fort, und ich wurde innerlich immer entschlossener; ich ergriff das, worauf mein Auge gerade fiel: es war ein weißes Stück Leinen, das soeben für eine Arbeit zurechtgemacht war. Ich riß mir ein Viereck zu Scharpie heraus, und dann riß ich mir noch einen langen Streifen als Binde ab.
Alice kam wieder herein und sagte:
Du hast meine gute Leinwand zerrissen?
Ich werde sie Ihnen bezahlen, erwiderte ich und zupfte weiter Scharpie.
Frau Rodgers war ganz und gar vernichtet von meiner Macht und sagte zu ihrer Tochter: Schweig still, Alice!
Edwin sah häufiger und häufiger auf und wimmerte dabei, zuletzt wollte er nach der Wunde am Kopfe greifen; ich hinderte ihn daran. Er schaute mit vollem Blick auf, und ich sah, daß er mich erkannte. Ich legte nun die Scharpie auf die geöffnete Ader und band die Binde darum, was ich vielleicht früher hätte tun können. Dann trugen wir ihn ins Bett und kleideten ihn aus. Er fiel in Betäubung; inzwischen wusch ich die Kopfwunde aus und legte auch um sie einen Verband. Nun kann der Doktor kommen! sagte ich. Und da war mir wie einem Gott zumute.
Als sich dann aber die Spannung bei mir gelegt hatte, wurde ich schlapp und begann zusammenzufallen. Ich sank auf einen

Stuhl nieder. Kurz darauf erhob ich mich, ging mit zitternden Knien aus dem Hause und setzte mich hinter den Stall; nun war ich gar nichts mehr wert. Ich blieb wohl zehn Minuten sitzen, dann wurde ich wieder etwas munterer und ging zu meinem Gespann hinüber, schirrte die Tiere ein und begann wieder zu pflügen. Ich hätte auf meinem Sitz einschlafen können.

Zwei oder drei Stunden lang fuhr ich mit dem Pfluge. Dann kam der alte Rodgers zu mir und sagte, der Doktor sei da gewesen, habe Edwins Wunde wieder aufgebunden und ihm Tropfen gegeben. Mr. Rodgers bat mich, die Tiere für heute auszuspannen.

Ich tat das und ging mit ihm aufs Gut zurück. Es wurde fast nichts zwischen uns beiden gesprochen, ich sah aber, wie dankbar mir der alte Mann war.

Frau Rodgers kam uns entgegen und sagte zu mir: Der Doktor ist hier gewesen, er glaubt, daß Edwin es überstehen wird.

Er sagte, du hast recht getan, ihn zur Ader zu lassen, fügte Rodgers hinzu.

Er sagte, du hast ihm das Leben gerettet, fiel die Frau ein.

Und wieder wurde ich zum stolzen Gott und Herrn.

Ich trieb mich den Rest des Tages herum und arbeitete nicht. Aber dies Nichtstun machte mir kein Vergnügen, und ich ging unstet auf der Farm umher und langweilte mich; hätte ich mich nicht geschämt es zu tun, ich hätte mich gern wieder auf den Pflug gesetzt. Für Alice hätte es sich geziemt, mir wenigstens ein paar herzliche Worte zu sagen, anstatt dessen kam sie und sagte erbost: Du hast gegen mich mit dem Fuß aufgestampft, Nut. Tu das nicht noch einmal! Ich kam nicht dazu, darauf ein Wort zu erwidern, so unmöglich erschien sie mir in dem Augenblick. Die Alten setzten sich aber in den Kopf, ich sei gewiß ein merkwürdiger Mann und vieler Dinge kundig; sie horchten aufmerksam zu, wenn ich etwas sagte, und es war mir so, als ob sie begännen einen kleinen Unterschied zwischen Fred und mir zu machen, und zwar zu meinen Gunsten. Eines Tages wurde ich zum Beispiel mit Weizen und zur Besorgung von Einkäufen in die Stadt geschickt, und Fred war nicht dabei.

Wäre ich aber auch ein Zauberer gewesen, mit nur einer Wundertat hätte ich mich doch nicht bis in alle Ewigkeit behaupten können. Als so die Tage verstrichen und der kleine Edwin sich erholte und alles wie früher wurde, fiel meine Großtat der Vergessenheit anheim, und ich ging wieder arm und als Besiegter auf der Farm herum. Darin fand keine Änderung statt.

Fred kam zu mir und sagte: Bald kommt der Frost, und mit dem Pflügen ist es zu Ende. Was wirst du dann anfangen?

Ich weiß wahrhaftig nicht, erwiderte ich. Aber es wird sich schon Rat finden.

Fred und ich kamen gut miteinander aus, es bestand keine Feindschaft zwischen uns, und ich grollte ihm nicht, weil er sich mein Gespann angeeignet hatte. Alice war daran schuld. Fred war durchaus kein übler Landstreicher, und erst in diesem Jahr, als er arbeitslos wurde, hatte er sich auf das Vagabundieren verlegt. Dagegen war er eitel auf sein hübsches Gesicht, und wenn er lachte, öffnete er den Mund nur ganz wenig, weil er die Zahnlücke verbergen wollte. Dadurch bekam er ein Aussehen, als wenn er durch einen Spalt in der Lippe lache. Aber es kleidete ihn, wenn er den Mund so sparsam öffnete, da er von Natur etwas dicke Lippen hatte. Lach noch ein bißchen! konnte Alice zu ihm sagen. Sie war unsinnig in ihn verliebt.

Obgleich ich viel schlimmer daran war und meine Liebe nicht erwidert wurde, war auch Fred nicht auf Rosen gebettet. Er erzählte mir, daß Alice sich seinetwegen an ihre Eltern gewandt und ihnen gestanden hätte, daß sie ihn liebe; die Eltern hätten aber verlangt, daß sie von ihm lassen solle.

Fred sagte zu mir: Du mußt uns helfen, Nut.

Ich fühlte mich etwas gehoben durch dies Verlangen und fragte: Bittest du mich mit Alices Zustimmung?

Ja, sagte Fred, sie hat es gewünscht.

Ich sagte: Dann werde ich es tun!

Es schwebte mir vor, daß es mir vielleicht gelingen könnte, Fred durch meinen unglaublichen Edelmut auszustechen.

Ich besaß das Ohr der beiden Alten, und ich fragte Frau Rodgers eines Tages, ob sie von einer Farm oder aus einer Stadt stamme.

Von einer Farm, war die Antwort.

Das müsse ein seltsames Leben für ein junges Mädchen sein, so auf einer einsamen Farm, sagte ich weiter. Wie man denn da Menschen kennenlerne?

Frau Rodgers erwiderte, es seien doch die umliegenden Farmen da. Und dann komme man wöchentlich in die Stadt. Aber natürlich, viele Menschen treffe man nicht.
Und wie es mit dem Heiraten sei? fragte ich sie. Ob man einfach einen Vorbeiziehenden nehme?
Da sahen die zwei Alten sich an. Sie hatten eine ältere Tochter, die mit einem durchgebrannt war, der vorbeigezogen gekommen war. Dem Paar war es aber gut gegangen, die jungen Leute hatten sich Land genommen und waren Farmer geworden, der kleine Edwin war ihr Sohn.
Ein Wagnis bleibe es immer, gab ich weiter zu bedenken. Wie leicht könne ein junges Mädchen sich in einen Unwürdigen verlieben, bloß weil sie keinen andern kenne und nicht die Wahl habe!
Ja, darin hätte ich ganz sicherlich recht. So sei es.
Unzweifelhaft müßte man vorsichtig sein gegenüber Landstreichern wie wir es seien, sagte ich zum Schlusse.
Wieder sahen die beiden Alten sich an und verstanden mich genau. Das wird die Mutter ihrer Tochter nicht vorenthalten! dachte ich. Alice wird zwar Fred nicht aufgeben, aber sie wird eine Vorstellung von meiner unheimlichen Einsicht bekommen!
Es dauerte aber nicht lange, bis ich selbst ängstlich wurde wegen dessen, was ich da gesagt hatte; ich war zu weit gegangen, Alice würde erkennen, daß ich Fred entgegenarbeitete. Ich benützte also die nächste Gelegenheit und sagte zu Frau Rodgers, mit Fred sei das ganz etwas andres, er sei bestimmt ein kerniger Bursch und eine Perle von einem Mann, die ich sicher wählen würde, wenn ich ein Mädchen wäre. Auch diesmal fand ich Gehör bei den Alten, und ich merkte, daß es ihnen einleuchtete, eine wie uneigennützige Seele ich sei.
Ich paßte dem Mädchen eines Abends im Finstern auf und wollte zuerst sie zum Reden veranlassen.
Freddies Freund bist du nicht, sagte sie.
Was hab ich getan?
Du hast ihm allerhand Schlechtes nachgesagt.
Da nahm ich Alice mit zu ihrer Mutter hinein und fragte, was ich Schlechtes über Fred gesagt hätte.
Du hast gesagt, man müsse sich vor den Herumstreichern hüten, aber Fred sei eine Ausnahme und eine Perle, erwiderte

die Mutter. Aber Mutter, das hast du mir nicht erzählt! rief Alice. Gott segne dich, Nut!
Stolz und aufgebracht ging ich weg und nutzte meine günstige Position gut aus. Als Fred mich das nächste Mal bat, ihm weiter zu helfen, entgegnete ich, ich wolle nichts mit seiner Sache zu tun haben und der Grund dafür sei Alicens Benehmen.

9

Weinend kam Alice zu mir und bat mich, ihren Eltern noch mehr Gutes über Fred zu sagen. Das geschah am Abend, als alle Arbeit getan war. Alice kam dicht an mich heran und fingerte dann und wann an meinem Blusenknopf herum, so daß ich näher bei ihr stand als je zuvor und ein wenig ihren Atem spürte. Dies Glück machte mich benommen, und ich antwortete ohne Zusammenhang.
Über Fred? Also gut, was soll ich sagen? Ja, ich werde alles tun, was Sie verlangen.
Und ich wußte nicht, daß Fred den Lauscher spielte; er stand aber im Stall und hörte uns zu.
Was soll ich also tun? fragte ich. Wissen Sie, worum Sie mich bitten? Sie haben doch wohl gemerkt, daß ich selber Sie lieb habe.
Nein, ich habe das nicht gemerkt, antwortete sie. Du hast nie was davon gesagt.
Gesagt hab ich es nicht, nein. So hoch versteige ich mich nicht. Ich weiß, daß ich ein Vagabund und Ihrer unwürdig bin.
Übrigens macht das weder so noch so etwas aus, sagte Alice, denn Freddie ist der, den ich liebe.
Und dann bitten Sie mich um Hilfe?
Nein, nein, sagte sie, reden wir nicht mehr davon!
Ist Ihnen nie der Gedanke gekommen, daß ich schon uneigennützig genug gewesen bin? sagte ich. Ich habe nicht ein Wort des Dankes von Ihnen vernommen. Aber sollte ich jetzt noch weitergehen, so würde es die Kräfte eines Menschen übersteigen.
Ich weiß, daß du ein guter Mensch bist, sagte Alice.
Mehr aber nicht?

Doch, auch ein gelehrter Mann bist du, mit tiefer Einsicht in alles. Du schreibst wie der Blitz.
Das aber, was ich hören wollte: daß ich beinahe so gut aussehe wie Fred und ebenso betörend sei, das sagte Alice nicht.
Könnten Sie mich niemals gern haben? fragte ich.
Gewiß, sagte Alice, ein wenig, das heißt...
Ich schmeichelte mich weiter ein und fragte: Glauben Sie nicht, daß ich unsre Farm hochbringen und ordentlich Geld verdienen und Sie auf den Händen tragen würde? Was aber wird Fred machen? Alice schwieg.
Sie wissen nicht, was für ein Mann ich bin, sagte ich geheimnisvoll und gab ihr zu verstehen, daß sie keine Ahnung von mir hätte.
Aber ich, aber ich! rief Fred und kam plötzlich aus dem Stall hervor. Er hatte eine Heugabel in den Händen. Die Ahnung hab ich von dir, daß du ein schlechter Kerl und ein Schuft bist, sagte Fred wütend, ich schlag dich tot wie einen Hund.
Da bekam ich Angst und hielt den Arm zur Abwehr hoch. Beruhige dich, Fred, und laß mich gehen, sagte ich.
Gehen! Ich bring dich um, noch in dieser Sekunde! schrie Fred und stach mit der Heugabel nach mir.
Alice schickte sich nicht an, dazwischenzutreten. Erstich ihn nicht! war alles, was sie sagte.
Du bist ein Mörder, sagte ich zu Fred. Und ich bitte dich, leg die Heugabel beiseite, Mörder du.
Fred wollte mich aber nicht schonen.
Gehst du auch nur einen Zoll von der Stelle, so stech ich dich nieder, sagte er.
Ich setzte mich auf die Erde. Ich sah, daß Fred vollkommen verrückt war – ich konnte nichts bei ihm ausrichten. So ein Stich mit der Heugabel ist dafür bekannt, daß er sehr langsam oder vielleicht niemals heilt, und ich fürchtete für mein Leben.
Was hast du den Alten über mich gesagt? schrie Fred.
Du bist ein dummes Luder, sagte ich. Ich hab nichts gesagt, und ich will dir keinen Gefallen tun.
Fred drehte die Heugabel um und versetzte mir mit dem Stiel einen Schlag auf den Kopf. Es tat nicht besonders weh. Ich stand wieder auf. Als die Heugabel neuerdings in meine Nähe kam, griff ich mit der Hand aus und bekam sie zu fassen. In demselben Augenblick verstand Alice, daß nun Gefahr für

Fred im Verzug war, und sie lief ins Haus und holte ihren Vater.
Ruhig, Burschen, sagte Herr Rodgers, was geht hier vor?
Fragen Sie Fred, erwiderte ich. Er kam mit der Heugabel gelaufen. Sie haben beide nacheinander die Heugabel gehabt, sagte Alice.
Jetzt verstand ich, daß Alice ein schlechter Mensch war, und obwohl auch ich schlecht war – sie war doch noch viel schlechter. Im Zorn ging ich meiner Wege und überließ es den zwei Liebesleuten sich zu verständigen und zu entschuldigen und auf meinen Rücken abzuladen, was sie wollten. Aber am nächsten Tag ging ich zu Fred hinüber, als er pflügte, und befahl ihm, vom Pflug herunterzusteigen. Das wollte er nicht, da gab ich ihm einen Schlag unter die Kinnlade, daß er schwankte und vom Sitz fiel. Und zur Rache dafür fiel Fred nichts andres ein, als den Rücken meiner Jacke völlig zu zerschneiden, einmal bei Nacht, als ich lag und schlief.
Wir pflügten, bis eine Eisdecke die Felder überzog, ja bis zu der Zeit, da der Frost begann, in die Erde einzudringen. Und eines Tages sagte Herr Rodgers:
Nun, Burschen, hört auf mit dem Pflügen!
Wir spannten sofort die Maultiere aus und begaben uns nach Hause. Und zum letztenmal striegelte ich die Tiere und wusch ihre Hufe und gab ihnen zu fressen.
Es wird dunkel, bald ist es Nacht, ihr könnt bis morgen bleiben, sagte Herr Rodgers.
Er rechnete nach, wie hoch unser Guthaben war, und zahlte uns das Geld aus. Ich hatte keinen Vorschuß genommen, so daß ich mehr bekam als Fred, der sich hatte Vorschuß geben lassen: für neue Kleider und einen neuen Hut aus der Stadt.
Herr Rodgers erbot sich, mir für die Reise eine etwas bessere Jacke zu borgen als meine eigne; ich könne sie ja bei seinem Kaufmann hinterlegen, sagte er. Ich drehte nun die Taschen seiner Jacke um, damit er sehe, daß nichts darin vergessen war. Das war ein etwas überflüssiger Pfiff von mir und sollte meine Ehrlichkeit beweisen. In der Nacht wurde ich davon wach, daß Fred von seiner Pritsche aufstand und seine Jacke anzog.
Wo willst du hin? fragte ich.
Er gab mir keine Antwort.
Fred ging fort und blieb fort. Er hat etwas im Sinn! dachte ich

und schlich mich hinter ihm her an die Tür und öffnete sie; draußen war es finster und kalt, und ein paar Sterne standen am Himmel. Weiter zu spionieren wagte ich nicht, sondern ging wieder hinein; was auch geschehen mochte, das beste war, sich davon fern zu halten. Ich war durchfroren vom Stehen in der Tür und schlief jetzt recht tief; erst am Morgen erwachte ich wieder.

Als ich aufstand und zu den Alten hineinging, war Fred noch nicht zurückgekommen.

Wo ist Fred? fragte Frau Rodgers; sie hatte das Essen bereit.

Das weiß ich nicht, erwiderte ich.

Sie ging nun hinaus und rief, doch kein Fred gab ihr Antwort. Da regte sich in der alten Frau eine Ahnung, sie riß die Tür zu Alicens Kammer auf und sah hinein. Die war leer. Und sie schloß die Türe wieder und sagte: Wo mag nur Alice sein? Ihr Gesicht war aschgrau.

Wir suchten dann nach den beiden, suchten kreuz und quer, fanden sie jedoch nicht. Im Stall fehlte aber Alicens Gespann, und es wurde uns klar, daß das Paar das Weite gesucht hatte.

Genauso wie unsre älteste Tochter, sagte Herr Rodgers niedergeschlagen.

Der alte Rodgers grämte sich und war stumm, er ging herum und tat dies und das, hatte aber nirgends Ruhe. Seine Frau war es, die zuerst ihre Fassung wiederfand und sagte, es sei ihrer andern Tochter gut gegangen, also würde es vielleicht auch dieser glücken. Und nach Großelternart sahen sie auch ihre erwachsenen Kinder nicht mehr als die an, die ihnen am meisten am Herzen lagen, sondern die kleinen Enkelkinder. Klein-Edwin war die höchste Freude des Hauses. Wenn du wieder einmal hier vorbeikommst, will ich dir gern Arbeit geben, wenn ich welche habe, sagte Herr Rodgers zu mir. Wohin gehst du?

Weiter nach Westen, erwiderte ich.

Das solltest du nicht tun, sagte Rodgers. Du solltest dir hier in der Stadt eine Stellung suchen und in unsrer Gegend bleiben.

Ich ging dann aber in die Weinfelder von Kalifornien.

Virginia Woolf

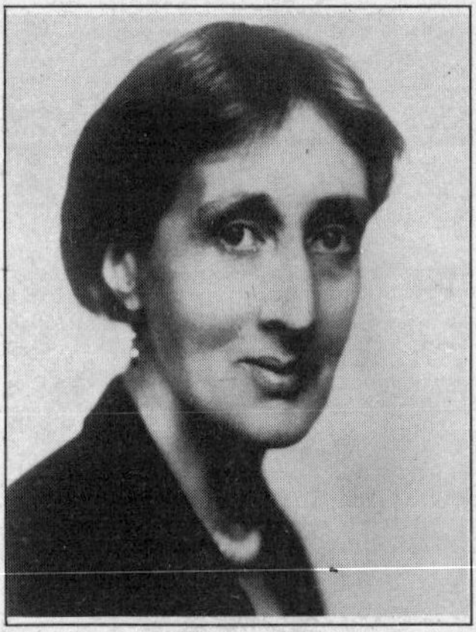